SERIE ∞ INFINITA

M

RICK RIORDAN

La SANGRE DEL OLIMPO

Traducción de **Ignacio Gómez Calvo**

montena

Papel certificado por el Forest Stewardship Council®

MIXTO
Papel | Apoyando la
silvicultura responsable
FSC® C117695

Penguin
Random House
Grupo Editorial

Título original: *The Blood of Olympus*
Publicado por acuerdo con Nancy Gallt Literary Agency
y Sandra Bruna Agencia Literaria, S. L.

Cuarta edición: mayo de 2015
Decimoprimera reimpresión: marzo de 2024

© 2014, Rick Riordan
© 2015, Penguin Random House Grupo Editorial, S. A. U.
Travessera de Gràcia, 47-49. 08021 Barcelona
© 2015, Ignacio Gómez Calvo, por la traducción
Diseño de la cubierta: Adaptación del diseño de Joann Hill: Penguin
Random House Grupo Editorial
Ilustración de la cubierta: © John Rocco

Printed in Spain - Impreso en España

ISBN: 978-84-9043-127-6
Depósito legal: B-25.505-2014

Compuesto en Fotocomposición 2000, S. A.

Impreso en Limpergraf
Barberà del Vallès (Barcelona)

GT 3 1 2 7 F

Para mis maravillosos lectores.
Perdón por disculparme por el suspense final en el último libro.
En este trataré de evitar el suspense.
Bueno, menos en algún que otro momento...,
porque os quiero, chicos.

Siete mestizos responderán a la llamada.
Bajo la tormenta o el fuego, el mundo debe caer.
Un juramento que mantener con un último aliento,
y los enemigos en armas ante las Puertas de la Muerte.

I

Jason

Jason odiaba ser viejo.

Le dolían las articulaciones. Le temblaban las piernas. Mientras intentaba subir la colina, los pulmones le sonaban como una caja llena de piedras.

Afortunadamente, no podía verse la cara, pero tenía los dedos retorcidos y huesudos. Unas abultadas venas azules se extendían como una red por el dorso de sus manos.

Incluso desprendía olor a viejo: bolas de naftalina y sopa de pollo. ¿Cómo era posible? Había pasado de los dieciséis a los setenta y cinco años en cosa de segundos, pero el olor a viejo había sido instantáneo. En plan: «Zas. ¡Enhorabuena! ¡Apestas!».

—Ya casi hemos llegado. —Piper le sonrió—. Lo estás haciendo muy bien.

Para ella era muy fácil decirlo. Piper y Annabeth iban disfrazadas de preciosas doncellas griegas. Incluso con sus túnicas blancas sin mangas y sus sandalias con tiras, no tenían problemas para andar por el sendero rocoso.

Piper llevaba su cabello color caoba recogido en una trenza en espiral. Unas pulseras de plata decoraban sus brazos. Parecía una estatua antigua de su madre, Afrodita, cosa que a Jason le intimidaba un poco.

Salir con una chica preciosa ya era estresante. Salir con una chica cuya madre era la diosa del amor... Jason siempre tenía miedo de hacer algo que fuera poco romántico y que la madre de Piper lo mirase ceñuda desde el Monte Olimpo y lo convirtiese en un cerdo salvaje.

Jason miró cuesta arriba. La cima estaba todavía cien metros por encima.

—Ha sido la peor idea de la historia. —Se apoyó en un cedro y se secó la frente—. La magia de Hazel es demasiado potente. Si tengo que luchar, no serviré de nada.

—No se dará el caso —prometió Annabeth.

Parecía incómoda con su disfraz de doncella. Mantenía sus hombros encorvados para evitar que el vestido se le deslizara. Su moño rubio recogido con horquillas se había deshecho, y el pelo le colgaba como unas largas patas de araña. Sabiendo el odio que les tenía a las arañas, Jason decidió no mencionar ese detalle.

—Nos infiltramos en el palacio —dijo ella—, conseguimos la información que necesitamos y nos largamos.

Piper dejó el ánfora, la alta vasija de cerámica en la que estaba escondida su espada.

—Podemos descansar un momento. Recobra el aliento, Jason.

Del cordón de su cintura colgaba su cornucopia: el cuerno de la abundancia mágico. Metida entre los pliegues del vestido estaba su daga, *Katoptris*. Piper no tenía aspecto peligroso, pero si la ocasión lo requería podía blandir sendas hojas de bronce celestial o dispararles a sus enemigos mangos maduros a la cara.

Annabeth descolgó el ánfora de su hombro. Ella también tenía una espada escondida, pero, incluso sin armas visibles, poseía un aspecto letal. Sus turbulentos ojos grises escudriñaban el entorno, atentos a cualquier peligro. Jason se imaginaba que si un chico invitase a Annabeth a una copa, lo más probable era que ella le diera una patada en el *bifircum*.

Trató de respirar de forma regular.

Debajo de ellos relucía la bahía de Afales; el agua era tan azul que bien podrían haberla teñido con colorante. A unos pocos cientos de metros de la costa estaba anclado el *Argo II*. Sus velas blancas no parecían más grandes que sellos de correos, y sus noventa remos asemejaban mondadientes. Jason se imaginó a sus amigos en la cubierta siguiendo su progreso, turnándose para mirar con el catalejo de Leo, procurando no reírse mientras observaban como el abuelete Jason ascendía cojeando.

—Estúpida Ítaca —murmuró.

Se figuraba que la isla era bastante bonita. Un espinazo de colinas cubiertas de bosques serpenteaba por el centro. Blancas pendientes calcáreas descendían hasta el mar. Las ensenadas formaban playas rocosas y puertos donde las casas de tejado rojo y las iglesias blancas de estuco se arrimaban a la línea de la costa.

Las colinas estaban salpicadas de amapolas, azafranes y cerezos silvestres. La brisa olía a arrayanes en flor. Todo muy bonito…, exceptuando que la temperatura era de unos cuarenta grados. El aire era húmedo y caluroso como unos baños romanos.

Jason habría podido controlar los vientos y volar hasta la cima de la colina sin ningún problema, pero «nooo». Para ser más sigiloso, tenía que avanzar a trancas y barrancas como un vejestorio con las rodillas delicadas y olor a sopa de pollo.

Pensó en su última ascensión, hacía dos semanas, cuando Hazel y él se habían enfrentado al bandido Escirón en los acantilados de Croacia. Al menos entonces Jason estaba a pleno rendimiento. Lo que les esperaba sería mucho peor que un bandido.

—¿Seguro que no nos equivocamos de colina? —preguntó—. Parece un poco…, no sé…, tranquila.

Piper examinó la cordillera. Llevaba una pluma de arpía de vivo color azul trenzada en el pelo: un recuerdo del ataque de la noche anterior. La pluma no combinaba precisamente con su disfraz, pero Piper se la había ganado venciendo ella solita a toda una bandada de diabólicas mujeres gallina mientras estaba de guardia. Ella le había quitado importancia, pero Jason notaba que se sentía orgullosa. La pluma era un recordatorio de que ya no era la misma chica del invierno pasado, cuando había llegado al Campamento Mestizo.

13

—Las ruinas están allí arriba —aseguró—. Las he visto en la hoja de *Katoptris*. Y ya oíste lo que Hazel dijo. «La mayor…»

—«La mayor concentración de espíritus malignos que he percibido en mi vida» —recordó Jason—. Sí, suena fenomenal.

Después de abrirse paso luchando en el templo subterráneo de Hades, lo que menos quería Jason era tratar con más espíritus malignos. Pero el destino de la misión estaba en juego. La tripulación del *Argo II* tenía una importante decisión que tomar. Si elegían mal, fracasarían, y el mundo entero sería destruido.

La hoja de Piper, los sentidos mágicos de Hazel y el instinto de Annabeth habían coincidido: la respuesta se encontraba en Ítaca, en el antiguo palacio de Odiseo, donde una horda de espíritus malignos se había reunido para esperar órdenes de Gaia. El plan consistía en infiltrarse entre ellos, enterarse de lo que pasaba y decidir la mejor medida que debían tomar. Y luego marcharse, a ser posible vivos.

Annabeth se reajustó el cinturón dorado.

—Espero que nuestros disfraces den el pego. Los pretendientes eran muy desagradables cuando estaban vivos. Si descubren que somos semidioses…

—La magia de Hazel funcionará —dijo Piper.

Jason trató de creérselo.

Los pretendientes: cien de los canallas más codiciosos y malvados que habían pisado la faz de la Tierra. Cuando Odiseo, el rey griego de Ítaca, desapareció después de la guerra de Troya, esa caterva de príncipes de segunda invadió su palacio y se negó a marcharse, con la esperanza de casarse con la reina Penélope y tomar el reino. Odiseo logró volver en secreto y los mató a todos: el clásico regreso a casa con final feliz. Pero si las visiones de Piper no iban descaminadas, los pretendientes habían vuelto y moraban el lugar donde habían muerto.

Jason no podía creer que estuviera a punto de visitar el auténtico palacio de Odiseo: uno de los héroes griegos más famosos de todos los tiempos. Aunque, por otra parte, esa misión había sido una sucesión de episodios increíbles. Annabeth incluso había vuelto del abismo eterno del Tártaro. Teniendo eso en cuenta, Jason decidió que tal vez no debería quejarse de ser un viejo.

—Bueno... —Se apoyó en su bastón—. Si parezco tan viejo como me siento, mi disfraz debe de ser perfecto. Pongámonos en marcha.

A medida que ascendían, el sudor le goteaba por el cuello. Le dolían las pantorrillas. A pesar del calor, empezó a tener escalofríos. Y por mucho que lo intentaba, no podía dejar de pensar en sus recientes sueños.

Desde que había estado en la Casa de Hades, se habían vuelto más realistas.

En ocasiones Jason estaba en el templo subterráneo de Epiro, y el gigante Clitio se alzaba por encima de él, hablando con un coro de voces incorpóreas:

Ha hecho falta que luchéis todos vosotros para vencerme. ¿Qué haréis cuando la Madre Tierra abra los ojos?

Otras veces Jason se encontraba en la cumbre del Campamento Mestizo. Gaia, la Madre Tierra, se alzaba del suelo: una figura como un remolino de tierra, hojas y piedras.

Pobre niño. Su voz resonaba a través del paisaje y sacudía el lecho de roca bajo los pies de Jason. *Tu padre es el primero de los dioses, pero tú siempre serás un segundón: para tus compañeros romanos, para tus amigos griegos, incluso para tu familia. ¿Cómo demostrarás tu valor?*

El peor sueño comenzaba en el patio de la Casa del Lobo, en Sonoma. Frente a él estaba la diosa Juno, que brillaba con el resplandor de la plata fundida.

Tu vida me pertenece, rugía su voz. *Una ofrenda de Zeus.*

Jason sabía que no debía mirar, pero no podía cerrar los ojos cuando Juno se transformaba en una supernova y revelaba su verdadera forma divina. Un dolor punzante atravesaba la mente de Jason. Su cuerpo se quemaba en distintas capas como una cebolla.

Entonces la escena cambiaba. Jason seguía en la Casa del Lobo, pero era un niño: no pasaba de los dos años. Una mujer se arrodillaba ante él; su aroma a limón le resultaba muy familiar. Sus facciones eran acuosas y poco definidas, pero él conocía su voz: radiante y quebradiza, como la capa más fina de hielo sobre un arroyo rápido.

«Volveré a por ti, cariño —decía—. Te veré pronto.»

Cada vez que Jason se despertaba de esa pesadilla, tenía la cara cubierta de gotas de sudor. Y los ojos le escocían debido a las lágrimas.

Nico di Angelo los había avisado: la Casa de Hades despertaría sus peores recuerdos, haría que viesen y oyesen cosas del pasado. Sus fantasmas se agitarían.

Jason había esperado que ese fantasma en concreto no volviese, pero cada noche el sueño empeoraba. En ese momento estaba subiendo a las ruinas de un palacio donde se había reunido un ejército de fantasmas.

«Eso no significa que ella esté allí», se decía Jason.

Pero las manos no dejaban de temblarle. Cada paso parecía más difícil que el anterior.

—Ya casi hemos llegado —dijo Annabeth—. Vamos a…

¡BUM! La ladera retumbó. En algún lugar al otro lado de la cumbre, una multitud rugió en señal de aprobación, como los espectadores de un coliseo. A Jason se le puso la carne de gallina. No hacía mucho había luchado por su vida en el Coliseo romano ante un público alborozado compuesto por fantasmas. No ardía en deseos de repetir la experiencia.

—¿Qué ha sido esa explosión? —preguntó.

—No lo sé —dijo Piper—. Pero parece que se están divirtiendo. Vamos a hacer amigos muertos.

II

Jason

Naturalmente, la situación era peor de lo que Jason esperaba.

De lo contrario no habría tenido ninguna gracia.

Al mirar entre las ramas de un olivo en la cumbre de la colina, vio lo que parecía una desmelenada fiesta universitaria de zombis.

Las ruinas en sí no eran tan imponentes: unos cuantos muros de piedra, un patio central plagado de malas hierbas, el hueco sin salida de una escalera labrado en la roca. Unas tablas de madera contrachapada tapaban un foso, y un andamio metálico sostenía un arco agrietado.

Sin embargo, otra capa de realidad se superponía a las ruinas: un espejismo fantasmal del palacio como debía de lucir cuando estaba en su apogeo. Muros de estuco encalados llenos de balcones se alzaban hasta una altura de tres pisos. Pórticos con columnas miraban hacia el atrio central, que tenía una enorme fuente y braseros de bronce. Los espíritus se reían y comían y se empujaban unos a otros detrás de una docena de mesas de banquete.

Jason había esperado encontrar un centenar de espíritus, pero allí pululaba el doble de esa cifra, persiguiendo a criadas espectrales, rompiendo platos y tazas, y dando la lata en general.

La mayoría parecían lares del Campamento Júpiter: fantasmas morados y transparentes con túnicas y sandalias. Unos cuantos juerguistas tenían cuerpos descompuestos con la piel gris, matas enmarañadas de pelo y heridas feas. Otros parecían mortales vivos normales y corrientes: algunos con togas, otros con modernos trajes de oficina o uniformes militares. Jason incluso vio a un tipo con una camiseta morada del Campamento Júpiter y una armadura de legionario romano.

En el centro del atrio, un demonio de piel gris con una andrajosa túnica griega se paseaba entre la multitud sosteniendo un busto de mármol sobre su cabeza como un trofeo deportivo. Los otros fantasmas prorrumpían en vítores y le daban palmadas en la espalda. A medida que el demonio se acercaba, Jason vio que tenía una flecha en la garganta cuyo astil con plumas le sobresalía de la nuez. Y lo que era más inquietante, el busto que sostenía... ¿era Zeus?

Era difícil estar seguro. La mayoría de las estatuas de los dioses griegos se parecían. Pero a Jason aquella cara ceñuda con barba le recordaba mucho la del gigantesco Zeus hippy de la cabaña uno en el Campamento Mestizo.

—¡Nuestra siguiente ofrenda! —gritó el demonio, cuya voz vibraba a la altura de la flecha clavada en su garganta—. ¡Demos de comer a la Madre Tierra!

Los juerguistas chillaron y dieron golpes con sus tazas. El demonio se dirigió a la fuente central. La multitud se separó, y Jason se dio cuenta de que la fuente no estaba llena de agua. Del pedestal de un metro de altura salía un géiser de arena que describía un arco y formaba una cortina de partículas blancas con forma de paraguas antes de derramarse en la taza circular.

El demonio lanzó el busto de mármol contra la fuente. En cuanto la cabeza de Zeus atravesó la lluvia de arena, el mármol se desintegró como si hubiera pasado por una trituradora de madera. La arena emitió entonces un intenso brillo dorado, el color del icor: la sangre divina. A continuación, la montaña entera retumbó con un BUM amortiguado, como si estuviera eructando después de comer.

Los juerguistas muertos rugieron en señal de aprobación.

—¿Alguna estatua más? —gritó el demonio a la multitud—. ¿No? ¡Entonces tendremos que esperar a sacrificar a algún dios de verdad!

Sus compañeros se rieron y aplaudieron mientras el demonio se dejaba caer pesadamente en la mesa más cercana.

Jason apretó su bastón.

—Ese tío acaba de desintegrar a mi padre. ¿Quién se cree que es?

—Supongo que es Antínoo —dijo Annabeth—, uno de los líderes de los pretendientes. Si mal no recuerdo, fue Odiseo quien le disparó esa flecha en el cuello.

Piper hizo una mueca.

—Eso debería mantener a raya a cualquiera. ¿Y los demás? ¿Por qué hay tantos?

—No lo sé —dijo Annabeth—. Nuevos reclutas para Gaia, supongo. Algunos debieron de resucitar antes de que cerrásemos las Puertas de la Muerte. Otros solo son espíritus.

—Algunos son demonios —dijo Jason—. Los de las heridas abiertas y la piel gris, como Antínoo… He luchado antes con los de su calaña.

Piper tiró de su pluma de arpía azul.

—¿Se les puede matar?

Jason se acordó de una misión en San Bernardino que le habían asignado hacía años en el Campamento Júpiter.

—No es fácil. Son fuertes, rápidos e inteligentes. Y también comen carne humana.

—Fantástico —murmuró Annabeth—. No veo otra opción que ceñirnos al plan. Separarnos, infiltrarnos y averiguar por qué están aquí. Si las cosas salen mal…

—Usamos el plan alternativo —dijo Piper.

Jason detestaba el plan alternativo.

Antes de que desembarcaran, Leo les había dado a cada uno una bengala de emergencia del tamaño de una vela de cumpleaños. Supuestamente, si lanzaban una al aire, saldría disparada hacia arriba como un rayo de fósforo blanco y avisaría al *Argo II* de que el equipo estaba en apuros. En ese momento, Jason y las chicas tendrían unos segundos para ponerse a cubierto antes de que las catapultas del barco disparasen sobre su posición y envolviesen el palacio en fuego griego y ráfagas de metralla de bronce celestial.

No era el plan más seguro, pero al menos Jason tenía la satisfacción de saber que podría solicitar un ataque aéreo sobre ese hatajo de muertos ruidosos si la situación se ponía fea. Eso suponiendo, claro está, que él y sus amigas pudieran escapar. Y que las fatídicas velas de Leo no se encendieran sin querer —los inventos de Leo a veces tenían ese problema—, en cuyo caso la temperatura podía aumentar mucho más, con un noventa por ciento de posibilidades de acabar en un Apocalipsis de fuego.

—Tened cuidado ahí abajo —les dijo a Piper y a Annabeth.

Piper rodeó sigilosamente el lado izquierdo de la cumbre. Annabeth fue a la derecha. Jason se levantó apoyándose en su bastón y se dirigió a las ruinas cojeando.

Rememoró la última vez que se había metido entre una multitud de espíritus malignos, en la Casa de Hades. De no haber sido por Frank Zhang y Nico di Angelo...

Dioses... Nico.

Durante los últimos días, cada vez que Jason sacrificaba una ración de comida a Júpiter, rezaba a su padre para que ayudase a Nico. Ese chico había sufrido mucho, y aun así se había ofrecido para hacer el trabajo más difícil: transportar la estatua de la Atenea Partenos al Campamento Mestizo. Si no lo conseguía, los semidioses romanos y griegos se matarían entre ellos. Entonces, independientemente de lo que pasara en Grecia, al *Argo II* no le quedaría hogar al que regresar.

Jason cruzó la espectral puerta del palacio. Se dio cuenta justo a tiempo de que una parte del suelo de mosaico que tenía delante era una ilusión que cubría un foso excavado. Lo esquivó y pasó al patio.

Los dos niveles de realidad le recordaron la fortaleza de los titanes en el monte Otris: un desconcertante laberinto de muros de mármol negro que desaparecían al azar entre las sombras y volvían a materializarse. Al menos en ese combate Jason había contado con cien legionarios a su lado. En cambio, allí lo único que tenía era el cuerpo de un viejo, un palo y dos amigas con vestidos ajustados.

Diez metros por delante de él, Piper atravesó la multitud sonriendo y llenando copas de vino a los juerguistas espectrales. Si tenía miedo, no se le notaba. De momento los fantasmas no le estaban prestando especial atención. La magia de Hazel debía de estar funcionando.

A la derecha, Annabeth recogía platos y copas vacíos. No sonreía.

Jason se acordó de la conversación que había mantenido con Percy el día antes de abandonar el barco.

Percy se había quedado a bordo para estar pendiente de los peligros marinos, pero no le había gustado la idea de que Annabeth participase en esa expedición sin él; sobre todo porque sería la primera vez que se separaban desde que habían vuelto del Tártaro.

Percy había llevado aparte a Jason.

—Oye, tío… Annabeth me mataría si insinuara que necesita que alguien la proteja.

Jason se rió.

—Sí, te mataría.

—Pero cuida de ella, ¿vale?

Jason apretó el hombro de su amigo.

—Me aseguraré de que vuelve contigo sana y salva.

Jason se preguntaba si podría cumplir esa promesa.

Llegó al borde de la multitud.

Una voz áspera gritó:

—¡IRO!

Antínoo, el demonio con la flecha en la garganta, lo miraba fijamente.

—¿Eres tú, viejo mendigo?

La magia de Hazel había surtido efecto. Un aire frío sopló a través de la cara de Jason mientras la Niebla alteraba sutilmente su aspecto y mostraba a los pretendientes lo que ellos esperaban ver.

—¡Soy yo! —dijo Jason—. ¡Iro!

Una docena de fantasmas se volvieron hacia él. Algunos fruncieron el entrecejo y agarraron las empuñaduras de sus brillantes espadas moradas. Jason se preguntó demasiado tarde si Iro era un enemigo suyo, pero ya se había comprometido a interpretar el personaje.

Avanzó cojeando y adoptando su mejor expresión de viejo gruñón.

—Supongo que llego tarde a la fiesta. Espero que me hayáis guardado algo de comida.

Uno de los fantasmas se rió burlonamente, indignado.

—Pordiosero desagradecido. ¿Lo mato, Antínoo?

Los músculos del cuello de Jason se tensaron.

Antínoo lo observó unos segundos y acto seguido dejó escapar una risita.

—Hoy estoy de buen humor. Vamos, Iro, siéntate conmigo a la mesa.

Jason no tenía muchas opciones. Se sentó enfrente de Antínoo mientras más fantasmas se apiñaban alrededor, mirando impúdicamente como si esperasen ver un combate de pulso especialmente violento.

De cerca, los ojos de Antínoo tenían un color amarillo puro. Sus labios se estiraban finos como el papel sobre unos dientes de lobo. Al principio Jason pensó que el cabello moreno rizado del demonio se estaba desintegrando. Luego se dio cuenta de que un reguero constante de tierra le caía del cuero cabelludo y se derramaba sobre sus hombros. Los viejos cortes de espada que se abrían en la piel gris del demonio estaban llenos de terrones de barro. De la base de la herida de flecha que tenía en la garganta caía más tierra.

«El poder de Gaia —pensó Jason—. La tierra mantiene entero a este tío.»

Antínoo deslizó una copa dorada y un plato de comida al otro lado de la mesa.

—No esperaba verte aquí, Iro. Pero supongo que hasta un mendigo puede buscar retribución. Bebe. Come.

Un denso líquido rojo chapoteaba en la copa. En el plato había un trozo marrón de carne misteriosa.

El estómago de Jason se rebeló. Aunque la comida de demonio no lo matase, su novia probablemente no lo besaría durante un mes.

Recordó lo que le había dicho Noto, el viento del sur: «Un viento que sopla sin rumbo no es útil para nadie».

Toda la trayectoria de Jason en el Campamento Júpiter se había basado en las decisiones prudentes. Mediaba entre semidioses, escuchaba a todas las partes implicadas en una discusión y buscaba soluciones intermedias. Incluso cuando se irritaba con las tradiciones romanas, pensaba antes de actuar. No era impulsivo.

Noto le había advertido que esa indecisión acabaría matándolo. Jason tenía que dejar de reflexionar y lanzarse a por lo que quería.

Si era un mendigo desagradecido, tenía que comportarse como tal.

Arrancó un trozo de carne con los dedos y se lo metió en la boca. Tragó un poco de líquido rojo, que afortunadamente sabía a vino aguado y no a sangre ni veneno. Jason contuvo las arcadas, pero no se desplomó ni explotó.

—¡Qué rico! —Se limpió la boca—. Ahora háblame de esa… ¿Cómo la has llamado? ¿Retribución? ¿Dónde tengo que firmar?

Los fantasmas se rieron. Uno le dio un empujón en el hombro, y a Jason le alarmó el hecho de notarlo.

En el Campamento Júpiter, los lares no tenían corporeidad física. Al parecer esos fantasmas sí la tenían, lo que equivalía a más enemigos que podían pegarle, apuñalarlo o decapitarlo.

Antínoo se inclinó hacia delante.

—Dime, Iro, ¿qué puedes ofrecer? No necesitamos que hagas de mensajero como en el pasado. Desde luego luchar no es lo tuyo. Que yo recuerde, Odiseo te machacó la mandíbula y te tiró a la pocilga.

Las neuronas de Jason se encendieron. Iro…, el anciano que hacía de mensajero de los pretendientes a cambio de las sobras de la mesa. Iro había sido una especie de mascota para ellos. Cuando

23

Odiseo volvió a casa disfrazado de mendigo, Iro pensó que iba a ocupar su puesto. Los dos empezaron a discutir…

—Tú hiciste que Iro… —Jason titubeó—. Tú me hiciste pelear contra Odiseo. Apostaste dinero. Incluso cuando Odiseo se quitó la camisa y viste lo musculoso que estaba, me hiciste pelear contra él. ¡No te importaba si vivía o moría!

Antínoo enseñó sus puntiagudos dientes.

—Claro que no me importaba. ¡Y sigue sin importarme! Pero estás aquí, así que Gaia debe de tener un motivo para que hayas vuelto al mundo de los mortales. Dime, ¿qué te hace merecedor de una parte de nuestro botín?

—¿Qué botín?

Antínoo extendió las manos.

—El mundo entero, amigo mío. La primera vez que coincidimos aquí solo buscábamos la tierra de Odiseo, su dinero y su esposa.

—¡Sobre todo su esposa! —Un fantasma calvo vestido con ropa andrajosa dio un codazo a Jason en las costillas—. ¡Penélope estaba como un queso!

Jason vislumbró a Piper sirviendo bebidas en la mesa de al lado. Ella se llevó discretamente un dedo a la boca en un gesto de asco y acto seguido volvió a coquetear con los muertos vivientes.

Antínoo se rió burlonamente.

—Eurímaco, eres un cobarde y un quejica. Nunca tuviste ninguna posibilidad con Penélope. Me acuerdo de que lloriqueaste y le suplicaste a Odiseo que no te matara, ¡y me echaste a mí la culpa de todo!

—Para lo que me sirvió… —Eurímaco levantó su camisa andrajosa y mostró un agujero espectral de dos centímetros de ancho en medio de su pecho—. ¡Odiseo me disparó al corazón solo porque quería casarme con su esposa!

—A lo que íbamos… —Antínoo se volvió hacia Jason—. Ahora nos hemos reunido para cobrar un premio mucho más grande. ¡Cuando Gaia acabe con los dioses, nos repartiremos los restos del mundo de los mortales!

—¡Londres para mí! —gritó un demonio en la mesa de al lado.

—¡Montreal! —chilló otro.

—¡Duluth! —gritó un tercero, que interrumpió momentáneamente la conversación cuando los otros fantasmas le lanzaron miradas de confusión.

La carne y el vino se volvieron pesados como el plomo en el estómago de Jason.

—¿Y el resto de los… invitados? Cuento al menos doscientos. No conozco a la mitad.

Los ojos amarillos de Antínoo brillaron.

—Todos aspiran al favor de Gaia. Todos tienen reivindicaciones y quejas de los dioses o sus héroes. Ese canalla de allí es Hipias, antiguo tirano de Atenas. Fue destituido y se puso de parte de los persas para atacar a sus compatriotas. No tiene ningún principio. Haría cualquier cosa a cambio de poder.

—Gracias —gritó Hipias.

—Ese sinvergüenza que tiene un muslo de pavo en la boca es Asdrúbal de Cartago —continuó Antínoo—. Tiene una rencilla que resolver con Roma.

—Hummm —musitó el cartaginés.

—Y Michael Varus…

Jason se atragantó.

—¿Quién?

Junto a la fuente de arena, el tipo moreno con la camiseta morada y la armadura de legionario se volvió para mirarlos. Su contorno era borroso, envuelto en humo y poco definido, de modo que Jason supuso que era alguna forma de espíritu, pero el tatuaje de la legión que lucía en el antebrazo se veía con bastante claridad: SPQR, la cabeza con dos caras del dios Jano y seis marcas que representaban sus años de servicio. En su peto colgaba la insignia de pretor y el emblema de la Quinta Cohorte.

Jason no había conocido a Michael Varus. El infame pretor había muerto en los años ochenta del siglo xx. Aun así, a Jason se le puso la carne de gallina cuando su mirada coincidió con la de Varus. Sus ojos hundidos parecían atravesar el disfraz de Jason.

Antínoo hizo un gesto despectivo con la mano.

—Es un semidiós romano. Perdió el águila de su legión en… Alaska, ¿no? Da igual. Gaia le deja estar aquí. Él insiste en que sabe cómo vencer al Campamento Júpiter. Pero, Iro…, todavía no has respondido a mi pregunta. ¿Por qué deberías ser bien recibido entre nosotros?

Los ojos muertos de Varus habían desconcertado a Jason. Podía notar como la Niebla se aclaraba a su alrededor, reaccionando a su incertidumbre.

De repente Annabeth apareció junto a Antínoo.

—¿Más vino, mi señor? ¡Uy!

Derramó el contenido de un jarro de plata por la nuca de Antínoo.

—¡Ahhh! —El demonio arqueó la columna—. ¡Estúpida muchacha! ¿Quién te ha dejado volver del Tártaro?

—Un titán, mi señor. —Annabeth agachó la cabeza en señal de disculpa—. ¿Le traigo unas toallitas húmedas? Su flecha está goteando.

—¡Fuera de aquí!

Annabeth llamó la atención de Jason —un silencioso mensaje de apoyo— y desapareció entre la multitud.

El demonio se limpió y brindó a Jason la oportunidad de ordenar sus pensamientos.

Era Iro, antiguo mensajero de los pretendientes. ¿Qué haría allí? ¿Por qué debían aceptarlo?

Cogió el cuchillo para la carne más cercano y lo clavó en la mesa, cosa que sobresaltó a los fantasmas que lo rodeaban.

—¿Por qué deberíais recibirme? —gruñó Jason—. ¡Porque sigo siendo un mensajero, estúpidos desgraciados! ¡Vengo de la Casa de Hades para ver qué tramáis!

La última parte era cierta, y pareció que hizo dudar a Antínoo. El demonio lo miró furiosamente, el vino todavía le goteaba del astil de la flecha clavada en su garganta.

—¿Esperas que crea que Gaia te ha mandado a vigilarnos? ¿A ti, un mendigo?

Jason se rió.

—¡Yo fui de los últimos en marcharme de Epiro antes de que las Puertas de la Muerte se cerrasen! Yo vi la cámara donde Clitio montaba guardia bajo un techo abovedado cubierto de lápidas. ¡Yo pisé los suelos de joyas y huesos del Necromanteion!

Eso también era cierto. Alrededor de la mesa, los fantasmas se movieron y murmuraron.

—Así que, Antínoo... —señaló con el dedo al demonio—, tal vez deberías explicarme por qué tú eres digno del favor de Gaia. Lo único que veo aquí es a un montón de vagos y holgazanes divirtiéndose que no mueven un dedo por la guerra. ¿Qué debería decirle a la Madre Tierra?

Jason vio con el rabillo del ojo que Piper le dedicaba una sonrisa de aprobación. A continuación, la chica centró su atención en un griego brillante de color morado que trataba de sentarla sobre su regazo.

Antínoo rodeó con la mano el cuchillo que Jason había clavado en la mesa. Lo sacó y examinó la hoja.

—Si vienes de parte de Gaia, debes de saber que estamos aquí porque se nos ordenó. Porfirio lo decretó. —Antínoo deslizó la hoja del cuchillo por la palma de su mano. En lugar de sangre, salió tierra seca del corte—. Conoces a Porfirio, ¿no...?

Jason se esforzó por controlar las náuseas. Recordaba perfectamente a Porfirio de su batalla en la Casa del Lobo.

—El rey de los gigantes: piel verde, doce metros de estatura, ojos blancos, pelo trenzado con armas. Claro que lo conozco. Es mucho más imponente que tú.

Decidió no mencionar que la última vez que había visto al rey de los gigantes Jason le había lanzado un rayo a la cabeza.

Por una vez, Antínoo se quedó sin habla, pero su amigo calvo Eurímaco rodeó los hombros de Jason con el brazo.

—¡Vamos, amigo! —Eurímaco olía a vinagre y cables eléctricos quemados. Su tacto fantasmal provocó un hormigueo a Jason en la caja torácica—. ¡No pretendíamos poner en duda tus credenciales! Si has hablado con Porfirio en Atenas, sabes por qué estamos aquí. ¡Te aseguro que estamos haciendo exactamente lo que nos ordenó!

Jason trató de ocultar su sorpresa. «Porfirio en Atenas.»

Gaia había prometido que arrancaría a los dioses de sus raíces. Quirón, el mentor de Jason en el Campamento Mestizo, había supuesto que significaba que los gigantes tratarían de despertar a la diosa de la tierra en el Monte Olimpo original. Pero…

—La Acrópolis —dijo Jason—. Los templos más antiguos dedicados a los dioses, en medio de Atenas. Allí es donde Gaia despertará.

—¡Por supuesto! —dijo Eurímaco riéndose. La herida de su pecho emitió un sonido explosivo, como el orificio nasal de una marsopa—. Y para llegar allí, esos semidioses entrometidos tendrán que viajar por mar. Saben que es demasiado peligroso ir volando.

—Eso significa que tendrán que pasar por esta isla —dijo Jason.

Eurímaco asintió entusiasmado. Apartó el brazo de los hombros de Jason y mojó el dedo en su copa de vino.

—Entonces tendrán que tomar una decisión.

Trazó una línea de costa en el tablero de la mesa; el vino tinto brillaba extrañamente contra la madera. Dibujó Grecia como un reloj de arena deformado: una gran mancha colgante que representaba la tierra firme del norte y otra mancha debajo, casi igual de grande: la gran masa de tierra conocida como el Peloponeso. Una estrecha línea de mar las seccionaba: el canal de Corinto.

Jason no necesitaba un dibujo. Él y el resto de la tripulación se habían pasado el último día en el mar estudiando mapas.

—La ruta más directa sería ir hacia el este desde aquí, a través del canal de Corinto. Pero si intentan ir en esa dirección…

—Basta —espetó Antínoo—. Tienes la lengua muy suelta, Eurímaco.

El fantasma puso cara de ofendido.

—¡No iba a contárselo todo! Solo lo de los ejércitos de cíclopes concentrados en cada orilla. Y los espíritus de la tormenta bramando en el aire. Y esos feroces monstruos marinos que Ceto ya ha enviado para que infesten las aguas. Y por supuesto, si el barco llegara a Delfos…

—¡Idiota!

Antínoo se abalanzó sobre la mesa y agarró la muñeca del fantasma. Una fina capa de tierra se extendió de la mano del demonio y subió por el espectral brazo de Eurímaco.

—¡No! —chilló Eurímaco—. ¡Por favor! Yo… Yo solo quería…

El fantasma gritó mientras la tierra cubría su cuerpo como una cáscara y luego se partió en dos y no dejó más que un montón de polvo. Eurímaco había desaparecido.

Antínoo se recostó y se limpió las manos. Los otros pretendientes sentados a la mesa lo observaron en silencio con recelo.

—Disculpa, Iro. —El demonio sonrió fríamente—. Lo único que necesitas saber es que los caminos a Atenas están bien vigilados, como prometimos. Los semidioses tendrán que arriesgarse a venir por el canal, cosa que es imposible, o rodear todo el Peloponeso, una alternativa que no es precisamente mucho más segura. En cualquier caso, es poco probable que sobrevivan para tomar esa decisión. Cuando lleguen a Ítaca lo sabremos. Los detendremos aquí, y Gaia verá lo valiosos que somos. Puedes llevarle ese mensaje a Atenas.

A Jason el corazón le latía con fuerza contra el esternón. En su vida había visto algo parecido a la cáscara de tierra que Antínoo había invocado para acabar con Eurímaco. No quería averiguar si ese poder funcionaba con los semidioses.

Además, Antínoo parecía convencido de que podría detectar el *Argo II*. La magia de Hazel parecía estar ocultando el barco hasta el momento, pero no había forma de saber cuánto duraría.

Jason había conseguido la información que habían ido a buscar. Su objetivo era Atenas. La ruta menos peligrosa, o al menos la ruta no imposible, era alrededor de la costa meridional. Estaban a 20 de julio. Solo tenían doce días hasta la fecha en la que Gaia planeaba despertar, el 1 de agosto, la antigua fiesta de la Esperanza.

Jason y sus amigos tenían que marcharse mientras tuvieran ocasión.

Pero le preocupaba otra cosa: una sensación premonitoria, como si todavía no se hubiera enterado de la peor noticia.

Eurímaco había mencionado Delfos. En el fondo, Jason tenía la esperanza de poder visitar el antiguo emplazamiento del oráculo de Apolo y con suerte descubrir algo sobre su futuro personal, pero si el lugar había sido invadido por monstruos...

Apartó su plato de comida fría.

—Parece que todo está bajo control. Por tu bien, Antínoo, espero que así sea. Esos semidioses tienen iniciativa. Cerraron las Puertas de la Muerte. No querríamos que se os escaparan consiguiendo ayuda en Delfos, por ejemplo.

Antínoo se rió entre dientes.

—No hay peligro de que eso pase. Apolo ya no manda en Delfos.

—Ah... entiendo. ¿Y si los semidioses toman el camino largo alrededor del Peloponeso?

—Te preocupas demasiado. Ese viaje es muy peligroso para los semidioses, y está demasiado lejos. Además, la victoria está desenfrenada en Olimpia. Mientras siga siendo así, no hay forma de que los semidioses ganen esta guerra.

Jason tampoco entendía lo que eso significaba, pero asintió con la cabeza.

—Muy bien. Informaré de ello al rey Porfirio. Gracias por la, ejem, comida.

Desde la fuente, Michael Varus gritó:

—Espera.

Jason reprimió un juramento. Había tratado de no prestar atención al pretor muerto, pero Varus se acercó rodeado de una brumosa aura blanca, con los ojos hundidos como pozos negros. Un *gladius* de oro imperial colgaba de su costado.

—Debes quedarte —dijo Varus.

Antínoo lanzó una mirada de irritación al fantasma.

—¿Cuál es el problema, legionario? Si Iro quiere marcharse, déjalo. ¡Huele mal!

Los otros fantasmas se rieron nerviosos. En el otro lado del patio, Piper lanzó una mirada de preocupación a Jason. Un poco más lejos, Annabeth se agenció despreocupadamente un cuchillo para trinchar del plato más cercano.

30

Varus posó la mano en el pomo de su espada. A pesar del calor, el peto estaba cubierto de hielo.

—Perdí dos veces a mi cohorte en Alaska: una en vida y otra muerto contra un *graecus* llamado Percy Jackson. A pesar de todo, he venido aquí en respuesta a la llamada de Gaia. ¿Sabes por qué?

Jason tragó saliva.

—¿Por tozudez?

—Este es un lugar de anhelos. Todos hemos venido aquí atraídos no solo por el poder de Gaia, sino también por nuestros mayores deseos. La codicia de Eurímaco. La crueldad de Antínoo.

—Me halagas —murmuró el demonio.

—El odio de Asdrúbal —continuó Varus—. La amargura de Hipias. Mi ambición. Y tú, Iro, ¿qué te ha atraído aquí? ¿Qué es lo que más desea un mendigo? ¿Un hogar, tal vez?

Jason empezó a notar un incómodo hormigueo en la base del cráneo: la misma sensación que notaba cuando una gran tormenta eléctrica estaba a punto de estallar.

—Debería ponerme en marcha —dijo—. Tengo mensajes que llevar.

Michael Varus desenvainó su espada.

—Mi padre es Jano, el dios de las dos caras. Estoy acostumbrado a ver a través de máscaras y engaños. ¿Sabes por qué estamos seguros de que los semidioses no pasarán inadvertidos por nuestra isla, Iro?

Jason repasó en silencio su repertorio de tacos en latín. Trató de calcular cuánto tardaría en sacar su bengala de emergencia y encenderla. Con suerte, podría ganar suficiente tiempo para que las chicas se refugiasen antes de que aquella horda de muertos lo matasen.

Se volvió hacia Antínoo.

—Oye, ¿aquí mandas tú o no? Tal vez deberías hacer callar al romano.

El demonio respiró hondo. La flecha hizo un ruido en su garganta.

—Esto podría ser entretenido. Adelante, Varus.

El pretor muerto levantó la espada.

—Nuestros deseos nos definen. Muestran quienes somos en realidad. Alguien ha venido a por ti, Jason Grace.

Detrás de Varus, la multitud se separó. El reluciente fantasma de una mujer avanzó flotando, y Jason se sintió como si sus huesos se convirtieran en polvo.

—Cariño —dijo el fantasma de su madre—. Has vuelto a casa.

III

Jason

De algún modo supo que era ella. Reconoció su vestido: una prenda cruzada verde y roja con estampado de flores, como la falda de un árbol de Navidad. Reconoció las pulseras de plástico de colores vivos que le había clavado en la espalda cuando lo había abrazado en la Casa del Lobo. Reconoció su cabello, una corona cardada de rizos rubios teñidos, y su aroma a limones y aerosol.

Sus ojos eran azules como los de Jason, pero brillaban con una luz rota, como si acabara de salir de un búnker después de una guerra nuclear: buscando ansiosamente detalles familiares en un mundo cambiado.

—Cariño.

Le tendió los brazos.

La visión periférica de Jason se restringió. Los fantasmas y demonios ya no importaban.

El disfraz que le había proporcionado la Niebla se disipó. Su postura se enderezó. Las articulaciones dejaron de dolerle. Su bastón se convirtió otra vez en un *gladius* de oro imperial.

La sensación de ardor no cesó. Se sentía como si se estuvieran quemando capas de su vida: sus meses en el Campamento Mestizo, sus años en el Campamento Júpiter, su entrenamiento con Lupa, la diosa loba. Volvía a ser un niño de dos años asustado y vulnerable.

Incluso la cicatriz de su labio, que se había hecho cuando había tratado de comerse una grapadora de pequeño, le dolía como una herida reciente.

—¿Mamá? —logró decir.

—Sí, cariño. —La imagen de ella parpadeó—. Ven, abrázame.

—No… no eres real.

—Claro que es real. —La voz de Michael Varus sonaba lejana—. ¿Crees que Gaia dejaría que un espíritu tan importante languideciera en el inframundo? Es tu madre, Beryl Grace, estrella de la televisión, novia del dios del Olimpo. Ella le rechazó no una sino dos veces, tanto bajo su apariencia griega como romana. Se merece la misma justicia que cualquiera de nosotros.

Jason se notaba el corazón débil. Los pretendientes se apiñaron a su alrededor, observando.

«Soy un entretenimiento para ellos», comprendió Jason. A los fantasmas probablemente esa situación les resultaba más divertida que dos mendigos peleando a muerte.

La voz de Piper traspasó los zumbidos de su cabeza.

—Mírame, Jason.

Estaba a seis metros de distancia, sosteniendo el ánfora de cerámica. Su sonrisa había desaparecido. Tenía una mirada feroz y autoritaria, tan imposible de pasar por alto como la pluma de arpía azul de su cabello.

—Esa no es tu madre. Su voz está obrando algún tipo de magia sobre ti, como la embrujahabla, pero más peligrosa. ¿No lo notas?

—Tiene razón. —Annabeth se subió a la mesa más cercana. Apartó una fuente de una patada y asustó a una docena de pretendientes—. Jason, solo es un vestigio de tu madre, como un *ara* o…

—¡Un vestigio! —El fantasma de su madre empezó a sollozar—. Sí, mira en lo que me he convertido. La culpa es de Júpiter. Él nos abandonó. ¡Él se negó a ayudarme! Yo no quería dejarte en Sonoma, cielo, pero Juno y Júpiter no me dejaron alternativa. Ellos se negaron a dejar que siguiéramos juntos. ¿Por qué luchar por ellos ahora? Únete a estos pretendientes. Dirígelos. ¡Podemos volver a ser una familia!

Jason notaba cientos de ojos posados en él.

«Ha sido la historia de mi vida», pensó amargamente. Todo el mundo siempre lo había mirado esperando que les mostrara el camino. Desde el momento en que había llegado al Campamento Júpiter, los semidioses romanos lo habían tratado como a un príncipe heredero. A pesar de sus intentos por modificar su destino —ingresando en la peor cohorte, tratando de cambiar las tradiciones del campamento, aceptando las misiones menos atractivas y entablando amistad con los chicos menos populares—, lo habían nombrado pretor de todas formas. Como hijo de Júpiter, su futuro estaba asegurado.

Recordó lo que Hércules le había dicho en el estrecho de Gibraltar: «No es fácil ser hijo de Zeus. Estamos sometidos a mucha presión. A uno se le pueden acabar cruzando los cables».

Y allí estaba Jason de nuevo, tenso como la cuerda de un arco.

—Me abandonaste —le dijo a su madre—. No fue Júpiter ni Juno. Fuiste tú.

Beryl Grace dio un paso adelante. Las arrugas de preocupación de sus ojos y la dolorida tensión de su boca recordaron a Jason a su hermana, Thalia.

—Te dije que volvería, cariño. Fueron las últimas palabras que te dije. ¿No te acuerdas?

Jason se estremeció. En las ruinas de la Casa del Lobo, su madre lo había abrazado por última vez. Ella había sonreído, pero sus ojos estaban llenos de lágrimas.

«No pasa nada —le había prometido. Pero a pesar de ser un niño pequeño, Jason había sabido que pasaba algo—. Espera aquí. Volveré a por ti, cariño. Te veré pronto.»

No había vuelto. Jason había vagado por las ruinas solo, llorando y llamando a gritos a su madre y a Thalia…, hasta que los lobos fueron a por él.

La promesa incumplida de su madre había determinado su personalidad. Él había desarrollado su vida entera en torno a la irritación de sus palabras, como un grano de arena en el centro de una perla.

«La gente miente. Las promesas se rompen.»

Ese era el motivo por el que Jason seguía las normas, pese a lo mucho que le fastidiaba. Cumplía sus promesas. No deseaba abandonar a nadie como lo habían abandonado y le habían mentido a él.

Pero su madre había vuelto, eliminando la única certeza que Jason tenía sobre ella: que lo había abandonado para siempre.

Al otro lado de la mesa, Antínoo levantó su copa.

—Encantado de conocerte, hijo de Júpiter. Escucha a tu madre. Tienes muchas quejas de los dioses. ¿Por qué no te unes a nosotros? Deduzco que esas dos sirvientas son amigas tuyas… Les perdonaremos la vida. ¿Deseas que tu madre siga en el mundo? Nosotros podemos conseguirlo. ¿Deseas ser un rey…?

—No. —A Jason le daba vueltas la cabeza—. No, mi sitio no está con vosotros.

Michael Varus lo observó fríamente.

—¿Tan seguro estás, compañero pretor? Aunque venzas a los gigantes y a Gaia, ¿volverías a tu hogar, como Odiseo? ¿Dónde está tu hogar ahora? ¿Con los griegos? ¿Con los romanos? Nadie te aceptará. Y si regresas, ¿quién dice que no te encontrarás unas ruinas como estas?

Jason escudriñó el patio del palacio. Sin los ilusorios balcones y columnatas, no había nada más que un montón de escombros sobre la árida cima de una colina. Solo la fuente parecía real, expulsando arena como un recordatorio del poder ilimitado de Gaia.

—Tú fuiste oficial de la legión —le dijo a Varus—. Un líder de Roma.

—Y tú también —dijo Varus—. Las lealtades cambian.

—¿Crees que mi sitio está con esta gente? —preguntó Jason—. ¿Una panda de fracasados esperando una limosna de Gaia, quejándose continuamente de que el mundo les debe algo?

Fantasmas y demonios se levantaron y desenvainaron sus armas por todo el patio.

—¡Tened cuidado! —gritó Piper a la multitud—. Todos los hombres de este palacio son vuestros enemigos. ¡Todos os apuñalarán por la espalda a la menor ocasión!

Durante las últimas semanas, la capacidad de persuasión de Piper se había vuelto verdaderamente potente. Había dicho la verdad, y la muchedumbre la creyó. Se miraron de reojo unos a otros, apretando con las manos las empuñaduras de sus armas.

La madre de Jason avanzó hacia él.

—Sé sensato, cariño. Renuncia a tu misión. El *Argo II* jamás podrá llegar a Atenas. Y aunque lo consiguiera, todavía quedaría el problema de la Atenea Partenos.

Un estremecimiento recorrió a Jason.

—¿A qué te refieres?

—No te hagas el ignorante, cariño. Gaia sabe lo de tu amiga Reyna, Nico, el hijo de Hades, y el sátiro Hedge. Para matarlos, la Madre Tierra ha enviado a su hijo más peligroso: el cazador que nunca descansa. Pero tú no tienes por qué morir.

Los demonios y los fantasmas se acercaron: doscientas criaturas se situaron de cara a Jason, como si fuera a entonar el himno nacional.

«El cazador que nunca descansa.»

Jason no sabía quién era, pero tenía que avisar a Reyna y a Nico. Eso significaba que tenía que salir de allí con vida.

Miró a Annabeth y a Piper. Las dos estaban preparadas, esperando su señal.

Se obligó a mirar a su madre a los ojos. Parecía la misma mujer que lo había abandonado en el bosque de Sonoma hacía catorce años. Pero Jason ya no era un niño pequeño. Era un veterano de guerra, un semidiós que se había enfrentado a la muerte en incontables ocasiones.

Y lo que veía delante de él no era su madre; al menos, lo que su madre debería ser: afectuosa, cariñosa, abnegadamente protectora.

«Un vestigio», la había llamado Annabeth.

Michael Varus le había dicho que lo que sustentaba a los espíritus del palacio eran sus mayores deseos. El espíritu de Beryl Grace estaba radiante de anhelo en sentido literal. Sus ojos reclamaban la atención de Jason. Sus brazos se alargaban, desesperados por poseerlo.

—¿Qué quieres? —preguntó—. ¿Qué te ha traído aquí?

—¡Quiero la vida! —gritó ella—. ¡Juventud! ¡Belleza! Tu padre podría haberme hecho inmortal. Podría haberme llevado al Olimpo, pero me abandonó. Tú puedes corregirlo, Jason. ¡Tú eres mi orgulloso guerrero!

Su aroma a limón se volvió acre, como si estuviera empezando a quemarse.

Jason recordó una historia que Thalia le había contado. Su madre se había ido volviendo cada vez más inestable hasta que su desesperación la había vuelto loca. Había muerto en un accidente de tráfico conduciendo ebria.

A Jason se le revolvió el vino aguado en el estómago. Decidió que, si sobrevivía, no volvería a beber alcohol en su vida.

—Eres una *mania* —concluyó Jason, quien recordó la palabra gracias a sus lejanos estudios en el Campamento Júpiter—. Un espíritu de la locura. En eso te has convertido.

—Soy lo único que queda —convino Beryl Grace. Su imagen parpadeó y adquirió una gama de colores distintos—. Abrázame, hijo. Soy lo único que tienes.

El recuerdo del viento del sur habló en su mente: «No puedes tener control sobre tu familia, pero puedes elegir tu legado».

Jason se sintió como si se estuviera recomponiendo, capa a capa. Los latidos de su corazón se estabilizaron. El frío abandonó sus huesos. Su piel se calentó con el sol de la tarde.

—No —dijo con voz ronca. Miró a Annabeth y a Piper—. Mis lealtades han cambiado. Mi familia ha aumentado. Soy hijo de Grecia y de Roma. —Miró a su madre por última vez—. Ya no soy hijo tuyo.

Hizo el antiguo gesto para protegerse contra el mal —tres dedos movidos hacia fuera desde el corazón—, y el fantasma de Beryl Grace desapareció emitiendo un suave siseo, como un suspiro de alivio.

Antínoo lanzó a un lado su copa. Observó a Jason con una expresión de perezosa indignación.

—Bueno, entonces supongo que tendremos que matarte —dijo.

Los enemigos rodearon a Jason por todas partes.

IV

Jason

La batalla estaba yendo estupendamente..., hasta que le dieron una estocada.

Jason describió un amplio arco con su *gladius* y volatilizó a los pretendientes más cercanos; a continuación se subió a la mesa de un brinco y saltó justo por encima de la cabeza de Antínoo. Cuando estaba en el aire alargó la hoja de su arma y la convirtió en una jabalina, una treta que nunca había probado con su espada, pero que de algún modo sabía que daría resultado.

Cayó de pie sosteniendo un *pilum* de casi dos metros de largo. Cuando Antínoo se volvió para situarse de cara a él, Jason atravesó el pecho del demonio con la punta de oro imperial.

Antínoo bajó la vista con incredulidad.

—Serás...

—Que disfrutes de los Campos de Castigo.

Jason extrajo su *pilum* de un certero tirón, y Antínoo se deshizo en tierra.

Siguió luchando haciendo girar su jabalina, atravesando fantasmas y derribando demonios.

Al otro lado del patio, Annabeth también luchaba endemoniadamente. Su espada de hueso de dragón segaba a cualquier pretendiente tan tonto como para enfrentarse a ella.

Junto a la fuente de arena, Piper también había desenvainado su espada: la hoja de bronce dentada que había arrebatado a Zetes, el Boréada. Lanzaba estocadas y desviaba golpes con la mano derecha, y de vez en cuando disparaba tomates con la cornucopia que sostenía en la mano izquierda mientras gritaba a los pretendientes:

—¡Salvaos! ¡Soy demasiado peligrosa para vosotros!

Eso debía de ser exactamente lo que ellos querían oír, porque los adversarios no hacían más que huir para luego detenerse confundidos a escasos metros colina abajo y volver a entrar en combate.

El tirano griego Hipias se abalanzó sobre Piper con la daga en ristre, pero Piper le disparó a bocajarro al pecho una apetitosa carne asada. Hipias se cayó hacia atrás en la fuente y gritó mientras se desintegraba.

Una flecha se dirigía silbando a la cara de Jason. Él la desvió con una ráfaga de viento y a continuación atravesó una hilera de demonios armados con espadas y se fijó en una docena de pretendientes que se estaban reagrupando en la fuente para atacar a Annabeth. Alzó la jabalina al cielo. Un rayo rebotó de la punta, convirtió a los fantasmas en iones y dejó un cráter humeante donde había estado la fuente de barro.

Durante los últimos meses, Jason había librado muchas batallas, pero había olvidado lo que era sentirse bien en combate. Por supuesto, todavía tenía miedo, pero se había quitado un gran peso de encima. Por primera vez desde que había despertado en Arizona con la memoria borrada, Jason se sentía completo. Sabía quién era. Había elegido a su familia, y no incluía a Beryl Grace ni a Júpiter. Su familia estaba compuesta por todos los semidioses que luchaban a su lado, romanos y griegos, nuevos y viejos amigos. No iba a permitir que nadie separase a su familia.

Invocó los vientos y despeñó a tres demonios por la ladera de la colina como muñecos de trapo. Ensartó a un cuatro y acto seguido convirtió otra vez su jabalina en una espada y se abrió paso a cuchilladas entre otro grupo de espíritus.

Pronto no había más enemigos que se enfrentasen a él. Los fantasmas que quedaban empezaron a desaparecer por su cuenta. Annabeth mató a Asdrúbal el cartaginés, y Jason cometió el error de envainar su espada.

Notó un estallido de dolor en la región lumbar, tan agudo y frío que pensó que Quíone, la diosa de la nieve, lo había tocado.

Michael Varus gruñó junto a su oído:

—Naciste romano y morirás romano.

La punta de una espada dorada sobresalió de la pechera de la camiseta de Jason, justo por debajo de su caja torácica.

Jason cayó de rodillas. El grito de Piper sonó a kilómetros de distancia. Él se sentía como si se hubiera sumergido en agua salada; el cuerpo ingrávido, la cabeza bamboleándose.

Piper arremetió hacia él. Jason observó con desapasionamiento como la espada pasaba por encima de su cabeza y atravesaba la armadura de Michael Varus emitiendo un ruido metálico.

Una ráfaga fría separó el pelo de Jason por detrás. El polvo se asentó a su alrededor, y un casco vacío de legionario rodó sobre las piedras. El perverso semidiós había desaparecido, pero había dejado una profunda huella.

—¡Jason!

Piper lo agarró por los hombros cuando empezó a caerse de lado. Él soltó un grito ahogado en el momento en que ella le sacó la espada por la espalda. A continuación lo tumbó en el suelo y apoyó su cabeza en una piedra.

Annabeth corrió a su lado. Tenía un corte preocupante en un lado del cuello.

—Dioses. —Annabeth miró la herida de Jason—. Oh, dioses.

—Gracias —dijo Jason gimiendo—. Tenía miedo de que fuera grave.

Notó un hormigueo en los brazos y las piernas cuando su cuerpo entró en estado crítico, enviando toda la sangre al pecho. El dolor era sordo, cosa que le sorprendió, pero tenía la camiseta empapada de rojo. La herida echaba humo. Estaba totalmente seguro de que las heridas de espada no debían echar humo.

41

—Te pondrás bien. —Piper pronunció las palabras como una orden. Su tono le estabilizó la respiración—. ¡Ambrosía, Annabeth!

Annabeth se movió.

—Sí. Sí, la tengo.

Hurgó rápidamente en su saquito de reserva y desenvolvió un trozo de alimento divino.

—Tenemos que detener la hemorragia.

Piper utilizó su daga para cortarse la parte de abajo del vestido. Rasgó la tela a modo de vendas.

Jason se preguntó vagamente cómo sabía tanto de primeros auxilios. La chica le vendó las heridas de la espalda y la barriga mientras Annabeth le metía unos pedacitos de ambrosía en la boca.

A Annabeth le temblaban los dedos. Después de todas las cosas por las que había pasado, a Jason le resultó extraño que se asustara en ese momento, mientras que Piper se comportaba tan tranquilamente. Entonces cayó en la cuenta: Annabeth podía permitirse estar asustada. Piper no. Ella estaba totalmente centrada en salvarlo.

Annabeth le dio de comer otro bocado.

—Jason, yo… siento lo de tu madre. Pero lo has manejado… de forma muy valiente.

Jason trató de no cerrar los ojos. Cada vez que lo hacía veía el espíritu de su madre desintegrándose.

—No era ella —dijo—. Al menos, no una parte de ella que yo pudiera salvar. No había otra opción.

Annabeth respiró de forma temblorosa.

—Otra opción correcta, tal vez, pero… un amigo mío, Luke… Su madre… tuvo un problema parecido. Él no lo llevó tan bien.

La voz se le quebró. Jason no sabía gran cosa acerca del pasado de Annabeth, pero Piper los miró preocupada.

—He vendado todo lo que he podido —dijo—. La sangre sigue empapando la tela. Y el humo. No lo entiendo.

—El oro imperial —dijo Annabeth con voz trémula—. Es mortal para los semidioses. Es cuestión de tiempo que…

—Se pondrá bien —insistió Piper—. Tenemos que llevarlo al barco.

42

—No me encuentro tan mal —dijo Jason. Y no mentía. La ambrosía le había despejado la cabeza. Estaba recuperando el calor en las extremidades—. Tal vez podría volar...

Jason se incorporó. Su vista se tiñó de un tono verde pálido.

—O tal vez no...

Piper lo agarró por los hombros cuando se desplomó de lado.

—Quieto, Chispitas. Tenemos que contactar con el *Argo II* y conseguir ayuda.

—Hacía mucho que no me llamabas Chispitas.

Piper le besó la frente.

—Sigue conmigo y te insultaré todo lo que quieras.

Annabeth echó un vistazo a las ruinas. El barniz mágico había desaparecido y no había dejado más que muros rotos y fosos de excavación.

—Podríamos usar las bengalas de emergencia, pero...

—No —dijo Jason—. Leo podría volar la cima de la colina con fuego griego. A lo mejor, si me ayudarais, podría ir andando...

—De ninguna manera —objetó Piper—. Nos llevaría demasiado tiempo. —Hurgó en su riñonera y extrajo un espejo compacto—. Annabeth, ¿conoces el alfabeto MORSE?

—Claro.

—Leo también. —Piper le dio el espejo—. Estará mirando desde el barco. Ve a la cumbre...

—¡Y le enseño la cosita! —Annabeth se ruborizó—. Ha sonado mal. Pero es una buena idea.

Corrió al linde de las ruinas.

Piper sacó un termo con néctar y le dio a Jason un sorbo.

—Aguanta. No te vas a morir por un ridículo piercing.

Jason logró esbozar una débil sonrisa.

—Por lo menos esta vez no me han herido en la cabeza. He estado consciente toda la pelea.

—Has vencido a unos doscientos enemigos —dijo Piper—. Has estado increíble.

—Vosotras me habéis ayudado.

—Puede, pero... Eh, sigue conmigo.

La cabeza de Jason empezó a inclinarse. Las grietas de las piedras se volvieron más nítidas.

—Estoy un poco mareado —murmuró.

—Más néctar —mandó ella—. Toma. ¿Sabe bien?

—Sí. Sí, está bueno.

En realidad el néctar le sabía a serrín, pero Jason se lo calló. Desde que había estado en la Casa de Hades, cuando había renunciado a su título de pretor, la ambrosía y el néctar habían dejado de saberle como cuando eran sus comidas favoritas del Campamento Júpiter. Era como si el recuerdo de su antiguo hogar ya no tuviera el poder de curarle.

«Naciste romano y morirás romano», había dicho Michael Varus.

Miró el humo que salía de sus vendajes. Tenía mayores preocupaciones que la pérdida de sangre. Annabeth estaba en lo cierto con respecto al oro imperial. Ese metal era mortal para los semidioses, así como para los monstruos. La herida del arma de Varus haría lo posible por consumir la fuerza vital de Jason.

Había visto morir a un semidiós de esa forma en una ocasión. No había sido rápido ni bonito.

«No puedo morir —se dijo—. Mis amigos dependen de mí.»

Las palabras de Antínoo resonaban en sus oídos: los gigantes de Atenas, la travesía imposible a la que se enfrentaba el *Argo II* y el misterioso cazador que Gaia había enviado para interceptar la Atenea Partenos.

—Reyna, Nico y el entrenador Hedge —dijo—. Están en peligro. Tenemos que avisarles.

—Nos ocuparemos de eso cuando volvamos al barco —prometió Piper—. Ahora mismo lo que tienes que hacer es relajarte. —Su tono era liviano y seguro, pero sus ojos estaban llenos de lágrimas—. Además, esos tres son muy duros. No les pasará nada.

Jason esperaba que ella tuviera razón. Reyna había arriesgado mucho para ayudarles. El entrenador Hedge a veces era un incordio, pero había protegido lealmente a todo el grupo. Y Nico... Jason estaba especialmente preocupado por él.

Piper le acarició la cicatriz del labio con el pulgar.

—Cuando la guerra termine, los problemas de Nico se solucionarán. Has hecho lo que podías portándote con él como un amigo.

Jason no sabía qué decir. No había hablado con Piper de las conversaciones que había mantenido con Nico. Había guardado el secreto de Di Angelo.

Aun así, Piper parecía intuir lo que pasaba. Como hija de Afrodita, tal vez sabía cuándo alguien tenía problemas amorosos. Sin embargo, no había presionado a Jason para que hablara del tema. Él se lo agradecía.

Otra oleada de olor le arrancó una mueca.

—Concéntrate en mi voz. —Piper le besó la frente—. Piensa en algo agradable. La tarta de cumpleaños en el parque, en Roma…

—Eso fue bonito.

—El invierno pasado —propuso ella—. La pelea con malvaviscos en la fogata.

—Te di una paliza.

—¡Tuviste caramelo en el pelo durante días!

—No.

La mente de Jason se remontó a épocas mejores.

Solo quería seguir allí, hablando con Piper, cogiéndole la mano, sin tener que preocuparse por los gigantes ni por Gaia ni por la locura de su madre.

Sabía que debían volver al barco. Se encontraba en mal estado. Tenían la información que habían ido a buscar. Pero allí, tumbado sobre las piedras frías, Jason se sentía incompleto. La historia de los pretendientes y la reina Penélope… Sus pensamientos sobre la familia… Sus sueños recientes… Todas esas cosas daban vueltas en su cabeza. Había algo más en ese sitio, algo que se le había pasado por alto.

Annabeth volvió cojeando del borde de la colina.

—¿Estás herida? —le preguntó Jason.

Annabeth se miró el tobillo.

—No es nada. Es la fractura que me hice en las cavernas romanas. A veces, cuando estoy estresada… No tiene importancia. He hecho señales a Leo. Frank va a transformarse, vendrá volando aquí

45

arriba y te llevará al barco. Tengo que hacer una camilla para mantenerte estable.

Jason visualizó una aterradora imagen de sí mismo en una hamaca entre las garras de Frank, convertido en águila gigante, pero decidió que era preferible a morir.

Annabeth se puso manos a la obra. Recogió restos dejados por los pretendientes: un cinturón de piel, una túnica rasgada, tiras de sandalias, una manta roja y un par de astiles de lanza. Sus manos se movían a toda velocidad sobre los materiales: cortando, tejiendo, atando, trenzando.

—¿Cómo lo haces? —preguntó Jason asombrado.

—Aprendí en mi última misión debajo de Roma. —Annabeth no apartaba la vista de su obra—. Antes nunca había tenido un motivo para tejer, pero es útil para determinadas cosas, como escapar de arañas…

Ató el último trozo de piel y *voilà*: una camilla lo bastante grande para Jason, con astiles de lanza a modo de mangos de transporte y correas de seguridad que atravesaban la parte central.

Piper silbó con admiración.

—La próxima vez que necesite que me arreglen un vestido iré a verte.

—Cállate, McLean —dijo Annabeth, pero sus ojos brillaban de satisfacción—. Venga, vamos a sujetarlo…

—Espera —dijo Jason.

El corazón le latía con fuerza. Al observar a Annabeth tejer la cama improvisada, Jason se había acordado de la historia de Penélope, que había aguantado veinte años esperando a que su marido Odiseo volviera.

—Una cama —dijo Jason—. En este palacio había una cama especial.

Piper puso cara de preocupación.

—Jason, has perdido mucha sangre.

—No estoy teniendo alucinaciones —insistió él—. El lecho nupcial era sagrado. Si hubiera un sitio en el que pudieras hablar con Juno… —Respiró hondo y gritó—. ¡Juno!

Silencio.

Tal vez Piper tuviera razón. No pensaba con claridad.

Entonces, a unos veinte metros de distancia, el suelo de piedra empezó a agrietarse. Unas ramas se abrieron paso a través de la tierra y crecieron a cámara rápida hasta que un olivo de tamaño normal dio sombra en el patio. Debajo de un manto de hojas de color verde grisáceo había una mujer morena con un vestido blanco y los hombros cubiertos por una capa de piel de leopardo. Llevaba un bastón rematado con una flor de loto blanca. Su expresión era fría y regia.

—Héroes míos —dijo la diosa.

—Hera —dijo Piper.

—Juno —la corrigió Jason.

—Lo que sea —gruñó Annabeth—. ¿Qué hacéis aquí, vuestra bovina majestad?

Los ojos oscuros de Junto emitieron un brillo peligroso.

—Annabeth Chase. Tan encantadora como siempre.

—Sí, bueno —dijo Annabeth—, acabo de volver del Tártaro, así que he descuidado un poco los modales, sobre todo con las diosas que le borran la memoria a mi novio y le hacen desaparecer durante meses, y luego…

—Sinceramente, niña, ¿vamos a discutir eso de nuevo?

—¿No se supone que tiene doble personalidad? —preguntó Annabeth—. Quiero decir, más de lo normal.

—Para el carro —intercedió Jason. A él no le faltaban motivos para odiar a Juno, pero tenían otros asuntos que tratar—. Necesitamos su ayuda, Juno. Nosotros…

Jason trató de incorporarse y enseguida se arrepintió. Notó como si un gigantesco tenedor para espaguetis estuviera enroscando sus entrañas.

Piper evitó que se cayera.

—Lo primero es lo primero —dijo—. Jason está herido. ¡Cúrelo!

La diosa arrugó la frente. Su figura relució de forma vacilante.

—Hay cosas que ni siquiera los dioses podemos curar —dijo—. Esta herida afecta a tu alma además de a tu cuerpo. Debes luchar contra ella, Jason Grace… Debes sobrevivir.

—Sí, gracias —dijo él, con la boca seca—. Lo intento.

—¿A qué se refiere con que la herida afecta a su alma? —preguntó Piper—. ¿Por qué no puede...?

—Héroes míos, nuestro tiempo juntos es breve —dijo Juno—. Doy gracias por que me hayáis llamado. He pasado semanas presa del dolor y la confusión... Mi carácter griego y mi carácter romano se enfrentaban. Y lo que es peor, me he visto obligada a esconderme de Júpiter, que me busca, cegado por la ira, creyendo que yo provoqué esta guerra con Gaia.

—Vaya, ¿por qué iba a pensar eso? —dijo Annabeth.

Juno le lanzó una mirada de irritación.

—Afortunadamente, este sitio es sagrado para mí. Quitando de en medio a esos fantasmas, lo habéis purificado y me habéis ofrecido un momento de claridad. Ahora podré hablar con vosotros... aunque brevemente.

—¿Por qué es sagrado...? —Piper abrió mucho los ojos—. Ah. El lecho nupcial.

—¿Lecho nupcial? —preguntó Annabeth—. No veo ningún...

—La cama de Penélope y Odiseo —le explicó Piper—. Una de las columnas de la cama era un olivo vivo, así que no se podía mover.

—Por supuesto. —Juno pasó la mano a lo largo del tronco del olivo. Un lecho nupcial inmóvil. ¡Qué símbolo tan bonito! Como Penélope, la esposa más fiel, que se mantuvo firme y rechazó a cien arrogantes pretendientes porque sabía que su marido volvería. Odiseo y Penélope: ¡el paradigma del matrimonio perfecto!

A pesar de su estado de aturdimiento, Jason estaba bastante seguro de haber oído que Odiseo se había enamorado de otras mujeres durante sus viajes, pero decidió no sacarlo a colación.

—¿Puede darnos al menos algún consejo? —preguntó—. ¿Puede decirnos qué hacer?

—Rodead el Peloponeso —dijo la diosa—. Como bien sospecháis, es la única ruta posible. Por el camino, buscad a la diosa de la victoria en Olimpia. Está fuera de control. A menos que podáis calmarla, la brecha entre griegos y romanos no se cerrará jamás.

—¿Se refiere a Niké? —preguntó Annabeth—. ¿En qué sentido está fuera de control?

Un trueno retumbó en lo alto y sacudió la colina.

—Explicarlo llevaría demasiado tiempo —dijo Juno—. Debo huir antes de que Júpiter me encuentre. Cuando me marche, no podré volver a ayudaros.

Jason contuvo una réplica: «¿Y cuándo me has ayudado antes?».

—¿Qué más debemos saber? —preguntó.

—Como ya sabéis, los gigantes se han reunido en Atenas. Pocos dioses podrán ayudaros en vuestro viaje, pero no soy la única diosa del Olimpo que ha caído en desgracia con Júpiter. Los mellizos también han provocado su ira.

—¿Artemisa y Apolo? —preguntó Piper—. ¿Por qué?

La imagen de Juno empezó a apagarse.

—Si llegáis a la isla de Delos, puede que estén dispuestos a ayudaros. Están bastante desesperados por redimirse. Y ahora marchaos. Tal vez volvamos a vernos en Atenas si tenéis éxito. Si no…

La diosa desapareció, o tal vez a Jason simplemente le falló la vista. El dolor lo atravesó como una ola. La cabeza le cayó hacia atrás. Vio un águila gigante dando vueltas muy en lo alto. A continuación el cielo azul se tiñó de negro, y Jason no vio nada en absoluto.

V

Reyna

Caer en picado como una bomba sobre un volcán no estaba en la lista de cosas que Reyna quería hacer antes de morir.

La primera vista del sur de Italia la contempló desde el aire a mil quinientos metros de altura. Al oeste, a lo largo de la medialuna del golfo de Nápoles, las luces de ciudades dormidas brillaban en la penumbra previa al amanecer. Trescientos metros por debajo de ella, una caldera de casi dos kilómetros de ancho se abría en lo alto de una montaña y de su centro salía una columna de humo.

La desorientación de Reyna tardó un momento en remitir. Viajar por las sombras le provocaba atontamiento y náuseas, como si la hubieran sacado de las aguas frías del *frigidarium* y la hubieran metido en la sauna de un baño romano.

Entonces se dio cuenta de que estaba flotando en el aire. La gravedad se impuso, y empezó a caer.

—¡Nico! —gritó.

—¡Por las flautas de Pan! —maldijo Gleeson Hedge.

—¡Ahhh!

Nico agitó los brazos y estuvo a punto de escapar de la mano de Reyna. Ella lo agarró fuerte y cogió al entrenador Hedge por el cuello de su camiseta cuando empezó a desplomarse. Si se separaban, morirían.

Cayeron en picado hacia el volcán mientras su artículo de equipaje más grande —la Atenea Partenos de doce metros de altura— descendía detrás de ellos, sujeta con una correa al arnés que Nico llevaba a la espalda como un paracaídas de lo más ineficaz.

—¡Eso de ahí abajo es el Vesubio! —gritó Reyna por encima del viento—. ¡Nico, teletranspórtanos fuera de aquí!

Él tenía los ojos desorbitados y desenfocados. Su suave cabello moreno se agitaba en torno a su cara como un cuervo abatido en el cielo.

—¡No... no puedo! ¡No tengo fuerzas!

El entrenador Hedge baló.

—¡Noticia de última hora, chico! ¡Las cabras no pueden volar! ¡Sácanos de aquí o nos convertiremos en tortilla de Atenea Partenos!

Reyna trató de pensar. Podía aceptar la muerte si no le quedaba más remedio, pero si la Atenea Partenos se destruía, su misión fracasaría. Y Reyna no podía aceptar eso.

—Nico, viaja por las sombras —ordenó—. Te prestaré mis fuerzas.

Él la miró fijamente sin comprender.

—¿Cómo...?

—¡Hazlo!

Ella le agarró más fuerte la mano. El símbolo de la antorcha y la espada de Belona que tenía en el antebrazo empezó a calentarse hasta provocarle un dolor punzante, como si se lo estuvieran grabando en la piel por primera vez.

Nico dejó escapar un grito ahogado. Su cara recuperó el color. Justo antes de que llegaran a la columna de humo del volcán, se sumieron en las sombras.

El aire se enfrió. Una algarabía de voces que susurraban en mil idiomas distintos sustituyó el sonido del viento. Reyna notaba las entrañas como una gigantesca piragua: sirope frío sobre hielo picado, su postre favorito de niña en Viejo San Juan.

Se preguntó por qué ese recuerdo acudía en ese momento a su mente, cuando estaba al borde de la muerte. Entonces su vista se aclaró. Sus pies pisaron tierra firme.

El viento del este había empezado a remitir. Por un momento Reyna pensó que volvía a estar en la Nueva Roma. Unas columnas dóricas bordeaban un atrio del tamaño del diamante de un campo de béisbol. Delante de ella, un fauno de bronce ocupaba el centro de una fuente decorada con teselas de mosaico.

En un jardín cercano había árboles de Júpiter y rosales en flor. Palmeras y pinos se alzaban al cielo. Unos senderos de adoquines partían del patio en varias direcciones: caminos rectos y llanos de buena construcción romana que bordeaban casas de piedra bajas con porches con columnatas.

Reyna se volvió. Detrás de ella, la Atenea Partenos se encontraba intacta y derecha, dominando el patio como un adorno de jardín absurdamente desproporcionado. El pequeño fauno de bronce de la fuente tenía los dos brazos levantados, mirando hacia la Atenea, de modo que parecía acobardado ante la recién llegada.

En el horizonte, el monte Vesubio se alzaba amenazante: una figura oscura con forma de joroba situada a varios kilómetros de distancia. Densas columnas de humo salían de la cumbre.

—Estamos en Pompeya —comprendió Reyna.

—Oh, eso no es bueno —dijo Nico, e inmediatamente se desplomó.

—¡Quieto!

El entrenador Hedge lo atrapó antes de que cayera al suelo. El sátiro lo apoyó contra los pies de la Atenea y aflojó el arnés que sujetaba a Nico a la estatua.

A Reyna le flaquearon las rodillas. Había esperado una reacción negativa; le ocurría cada vez que compartía sus fuerzas. Pero ella no había contado con que Nico di Angelo sufría una angustia tan intensa. Se sentó pesadamente y a duras penas consiguió mantenerse consciente.

Dioses de Roma, si eso era solo una parte del dolor que experimentaba Nico, ¿cómo podía soportarlo?

Trató de respirar de forma regular mientras el entrenador Hedge rebuscaba en sus provisiones de camping. Alrededor de las botas de Nico, las piedras se agrietaron. Vetas oscuras irradiaban hacia fuera como salpicaduras de tinta, como si el cuerpo de Nico estuviera intentando expulsar todas las sombras por las que había viajado.

El día anterior había sido peor: un prado entero se había marchitado, y habían salido esqueletos de la tierra. Reyna no tenía ganas de que se repitiera.

—Bebe algo.

Le ofreció una cantimplora de poción de unicornio: polvo de cuerno con agua santificada del Pequeño Tíber. Habían descubierto que a Nico le hacía más efecto que el néctar y que le ayudaba a depurar toda la fatiga y la oscuridad de su organismo sin que corriera tanto riesgo de sufrir combustión espontánea.

Nico tragó la bebida. Seguía teniendo un aspecto terrible. Su piel poseía un tono azulado. Sus mejillas estaban hundidas. Colgado en su costado, el cetro de Diocleciano emitía un furioso brillo morado, como un cardenal radiactivo.

Observó a Reyna.

—¿Cómo lo has hecho…, lo de la oleada de energía?

Reyna giró su antebrazo. El tatuaje seguía quemándole como cera caliente: el símbolo de Belona, las siglas SPQR, con cuatro rayas que representaban sus años de servicio.

—No me gusta hablar del tema, pero es un poder de mi madre —dijo—. Puedo darle fuerza a otras personas.

El entrenador Hedge alzó la vista de su mochila.

—¿De verdad? ¿Por qué no me has enchufado? ¡Quiero tener supermúsculos!

Reyna frunció el entrecejo.

—No funciona así, entrenador. Solo puedo hacerlo en situaciones de vida o muerte, y es más útil en grupos grandes. Cuando estoy al mando de tropas, puedo compartir los atributos que tengo (fuerza, valor, resistencia) multiplicados por las dimensiones de mis ejércitos.

Nico arqueó una ceja.

—Útil para una pretora romana.

Reyna no contestó. Prefería no hablar de su poder exactamente por ese motivo. No quería que los semidioses bajo su mando pensaran que los controlaba o que se había convertido en líder porque contaba con una magia especial. Solo podía compartir las cualidades que ya poseía, y no podía ayudar a nadie que no fuera digno de ser un héroe.

El entrenador Hedge se volvió.

—Lástima. Tener supermúsculos estaría bien.

Volvió a revisar su mochila, que parecía contener una reserva interminable de utensilios de cocina, material de supervivencia y artículos de deporte aleatorios.

Nico bebió otro trago de poción de unicornio. Los ojos le pesaban demasiado debido al agotamiento, pero Reyna notaba que se estaba esforzando por mantenerse despierto.

—Acabas de tropezar —advirtió él—. Cuando utilizas tu poder, ¿recibes algún tipo de reacción de la otra persona?

—No es como adivinar los pensamientos —dijo ella—. Ni siquiera como una conexión por empatía. Es… una oleada de cansancio temporal. Emociones primarias. Tu dolor me invade. Recibo parte de tu carga.

Nico adoptó una expresión recelosa.

Hizo girar el anillo de la calavera de plata en su dedo, como Reyna hacía con su anillo de plata cuando estaba pensando. Compartir una costumbre con el hijo de Hades la incomodaba.

Había sentido más dolor con Nico que con toda su legión durante la batalla contra el gigante Polibotes. Se había quedado más agotada que la última vez que había usado su poder, para ayudar a su pegaso Scipio durante el viaje a través del Atlántico.

Trató de apartar ese recuerdo de la mente. Su valiente amigo alado, moribundo a causa del veneno, con su hocico sobre su regazo, mirándola confiadamente mientras ella levantaba su daga para poner fin a su sufrimiento… Dioses, no. No podía mortificarse por ello o se destruiría.

Pero el dolor que había sentido de parte de Nico era más agudo.

—Deberías descansar —le dijo al chico—. Después de dos saltos seguidos… incluso con un poco de ayuda… Tienes suerte de estar vivo. Necesitaremos que vuelvas a estar listo al anochecer.

Le sabía mal pedirle que hiciera algo que era imposible. Lamentablemente, se había vuelto una experta en empujar a los semidioses más allá de sus límites.

Nico apretó la mandíbula y asintió.

—Estamos aquí atrapados. —Echó un vistazo a las ruinas—. Pero Pompeya es el último sitio que yo habría elegido para aterrizar. Este sitio está lleno de lémures.

—¿Lémures? —El entrenador Hedge parecía estar haciendo una especie de trampa con una cuerda de cometa, una raqueta de tenis y un cuchillo de caza—. ¿Te refieres a esos bichos peludos tan monos?

—No —Nico parecía molesto, como si le hicieran muchas veces esa pregunta—. Lémures. Fantasmas hostiles. En todas las ciudades romanas hay, pero en Pompeya...

—La ciudad entera fue aniquilada —recordó Reyna—. El año 79 después de Cristo, el Vesubio entró en erupción y cubrió toda la ciudad de cenizas.

Nico asintió.

—Una tragedia como esa da lugar a muchos espíritus enfadados.

El entrenador Hedge observó el lejano volcán.

—Está echando humo. ¿Es una mala señal?

—No... no estoy seguro. —Nico toqueteó un agujero que había en la rodilla de sus vaqueros negros—. Los dioses de la montaña, los *ourae*, pueden percibir a los hijos de Hades. Es posible que por eso nos hayamos desviado. El espíritu del Vesubio podría haber intentado matarnos a propósito. Pero dudo que la montaña pueda hacernos daño tan lejos. Una erupción completa llevaría demasiado tiempo. La amenaza más inmediata está a nuestro alrededor.

A Reyna se le erizó el vello de la nuca.

Se había acostumbrado a los lares, los espíritus amistosos del Campamento Júpiter, pero incluso ellos la inquietaban. No entendían el concepto de espacio personal. A veces la habían atravesado y le habían provocado vértigo. Estar en Pompeya le despertaba la misma sensación, como si toda la ciudad fuera un gran fantasma que se la hubiera tragado entera.

No podía revelar a sus amigos lo mucho que temía a los fantasmas ni por qué los temía. El motivo por el que ella y su hermana habían huido de San Juan muchos años antes debía permanecer enterrado.

—¿Puedes mantenerlos a raya? —preguntó.

Nico giró las palmas hacia arriba.

—Les he enviado un mensaje: «No os acerquéis». Pero cuando me duerma, no nos servirá de mucho.

El entrenador Hedge señaló el artilugio confeccionado con la raqueta de tenis y el cuchillo de caza.

—No te preocupes, chico. Voy a bordear el perímetro con alarmas y trampas. Además, os vigilaré todo el tiempo con mi bate de béisbol.

Eso no pareció tranquilizar a Nico, pero ya tenía los ojos medio cerrados.

—Está bien. Pero… no se pase. No queremos que ocurra como en Albania.

—No —convino Reyna.

Su primera experiencia juntos viajando por las sombras, dos días atrás, había sido un fracaso estrepitoso, posiblemente el episodio más humillante en la larga trayectoria de Reyna. Tal vez algún día, si sobrevivían, lo recordarían y se reirían, pero en ese momento no. Los tres habían acordado no hablar jamás de ello. Lo que había pasado en Albania se quedaría en Albania.

El entrenador Hedge se mostró ofendido.

—De acuerdo, como queráis. Descansa, chico. Lo tenemos todo controlado.

—Está bien —dijo Nico ablandándose—. Tal vez un poco…

Consiguió quitarse su cazadora de aviador y hacer una bola con ella a modo de almohada antes de desplomarse y empezar a roncar.

Reyna se asombró de lo tranquilo que parecía. Las arrugas de preocupación habían desaparecido. Su cara se volvió extrañamente angelical, como su apellido, Di Angelo. Casi parecía un chico de catorce años normal y corriente, no un hijo de Hades que había sido arrancado de su época en los años cuarenta del siglo xx y obligado a soportar más tragedias y peligros de los que la mayoría de los semidioses padecerían en toda su vida.

Cuando Nico llegó al Campamento Júpiter, Reyna no se había fiado de él. Había intuido que era algo más que un embajador de su padre, Plutón. Pero, por supuesto, ya sabía la verdad. Él era un semidiós griego: la primera persona de la que se tenía memoria, tal vez la primera de la historia, que iba y volvía del campamento romano al campamento griego sin revelar a cada grupo la existencia del otro.

Curiosamente, eso hizo que Reyna se fiase más de Nico.

Cierto, no era romano. Nunca había cazado con Lupa ni había aguantado la brutal instrucción de la legión. Pero sí había demostrado su valor de otras formas. Había guardado los secretos de los campamentos por el mejor de los motivos, porque temía que estallase una guerra. Había descendido al Tártaro solo, voluntariamente, para buscar las Puertas de la Muerte. Había sido capturado y encarcelado por los gigantes. Había llevado a la tripulación del *Argo II* a la Casa de Hades… Y después había aceptado otra terrible misión, arriesgándose a llevar la Atenea Partenos al Campamento Mestizo.

El ritmo del viaje era de una lentitud exasperante. Solo podían viajar por las sombras unos pocos cientos de kilómetros cada noche, y descansaban durante el día para que Nico se recuperase; pero incluso eso le exigía a Nico más resistencia de lo que Reyna habría creído posible.

Él cargaba con mucha tristeza y soledad, con mucha pena. Aun así, anteponía la misión a todo lo demás. Era perseverante. Reyna respetaba eso. Lo entendía.

Ella nunca había sido una persona cursi, pero sintió el extraño deseo de cubrir los hombros de Nico con su capa y de arroparlo. Se regañó mentalmente a sí misma. Él era un compañero, no su hermano pequeño. Nico no agradecería el gesto.

—Eh. —El entrenador Hedge interrumpió sus pensamientos—. Tú también necesitas dormir. Yo haré la primera guardia y prepararé algo de comer. Los fantasmas no deberían ser peligrosos ahora que el sol está saliendo.

Reyna no se había fijado en que se estaba haciendo de día. Nubes de color rosa y turquesa cubrían el horizonte hacia el este. El pequeño fauno de bronce proyectaba una sombra sobre la fuente seca.

—He leído sobre este sitio —advirtió Reyna—. Es una de las villas romanas mejor conservadas de Pompeya. La llaman la Casa del Fauno.

Gleeson echó un vistazo a la estatua con repugnancia.

—Pues ahora es la Casa del Sátiro.

Reyna esbozó una sonrisa. Estaba empezando a apreciar las diferencias entre sátiros y faunos. Si alguna vez se quedara dormida con un fauno de guardia, se despertaría sin provisiones, con un bigote pintado en la cara y sin rastro del fauno. El entrenador Hedge era distinto: la mayoría de las veces en sentido positivo, aunque tenía una obsesión enfermiza por las artes marciales y los bates de béisbol.

—De acuerdo —convino ella—. Haga usted la primera guardia. Pondré a Aurum y a Argentum a vigilar con usted.

Pareció que Hedge iba a protestar, pero Reyna silbó bruscamente. Los galgos metálicos salieron de las ruinas y corrieron hacia ella procedentes de distintas direcciones. A pesar de los años transcurridos, Reyna no tenía ni idea de dónde venían ni adónde iban cuando ella los despachaba, pero al verlos se le levantó el ánimo.

Hedge carraspeó.

—¿Estás segura de que no son dálmatas? Parecen dálmatas.

—Son galgos, entrenador. —Reyna no tenía ni idea de por qué a Hedge le daban miedo los dálmatas, pero estaba demasiado cansada para preguntar en ese momento—. Aurum, Argentum, vigiladnos mientras yo duermo. Obedeced a Gleeson Hedge.

Los perros empezaron a dar vueltas por el patio, manteniéndose a distancia de la Atenea Partenos, que irradiaba hostilidad hacia todo lo romano.

Reyna también se estaba acostumbrando a ella, y estaba segura de que la estatua no apreciaba que la reubicasen en mitad de una antigua ciudad romana.

Se tumbó y se cubrió con su capa morada. Rodeó con los dedos su riñonera, donde guardaba la moneda de plata que Annabeth le había dado antes de que se separasen en Epiro.

«Es una señal de que las cosas pueden cambiar —le había dicho Annabeth—. La marca de Atenea es ahora tuya. Tal vez la moneda te traiga suerte.»

Si esa suerte sería buena o mala, Reyna no lo sabía.

Echó un último vistazo al fauno de bronce acobardado ante la salida del sol y la Atenea Partenos. A continuación cerró los ojos y se sumió en sus sueños.

VI

Reyna

La mayoría de las veces Reyna podía controlar las pesadillas.

Había entrenado su mente para empezar todos los sueños en su sitio favorito: el jardín de Baco en la colina más alta de la Nueva Roma. Allí se sentía a salvo y tranquila. Cuando las visiones invadían su sueño —como siempre les sucedía a los semidioses—, podía contenerlas imaginando que eran reflejos en la fuente del jardín. Eso le permitía dormir plácidamente y evitar despertarse a la mañana siguiente empapada en sudor frío.

Esa noche, sin embargo, no tuvo tanta suerte.

El sueño empezó bastante bien. Se encontraba en el jardín una tarde cálida; el cenador estaba cargado de madreselva en flor. En la fuente central, la pequeña estatua de Baco escupía agua en la pila.

Las cúpulas doradas y los tejados de tejas rojas de la Nueva Roma se extendían debajo de ella. A casi un kilómetro hacia el oeste se alzaban las fortificaciones del Campamento Júpiter. Más allá, el Pequeño Tíber torcía suavemente alrededor del valle, siguiendo el borde de las colinas de Berkeley, perezosas y doradas a la luz del verano.

Reyna sostenía una taza de chocolate caliente, su bebida favorita.

Espiró con satisfacción. Merecía la pena defender ese sitio: por ella, por sus amigos, por todos los semidioses. Los cuatro años que había pasado en el Campamento Júpiter no habían sido fáciles, pero habían sido la mejor época de su vida.

De repente el horizonte se oscureció. Reyna pensó que podía tratarse de una tormenta. Entonces se dio cuenta de que una ola gigantesca de limo oscuro avanzaba arrollando las colinas y volvía del revés la faz de la tierra, sin dejar nada a su paso.

Reyna observó horrorizada como la marea de barro llegaba al linde del valle. El dios Término mantenía una barrera mágica alrededor del campamento, pero solo sirvió para retrasar la destrucción un momento. Una luz morada explosionó hacia arriba como cristales rotos, y la marea se abrió paso a raudales, hizo trizas árboles, destruyó caminos y barrió el Pequeño Tíber del mapa.

«Es una visión —pensó Reyna—. Puedo controlarla.»

Trató de alterar el sueño. Se imaginó que la destrucción era solo un reflejo de la fuente, una inofensiva imagen de vídeo, pero la pesadilla continuó con todo lujo de detalles.

La tierra engulló el Campo de Marte y arrasó todo rastro de las fortalezas y las trincheras de los juegos de guerra. El acueducto de la ciudad se vino abajo como una fila de bloques de construcción de juguete. El Campamento Júpiter también se desplomó: las atalayas cayeron con gran estrépito, y muros y cuarteles se desintegraron. Los gritos de los semidioses fueron silenciados, y la tierra siguió avanzando.

Un sollozo se formó en la garganta de Reyna. Los relucientes santuarios y monumentos de la Colina de los Templos se desmoronaron. El coliseo y el hipódromo fueron arrollados. La marea de tierra llegó a la línea del pomerio y entró en la ciudad ruidosamente. Las familias atravesaron el foro corriendo. Los niños gritaban aterrados.

El senado implosionó. Villas y jardines desaparecieron como cosechas bajo un arado. La marea se agitó cuesta arriba hacia los Jardines de Baco: el último vestigio del mundo de Reyna.

Tú los dejaste indefensos, Reyna Ramírez-Arellano. Una voz de mujer brotó del terreno negro. *Tu campamento será destruido. Tu misión es un encargo absurdo. Mi cazador va a por ti.*

Reyna se apartó de la barandilla del jardín. Corrió a la fuente de Baco y agarró el borde de la pila, mirando desesperadamente el agua. Deseaba que la pesadilla se convirtiese en un inofensivo reflejo.

CRAC.

La pila de la fuente se partió por la mitad, fracturada por una flecha del tamaño de un rastrillo. Reyna miró asombrada las plumas de cuervo, el astil pintado de rojo, amarillo y negro, como una serpiente de coral, y la punta de hierro estigio clavada en sus entrañas.

Alzó la vista entre una bruma de dolor. En el borde del jardín, una figura oscura se acercaba: la silueta de un hombre cuyos ojos brillaban como faros en miniatura y deslumbraban a Reyna. Oyó un susurro de hierro contra cuero cuando sacó otra flecha de su carcaj.

Entonces el sueño cambió.

El jardín y el cazador desaparecieron, junto con la flecha clavada en el estómago de Reyna.

Se encontraba en una viña abandonada. Ante ella se extendían hectáreas de parras muertas colgadas de hileras de enrejados de madera, como retorcidos esqueletos en miniatura. Al fondo de los campos había una casa de labranza construida con tabillas de cedro con un porche alrededor. Más allá, el terreno descendía hasta el mar.

Reyna reconoció el lugar: la bodega de Goldsmith, en la costa septentrional de Long Island. Sus grupos de exploradores se habían hecho con ella con el fin de usarla de puesto de avanzada para el ataque de la legión al Campamento Mestizo.

Había ordenado al grueso de la legión que permaneciera en Manhattan hasta que ella les dijera lo contrario, pero era evidente que Octavio la había desobedecido.

La Duodécima Legión había acampado en el prado situado más al norte. Se habían atrincherado con su habitual precisión militar: trincheras de tres metros de hondura y muros de arcilla con pinchos alrededor del perímetro, y una torre de vigilancia en cada esquina, armada con ballestas. En el interior, las tiendas estaban dispuestas en pulcras hileras blancas y rojas. Los estandartes de las cinco cohortes ondeaban al viento.

A Reyna debería habérsele levantado el ánimo al ver a la legión. Era un pequeño ejército, compuesto por apenas doscientos semidioses, pero estaban bien adiestrados y organizados. Si Julio César resucitaba, no tendría problemas para reconocer a las tropas de Reyna como dignos soldados de Roma.

Pero no tenían derecho a estar tan cerca del Campamento Mestizo. La insubordinación de Octavio hizo apretar los puños a Reyna. Estaba provocando a los griegos adrede con la esperanza de entablar batalla.

La visión de su sueño se acercó al porche de la casa de labranza, donde Octavio estaba sentado en una silla dorada que se parecía sospechosamente a un trono. Además de la toga con ribete morado de senador, la insignia de centurión y el cuchillo de los augurios, había adoptado una nueva distinción: un manto de tela blanca sobre su cabeza, que lo identificaba como *pontifex maximus*, sumo sacerdote de los dioses.

A Reyna le entraron ganas de estrangularlo. Ningún semidiós del que se tuviera memoria había asumido el título de *pontifex maximus*. Al hacerlo, Octavio se estaba elevando casi al nivel de emperador.

A la derecha había informes y mapas esparcidos sobre una mesa. A la izquierda, un altar de mármol colmado de fruta y ofrendas de oro, sin duda para los dioses. Pero a Reyna le parecía un altar dedicado al propio Octavio.

A su lado, el portador del águila de la legión, Jacob, permanecía firme, sudando con la capa de piel de león mientras sostenía la vara con el estandarte del águila dorada de la Undécima Legión.

Octavio se hallaba en medio de una audiencia. Al pie de la escalera, un chico con unos vaqueros y una sudadera con capucha arrugada permanecía arrodillado. El compañero de Octavio de la Primera Cohorte, el centurión Mike Kahale, estaba a un lado, cruzado de brazos y echando chispas por los ojos con evidente desagrado.

—Vamos a ver. —Octavio examinó un trozo de pergamino—. Aquí veo que eres un descendiente de Orco.

El chico de la sudadera alzó la vista, y a Reyna se le cortó la respiración. Bryce Lawrence. Reconoció su melena castaña, su nariz rota, sus crueles ojos verdes y su sonrisa torcida de satisfacción.

—Sí, mi señor —dijo Bryce.

—Oh, no soy ningún señor. —Los ojos de Octavio se arrugaron—. Solo un centurión, un augur y un humilde sacerdote que hace todo lo posible por servir a los dioses. Tengo entendido que te han expulsado de la legión por…, ejem, problemas disciplinarios.

Reyna trató de gritar, pero no podía hacer ningún ruido. Octavio sabía perfectamente por qué habían echado a Bryce. Al igual que su antepasado divino, Orco, el dios del castigo en el inframundo, Bryce era totalmente despiadado. El pequeño psicópata había sobrevivido a las pruebas de Lupa sin problemas, pero nada más llegar al Campamento Júpiter había demostrado que era imposible de adiestrar. Había intentando prender fuego a un gato por diversión. Había asestado una puñalada a un caballo y lo había enviado en desbandada a través del foro. Incluso existían sospechas de que había saboteado una máquina de asedio y había provocado la muerte de su propio centurión durante los juegos de guerra.

Si Reyna hubiera podido demostrarlo, Bryce habría sido castigado con la muerte. Pero como las pruebas eran circunstanciales, y como la familia de Bryce era rica y poderosa y tenía mucha influencia en la Nueva Roma, se había librado y había recibido una sentencia más leve: el destierro.

—Sí, pontífice —dijo Bryce despacio—. Pero, si me lo permite, esas acusaciones no se pudieron demostrar. Soy un romano leal.

Mike Kahale parecía estar haciendo todo lo posible para no vomitar.

Octavio sonrió.

—Creo en las segundas oportunidades. Has respondido a mi llamada de reclutamiento. Tienes las credenciales adecuadas y cartas de recomendación. ¿Juras que obedecerás mis órdenes y servirás a la legión?

—Desde luego —dijo Bryce.

—En ese caso te puedes reincorporar *in probatio* hasta que hayas demostrado tu valor en combate —dijo Octavio.

Hizo un gesto a Mike, quien metió la mano en su riñonera y sacó una placa de identificación de *probatio* sujeta con un cordón de cuero. Colgó el cordón alrededor del cuello de Bryce.

—Preséntate en la Quinta Cohorte —dijo Octavio—. Les vendrá bien sangre nueva, una perspectiva distinta. Si tu centurión Dakota tiene algún problema, dile que hable conmigo.

Bryce sonrió como si acabaran de darle un cuchillo afilado.

—Con mucho gusto.

—Una cosa más, Bryce. —La cara de Octavio tenía un aspecto casi macabro bajo el manto blanco: sus ojos eran demasiado penetrantes, sus mejillas estaban demasiado chupadas, sus labios demasiado finos y descoloridos—. Por mucho dinero, poder y prestigio que la familia Lawrence aporte a la legión, recuerda que mi familia aporta más. Te estoy apadrinando personalmente, como estoy haciendo con los otros nuevos reclutas. Obedece mis órdenes y progresarás rápido. Puede que dentro de poco tenga un trabajito para ti: una oportunidad de demostrar tu valor. Pero si me haces enfadar, no seré tan indulgente como Reyna. ¿Lo entiendes?

La sonrisa de Bryce se desvaneció. Parecía que quisiera decir algo, pero cambió de opinión. Asintió con la cabeza.

—Bien —dijo Octavio—. Y córtate el pelo. Pareces una de esas ratas *graecae*. Puedes retirarte.

Cuando Bryce se marchó, Mike Kahale sacudió la cabeza.

—Con ese, ahora hay dos docenas.

—Es una buena noticia, amigo mío —le dijo Octavio con tono tranquilizador—. Necesitamos mano de obra extra.

—Asesinos. Ladrones. Traidores.

—Semidioses leales que me deben su puesto —dijo Octavio.

Mike frunció el entrecejo. Tenía unos brazos gruesos como cañones de bazucas. Poseía unas facciones anchas, una tez de color almendra tostada, el cabello negro y unos orgullosos ojos oscuros, como los antiguos reyes hawaianos. Reyna no sabía cómo un defensa de fútbol americano de Hilo había acabado siendo hijo de Venus, pero en la legión nadie le daba la vara con ese asunto cuando lo veían triturar rocas con las manos desnudas.

A Reyna siempre le había caído bien. Lamentablemente, Mike era muy leal a su padrino. Y su padrino era Octavio.

El pontífice se levantó y se desperezó.

—No te preocupes, viejo amigo. Nuestros equipos de asedio tienen rodeado el campamento griego. Nuestras águilas tienen superioridad aérea total. Los griegos no irán a ninguna parte hasta que estemos listos para atacar. Dentro de once días, todos mis ejércitos estarán en posición. Mis pequeñas sorpresas estarán preparadas. El 1 de agosto, la fiesta de Spes, el campamento griego caerá.

—Pero Reyna dijo...

—Ya hemos hablado de eso. —Octavio sacó la daga de hierro de su cinturón y la lanzó a la mesa, donde se clavó sobre el plano del Campamento Mestizo—. Reyna ha perdido su puesto. Se fue a las tierras antiguas, un acto que va contra la ley.

—Pero la Madre Tierra...

—... se está despertando a causa de la guerra entre el campamento griego y el romano, ¿verdad? Los dioses están incapacitados, ¿verdad? ¿Y cómo resolvemos ese problema, Mike? Eliminando la división. Aniquilando a los griegos. Devolviendo a los dioses a su manifestación romana. Cuando los dioses recuperen todo su poder, Gaia no osará alzarse. Volverá a sumirse en su sueño. Los semidioses seremos fuertes y estaremos unidos, como en los viejos tiempos del imperio. Además, el primer día de agosto es una fecha muy propicia: el mes que lleva el nombre de mi antepasado Augusto. ¿Y sabes cómo unió él a los romanos?

—Se hizo con el poder y se convirtió en emperador —dijo Mike con voz grave.

Octavio descartó el comentario con un gesto.

—Tonterías. Salvó Roma convirtiéndose en primer ciudadano. ¡Quería la paz y la prosperidad, no el poder! Créeme, Mike, tengo intención de seguir su ejemplo. Salvaré la Nueva Roma y, cuando lo haga, me acordaré de mis amigos.

Mike desplazó su considerable peso a la otra pierna.

—Pareces seguro. ¿Tu don de la profecía ha...?

Octavio levantó la mano en señal de advertencia. Miró a Jacob, el portador del águila, que seguía en posición de firme detrás de él.

—Puedes retirarte, Jacob. ¿Por qué no vas a pulir el águila o algo por el estilo?

Jacob dejó caer los hombros aliviado.

—Sí, augur. ¡Digo, centurión! ¡Digo, pontífice! ¡Digo...!

—Vete.

—Ya me voy.

Cuando Jacob se hubo marchado cojeando, el rostro de Octavio se ensombreció.

—Mike, te dije que no hablaras de mi, ejem, problema. En respuesta a tu pregunta: no, parece que todavía hay algo que interfiere en el don que Apolo me concedió. —Echó un vistazo con resentimiento al montón de animales de peluche mutilados y apilados en el rincón del porche—. No puedo ver el futuro. Tal vez el falso Oráculo del Campamento Mestizo esté obrando algún tipo de brujería. Pero como ya te dije, en el más absoluto secreto, Apolo habló conmigo claramente el año pasado en el Campamento Júpiter. Él bendijo personalmente mis esfuerzos. Me prometió que sería recordado como el salvador de los romanos.

Octavio extendió los brazos y mostró su tatuaje con la imagen de un arpa, el símbolo de su antepasado divino. Siete barras oblicuas representaban los años de servicio: más que cualquier oficial de rango, incluida Reyna.

—No temas, Mike. Aplastaremos a los griegos. Detendremos a Gaia y a sus seguidores. Luego atraparemos a esa arpía a la que los griegos han dado refugio, la que memorizó nuestros libros sibilinos, y la obligaremos a que nos entregue los conocimientos de nuestros antepasados. Cuando eso ocurra, estoy seguro de que Apolo me devolverá el don de la profecía. El Campamento Júpiter será más poderoso que nunca. Dominaremos el futuro.

La expresión ceñuda de Mike no desapareció, pero alzó el puño a modo de saludo.

—Tú eres el jefe.

—Sí, lo soy. —Octavio desclavó su daga de la mesa—. Y ahora ve a ver a esos enanos que capturaste. Los quiero bien asustados antes de que vuelva a interrogarlos y los mande al Tártaro.

El sueño se desvaneció.

—Eh, despierta. —Reyna abrió los ojos de golpe. Gleeson Hedge estaba inclinado por encima de ella, sacudiéndole el hombro—. Tenemos problemas.

Su tono serio le reactivó la circulación de la sangre.

—¿De qué se trata? —Se incorporó con dificultad—. ¿Fantasmas? ¿Monstruos?

Hedge frunció el entrecejo.

—Peor. Turistas.

VII

Reyna

Las hordas habían llegado.

Repartidos en grupos de veinte o treinta, los turistas pululaban entre las ruinas, se apiñaban en las villas y deambulaban por los senderos de adoquines, contemplando boquiabiertos los frescos y mosaicos de vivos colores.

Reyna temió que los turistas reaccionaran ante la estatua de Atenea de doce metros de altura que había en medio del patio, pero la Niebla debía de haber estado haciendo horas extra para nublar la vista a los mortales.

Cada vez que un grupo de turistas se acercaba, se detenían en la entrada del patio y miraban decepcionados la estatua. Un guía turístico británico anunció:

—Ah, andamios. Parece que la zona está siendo restaurada. Es una lástima. Sigamos.

Y se marchaban.

Al menos la estatua no rugía: «¡MORID, INCRÉDULOS!», ni reducía a los mortales a polvo. En una ocasión Reyna había lidiado con una estatua de la diosa Diana que hacía eso. No había sido el día más tranquilo de su vida.

Recordó lo que Annabeth le había contado acerca de la Atenea Partenos: su aura mágica atraía a los monstruos y los mantenía a raya.

Efectivamente, de vez en cuando, Reyna veía con el rabillo del ojo relucientes espíritus blancos vestidos con ropa romana que revoloteaban entre las ruinas y miraban consternados la estatua frunciendo el entrecejo.

—Esos lémures están por todas partes —murmuró Gleeson—. De momento mantienen la distancia, pero cuando anochezca más vale que estemos listos para marcharnos. Los fantasmas siempre son peores de noche.

Reyna no necesitaba que se lo recordasen.

Observó como una pareja de ancianos vestidos con camisetas y bermudas de tonos pastel a juego andaban con paso tambaleante por un jardín cercano. Se alegró de que no se acercasen más. El entrenador Hedge había instalado alrededor del campamento toda clase de cuerdas trampa, lazos y ratoneras enormes que no detendrían a ningún monstruo que se preciase, pero que perfectamente podían derribar a un ciudadano mayor.

A pesar de la cálida mañana, Reyna estaba temblando por culpa de sus sueños. Era incapaz de decidir cuál era más aterrador: la inminente destrucción de la Nueva Roma o la forma en que Octavio estaba envenenando a la legión desde dentro.

«Tu misión es un encargo absurdo.»

El Campamento Júpiter la necesitaba. La Duodécima Legión la necesitaba. Sin embargo, Reyna estaba en la otra punta del mundo, viendo cómo un sátiro preparaba gofres de arándanos precocinados con un palo sobre una lumbre.

Quería hablar de las pesadillas, pero decidió esperar a que Nico se despertase. No estaba segura de tener valor para relatarlas dos veces.

Nico seguía roncando. Reyna había descubierto que una vez que se dormía tardaba mucho en despertarse. El entrenador podía bailar claqué con sus pezuñas de cabra alrededor de la cabeza de Nico, pero el hijo de Hades no se inmutaba.

—Toma.

Hedge le ofreció un plato de gofres asados al fuego con rodajas de piña y kiwi frescos. Todo tenía un aspecto sorprendentemente bueno.

—¿De dónde ha sacado las provisiones? —preguntó Reyna asombrada.

—Eh, soy un sátiro. Somos muy eficientes haciendo equipajes. —Mordió un bocado de gofre—. ¡Y también sabemos vivir de la tierra!

Mientras Reyna comía, el entrenador Hedge sacó un bloc y empezó a escribir. Cuando hubo terminado, dobló el papel, hizo un avión con él y lo lanzó al aire. Una brisa se lo llevó.

—¿Una carta a su esposa? —aventuró Reyna.

Bajo la visera de la gorra, los ojos de Hedge estaban enrojecidos.

—Mellie es una ninfa de las nubes. Los espíritus del aire envían mensajes en aviones de papel continuamente. Con suerte, sus primas ayudarán a que la carta cruce el océano hasta que le llegue a ella. No es tan rápido como un Iris-mensaje, pero quiero que nuestro hijo tenga algún recuerdo mío, por si... ya sabes...

—Volverá a casa —prometió Reyna—. Y verá a su hijo.

Hedge apretó la mandíbula y no dijo nada.

Reyna sabía hacer hablar a la gente. Lo consideraba esencial para conocer a sus compañeros de armas. Pero las había pasado canutas para convencer a Hedge de que se abriese con respecto a su esposa, Mellie, que estaba a punto de dar a luz en el Campamento Mestizo. A Reyna le costaba imaginarse al entrenador de padre, pero sabía lo que era crecer sin padres. No iba a permitir que el hijo del entrenador Hedge pasara por eso.

—Sí, bueno... —El sátiro mordió otro trozo de gofre, incluido el palo en el que lo había tostado—. Ojalá nos moviésemos más rápido. —Señaló con la barbilla a Nico—. No veo cómo este chico va a aguantar un salto más. ¿Cuántos más necesitaremos para volver a casa?

Reyna compartió su preocupación. Al cabo de once días, los gigantes planeaban despertar a Gaia. Octavio planeaba atacar el Campamento Mestizo el mismo día. No podía ser una casualidad. Tal vez Gaia estaba susurrándole a Octavio al oído e influyendo en sus decisiones de forma subconsciente. O peor aún: tal vez Octavio se había confabulado con la diosa de la tierra. Reyna no quería creer que incluso alguien como Octavio fuese capaz de traicionar conscientemente a la legión, pero, después de lo que había visto en sueños, no podía estar segura.

Terminó de desayunar mientras un grupo de turistas chinos pasaba por delante del patio arrastrando los pies. Reyna había estado despierta menos de una hora, y ya estaba impaciente por ponerse en marcha.

—Gracias por el desayuno, entrenador. —Se levantó y se desperezó—. Si me disculpa, donde hay turistas hay servicios. Tengo que usar el cuartito de pretora.

—Adelante. —El entrenador hizo tintinear el silbato que colgaba de su cuello—. Si pasa algo, pitaré.

Reyna dejó a Aurum y a Argentum de guardia y se abrió paso tranquilamente entre los grupos de turistas hasta que encontró un centro de información con servicios. Se aseó lo mejor que pudo, pero le resultaba irónico estar en una ciudad romana de verdad y no poder disfrutar de un buen baño romano caliente. Tuvo que conformarse con unas toallitas de papel, un dispensador de jabón roto y un secador de manos asmático. Y los retretes… cuanto menos se hablase de eso, mejor.

Al volver pasó por delante de un pequeño museo con un escaparate. Detrás del cristal había una hilera de figuras de yeso, todas inmovilizadas en plena agonía. Una niña estaba acurrucada en posición fetal. Una mujer agonizaba retorciéndose, con la boca abierta para gritar y los brazos tendidos hacia arriba. Un hombre se hallaba arrodillado con la cabeza agachada, como aceptando lo inevitable.

Reyna se las quedó mirando con una mezcla de horror y repugnancia. Había leído acerca de esas figuras, pero nunca las había visto. Después de la erupción del Vesubio, las cenizas volcánicas habían sepultado la ciudad y se habían endurecido hasta envolver de roca a los pompeyanos moribundos. Sus cuerpos se habían desintegrado y habían dejado bolsas de aire con forma humana. Los primeros arqueólogos echaron yeso en los agujeros y crearon esas figuras: escalofriantes réplicas de antiguos romanos.

A Reyna le parecía perturbador e inapropiado que los momentos de agonía de esas personas se exhibiesen como ropa en el escaparate de una tienda, pero no podía apartar la vista.

Toda su vida había soñado con viajar a Italia. Había dado por sentado que su sueño nunca se haría realidad. Los semidioses modernos tenían prohibido visitar las tierras antiguas; era una zona demasiado peligrosa. Sin embargo, quería seguir los pasos de Eneas, hijo de Afrodita, el primer semidiós que se había instalado allí después de la guerra de Troya. Quería ver el río Tíber original, donde la diosa loba Lupa había salvado a Rómulo y a Remo.

Pero ¿Pompeya? Reyna nunca había querido ir allí. El lugar de la catástrofe más tristemente célebre de Roma, una ciudad entera engullida por la tierra... Después de las pesadillas de Reyna, le resultaba demasiado familiar.

Desde que había llegado a las tierras antiguas, solo había visto un lugar que desease visitar: el palacio de Diocleciano, en Split, y ni siquiera esa visita había sido como ella había imaginado. Reyna solía soñar con ir allí en compañía de Jason para admirar el hogar de su emperador favorito. Se imaginaba compartiendo paseos románticos con él por la antigua ciudad y picnics al atardecer en los pretiles.

En cambio, Reyna no había llegado a Croacia con él, sino perseguida por una docena de furiosos espíritus del viento. Se había abierto paso a la fuerza entre los fantasmas del palacio. Al salir, unos grifos la habían atacado y habían herido de muerte a su pegaso. Lo más cerca que había estado de Jason había sido cuando encontraron una nota que él le había dejado debajo de un busto de Diocleciano en el sótano.

Solo tenía recuerdos dolorosos de ese sitio.

«No te amargues —se reprendió a sí misma—. Eneas también sufrió. Y Rómulo, Diocleciano y todos los demás. Los romanos no se quejan de las penalidades.»

Mirando las morbosas figuras de yeso del escaparate del museo, se preguntó qué había pasado por las cabezas de esas personas cuando se habían acurrucado para morir entre las cenizas. Probablemente no habían pensado: «¡Bueno, somos romanos! ¡No debemos quejarnos!».

Una ráfaga de viento sopló a través de las ruinas emitiendo un cavernoso gemido. La luz del sol brilló contra la ventana y la deslumbró por un momento.

Reyna alzó la vista sobresaltada. El sol estaba justo en lo alto. ¿Era posible que fuese ya mediodía? Había salido de la Casa del Fauno justo después de desayunar. Solo había estado allí unos minutos..., ¿no?

Se apartó del escaparate del museo y se marchó corriendo, tratando de quitarse de encima la sensación de que los pompeyanos muertos susurraban detrás de ella.

El resto de la tarde transcurrió con una tranquilidad desconcertante.

Reyna siguió vigilando mientras el entrenador Hedge dormía, pero no había gran cosa de la que protegerse. Los turistas iban y venían. Alguna que otra arpía y algún que otro espíritu del viento pasaban volando por lo alto. Los perros de Reyna gruñían en señal de advertencia, pero los monstruos no se detenían a luchar.

Los fantasmas se escondían alrededor de los límites del patio, aparentemente intimidados por la Atenea Partenos. Reyna los comprendía perfectamente. Cuanto más tiempo permanecía la estatua en Pompeya, más ira parecía irradiar, cosa que a Reyna le provocaba comezón y le ponía los nervios a flor de piel.

Finalmente, justo después de que se pusiera el sol, Nico se despertó. Engulló un sándwich de aguacate y queso, la primera vez que había mostrado un apetito considerable desde que se habían ido de la Casa de Hades.

Reyna detestaba arruinarle la cena, pero no disponían de mucho tiempo. A medida que la luz del día se iba, los fantasmas empezaban a acercarse más y en número más elevado.

Relató a Nico sus sueños: la tierra engullendo el Campamento Júpiter, Octavio aproximándose al Campamento Mestizo, y el cazador de ojos brillantes que había disparado una flecha a Reyna en la barriga.

Nico se quedó mirando su plato vacío.

—Ese cazador… ¿puede ser un gigante?

El entrenador Hedge se movió nerviosamente.

—Preferiría no averiguarlo. Yo digo que no nos detengamos.

Nico hizo una mueca con la boca en señal de disgusto.

—¿Está proponiendo que evitemos una pelea?

—Escucha bien, yogurín: me gusta luchar como al que más, pero ya tenemos suficientes monstruos de los que preocuparnos. Lo último que necesitamos ahora es que un gigante cazarrecompensas nos siga la pista por todo el mundo. No me gustan esas flechas enormes.

—Por una vez estoy de acuerdo con Hedge —dijo Reyna.

Nico desdobló su cazadora de aviador e introdujo un dedo a través de un agujero de flecha que había en la manga.

—Tal vez… podría pedir consejo. —Nico parecía reticente—. Thalia Grace…

—La hermana de Jason —dijo Reyna.

Ella no conocía a Thalia. De hecho, no se había enterado de que Jason tenía una hermana hasta hacía poco. Según Jason, era una semidiosa griega, una hija de Zeus que había dirigido a un grupo de seguidoras de Diana… No, de Artemisa. A Reyna le daba vueltas la cabeza solo con pensarlo.

Nico asintió.

—Las cazadoras de Artemisa son… cazadoras. Si alguien puede saber algo sobre ese gigante cazador es Thalia. Podría intentar enviarle un Iris-mensaje.

—No parece que la idea te entusiasme —advirtió Reyna—. ¿Los dos… os lleváis mal?

—Nos llevamos bien.

Aurum gruñó en voz baja, lo que significaba que Nico estaba mintiendo.

Reyna decidió no insistir.

—Yo también debería intentar contactar con mi hermana Hylla —dijo—. El Campamento Júpiter tiene pocas defensas. Si Gaia ataca allí, tal vez las amazonas puedan ayudarlos.

El entrenador Hedge frunció el entrecejo.

—Sin ánimo de ofender, pero... ¿qué va a hacer un ejército de amazonas contra una ola de tierra?

Reyna reprimió su temor. Sospechaba que Hedge tenía razón. La única defensa posible frente a lo que había visto en sueños sería impedir que los gigantes despertasen a Gaia. Y para eso tenía que depositar su confianza en la tripulación del *Argo II*.

La luz del día casi se había ido. Alrededor del patio, los fantasmas estaban formando una horda: cientos de romanos relucientes armados con porras o piedras espectrales.

—Seguiremos hablando después del siguiente salto —decidió Reyna—. Ahora mismo tenemos que largarnos de aquí.

—Sí. —Nico se levantó—. Con suerte, esta vez podremos llegar a España. Deja que...

La horda de fantasmas desapareció, como un montón de velas de cumpleaños apagadas de un solo soplido.

Reyna se llevó la mano a la daga.

—¿Adónde han ido?

Nico recorrió las ruinas con la vista. Su expresión no era tranquilizadora.

—No... no estoy seguro, pero no me parece que sea buena señal. Estad atentos. Voy a ponerme el arnés. Solo serán unos segundos.

Gleeson Hedge se levantó sobre sus pezuñas.

—Unos segundos que no tienes.

A Reyna se le encogió el estómago.

Hedge hablaba con voz de mujer: la misma que Reyna había oído en su pesadilla.

Desenvainó su cuchillo.

Hedge se volvió hacia ella con el rostro inexpresivo. Sus ojos eran de un color negro puro.

—Alégrate, Reyna Ramírez-Arellano. Morirás como romana. Te unirás a los fantasmas de Pompeya.

El suelo retumbó. Unas espirales de ceniza se arremolinaron en el aire por todo el patio. Se solidificaron y se transformaron en toscas figuras humanas: carcasas de barro como las del museo. Miraban fijamente a Reyna, con unos ojos que eran agujeros dentados en sus caras de roca.

—La tierra te tragará —dijo Hedge con la voz de Gaia—. Como se los tragó a ellos.

VIII

Reyna

—Hay demasiados.

Reyna se preguntó con amargura cuántas veces había dicho eso a lo largo de su trayectoria como semidiosa.

Debería hacerse una chapa y llevarla puesta para ahorrar tiempo. Cuando muriese, las palabras probablemente aparecerían escritas en su lápida: «Había demasiados».

Sus galgos la flanqueaban gruñendo a las carcasas de barro. Reyna contó como mínimo veinte, acercándose por todos lados.

El entrenador Hedge siguió hablando con una voz muy femenina:

—Siempre hay más muertos que vivos. Estos espíritus han esperado siglos sin poder expresar su ira. Ahora les he dado cuerpos de tierra.

Un fantasma de barro dio un paso adelante. Se movió despacio, pero su pisada fue tan pesada que agrietó las baldosas antiguas.

—¿Nico? —gritó Reyna.

—No puedo controlarlos —dijo él, desenredando frenéticamente su arnés—. Supongo que tiene que ver con esas carcasas de piedra. Necesito unos segundos para concentrarme en el salto. Si no, puede que nos teletransporte a otro volcán.

Reyna soltó un juramento entre dientes. No había forma de que ella sola pudiera rechazar a tantos enemigos mientras Nico preparaba la huida, sobre todo teniendo en cuenta que el entrenador Hedge estaba fuera de combate.

—Utiliza el cetro —dijo Reyna—. Consígueme unos zombis.

—No servirá —entonó el entrenador Hedge—. Apártate, pretora. Deja que los fantasmas de Pompeya destruyan esa estatua griega. Una auténtica romana no se resistiría.

Los fantasmas de barro avanzaron arrastrando los pies. Emitían silbidos cavernosos por los agujeros de sus bocas, como cuando alguien sopla a través de una botella de refresco. Uno pisó la trampa del entrenador confeccionada con la raqueta de tenis y la daga, y la hizo pedazos.

Nico sacó el cetro de Diocleciano de su cinturón.

—Reyna, si invoco a más romanos muertos, ¿quién dice que no se unirán a esta horda?

—Yo lo digo. Soy una pretora. Consígueme más legionarios y yo los controlaré.

—Morirás —dijo el entrenador—. Jamás…

Reyna le dio un golpe en la cabeza con el pomo de su daga. El sátiro se desplomó.

—Lo siento, entrenador —murmuró—. Se estaba poniendo un poco pesado. ¡Zombis, Nico! Ya te concentrarás después en sacarnos de aquí.

Nico levantó su cetro, y el suelo tembló.

Los fantasmas de barro eligieron ese momento para atacar. Aurum se abalanzó sobre el más cercano y le arrancó la cabeza con sus colmillos metálicos. La carcasa de piedra cayó hacia atrás y se hizo añicos.

Argentum no tuvo tanta suerte. Saltó sobre otro fantasma, que balanceó su brazo y asestó un golpe al galgo en la cara. Argentum salió volando. Se levantó tambaleándose. Tenía la cabeza torcida cuarenta y cinco grados a la derecha. Le faltaba uno de sus ojos de rubíes.

La ira se clavó en el pecho de Reyna como un pincho candente. Ya había perdido a su pegaso. No iba a perder también a uno de sus perros. Blandió su cuchillo y le hizo un tajo en el pecho al fantasma y acto seguido desenvainó su *gladius*. En sentido estricto, luchar con dos armas blancas no era muy romano, pero Reyna había pasado tiempo con piratas. Y había aprendido más de una treta.

Las carcasas de barro se desplomaban fácilmente, pero golpeaban como almádenas. Reyna no entendía cómo iba a conseguirlo, pero sabía que no podía permitirse recibir ni un solo golpe. A diferencia de Argentum, ella no sobreviviría si le ladeaban la cabeza de un golpe.

—¡Nico! —Se agachó entre dos fantasmas de barro y dejó que se cortasen las cabezas el uno al otro—. ¡Ahora!

El suelo se abrió en el centro del patio. Docenas de soldados esqueléticos se abrieron camino hasta la superficie. Sus escudos parecían gigantescas monedas corroídas. Las hojas de sus espadas tenían más óxido que metal. Pero Reyna nunca se había sentido tan aliviada al ver refuerzos.

—¡Legión! —gritó—. *Ad aciem!*

Los zombis respondieron abriéndose paso a empujones entre los fantasmas de barro para formar un frente de batalla. Algunos cayeron aplastados por puños de piedra. Otros consiguieron cerrar filas y levantar sus escudos.

Detrás de ella, Nico soltó un juramento.

Reyna se arriesgó a mirar atrás. El cetro de Diocleciano echaba humo entre las manos de Nico.

—¡Está luchando contra mí! —gritó—. ¡Creo que no le gusta invocar romanos para que peleen contra otros romanos!

Reyna sabía que los antiguos romanos se habían pasado como mínimo la mitad de su historia luchando entre ellos, pero decidió no mencionarlo.

—Protege al entrenador Hedge. ¡Prepárate para viajar a través de la sombras! Te ganaré algo de...

Nico chilló. El cetro de Diocleciano estalló en pedazos. Nico no parecía herido, pero miró a Reyna sorprendido.

—No... no sé lo que ha pasado. Tienes unos minutos como mucho antes de que tus zombis desaparezcan.

—¡Legión! —gritó Reyna—. *Orbem formate! Gladium signe!*

Los zombis rodearon la Atenea Partenos con las espadas listas para combatir cuerpo a cuerpo. Argentum arrastró al entrenador Hedge inconsciente hasta Nico, que estaba sujetándose furiosamente las correas del arnés. Aurum montó guardia abalanzándose sobre cualquier fantasma de barro que atravesaba el frente.

Reyna luchaba codo con codo con los legionarios muertos, infundiendo fuerzas a su tropa. Sabía que no sería suficiente. Los fantasmas de barro caían fácilmente, pero no paraban de salir más del suelo en torbellinos de ceniza. Cada vez que sus puños de piedra asestaban un golpe, otro zombi caía abatido.

Mientras tanto, la Atenea Partenos se alzaba por encima de la batalla: regia, altiva e indiferente.

Un poco de ayuda estaría bien, pensó Reyna. ¿Un rayo destructor, por ejemplo? ¿O unos buenos golpes?

La estatua no hacía otra cosa que irradiar odio, que parecía dirigido tanto a Reyna como a los fantasmas agresores.

«¿Quieres cargar conmigo hasta Long Island? —parecía decir la estatua—. Buena suerte, escoria romana.»

El destino de Reyna era morir defendiendo a una diosa pasivo-agresiva.

Siguió luchando, insuflando más voluntad a sus tropas de no muertos. A cambio, ellos la bombardeaban con su desesperanza y su rencor.

Luchas por nada, susurraban los legionarios zombis en su mente. *El imperio ha desaparecido.*

—¡Por Roma! —gritó Reyna con voz ronca. Atravesó con su *gladius* a un fantasma de barro y clavó su daga a otro en el pecho—. ¡Duodécima Legión Fulminata!

Los zombis cayeron alrededor de ella. Algunos fueron vencidos en la batalla. Otros se desintegraron súbitamente por sí solos cuando el poder residual del cetro de Diocleciano se interrumpió finalmente.

Los fantasmas de tierra se acercaron: un mar de caras deformes con ojos huecos.

—¡Ahora, Reyna! —gritó Nico—. ¡Nos vamos!

Ella miró atrás. Nico se había enganchado la Atenea Partenos. Sostenía en brazos al entrenador inconsciente como a una damisela en apuros. Aurum y Argentum habían desaparecido, tal vez demasiado heridos para seguir luchando.

Reyna tropezó.

Un puño de roca le dio un golpe del revés en la caja torácica y su costado estalló de dolor. La cabeza le daba vueltas. Trató de respirar, pero era como aspirar cuchillos.

—¡Reyna! —volvió a gritar Nico.

La Atenea Partenos parpadeó, a punto de desaparecer.

Un fantasma de barro intentó darle a Reyna un puñetazo en la cabeza. Ella consiguió esquivarlo, pero el dolor de sus costillas por poco le hizo perder el conocimiento.

Ríndete, dijeron las voces en su cabeza. *El legado de Roma está muerto y enterrado, como Pompeya.*

—No —murmuró ella para sus adentros—. No mientras siga viva.

Nico estiró la mano y se internó en las sombras. Echando mano de las fuerzas que le quedaban, Reyna saltó hacia él.

IX

Leo

Leo no quería salir de detrás de la pared.

Le quedaban tres abrazaderas por fijar y no había nadie más lo bastante delgado para caber en el hueco de las instalaciones. (Una de las muchas ventajas de ser flacucho.)

Apretado en esa parte del casco, entre las tuberías y los cables, Leo se quedó a solas con sus pensamientos. Cuando se sentía frustrado, cosa que le ocurría prácticamente cada cinco segundos, podía aporrear las cosas con su mazo, y los otros miembros de la tripulación se imaginaban que estaba trabajando, no que le había dado un berrinche.

Pero el problema en ese santuario era que solo cabía hasta la cintura. Su trasero y sus piernas seguían a la vista del público, cosa que le hacía difícil esconderse.

—¡Leo! —La voz de Piper venía de detrás de él—. Te necesitamos.

La arandela de bronce celestial se le escapó de los alicates y se sumió en las profundidades del hueco.

Leo suspiró.

—¡Habla con los pantalones, Piper, porque las manos están ocupadas!

—No pienso hablar con tus pantalones. Reunión en el comedor. Casi hemos llegado a Olimpia.

—Está bien. Enseguida estoy allí.

—¿Qué estás haciendo, por cierto? Llevas días hurgando en el casco.

Leo enfocó con la linterna las planchas y los pistones de bronce celestial que había estado instalando a ritmo lento pero seguro.

—Mantenimiento rutinario.

Silencio. Piper sabía demasiado bien cuándo mentía.

—Leo...

—Oye, aprovechando que estás ahí fuera, hazme un favor. Me pica justo debajo de...

—¡Vale, ya me voy!

Leo se tomó un par de minutos más para fijar la abrazadera. Su trabajo no estaba terminado. Ni de lejos. Pero estaba progresando.

Naturalmente, había hecho el trabajo preparatorio para su proyecto secreto al construir el *Argo II*, pero no se lo había dicho a nadie. Apenas había sido sincero consigo mismo con respecto a lo que estaba haciendo.

«Nada dura eternamente —le había dicho una vez su padre—. Ni siquiera las mejores máquinas.»

Sí, vale, puede que fuera verdad, pero Hefesto también había dicho: «Todo se puede reutilizar». Leo pensaba poner a prueba esa teoría.

Era un riesgo que entrañaba peligro. Si fracasaba, lo machacaría. No solo emocionalmente. Lo machacaría físicamente.

La idea le provocaba claustrofobia.

Salió del hueco serpenteando y volvió a su camarote.

Bueno, técnicamente era su camarote, pero no dormía allí. El colchón estaba sembrado de cables, clavos y entrañas de varias máquinas de bronce desmontadas. Sus tres enormes armarios de herramientas (Chico, Harpo y Groucho) ocupaban la mayor parte de la habitación. En las paredes había colgadas docenas de herramientas eléctricas. La mesa de trabajo estaba llena de fotocopias de *Sobre la construcción de esferas*, el texto olvidado de Arquímedes que Leo había rescatado en un taller subterráneo de Roma.

Aunque hubiera querido dormir en su camarote, era demasiado incómodo y peligroso. Prefería acostarse en la sala de máquinas, donde el zumbido constante de la maquinaria le ayudaba a dormirse. Además, desde su estancia en la isla de Ogigia, le había cogido gusto a acampar. Un saco de dormir en el suelo era todo lo que necesitaba.

Su camarote era solo para almacenar… y para trabajar en sus proyectos más difíciles.

Sacó las llaves de su cinturón portaherramientas. No tenía tiempo, pero abrió el cajón central de Groucho y se quedó mirando los dos objetos preciosos guardados en el interior: un astrolabio de bronce que había recogido en Bolonia y un pedazo de cristal del tamaño de un puño de Ogigia. Leo todavía no había descubierto cómo combinar las dos cosas, y el enigma lo estaba volviendo loco.

Había esperado obtener respuestas al visitar Ítaca. Después de todo, era el hogar de Odiseo, el hombre que había construido el astrolabio. Pero a juzgar por lo que Jason había dicho, esas ruinas no le habían proporcionado ninguna respuesta: solo un montón de demonios y fantasmas malhumorados.

De todas formas, Odiseo nunca consiguió hacer funcionar el astrolabio. Le faltaba un cristal para usarlo de faro. Leo sí que lo tenía. Él tendría que triunfar donde el semidiós más listo de todos los tiempos había fracasado.

Qué suerte la suya. Un pibón inmortal le estaba esperando en Ogigia, pero no podía averiguar cómo conectar un estúpido trozo de roca con un aparato de navegación con tres mil años de antigüedad. Había problemas que ni siquiera la cinta aislante podía resolver.

Leo cerró el cajón y giró la llave.

Sus ojos se desviaron al tablón situado encima de su mesa de trabajo, donde había dos dibujos colgados uno al lado del otro. El primero era el viejo boceto que había dibujado con lápices de colores cuando tenía siete años: un diagrama de un barco volador que había visto en sueños. El segundo era un esbozo al carboncillo que Hazel le había hecho hacía poco.

Hazel Levesque… Esa chica era la bomba. En cuanto Leo se había reunido con el grupo en Malta, ella se había dado cuenta de que sufría por algo. A la primera ocasión que se le presentó, después del follón en la Casa de Hades, había entrado en el camarote de Leo y le había dicho: «Suéltalo».

Hazel sabía escuchar. Leo le contó toda la historia. Más tarde esa noche, Hazel volvió con su bloc de dibujo y sus lápices de carbón.

«Descríbela —insistió—. Con todo detalle.»

Fue un poco raro ayudar a Hazel a hacer un retrato de Calipso, como si estuviera hablando con una dibujante de retratos robot de la policía: «¡Sí, agente, esa es la chica que me ha robado el corazón!». Parecía una puñetera canción country.

Pero describir a Calipso había sido sencillo. Leo no podía cerrar los ojos sin verla.

Desde entonces su retrato lo miraba desde el tablero: los ojos almendrados, los labios carnosos, el cabello largo y liso echado sobre un hombro del vestido sin mangas. Casi podía oler su fragancia a canela. El entrecejo fruncido y la curva hacia abajo de su boca parecían decir: «Leo Valdez, no dices más que chorradas».

¡Jo, amaba a esa mujer!

Leo había clavado el retrato al lado del dibujo del *Argo II* para acordarse de que a veces las visiones se hacían realidad. De niño había soñado con una máquina voladora y con el tiempo la había podido construir. Le tocaba construir un medio de volver con Calipso.

El zumbido de los motores del barco adquirió un tono más grave. La voz de Festo rechinó y chirrió por el altavoz del camarote.

—Gracias, colega —dijo Leo—. Voy para allá.

El barco estaba descendiendo, lo que significaba que los proyectos de Leo tendrían que esperar.

—No te muevas, nena —le dijo al dibujo de Calipso—. Volveré contigo, como te prometí.

Leo podía imaginarse su respuesta: «No te estoy esperando, Leo Valdez. No estoy enamorada de ti. ¡Y desde luego no me creo tus estúpidas promesas!».

La idea le hizo sonreír. Se guardó las llaves en el cinturón y se dirigió al comedor.

Los otros seis semidioses estaban desayunando.

En otro tiempo a Leo le habría preocupado que todos estuvieran bajo cubierta y no hubiera nadie al timón, pero desde que Piper había despertado permanentemente a Festo con su capacidad de persuasión (una proeza que Leo seguía sin entender), el mascarón con forma de dragón había sido capaz de pilotar el *Argo II* sin ayuda. Festo podía conducir, revisar el radar, preparar un batido de arándano y escupir unos cuantos chorros de fuego candente a los invasores (todo al mismo tiempo) sin que se le fundiese ningún circuito.

Además, contaban con el apoyo de Buford, la mesa maravillosa.

Después de que el entrenador Hedge partiera de viaje por las sombras, Leo había decidido que su mesa de tres patas podía hacer de «acompañante adulto» igual de bien. Había revestido el tablero de Buford con un pergamino mágico que proyectaba una diminuta simulación holográfica del entrenador Hedge. Mini Hedge se paseaba dando fuertes pisotones encima de Buford y decía cosas al azar como: «¡BASTA YA!», «¡VOY A MATAROS!» y el famosísimo «¡PONEOS ALGO DE ROPA!».

Ese día Buford estaba manejando el timón. Si las llamas de Festo no ahuyentaban a los monstruos, el holograma de Hedge que proyectaba Buford sin duda lo haría.

Leo se quedó en la puerta del comedor, contemplando la escena que se desarrollaba alrededor de la mesa. No tenía ocasión de ver juntos a todos sus amigos a menudo.

Percy estaba comiendo una gran pila de tortitas azules (¡qué obsesión tenía con la comida azul!) mientras Annabeth lo regañaba por echarles demasiado sirope.

—¡Las estás ahogando! —protestó ella.

—Oye, soy hijo de Poseidón —dijo él—. No puedo ahogarme. Ni tampoco mis tortitas.

A su izquierda, Frank y Hazel usaban sus boles de cereales para alisar un mapa de Grecia. Lo examinaban con las cabezas muy juntas. De vez en cuando la mano de Frank tapaba la de Hazel, con la dulzura y la naturalidad de un viejo matrimonio, y Hazel ni siquiera se ruborizaba, lo que suponía todo un avance para una chica de los años cuarenta del siglo xx. Hasta hacía poco casi le daba un síncope cuando alguien decía «Jopé».

A la cabecera de la mesa, Jason estaba sentado en una postura incómoda con la camiseta enrollada hasta la caja torácica mientras la enfermera Piper le cambiaba las vendas.

—Estate quieto —dijo ella—. Ya sé que duele.

—Está frío —dijo él.

Leo podía advertir el dolor en su voz. Esa maldita hoja de *gladius* lo había atravesado de punta a punta. La herida de entrada en la espalda tenía un desagradable tono morado y echaba humo. Probablemente no fuese una buena señal.

Piper trataba de mantener una actitud positiva, pero le había contado a Leo en privado lo preocupada que estaba. La ambrosía, el néctar y las medicinas de los mortales ya no servían de mucho. Un corte profundo infligido con bronce celestial u oro imperial podía disolver por completo la esencia de un semidiós en sentido literal. Jason podía mejorar. Él aseguraba que se encontraba mejor, pero Piper no estaba tan segura.

Era una lástima que Jason no fuera un autómata metálico. Al menos entonces Leo tendría una idea de cómo ayudar a su mejor amigo. Pero con los humanos… Leo se sentía impotente. Se estropeaban demasiado a menudo.

Quería a sus amigos. Haría cualquier cosa por ellos. Pero mirándolos a los seis —tres parejas, todos centrados en la otra persona—, se acordó de la advertencia de Némesis, la diosa de la venganza: «No hallarás un lugar entre tus hermanos. Siempre serás un extraño, la séptima rueda».

Estaba empezando a pensar que Némesis tenía razón. Suponiendo que Leo viviera lo suficiente, suponiendo que su disparatado plan secreto diera resultado, su destino estaba con otra persona, en una isla que ningún hombre encontraba dos veces.

Pero por el momento lo mejor que podía hacer era seguir su vieja regla: «No te pares». No te enredes. No pienses en las cosas malas.

Sonríe y bromea aunque no tengas ganas. Sobre todo cuando no tengas ganas.

—¿Qué tal, chicos? —Entró sin prisa en el comedor—. ¡Sí, señor, brownies!

Cogió el último; una receta especial elaborada con sal marina que habían aprendido de Afros, el centauro pez que vivía en el fondo del océano Atlántico.

Sonaron interferencias por el intercomunicador. El mini Hedge de Buford gritó por los altavoces:

—¡PONEOS ALGO DE ROPA!

Todos se sobresaltaron. Hazel acabó a un metro y medio de Frank. Percy echó sirope en su zumo de naranja. Jason se puso su camiseta retorciéndose, y Frank se transformó en bulldog.

Piper lanzó una mirada asesina a Leo.

—Creía que te ibas a deshacer de ese estúpido holograma.

—Eh, Buford solo está dando los buenos días. ¡Le encanta su holograma! Además, todos echamos de menos al entrenador. Y Frank es un bulldog muy mono.

Frank se convirtió otra vez en un chico chino-canadiense robusto y gruñón.

—Siéntate, Leo. Tenemos cosas de que hablar.

Leo se apretujó entre Jason y Hazel. Supuso que eran los que menos probabilidades tenían de darle un guantazo si contaba chistes malos. Mordió un bocado de su brownie y cogió una bolsa de comida basura italiana (Fonzies) para completar su desayuno equilibrado. Se había enganchado a esos aperitivos desde que los habían comprado en Bolonia. Sabían a queso y a maíz, dos de sus sabores favoritos.

—Bueno… —Jason hizo una mueca al inclinarse hacia delante—. Vamos a seguir en el aire y a echar anclas lo más cerca posible de Olimpia. Está más hacia el interior de lo que me gustaría (a unos ocho kilómetros), pero no tenemos muchas alternativas. Según Juno, tenemos que encontrar a la diosa de la victoria y, ejem, someterla.

Se hizo un silencio incómodo alrededor de la mesa.

Con las nuevas cortinas que tapaban las paredes holográficas, el comedor estaba más oscuro y lúgubre que antes, pero era inevitable. Desde que los Cercopes, los traviesos enanos gemelos, habían provocado un cortocircuito en las paredes, las imágenes de vídeo en tiempo real del Campamento Mestizo se volvían borrosas y daban paso a primerísimos planos de enanos: patillas pelirrojas, orificios nasales y malos arreglos dentales. Algo así no era de ayuda cuando intentabas comer o mantener una conversación seria sobre el destino del mundo.

Percy bebió un sorbo de su zumo de naranja con sabor a sirope. No pareció que le desagradase.

—Me parece bien luchar contra una diosa de vez en cuando, pero ¿Niké no es de las buenas? Personalmente, me gusta la victoria. Nunca me canso de ella.

Annabeth tamborileó con los dedos sobre la mesa.

—Sí que parece raro. Entiendo que Niké esté en Olimpia: es el hogar de las Olimpiadas y todo eso. Los contrincantes se sacrificaban por ella. Griegos y romanos la adoraron durante unos mil doscientos años, ¿no?

—Casi hasta el final del Imperio romano —convino Frank—. Los romanos la llamaban Victoria, pero prácticamente era igual. Todo el mundo la adoraba. ¿A quién no le gusta ganar? No sé por qué tenemos que someterla.

Jason frunció el entrecejo. Una voluta de humo salió de la herida que tenía debajo de la camiseta.

—Lo único que yo sé... es que el demonio Antínoo dijo: «La victoria está desenfrenada en Olimpia». Juno nos advirtió que no podríamos cerrar la brecha entre griegos y romanos a menos que venciéramos a la victoria.

—¿Cómo vencemos a la victoria? —se preguntó Piper—. Parece uno de esos enigmas imposibles de resolver.

—Como hacer volar las piedras o comer solo un Fonzie —dijo Leo.

Se metió un puñado de aperitivos italianos en la boca.

Hazel arrugó la nariz.

—Esas cosas te van a matar.

—¿Estás de coña? Tienen tantos conservantes que viviré eternamente. Pero volviendo a lo de la diosa de la victoria, tan famosa y estupenda... ¿No os acordáis de cómo son sus hijos en el Campamento Mestizo?

Hazel y Frank no habían pisado el Campamento Mestizo, pero los demás asintieron seriamente.

—Tiene razón —dijo Percy—. Los chicos de la cabaña diecisiete son supercompetitivos. Cuando tienen que atrapar la bandera, son casi peores que los hijos de Ares. Sin ánimo de ofender, Frank.

Frank se encogió de hombros.

—¿Estás diciendo que Niké tiene un lado oscuro?

—Desde luego sus hijos lo tienen —dijo Annabeth—. Nunca rechazan un desafío. Tienen que ser los primeros en todo. Si su madre es igual de vehemente...

—Para el carro. —Piper puso las manos sobre la mesa como si el barco se estuviera balanceando—. Chicos, todos los dioses se debaten entre su lado griego y su lado romano, ¿no? Si Niké está en la misma situación y es la diosa de la victoria...

—Tendrá un buen conflicto —dijo Annabeth—. Querrá que un lado o el otro gane para poder declararse vencedora. Estará luchando contra sí misma en sentido literal.

Hazel empujó su bol de cereales por encima del mapa de Grecia.

—Pero no queremos que gane un lado o el otro. Tenemos que juntar a griegos y romanos en el mismo equipo.

—Tal vez ese sea el problema —dijo Jason—. Si la diosa de la victoria está desenfrenada, debatiéndose entre griegos y romanos, puede que impida que unamos los dos campamentos.

—¿Cómo? —preguntó Leo—. ¿Empezando una guerra en Twitter?

Percy clavó el cuchillo en sus tortitas.

—A lo mejor es como Ares. Ese tío es capaz de provocar una pelea solo con entrar en una habitación llena de gente. Si Niké emite vibraciones competitivas o algo por el estilo, puede empeorar mucho la rivalidad entre griegos y romanos.

Frank señaló a Percy.

—¿Te acuerdas del viejo dios marino de Atlanta, Forcis? Dijo que los planes de Gaia siempre tienen muchas capas. Esto podría formar parte de la estrategia de los gigantes: mantener los dos campamentos divididos, mantener a los dioses divididos. Si es el caso, no podemos permitir que Niké nos ponga a unos contra los otros. Deberíamos mandar un destacamento de desembarco compuesto por cuatro personas: dos griegos y dos romanos. El equilibrio podría ayudar a mantenerla estable.

Escuchando a Zhang, Leo experimentó uno de esos momentos en los que uno no da crédito a sus oídos. No podía creer lo mucho que había cambiado el chico en las últimas semanas.

Frank no solo era más alto y estaba más cachas. También estaba más seguro, más dispuesto a hacerse cargo de la situación. Tal vez se debía a que su palo mágico estaba guardado a buen recaudo en un saquito ignífugo, o tal vez a que había estado al mando de una legión de zombis y había sido ascendido a pretor. Fuera cual fuese el motivo, a Leo le costaba verlo como el chico torpe que se había quitado unas esposas chinas convirtiéndose en iguana.

—Creo que Frank tiene razón —dijo Annabeth—. Un grupo de cuatro. Tendremos que elegir con cuidado quién va. No nos conviene hacer algo que vuelva a la diosa más, ejem, inestable.

—Yo iré —dijo Piper—. Puedo usar mi embrujahabla.

Las arrugas de preocupación se acentuaron alrededor de los ojos de Annabeth.

—Esta vez no, Piper. Niké se caracteriza por su espíritu competitivo. Y Afrodita también, a su manera. Creo que Niké podría verte como una amenaza.

En el pasado Leo podría haber bromeado a ese respecto. «¿Piper, una amenaza?» Esa chica era como una hermana para él, pero si necesitara ayuda para zurrar a una panda de matones o para someter a una diosa de la victoria, Piper no sería la primera persona a la que acudiría.

Sin embargo, últimamente… Bueno, puede que Piper no hubiera experimentado un cambio tan evidente como Frank, pero había cambiado. Había apuñalado a Quíone, la diosa de la nieve, en el pecho. Había vencido a los Boréadas. Se había cargado a una bandada de arpías salvajes sin ayuda. En cuanto a su capacidad de persuasión, se había vuelto tan potente que ponía nervioso a Leo. Si ella le dijera que comiese verdura, puede que él hasta lo hiciese.

Las palabras de Annabeth no parecieron ofenderla. Piper se limitó a asentir y echó un vistazo al grupo.

—¿Quién debería ir, entonces?

—Jason y Percy no deberían ir juntos —dijo Annabeth—. Júpiter y Poseidón: mala combinación. Niké podría hacer que os pelearais fácilmente.

Percy le dedicó una sonrisa de soslayo.

—Sí, no podemos tener otro incidente como el de Kansas. Podría matar a mi hermano Jason.

—O yo podría matar a mi hermano Percy —dijo Jason afablemente.

—Eso demuestra que tengo razón —dijo Annabeth—. Tampoco deberíamos ir Frank y yo juntos. Marte y Atenea serían una combinación igual de mala.

—Vale —intervino Leo—. Entonces iremos Percy y yo en representación de los griegos. Y Frank y Hazel, de los romanos. No me digáis que no es el equipo no competitivo ideal.

Annabeth y Frank se cruzaron unas miradas dignas del dios de la guerra.

—Podría dar resultado —decidió Frank—. Ninguna combinación va a ser perfecta, pero Poseidón, Hefesto, Plutón y Marte… No veo ningún gran antagonismo.

Hazel deslizó su dedo por el mapa de Grecia.

—Ojalá hubiéramos podido cruzar el golfo de Corinto. Esperaba que pudiéramos visitar Delfos y recibir algún consejo. Además, el camino alrededor del Peloponeso es muy largo.

—Sí. —A Leo se le cayó el alma a los pies cuando vio todo el litoral que les quedaba por recorrer—. Ya es 22 de julio. Contando hoy, solo faltan diez días para que…

—Lo sé —dijo Jason—. Pero Juno fue muy clara. El camino más corto habría sido un suicidio.

—Y en cuanto a Delfos… —Piper se inclinó hacia el mapa. La pluma de arpía azul que llevaba en el pelo se balanceó como un péndulo—. ¿Qué pasa allí? Si Apolo ya no tiene su oráculo…

Percy gruñó.

—Probablemente tenga algo que ver con el repelente de Octavio. A lo mejor se le daba tan mal adivinar el futuro que ha acabado con los poderes de Apolo.

Jason esbozó una sonrisa, aunque tenía los ojos empañados por el dolor.

—Con suerte encontraremos a Apolo y a Artemisa. Entonces se lo podrás preguntar personalmente. Juno dijo que los mellizos podían estar dispuestos a ayudarnos.

—Muchas preguntas sin responder —murmuró Frank—. Muchos kilómetros por recorrer hasta que lleguemos a Atenas.

—Lo primero es lo primero —dijo Annabeth—. Tenéis que encontrar a Niké y averiguar cómo someterla… sea lo que sea a lo que Juno se refería. Sigo sin entender cómo se vence a una diosa que controla la victoria. Parece imposible.

Leo empezó a sonreír. No pudo evitarlo. Sí, solo tenían diez días para impedir que los gigantes despertasen a Gaia. Sí, él podía morir antes de la hora de la cena. Pero le encantaba que le dijesen que algo era imposible. Era como si alguien le diese una tarta de limón y merengue y le dijese que no la lanzase. Simplemente no podía resistir el desafío.

—Eso ya lo veremos. —Se puso en pie—. Voy a por mi colección de granadas. ¡Os veré en la cubierta!

X

Leo

—Una decisión inteligente, elegir el aire acondicionado —dijo Percy.

Él y Leo habían acabado de registrar el museo, y estaban sentados en un puente que cruzaba el río Kladeos, con los pies colgando por encima del agua, mientras esperaban a que Frank y Hazel terminasen de explorar las ruinas.

A su izquierda, el valle olímpico relucía con el calor de la tarde. A la derecha, el aparcamiento de los visitantes estaba abarrotado de autobuses turísticos. Menos mal que el *Argo II* estaba amarrado en el aire a treinta metros de altura, porque no habrían encontrado plaza.

Leo hizo rebotar una piedra en el río. Deseaba que Hazel y Frank volviesen. Se sentía incómodo esperando con Percy.

En primer lugar, no sabía de qué charlar con un chico que hacía poco había vuelto del Tártaro. «¿Viste el último episodio de *Doctor Who*? Ah, claro. ¡Estabas atravesando el Foso de la Condena Eterna!»

Percy ya intimidaba bastante antes de eso: invocaba huracanes, se batía en duelo con piratas, mataba gigantes en el Coliseo...

Y, después de lo que había sucedido en el Tártaro, parecía que hubiera pasado a un nuevo nivel de semidiós cañero.

A Leo incluso le costaba pensar en él como miembro del mismo campamento. Los dos nunca habían coincidido en el Campamento

Mestizo. El collar de cuero de Percy tenía cuatro cuentas de sus cuatro veranos completados. El collar de Leo tenía cero patatero.

Lo único que tenían en común era Calipso, y cada vez que Leo pensaba en eso le entraban ganas de darle un puñetazo a Percy.

Leo no hacía más que pensar que debería sacar el asunto a colación, simplemente para aclarar las cosas, pero nunca parecía el momento adecuado. Y a medida que pasaban los días, el tema se volvía más y más difícil de abordar.

—¿Qué? —preguntó Percy.

Leo se movió.

—¿Qué de qué?

—Me estabas mirando como enfadado.

—¿De verdad? —Leo trató de contar un chiste, o como mínimo de sonreír, pero no pudo—. Ejem, perdona.

Percy contempló el río.

—Supongo que tenemos que hablar.

Abrió la mano, y la piedra que Leo había lanzado salió volando del riachuelo y cayó justo en la palma de Percy.

«Ah —pensó Leo—, ¿ahora hay que fardar?»

Consideró lanzar una columna de fuego al autobús turístico más cercano y volar el depósito de gasolina, pero llegó a la conclusión de que sería un pelín dramático.

—Tal vez deberíamos hablar. Pero no…

—¡Chicos!

Frank estaba al fondo del aparcamiento, haciéndoles señas para que se acercasen. A su lado, Hazel se hallaba montada a horcajadas sobre su caballo Arión, que había aparecido sin avisar en cuanto habían aterrizado.

«Salvado por Zhang», pensó Leo.

Él y Percy se acercaron corriendo para reunirse con sus amigos.

—Este sitio es enorme —informó Frank—. Las ruinas se extienden desde el río hasta el pie de esa montaña, casi medio kilómetro.

—¿Cuánto es eso en medidas normales? —preguntó Percy.

Frank puso los ojos en blanco.

—Eso es una medida normal en Canadá y en el resto del mundo. Solo vosotros, los estadounidenses…

—Unos cinco o seis campos de fútbol americano —terció Hazel, dando de comer a Arión un gran pedazo de oro.

Percy extendió las manos.

—Solo tenías que decir eso.

—En fin, desde arriba no he visto nada sospechoso —continuó Frank.

—Yo tampoco —dijo Hazel—. Arión me ha dado una vuelta completa alrededor del perímetro. Muchos turistas, pero ninguna diosa chiflada.

El gran corcel relinchó y sacudió la cabeza, y los músculos de su pescuezo se ondularon bajo su pelaje color caramelo.

—Colega, tu caballo sí que sabe echar pestes. —Percy movió la cabeza con gesto de incredulidad—. Tiene un concepto más bien bajo de Olimpia.

Por una vez, Leo estaba de acuerdo con el caballo. No le gustaba la idea de atravesar unos campos llenos de ruinas bajo un sol abrasador, abriéndose paso a empujones entre hordas de turistas sudorosos mientras buscaban a una diosa de la victoria con personalidad desdoblada. Además, Frank ya había sobrevolado todo el valle convertido en águila. Si sus agudos ojos no habían visto nada, tal vez no hubiera nada que ver.

Aunque, por otra parte, los bolsillos del cinturón portaherramientas de Leo estaban llenos de juguetes peligrosos. No soportaría tener que volver a casa sin volar nada por los aires.

—Entonces vayamos dando tumbos juntos y dejemos que los problemas nos encuentren —dijo—. Siempre ha dado resultado.

Curiosearon un rato, evitando los grupos de turistas y pasando de una parcela de sombra a la siguiente. No era la primera vez que a Leo le llamaba la atención lo mucho que Grecia se parecía a su estado natal, Texas: las colinas bajas, los árboles achaparrados, el zumbido de las cigarras y el opresivo calor estival. Si en vez de columnas antiguas y templos en ruinas hubiera habido vacas y alambre de espino, Leo se habría sentido como en casa.

Frank encontró un folleto turístico (en serio, ese tío leía hasta los ingredientes de una sopa de lata) y les explicó qué era cada cosa.

—Esto es el propileo. —Señaló con la mano un sendero de piedra bordeado de columnas desmoronadas—. Una de las entradas principales al valle de Olimpia.

—¡Escombros! —dijo Leo.

—Y allí —Frank apuntó con el dedo una base cuadrada que parecía el patio de un restaurante mexicano— está el templo de Hera, una de las construcciones más antiguas del lugar.

—¡Más escombros! —dijo Leo.

—Y esa cosa redonda que parece un quiosco de música es el Filipeon, dedicado a Filipo de Macedonia.

—¡Más escombros todavía! ¡Escombros de primera!

Hazel, que seguía montada en Arión, dio una patada a Leo en el brazo.

—¿No te impresiona nada?

Leo alzó la vista. Su cabello castaño rizado y sus ojos color oro combinaban tan bien con el casco y la espada que podrían haber sido de oro imperial. Leo dudaba de que a Hazel le pareciese un cumplido, pero, en materia de humanos, ella era una obra de primera.

Leo recordó su travesía juntos por la Casa de Hades. Hazel lo había llevado por un horripilante laberinto de ilusiones. Había hecho desaparecer a la hechicera Pasifae a través de un agujero imaginario en el suelo. Había librado batalla contra el gigante Clitio mientras Leo se ahogaba entre la nube de oscuridad del gigante. Había cortado las cadenas que sujetaban las Puertas de la Muerte. Mientras tanto Leo había hecho… prácticamente nada.

Ya no estaba encaprichado de Hazel. Su corazón estaba lejos de allí, en la isla de Ogigia. Aun así, Hazel Levesque le impresionaba, incluso cuando no estaba montada en un temible caballo supersónico inmortal que juraba como un marinero.

No dijo nada, pero Hazel debió de percatarse de sus pensamientos. Apartó la vista, sonrojada.

Feliz en su inconsciencia, Frank siguió con su recorrido guiado.

—Y allí... ¡Oh! —Miró a Percy—. Esa depresión semicircular de la colina, con los nichos..., es un ninfeo construido en época romana.

La cara de Percy se tiñó del color del zumo de lima.

—Propongo una idea: no vayamos allí.

Leo se había enterado de la experiencia casi mortal de Percy en el ninfeo de Roma con Jason y Piper.

—Me encanta la idea.

Siguieron andando.

De vez en cuando Leo se llevaba las manos al cinturón portaherramientas. Desde que los Cercopes se lo habían robado en Bolonia, temía que se lo arrebataran otra vez, aunque dudaba que hubiera un monstruo al que se le diera tan bien robar como a esos enanos. Se preguntaba qué tal les iría a los pequeños monos traviesos. Esperaba que siguieran divirtiéndose molestando a los romanos, robando montones de mecheros brillantes y haciendo que a los legionarios se les cayesen los pantalones.

—Esto es el Pelopion —dijo Frank, señalando otro fascinante montón de piedras.

—Venga ya, Zhang —dijo Leo—. «Pelopion» ni siquiera es una palabra. ¿Qué era, un sitio sagrado para cortarse el pelo?

Frank puso cara de ofendido.

—Es el lugar de sepultura de Pélope. Esta parte de Grecia, el Peloponeso, se llama así por él.

Leo resistió el impulso de lanzar una granada a Frank a la cara.

—Supongo que debería saber quién es Pélope.

—Fue un príncipe que ganó a su esposa en una carrera de carros. Supuestamente creó los Juegos Olímpicos en honor a ese episodio.

Hazel hizo una mueca despectiva arrugando la nariz.

—Qué romántico. «Bonita esposa, príncipe Pélope.» «Gracias. La gané en una carrera de carros.»

Leo no veía de qué les iba a servir eso para encontrar a la diosa de la victoria. En ese momento la única victoria que quería conquistar era una bebida helada y unos nachos.

Aun así, cuanto más se adentraban en las ruinas, más inquieto se sentía. Evocó uno de sus primeros recuerdos: su niñera, la tía Callida, alias Hera, animándolo a pinchar una serpiente venenosa con un palo cuando tenía cuatro años. La diosa psicópata le había dicho que era una buena forma de entrenar a un héroe, y tal vez estaba en lo cierto. En la actualidad Leo se pasaba la mayoría del tiempo husmeando hasta que encontraba problemas.

Escudriñó a las multitudes de turistas preguntándose si eran mortales normales y corrientes o monstruos disfrazados, como los *eidolon* que les habían perseguido en Roma. De vez en cuando le parecía ver una cara conocida: el abusón de su primo Raphael; su cruel profesor de tercero, el señor Borquin; su madre de acogida maltratadora, Teresa: toda clase de personas que habían tratado a Leo como basura.

Probablemente solo se imaginaba sus caras, pero le ponían nervioso. Se acordó de cuando la diosa Némesis había aparecido bajo la forma de su tía Rosa, la persona a la que Leo guardaba más rencor y de la que más quería vengarse. Se preguntaba si Némesis estaba allí en alguna parte, vigilando para ver lo que Leo hacía. Todavía no estaba seguro de haber saldado su deuda con la diosa. Sospechaba que ella deseaba verlo sufrir más. Tal vez ese fuese el día elegido.

Se detuvieron ante unos anchos escalones que subían a otro edificio en ruinas: el templo de Zeus, según Frank.

—Antes, dentro había una enorme estatua de Zeus de oro y marfil —dijo Zhang—. Una de las siete maravillas del mundo antiguo. La esculpió el mismo tipo que hizo la Atenea Partenos.

—Por favor, no me digas que tenemos que buscarla —dijo Percy—. Ya he tenido suficientes estatuas mágicas.

—Yo pienso lo mismo.

Hazel acarició el flanco de Arión, pues el corcel se estaba poniendo nervioso.

Leo también tenía ganas de relinchar y piafar. Tenía calor, estaba inquieto y se moría de hambre. Se sentía como si hubieran pinchado a la serpiente venenosa todo lo que podían, y la serpiente estuviera a punto de contraatacar. Quería dar el día por terminado y volver al barco antes de que eso ocurriera.

Lamentablemente, cuando Frank mencionó el templo de Zeus y la estatua, el cerebro de Leo estableció una conexión entre las dos cosas. A pesar suyo, la compartió con sus compañeros.

—Oye, Percy, ¿te acuerdas de la estatua de Niké que había en el museo? —dijo—. ¿La que estaba hecha pedazos?

—Sí.

—¿No solía estar aquí, en el templo de Zeus? Dime si me equivoco, no te cortes. Me encantaría equivocarme.

Percy se llevó la mano al bolsillo. Sacó su bolígrafo *Contracorriente*.

—Tienes razón. Entonces, si Niké estuviera en alguna parte… este sería un buen sitio.

Frank escudriñó los alrededores.

—No veo nada.

—¿Y si hiciéramos publicidad de zapatillas Adidas? —se preguntó Percy—. ¿Niké se cabrearía tanto como para aparecer?

Leo sonrió con nerviosismo. Tal vez él y Percy compartiesen algo más: un estúpido sentido del humor.

—Sí, seguro que va en contra del acuerdo de patrocinio: «¡ESAS NO SON LAS ZAPATILLAS OFICIALES DE LOS JUEGOS OLÍMPICOS! ¡PREPARAOS PARA MORIR!».

Hazel puso los ojos en blanco.

—Los dos sois insufribles.

Detrás de Leo, una voz atronadora sacudió las ruinas.

—¡PREPARAOS PARA MORIR!

A Leo por poco se le cayó el cinturón del susto. Se volvió… y se dio de tortas mentalmente. Solo tenía que invocar a Adidas, la diosa de las zapatillas no oficiales.

Alzándose por encima de él en un carro dorado, con una lanza que le apuntaba al corazón, estaba la diosa Niké.

XI

Leo

Las alas de oro eran excesivas.

A Leo le molaban el carro y los dos caballos blancos. Le parecía bien el brillante vestido sin mangas de Niké (a Calypso le sentaba de maravilla ese estilo de ropa, pero eso no venía al caso) y sus trenzas morenas recogidas con una corona de laurel dorada.

Tenía los ojos muy abiertos y una expresión un poco desquiciada, como si se hubiera tomado veinte cafés y se hubiera subido en una montaña rusa, pero a Leo no le importaba. Incluso podía lidiar con la lanza con punta de oro con la que le apuntaba al pecho.

Pero esas alas… eran de oro pulido, hasta la última pluma. Leo podía admirar el intrincado trabajo de artesanía, pero eran excesivas, demasiado brillantes, demasiado llamativas. Si las alas hubieran sido paneles solares, Niké habría producido suficiente energía para alimentar Miami.

—Señora, ¿podría recoger las alas, por favor? —dijo—. Estoy pillando una insolación.

—¿Qué? —Niké sacudió la cabeza hacia él como una gallina asustada—. Ah, mi plumaje brillante. Está bien. Supongo que estando quemado y deslumbrado no puedes morir gloriosamente.

La diosa plegó sus alas. La temperatura descendió a cuarenta y ocho grados, una temperatura de verano normal en aquel lugar.

Leo miró a sus amigos. Frank estaba muy quieto evaluando a la diosa. Su mochila todavía no se había transformado en un arco y un carcaj, un detalle prudente. Y no debía de estar muy asustado porque no se había convertido en un pez de colores gigante.

Hazel estaba teniendo problemas con Arión. El corcel ruano relinchaba y corcoveaba, evitando el contacto visual con los caballos blancos que tiraban del carro de Niké.

En cuanto a Percy, sostenía el bolígrafo como si estuviera decidiendo si empuñar la espada o firmar un autógrafo en el carro de Niké.

Nadie dio un paso al frente para hablar. Leo echaba de menos contar con Piper y Annabeth. A ellas se les daba bien hablar.

Decidió que alguien debía decir algo antes de que todos muriesen gloriosamente.

—¡Bueno! —Apuntó con los índices a Niké—. Nadie me ha puesto al corriente, y estoy seguro de que la información no aparecía en el folleto de Frank. ¿Podría decirme qué pasa aquí?

La mirada desorbitada de Niké lo desconcertaba. ¿Estaba ardiendo la nariz de Leo? A veces le ocurría cuando se estresaba.

—¡Debemos conquistar la victoria! —gritó la diosa—. ¡La competición debe decidirse! Habéis venido a determinar el ganador, ¿no?

Frank se aclaró la garganta.

—¿Es usted Niké o Victoria?

—¡Arggg!

La diosa se agarró un lado de la cabeza. Sus caballos se encabritaron y provocaron que Arión hiciera lo mismo.

La diosa se estremeció y se dividió en dos imágenes distintas, lo que recordó a Leo (de forma ridícula) cuando era niño y se tumbaba en el suelo de su casa para jugar con el tope de puerta elástico que había en el rodapié. Lo empujaba hacia atrás y lo soltaba: «¡Boing!». El tope vibraba de un lado al otro tan rápido que parecía que se dividiera en dos muelles distintos.

Eso es lo que parecía Niké: un tope de puerta divino, dividiéndose en dos.

En el lado izquierdo estaba la primera versión: brillante vestido sin mangas, cabello moreno rodeado de laureles, alas doradas recogidas a la espalda. En el derecho, una versión distinta, vestida para la guerra con peto y grebas romanas. Por el borde de su alto casco asomaba un corto cabello castaño rojizo. Las alas eran de un blanco mullido; el vestido, morado, y el astil de su lanza tenía sujeta una insignia romana del tamaño de un plato: las siglas SPQR de color dorado en una corona de laurel.

—¡Soy Niké! —gritó la imagen de la izquierda.

—¡Soy Victoria! —gritó la de la derecha.

Por primera vez, Leo entendió la vieja expresión de su abuelo «hablar por los dos lados de la boca». Esa diosa estaba diciendo dos cosas distintas al mismo tiempo en sentido literal. No paraba de vibrar y de dividirse, cosa que mareaba a Leo. Estaba tentado de sacar sus herramientas y ajustar el ralentí del carburador, porque tantas vibraciones harían que su motor saliese volando por los aires.

—¡Yo soy la que decide la victoria! —gritó Niké—. ¡Hubo un tiempo en que estuve en un rincón del templo de Zeus, venerada por todos! Yo supervisé los juegos de Olimpia. ¡Las ofrendas de todas las ciudades-estado se amontonaban a mis pies!

—¡Los juegos son irrelevantes! —gritó Victoria—. ¡Yo soy la diosa del éxito en la batalla! ¡Los generales romanos me adoraban! ¡El mismísimo Augusto erigió mi altar en el senado!

—¡Aaah! —gritaron las dos voces, angustiadas—. ¡Debemos decidir! ¡Debemos conquistar la victoria!

Arión corcoveó tan violentamente que Hazel tuvo que desmontar para evitar que la tirase. Antes de que pudiera calmarlo, el caballo desapareció al galope dejando una estela de vapor entre las ruinas.

—Niké, está confundida, como todos los dioses —dijo Hazel, avanzando despacio—. Los griegos y los romanos están al borde de la guerra. Eso está haciendo que sus dos facetas choquen.

—¡Ya lo sé! —La diosa sacudió su lanza, y su extremo se dividió en dos puntas como una goma elástica—. ¡No soporto los conflictos sin resolver! ¿Quién es más fuerte? ¿Quién es el ganador?

—Señora, aquí no hay ganador —dijo Leo—. Si la guerra estalla, todo el mundo perderá.

—¿No hay ganador? —Niké se quedó tan sorprendida que Leo tuvo la certeza de que su nariz debía de estar ardiendo—. ¡Siempre hay un ganador! Un ganador. ¡Todos los demás pierden! De lo contrario la victoria no tiene sentido. ¿Queréis que reparta diplomas a todos los contrincantes? ¿Pequeños trofeos de plástico a cada atleta o soldado por participar? ¿Que nos pongamos todos en fila y nos estrechemos las manos y nos digamos: «Buen torneo»? ¡No! La victoria debe ser real. Hay que ganársela. Eso significa que debe ser excepcional y difícil, contra todas las probabilidades, y la derrota debe ser la otra posibilidad.

Los dos caballos de la diosa se mordisquearon entre ellos, como si estuvieran entrando en ambiente.

—Esto… Vale —dijo Leo—. Veo que tiene opiniones firmes al respecto. Pero la guerra de verdad es contra Gaia.

—Él tiene razón —dijo Hazel—. Niké, usted fue la auriga en la última guerra contra los gigantes, ¿verdad?

—¡Por supuesto!

—Entonces sabe que Gaia es el enemigo real. Necesitamos su ayuda para vencerla. La guerra no es entre griegos y romanos.

—¡Los griegos deben perecer! —rugió Victoria.

—¡Victoria o muerte! —protestó Niké—. ¡Un lado debe prevalecer!

Frank gruñó.

—Ya tengo bastante con los gritos de mi padre en la cabeza.

Victoria le lanzó una mirada fulminante.

—¿Eres hijo de Marte? ¿Un pretor de Roma? Ningún romano auténtico perdonaría a los griegos. No soporto estar dividida y confundida… ¡No puedo pensar con claridad! ¡Mátalos! ¡Gana!

—Va a ser que no —dijo Frank, aunque Leo se fijó en que el ojo derecho de Zhang se movía nerviosamente.

Leo también estaba haciendo esfuerzos. Niké estaba lanzando ondas de tensión que le estaban crispando los nervios. Se sentía como si estuviera agachado en la línea de salida, esperando a que alguien gritase: «¡Ya!». Sentía el deseo irracional de echarle a Frank las manos al cuello, algo ridículo ya que sus manos ni siquiera abarcarían el cuello de Frank.

—Mire, señorita Victoria… —Percy trató de esbozar una sonrisa—. No queremos interrumpir su momento de pirada. Si es tan amable de poner fin a esta conversación consigo misma, volveremos más tarde con, ejem, armas más grandes y puede que sedantes.

La diosa blandió su lanza.

—¡Resolveréis este asunto de una vez por todas! ¡Hoy, ahora, decidiréis el vencedor! ¿Sois cuatro? ¡Magnífico! Formaremos equipos. ¡Las chicas contra los chicos, por ejemplo!

—Eh… no —dijo Hazel.

—¡Camisetas contra cueros!

—De ninguna manera —dijo Hazel.

—¡Griegos contra romanos! —gritó Niké—. ¡Sí, claro! Dos y dos. El último semidiós en pie gana. Los otros morirán gloriosamente.

Un impulso competitivo recorrió el cuerpo de Leo. Tuvo que hacer un esfuerzo supremo para no meter la mano en el cinturón, coger un mazo y darles a Hazel y Frank un porrazo en la cabeza.

Se dio cuenta de lo acertada que había estado Annabeth al no enviar a nadie cuyos padres tuvieran rivalidades naturales. Si Jason hubiera estado allí, probablemente él y Percy ya estarían en el suelo, partiéndose la crisma.

Se obligó a abrir los puños.

—Mire, señora, no vamos a ponernos en plan *Los juegos del hambre*. Eso no va a pasar.

—¡Pero recibiréis un extraordinario honor! —Niké metió la mano en un cesto que había a su lado y sacó una corona con abundantes laureles verdes—. ¡Esta corona puede ser vuestra! ¡Podréis llevarla en la cabeza! ¡Pensad en la gloria que conseguiréis!

—Leo tiene razón —dijo Frank, aunque tenía la mirada clavada en la corona. Su expresión era un pelín codiciosa para el gusto de Leo—. No luchamos entre nosotros. Luchamos contra los gigantes. Debe ayudarnos.

106

—¡Muy bien!

La diosa levantó la corona de laurel con una mano y la lanza con la otra.

Percy y Leo se cruzaron una mirada.

—¿Eso significa que se unirá a nosotros? —preguntó Percy—. ¿Nos ayudará a luchar contra los gigantes?

—Eso será parte del premio —dijo Niké—. Al que gane, lo consideraré un aliado. Lucharemos juntos contra los gigantes, y le daré la victoria. Pero solo puede haber un ganador. Los otros deben ser vencidos, eliminados, destruidos por completo. ¿Qué va a ser entonces, semidioses? ¿Triunfaréis en vuestra misión u os aferraréis a vuestras ñoñas ideas de la amistad y los premios de consolación?

Percy quitó el tapón de su bolígrafo. *Contracorriente* se convirtió en una espada de bronce celestial. Leo temía que la girase contra ellos, tan irresistible era el aura de Niké.

En lugar de eso, Percy apuntó con la hoja de su espada a Niké.

—¿Y si luchamos contra usted?

—¡Ja! —Los ojos de Niké brillaron—. ¡Si os negáis a luchar entre vosotros, seréis convencidos!

Niké desplegó sus alas doradas. Cuatro plumas metálicas cayeron balanceándose, dos a cada lado del carro. Las plumas dieron vueltas como gimnastas, aumentaron de tamaño y les salieron brazos y piernas hasta que tocaron el suelo convertidas en cuatro réplicas metálicas de la diosa de tamaño humano, todas armadas con una lanza dorada y una corona de laurel de bronce celestial que se parecía sospechosamente a un disco volador de alambre de espino.

—¡Al estadio! —gritó la diosa—. Tenéis cinco minutos para prepararos. ¡Luego se derramará la sangre!

Leo estaba a punto de decir: «¿Y si nos negamos a ir al estadio?». Obtuvo respuesta antes de hacer la pregunta.

—¡Corred! —rugió Niké—. ¡Id al estadio, o mis Nikai os matarán!

Las mujeres metálicas abrieron las mandíbulas y emitieron un sonido parecido al del público de un partido de la Super Bowl mezclado con acople. Agitaron sus lanzas y arremetieron contra los semidioses.

No fue el momento más memorable de Leo. El pánico se apoderó de él, y salió corriendo. Su único consuelo fue que sus amigos hicieron lo mismo, y no eran de los que se acobardaban fácilmente.

Las cuatro mujeres metálicas los siguieron formando un amplio semicírculo y los llevaron hacia el nordeste. Todos los turistas se habían esfumado. Tal vez habían huido a la comodidad refrigerada del museo, o tal vez Niké los había obligado a marcharse.

Los semidioses corrían tropezando con piedras, saltando por encima de muros desplomados, esquivando columnas y letreros de información. Detrás de ellos, las ruedas del carro de Niké retumbaban y los caballos relinchaban.

Cada vez que Leo pensaba reducir la marcha, las mujeres metálicas volvían a gritar (¿cómo las había llamado Niké? ¿Nikai?, ¿Niketas?), y a Leo le invadía el pánico.

No soportaba sentir pánico. Era vergonzoso.

—¡Allí!

Frank corrió hacia una especie de trinchera entre dos muros de tierra con un arco de piedra encima. A Leo le recordó uno de esos túneles por los que corren los equipos de fútbol americano cuando entran en el campo.

—Es la entrada del antiguo estadio olímpico. ¡Se llama cripta!

—¡No es un buen nombre! —gritó Leo.

—¿Por qué vamos allí? —dijo Percy con la voz entrecortada—. Si es adonde ella quiere…

Las Niketas volvieron a chillar, y todo pensamiento racional abandonó a Leo. Corrió hacia el túnel.

Cuando llegaron al arco, Hazel gritó:

—¡Esperad!

Se detuvieron dando traspiés. Percy se dobló, resollando. Leo se había fijado en que últimamente Percy parecía cansarse con más facilidad, probablemente debido al aire ácido que se había visto obligado a respirar en el Tártaro.

Frank miró en la dirección por la que habían venido.

—Ya no las veo. Han desaparecido.

—¿Se han rendido? —preguntó Percy esperanzado.

Leo escudriñó las ruinas.

—No. Solo nos han llevado adonde querían. ¿Qué eran esas cosas, por cierto? Las Niketas, quiero decir.

—¿Niketas? —Frank se rascó la cabeza—. Creo que se llamaban Nikai, en plural, como victorias.

—Sí. —Hazel alzó la vista pensativa, deslizando las manos a lo largo del arco de piedra—. En algunas leyendas, Niké tenía un ejército de pequeñas victorias que podía enviar por todo el mundo para que cumplieran sus órdenes.

—Como los duendes de Santa Claus —dijo Percy—. Pero malas. Y metálicas. Y muy gritonas.

Hazel pegó los dedos al arco, como si le estuviera tomando el pulso. Más allá del estrecho túnel, los muros de piedra daban a un largo campo con suaves pendientes a cada lado, como asientos para espectadores.

Leo supuso que había sido un estadio al aire libre; lo bastante grande para albergar competiciones de lanzamiento de disco, captura de jabalina, lanzamiento de peso sin ropa o lo que quiera que hiciesen los chalados de los griegos para ganar un puñado de hojas.

—En este sitio habitan fantasmas —murmuró Hazel—. En estas piedras hay mucho sufrimiento enterrado.

—Por favor, dime que tienes un plan —dijo Leo—. A ser posible, uno que no requiera enterrar mi sufrimiento en las piedras.

Hazel tenía una mirada turbulenta y ausente, igual que en la Casa de Hades, como si estuviera contemplando un nivel de realidad distinto.

—Esta era la entrada de los participantes. Niké ha dicho que tenemos cinco minutos para prepararnos. Luego espera que pasemos por debajo de este arco y empecemos los juegos. No nos permitirá salir de ese campo hasta que tres de nosotros estemos muertos.

Percy se apoyó en su espada.

—Estoy seguro de que los combates a muerte no son un deporte olímpico.

—Pues hoy sí que lo son —murmuró Hazel—. Pero yo podría conseguir algo de ventaja. Cuando pasemos, podría colocar unos obstáculos en el campo: escondites para ganar tiempo.

Frank frunció el entrecejo.

—¿Como en el Campo de Marte: trincheras, túneles y esas cosas? ¿Puedes hacerlo con la Niebla?

—Creo que sí —dijo Hazel—. Probablemente Niké quiera ver una carrera de obstáculos. Puedo volver sus expectativas contra ella. Pero eso no es todo: puedo utilizar cualquier puerta subterránea (incluso este arco) para acceder al laberinto. Puedo sacar parte del laberinto a la superficie.

—Alto, alto, alto. —Percy hizo el gesto de tiempo muerto—. El laberinto es una mala idea. Ya lo hemos hablado.

—Él tiene razón, Hazel. —Leo se acordaba perfectamente de cuando ella los llevó por el laberinto ilusorio de la Casa de Hades. Habían estado a punto de morir cada dos metros—. Sé que se te da bien la magia, pero tenemos cuatro Niketas gritonas de las que preocuparnos...

—Tendréis que confiar en mí —dijo ella—. Solo nos quedan un par de minutos. Cuando pasemos por el arco, al menos podré manipular el campo de juego a nuestro favor.

Percy espiró por la nariz.

—Me han obligado a pelear en estadios dos veces: una en Roma y, antes de eso, en el laberinto. Detesto participar en juegos para divertir a la gente.

—Todos lo detestamos —dijo Hazel—. Pero tenemos que pillar a Niké desprevenida. Fingiremos que luchamos hasta que podamos neutralizar a sus Niketas... Uf, qué nombre más horrible. Luego someteremos a Niké, como Juno dijo.

—Tiene lógica —convino Frank—. Ya habéis notado lo poderosa que es Niké cuando ha intentado que nos ataquemos entre nosotros. Si emite esas vibraciones a todos los griegos y romanos, no podremos impedir la guerra de ninguna forma. Tenemos que controlarla.

—¿Y cómo lo hacemos? —preguntó Percy—. ¿Le pegamos un porrazo en la cabeza y la metemos en un saco?

Los engranajes mentales de Leo empezaron a girar.

—En realidad no vas muy descaminado —dijo—. El tío Leo ha traído juguetes para todos vosotros, pequeños semidioses.

XII

Leo

Dos minutos no eran ni de lejos tiempo suficiente.

Leo esperaba haberles dado a todos los artilugios adecuados y haber explicado correctamente qué hacían todos los botones. De lo contrario, las cosas se pondrían feas.

Mientras él daba una clase de mecánica arquimediana a Frank y Percy, Hazel miraba el arco de piedra y murmuraba entre dientes.

Nada parecía cambiar en el gran campo cubierto de hierba que tenían detrás, pero Leo estaba seguro de que Hazel se guardaba un as en la manga.

Estaba explicándole a Frank cómo evitar ser decapitado por su propia esfera de Arquímedes cuando un sonido de trompetas reverberó en todo el estadio. El carro de Niké apareció en el campo, con las Niketas dispuestas delante de ella con las lanzas y los laureles en alto.

—¡Empezad! —gritó la diosa.

Percy y Leo cruzaron el arco corriendo. Enseguida el campo relució y se convirtió en un laberinto de muros de ladrillo y trincheras. Se agacharon detrás del muro más cercano y corrieron a la izquierda. En el arco, Frank gritó:

—Ejem, ¡morid, escoria *graeca*!

Una flecha mal lanzada pasó por encima de la cabeza de Leo.

—¡Más crueldad! —gritó Niké—. ¡Matad a todo el que se mueva!

Leo miró a Percy.

—¿Listo?

Percy levantó una granada de bronce.

—Espero que no te hayas equivocado con las etiquetas de estos cacharros.

Gritó: «¡Morid, romanos!» y lanzó la granada por encima del muro.

¡BUM! Leo no pudo ver la explosión, pero un olor a palomitas de maíz con mantequilla invadió el aire.

—¡Oh, no! —dijo Hazel gimiendo—. ¡Palomitas de maíz! ¡Nuestra debilidad fatal!

Frank disparó otra flecha por encima de sus cabezas. Leo y Percy se dirigieron a la izquierda gateando y se escondieron entre un laberinto de paredes que parecían moverse y girar por su cuenta. Leo todavía podía ver el cielo abierto encima de él, pero la claustrofobia empezó a invadirlo y a dificultarle la respiración.

En algún lugar detrás de ellos, Niké gritó:

—¡Esforzaos más! ¡Esas palomitas de maíz no han sido fatales!

Por el ruido de las ruedas de su carro, Leo dedujo que estaba girando alrededor del perímetro del campo: la Victoria dando la vuelta de la victoria.

Otra granada estalló por encima de las cabezas de Percy y Leo, que se tiraron a una trinchera mientras la explosión verde de fuego griego chamuscaba el pelo de Leo. Por suerte, Frank había apuntado lo bastante alto para que el estallido solo pareciera impresionante.

—Eso está mejor —gritó Niké—, pero ¿dónde está tu puntería? ¿No quieres la corona de laurel?

—Ojalá el río estuviera más cerca —murmuró Percy—. Tengo ganas de ahogarla.

—Ten paciencia, chico acuático.

—No me llames chico acuático.

Leo señaló al otro lado del campo. Los muros se habían movido y dejaban ver a una de las Niketas a unos treinta metros de distancia, situada de espaldas a ellos. Hazel debía de estar usando sus habilidades, manipulando el laberinto para aislar sus objetivos.

—Yo distraigo y tú atacas —dijo Leo—. ¿Listo?

Percy asintió.

—Vamos.

Corrió hacia la izquierda mientras Leo sacaba un martillo de bola de su cinturón y gritaba:

—¡Eh, Culo de Bronce!

La Niketa se volvió al mismo tiempo que Leo lanzaba la herramienta. El martillo rebotó con estruendo en el pecho de la mujer metálica sin causarle daños, pero debió de molestarla. Se dirigió a él resueltamente levantando su corona de alambre de espino.

—Uy.

Leo se agachó cuando la diadema metálica pasó dando vueltas por encima de su cabeza. La corona chocó contra una pared detrás de él, abrió un agujero en los ladrillos y describió un arco hacia atrás en el aire como un bumerán. Mientras la Niketa levantaba la mano para atraparla, Percy salió de la trinchera detrás de ella, lanzó un tajo con *Contracorriente* y cortó a la Niketa por la mitad a la altura de la cintura. La corona metálica pasó como un rayo junto a él y se incrustó en una columna de mármol.

—¡Falta! —gritó la diosa de la victoria. Las paredes se movieron, y Leo vio que Niké arremetía contra él en su carro—. ¡Los contrincantes no atacan a las Nikai a menos que deseen morir!

Una trinchera apareció en el camino de la diosa e hizo que sus caballos se plantaran. Leo y Percy corrieron a cobijarse. Con el rabillo del ojo, a unos quince metros de distancia, Leo vio que Frank saltaba desde lo alto de una pared convertido en oso pardo y aplastaba a otra Niketa. Dos Culos de Bronce menos; quedaban otros dos.

—¡No! —gritó Niké indignada—. ¡No, no, no! ¡Despedíos de vuestras vidas! ¡Atacad, Nikai!

Leo y Percy saltaron detrás de una pared. Permanecieron allí un instante, tratando de recobrar el aliento.

A Leo le costaba orientarse, pero supuso que formaba parte del plan de Hazel. Ella estaba haciendo que el terreno se moviera alrededor de ellos, abriendo nuevas trincheras, alterando la pendiente de la tierra, levantando nuevas paredes y columnas. Con suerte, haría que a las Niketas les resultara más difícil encontrarlos. Recorrer solo seis metros podía llevarles varios minutos.

Aun así, Leo no soportaba estar desorientado. Le recordaba la indefensión que había sentido en la Casa de Hades: la forma en que Clitio lo había ahogado en la oscuridad, apagando su fuego, tomando posesión de su voz. Le recordaba a Quíone, arrancándolo de la cubierta del *Argo II* con una ráfaga de aire y lanzándolo al otro lado del Mediterráneo.

Bastante tenía ya con ser flacucho y débil. Si encima Leo no podía controlar sus sentidos, su voz, su cuerpo, no le quedaban muchas alternativas.

—Oye —dijo Percy—, si no salimos de esta…

—Cállate, tío. Vamos a conseguirlo.

—Si no lo conseguimos, quiero que sepas… que me sabe mal por Calipso. Le fallé.

Leo lo miró fijamente, mudo de asombro.

—¿Sabes lo mío con…?

—El *Argo II* es un barco pequeño. —Percy hizo una mueca—. Corrió la voz. Yo… Cuando estaba en el Tártaro, me acordé de que no había cumplido la promesa que le hice a Calipso. Les pedí a los dioses que la liberasen y luego… supuse que lo harían. Entre la amnesia y el traslado al Campamento Júpiter, no pensé mucho en Calipso después de eso. No me estoy disculpando. Debería haberme asegurado de que los dioses cumplían su promesa. De todas formas, me alegro de que tú la hayas encontrado. Le has prometido que encontrarás una forma de volver con ella, y solo quería decirte que, si sobrevivimos, haré todo lo que pueda para ayudarte. Esa promesa sí que la cumpliré.

Leo estaba estupefacto. Allí estaban, escondidos detrás de una pared en medio de una zona de guerra mágica, con granadas y osos pardos y Niketas Culo de Bronce de los que preocuparse, y Percy le soltaba eso.

—¿De qué vas, tío? —masculló Leo.

Percy parpadeó.

—Entonces… ¿no estamos en paz?

—¡Pues claro que no estamos en paz! ¡Eres igual de malo que Jason! Estoy intentando guardarte rencor por ser tan perfecto, tan heroico y todo eso. Y vas tú y te portas como un tío legal. ¿Cómo se supone que te voy a odiar si te disculpas y prometes que me ayudarás?

Una sonrisa tiró de la comisura de la boca de Percy.

—Lo siento.

El suelo retumbó con la explosión de otra granada que lanzó espirales de nata montada al cielo.

—Es la señal de Hazel —dijo Leo—. Se han cargado a otra Niketa.

Percy se asomó a la esquina de la pared.

Hasta ese momento Leo no se había dado cuenta del resentimiento que guardaba a Percy. Ese chico siempre le había intimidado. Saber que Calipso se había enamorado de Percy había hecho que ese rencor se volviese diez veces más intenso. Pero entonces el nudo de ira que tenía en las entrañas empezó a deshacerse. Leo ya no podía tener antipatía al chico. La disculpa de Percy y su oferta de ayuda parecían sinceras.

Además, Percy Jackson por fin le había confirmado que le dejaba vía libre con Calipso. Las cosas se habían aclarado. Lo único que tenía que hacer era encontrar la forma de volver a Ogigia. Y la encontraría, suponiendo que sobreviviese a los siguientes diez días.

—Queda una Niketa —dijo Percy—. Me pregunto…

En algún lugar cercano, Hazel gritó de dolor.

Leo se levantó en el acto.

—¡Espera, colega! —gritó Percy, pero Leo se metió en el laberinto con el corazón palpitante.

Las paredes se desplomaron a cada lado. Leo se encontró en una extensión descubierta de terreno. Frank estaba en el otro extremo del estadio, disparando flechas llameantes al carro de Niké mientras la diosa gritaba improperios y buscaba un camino hasta él a través de la red cambiante de trincheras.

Hazel se encontraba más cerca: a unos veinte metros. Era evidente que la cuarta Niketa la había pillado por sorpresa. Hazel se alejaba de ella cojeando, con los vaqueros rotos y la pierna izquierda sangrando. Consiguió detener la lanza de la mujer metálica con su enorme espada de caballería, pero estaba a punto de ser derrotada. A su alrededor, la Niebla parpadeaba como una luz estroboscópica a punto de apagarse. Hazel estaba perdiendo el control del laberinto mágico.

—Yo la ayudaré —dijo Percy—. Tú cíñete al plan. Ve a por el carro de Niké.

—¡Pero el plan era eliminar a las cuatro Niketas primero!

—¡Pues cambia el plan y cíñete a él!

—¡Eso ni siquiera tiene sentido! ¡Anda, vete! ¡Ayúdala!

Percy fue corriendo a defender a Hazel. Leo se lanzó hacia Niké gritando:

—¡Eh! ¡Quiero un premio de consolación!

—¡Grrr! —La diosa tiró de las riendas y giró el carro en dirección a él—. ¡Acabaré contigo!

—¡Bien! —chilló Leo—. ¡Perder es mucho mejor que ganar!

—¿QUÉ?

Niké lanzó su poderosa lanza, pero con el balanceo del carro le falló la puntería. Su arma se clavó en la hierba. Lamentablemente, una nueva apareció en sus manos.

Espoleó a sus caballos para que fueran a galope tendido. Las trincheras desaparecieron y dejaron un campo abierto, perfecto para atropellar a pequeños semidioses latinos.

—¡Eh! —gritó Frank desde el otro lado del estadio—. ¡Yo también quiero un premio de consolación! ¡Todo el mundo gana!

Lanzó una flecha certera que se clavó en la parte trasera del carro de Niké y empezó a arder. Niké no le hizo caso. Sus ojos estaban clavados en Leo.

—¿Percy...?

La voz de Leo sonó como un chillido de hámster. Sacó una esfera de Arquímedes de su cinturón portaherramientas y ajustó los círculos concéntricos para armar el artefacto.

Percy seguía combatiendo contra la mujer metálica. Leo no podía esperar más.

Lanzó la esfera a la trayectoria del carro. El artefacto cayó al suelo y se hundió, pero necesitaba que Percy hiciese saltar la trampa. Si Niké intuyó algún peligro, no le dio importancia. Siguió atacando a Leo.

El carro estaba a seis metros de la granada. Cuatro metros.

—¡Percy! —gritó Leo—. ¡Operación Globo de Agua!

Lamentablemente, Percy estaba un poco ocupado recibiendo palos. La Niketa lo empujó hacia atrás con el extremo de su lanza. Lanzó su corona con tal fuerza que a Percy se le escapó la espada de la mano. Percy tropezó. La mujer metálica entró a matar.

Leo dio un alarido. Sabía que había demasiada distancia. Sabía que, si no se apartaba, Niké lo arrollaría. Pero no importaba. Sus amigos estaban a punto de ser liquidados. Alargó la mano y lanzó un rayo de fuego candente directo a la Niketa.

El rayo le derritió la cara en sentido literal. La Niketa se tambaleó, con la lanza todavía en alto. Antes de que pudiera recobrar el equilibrio, Hazel le clavó su *spatha* y le atravesó el pecho. La Niketa cayó a la hierba con gran estruendo.

Percy se volvió hacia el carro de la diosa de la victoria. Justo cuando aquellos enormes caballos blancos estaban a punto de aplastar a Leo, el carruaje pasó por encima de la granada hundida, que explotó en un géiser de alta presión. Un chorro de agua salió disparado hacia arriba, y el carro volcó; caballos, carruaje y diosa incluidos.

En Houston, Leo vivía con su madre en un piso junto a la autopista del golfo. Oía accidentes de tráfico al menos una vez a la semana, pero ese sonido fue peor: el bronce celestial estrujándose, la madera haciéndose astillas, los corceles chillando y una diosa gimiendo con dos voces distintas, ambas muy sorprendidas.

Hazel se desplomó. Percy la atrapó. Frank corrió hacia ellos desde el otro lado del campo.

Leo estaba solo cuando la diosa Niké se desenredó de los restos del accidente y se levantó para situarse de cara a él. Su peinado con trenzas parecía una plasta de vaca pisoteada. Tenía una corona de laurel enganchada alrededor del tobillo izquierdo. Sus caballos se levantaron y se marcharon al galope presas del pánico, arrastrando los restos mojados y medio encendidos del carro.

—¡TÚ! —Niké lanzó una mirada asesina a Leo, con unos ojos más ardientes y brillantes incluso que sus alas metálicas—. ¿Cómo te atreves?

Leo no se sentía muy valiente, pero forzó una sonrisa.

—Lo sé. ¡Soy alucinante! ¿He ganado un gorrito de hojas?

—¡Vas a morir!

La diosa levantó su lanza.

—¡Perdone que la interrumpa! —Leo hurgó en su cinturón—. Todavía no ha visto mi mejor truco. ¡Tengo un arma que garantiza la victoria en cualquier competición!

Niké vaciló.

—¿Qué arma? ¿A qué te refieres?

—¡Mi zasomático definitivo! —Extrajo una segunda esfera de Arquímedes: la que se había pasado treinta segundos modificando antes de entrar en el estadio—. ¿Cuántas coronas de laurel tiene? Porque voy a ganarlas todas.

Toqueteó los discos, esperando haber hecho bien los cálculos.

Leo había mejorado en la fabricación de esferas, pero aún no eran del todo fiables. Más bien tenían una fiabilidad del veinte por ciento.

Habría estado bien contar con la ayuda de Calipso para entrelazar los filamentos de bronce celestial. Ella era una crac tejiendo. O con la ayuda de Annabeth: ella también tenía buena mano. Pero Leo lo había hecho lo mejor que había podido, volviendo a cablearla para que llevase a cabo dos funciones totalmente distintas.

—¡Mire!

Leo ajustó el último disco. La esfera se abrió. Un lado se alargó y se convirtió en la empuñadura de una pistola. El otro lado se desplegó y se transformó en un reflector parabólico en miniatura fabricado con espejos de bronce celestial.

Niké frunció el entrecejo.

—¿Qué se supone que es eso?

—¡Un rayo mortífero de Arquímedes! —dijo Leo—. Por fin lo he perfeccionado. Y ahora deme todos los premios.

—¡Esos trastos no funcionan! —gritó Niké—. ¡Lo demostraron por televisión! Además, soy una diosa inmortal. ¡No puedes acabar conmigo!

—Mire atentamente —dijo Leo—. ¿Está mirando?

Niké podría haberlo reducido a una mancha de grasa o haberlo atravesado como una porción de queso, pero le pudo la curiosidad. Se quedó mirando fijamente el reflector mientras Leo activaba el interruptor. Leo sabía que debía apartar los ojos. Aun así, el brillante rayo de luz le nubló la vista.

—¡Ah! —La diosa se tambaleó. Soltó la lanza y se llevó las manos a los ojos—. ¡Estoy ciega! ¡Estoy ciega!

Leo pulsó otro botón de su rayo mortífero. El artilugio volvió a convertirse en esfera y empezó a zumbar. Leo contó en silencio hasta tres y acto seguido lanzó la esfera a los pies de la diosa.

¡FUM! Unos filamentos metálicos salieron disparados hacia arriba y rodearon a Niké con una red de bronce. La diosa gimió y se cayó de lado cuando la red se contrajo, cosa que fundió sus dos formas —griega y romana— en un todo tembloroso y desenfocado.

—¡Trampa! —Sus voces dobladas zumbaban como despertadores amortiguados—. ¡Tu rayo mortífero no me ha matado!

—No necesito matarla —dijo Leo—. La he vencido sin problemas.

—¡Cambiaré de forma! —gritó ella—. ¡Rajaré tu ridícula red! ¡Acabaré contigo!

—Sí, pero no podrá. —Leo esperaba estar en lo cierto—. Es una malla de bronce celestial de alta calidad, y yo soy hijo de Hefesto. Él es todo un experto en atrapar a diosas con redes.

—No. ¡Noooooo!

Leo la dejó revolviéndose y soltando juramentos y fue a ver cómo estaban sus amigos. Percy parecía encontrarse bien; solo estaba dolorido y magullado. Frank sostenía a Hazel y le daba de comer ambrosía. El corte de la pierna de la chica había dejado de sangrar, aunque sus vaqueros estaban destrozados.

—Estoy bien —dijo—. Demasiada magia.

—Has estado increíble, Levesque. —Leo hizo su mejor imitación de Hazel—: «¡Palomitas de maíz! ¡Nuestra debilidad fatal!».

Ella sonrió lánguidamente. Los cuatro se acercaron a Niké, que seguía retorciéndose y agitando las alas en la red, como una gallina dorada.

—¿Qué hacemos con ella? —preguntó Percy.

—Llevarla a bordo del *Argo II* —dijo Leo—. Y meterla en uno de los compartimentos de los caballos.

Hazel abrió mucho los ojos.

—¿Vas a meter a la diosa de la victoria en el establo?

—¿Por qué no? Cuando arreglemos los problemas entre griegos y romanos, los dioses deberían volver a ser ellos mismos. Entonces podremos liberarla, y ella podrá…, ya sabéis…, concedernos la victoria.

—¿Concederos la victoria? —gritó la diosa—. ¡Jamás! ¡Sufriréis por este ultraje! ¡Vuestra sangre será derramada! ¡Uno de vosotros, uno de vosotros cuatro, está destinado a morir luchando contra Gaia!

A Leo se le hizo un nudo en los intestinos.

—¿Cómo sabe eso?

—¡Puedo prever las victorias! —gritó Niké—. ¡No tendréis éxito sin la muerte! ¡Soltadme y luchad entre vosotros! ¡Es preferible que muráis aquí a que os enfrentéis a lo que se avecina!

Hazel colocó la punta de su *spatha* debajo de la barbilla de Niké.

—Explíquese. —Su voz tenía una dureza que Leo no había oído jamás—. ¿Cuál de nosotros morirá? ¿Cómo lo impedimos?

—¡Ah, hija de Plutón! Tu magia os ha ayudado a hacer trampa en esta competición, pero con vuestro destino no caben las trampas. Uno de vosotros morirá. ¡Uno de vosotros debe morir!

—No —insistió Hazel—. Hay otra forma. Siempre hay otro camino.

121

—¿Te ha enseñado eso Hécate? —Niké se rió—. ¿Esperabas la cura del médico, quizá? Eso es imposible. En vuestro camino se interponen demasiados obstáculos: ¡el veneno de Pilos, los latidos del dios encadenado en Esparta, la maldición de Delos! No, no podéis engañar a la muerte.

Frank se arrodilló. Recogió la red debajo de la barbilla de Niké y acercó la cara de la diosa a la suya.

—¿Qué está diciendo? ¿Cómo encontramos esa cura?

—No pienso ayudaros —gruñó Niké—. ¡Os maldeciré con mi poder, con red o sin ella!

Empezó a murmurar en griego antiguo.

Frank alzó la vista, ceñudo.

—¿Puede obrar magia a través de esta red?

—No tengo ni repajolera idea —contestó Leo.

Frank soltó a la diosa. Le sacó un zapato, le quitó un calcetín y se lo metió en la boca.

—Qué asco, colega —dijo Percy.

—¡Mmmffff! —protestó Niké—. ¡Mmmffff!

—¿Tienes cinta adhesiva, Leo? —dijo Frank muy serio.

—No salgo de casa sin ella.

Sacó un rollo de su cinturón portaherramientas y en un abrir y cerrar de ojos Frank había enrollado la cabeza de Niké y le había sujetado la mordaza de la boca.

—Bueno, no es una corona de laurel —dijo Frank—, pero es un nuevo círculo de la victoria: la mordaza de cinta adhesiva.

—Tienes clase, Zhang —dijo Leo.

Niké se revolvió y gruñó hasta que Percy la empujó con la puntera de su zapatilla.

—Cállese. O se porta bien o llamaremos a Arión y dejaremos que le mordisquee las alas. Le encanta el oro.

Niké chilló una vez y a continuación se quedó quieta y callada.

—Bueno… —Hazel parecía un poco nerviosa—. Tenemos a una diosa atada. ¿Y ahora, qué?

Frank se cruzó de brazos.

—Iremos a buscar esa cura del médico…, sea lo que sea. Personalmente, me gusta hacer trampas a la muerte.

Leo sonrió.

—¿El veneno de Pilos? ¿Los latidos de un dios encadenado en Esparta? ¿Una maldición en Delos? Oh, sí. ¡Será divertido!

XIII

Nico

Lo último que Nico oyó fue al entrenador Hedge quejarse:

—Vaya, esto no es bueno.

Se preguntó qué habría hecho mal esa vez. Quizá los había tele-transportado a una guarida de cíclopes, o trescientos metros por encima de otro volcán. No había nada que él pudiera hacer al respecto. Había perdido la vista. Sus otros sentidos se estaban apagando. Las piernas le flaquearon y se desmayó.

Trató de aprovechar al máximo su inconsciencia.

Los sueños y la muerte eran viejos amigos suyos. Sabía cómo moverse por su oscura zona fronteriza. Buscó a Thalia Grace con sus pensamientos.

Recorrió a toda velocidad los habituales recuerdos dolorosos: su madre sonriéndole, con la cara iluminada por la luz del sol que rielaba en el Gran Canal de Venecia; su hermana Bianca riéndose mientras tiraba de él por el National Mall de Washington, con su sombrero flexible verde protegiéndole los ojos y las pecas que salpicaban su nariz. Vio a Percy Jackson en un acantilado nevado delante de Westover Hall, protegiendo a Nico y a Bianca de la mantícora mientras Nico aferraba una figurilla de Mythomagic y susurraba: «Tengo miedo». Vio a Minos, su viejo mentor fantasmal, llevándolo por el laberinto. La sonrisa de Minos era fría y cruel. «No te preocupes, hijo de Hades. Tendrás tu venganza.»

Nico no podía detener los recuerdos. Se agolpaban en sus sueños como los fantasmas de los Campos de Asfódelos: una multitud afligida y sin rumbo implorando atención. «Sálvame», parecían susurrar. «Acuérdate de mí.» «Ayúdame.» «Consuélame.»

No se atrevía a detenerse en ellos. No harían más que abrumarlo con necesidades y penas. Lo mejor que podía hacer era seguir concentrado y abrirse paso.

«Soy el hijo de Hades —pensó—. Voy a donde quiero. La oscuridad es mi patrimonio.»

Avanzó a grandes pasos a través de un terreno gris y negro, buscando los sueños de Thalia Grace, hija de Zeus. Pero el suelo se deshizo a sus pies y cayó en un lugar apartado y familiar: la cabaña de Hipnos en el Campamento Mestizo.

Sepultados bajo montones de edredones, los semidioses roncaban acurrucados en sus literas. Encima de la repisa de la chimenea, una rama de árbol oscura chorreaba agua lechosa del río Lete en un cuenco. Un fuego acogedor crepitaba en la chimenea. Delante de él, en un sillón de cuero, dormitaba el monitor jefe de la cabaña quince: un chico barrigón con el cabello rubio revuelto y una dulce cara bovina.

—¡Por el amor de Dios, Clovis, deja de soñar tan fuerte!

Los ojos de Clovis se abrieron de golpe. Se volvió y miró fijamente a Nico, aunque Nico sabía que simplemente formaba parte del paisaje onírico de Clovis. El Clovis real seguiría roncando en su sillón en el campamento.

—Ah, hola… —Clovis bostezó tanto que podría haberse tragado a un dios menor—. Perdona. ¿He vuelto a desviarte?

Nico apretó los dientes. Era absurdo enfadarse. La cabaña de Hipnos era como la estación de Grand Central de la actividad onírica. No podías viajar a ninguna parte sin pasar por ella de vez en cuando.

—Ya que estoy aquí, quiero que transmitas un mensaje —dijo Nico—. Dile a Quirón que voy para allá con un par de amigos. Llevamos la Atenea Partenos.

Clovis se frotó los ojos.

—¿Así que es verdad? ¿Cómo la lleváis? ¿Habéis alquilado una furgoneta o algo parecido?

Nico se lo explicó lo más concisamente posible. Los mensajes enviados a través de sueños solían ser confusos, sobre todo cuando tratabas con Clovis. Cuanto más sencillo, mejor.

—Nos sigue un cazador —dijo Nico—. Creo que es uno de los gigantes de Gaia. ¿Puedes hacer llegar el mensaje a Thalia Grace? A ti se te da mejor encontrar a la gente en sueños que a mí. Necesito su consejo.

—Lo intentaré. —Clovis buscó con las manos una taza de chocolate caliente en la mesilla—. Esto…, antes de que te vayas, ¿tienes un segundo?

—Clovis, esto es un sueño —le recordó Nico—. El tiempo es flexible.

Al mismo tiempo que lo decía, Nico se preocupó por lo que estaba pasando en el mundo real. Su yo físico podía estar despeñándose o rodeado de monstruos. Aun así, no podía obligarse a despertar después de la cantidad de energía que había gastado viajando por las sombras.

Clovis asintió.

—Claro… Estaba pensando que deberías ver lo que ha pasado hoy en el consejo de guerra. Me dormí y me perdí una parte, pero…

—Muéstramelo —dijo Nico.

La escena cambió. Nico se encontró en la sala de recreo de la Casa Grande, con todos los líderes del campamento reunidos en torno a una mesa de ping-pong.

En un extremo estaba sentado Quirón, el centauro, con su parte trasera equina encajada en su silla de ruedas mágica de forma que parecía un humano normal y corriente. Su cabello castaño rizado y su barba tenían más canas que unos meses atrás. Unas profundas arrugas surcaban su cara.

—… cosas que no podemos controlar —estaba diciendo—. Y ahora repasemos nuestras defensas. ¿En qué situación estamos?

Clarisse, de la cabaña de Ares, se inclinó. Era la única que llevaba armadura, algo típico en ella. Clarisse probablemente dormía con su equipo de combate. Mientras hablaba, señalaba con la daga, y eso hacía que los otros monitores se apartasen de ella.

—Nuestra línea defensiva es sólida en general —dijo—. Los campistas están más preparados para luchar que nunca. Controlamos la playa. Nuestros trirremes no tienen obstáculos en el estrecho de Long Island, pero esas estúpidas águilas gigantes dominan nuestro espacio aéreo. Hacia el interior, los bárbaros nos han aislado por completo en tres direcciones.

—Son romanos —dijo Rachel Dare, haciendo garabatos con un rotulador en la rodilla de sus vaqueros—. No bárbaros.

Clarisse apuntó con la daga a Rachel.

—¿Y sus aliados, eh? ¿Viste la tribu de hombres bicéfalos que llegó ayer? ¿O los tipos de color rojo chillón con cabezas de perro y alabardas? A mí me parecieron bastante bárbaros. Habría estado bien que hubieras previsto algo de eso si tu poder de oráculo no hubiera fallado cuando más lo necesitábamos.

La cara de Rachel se puso tan roja como su pelo.

—Eso no es culpa mía. A los dones proféticos de Apolo les pasa algo. Si supiera cómo arreglarlo…

—Ella tiene razón. —Will Solace, monitor jefe de la cabaña de Apolo, posó la mano suavemente en la muñeca de Clarisse. Pocos campistas habrían hecho eso sin recibir una puñalada, pero Will sabía apaciguar la ira de la gente. Consiguió que ella bajase la daga—. En nuestra cabaña todos nos hemos visto afectados. No es cosa solo de Rachel.

El cabello rubio greñudo y los ojos azul claro de Will hacían pensar a Nico en Jason Grace, pero los parecidos no iban más allá.

Jason era un guerrero. Se notaba en la intensidad de su mirada, en su constante estado de alerta, en la energía contenida de su cuerpo. Will Solace parecía más un gato larguirucho tumbado al sol. Sus movimientos eran relajados y no resultaban amenazantes, y su mirada era suave y distante. Con la camiseta desteñida con las palabras SURF BARBADOS, los vaqueros cortados y las chancletas,

127

tenía el aspecto menos agresivo que un semidiós podía lucir, pero Nico sabía que era valiente bajo el fuego enemigo. Durante la batalla de Manhattan lo había visto en acción: el mejor médico de campaña del campamento, dispuesto a arriesgar su vida para salvar a los campistas heridos.

—No sabemos qué es lo que está pasando en Delfos —continuó Will—. Mi padre no ha respondido a ninguna plegaria, ni ha aparecido en ningún sueño... Todos los dioses han estado callados, pero ese comportamiento no es propio de Apolo. Algo va mal.

Al otro lado de la mesa, Jake Mason gruñó.

—Probablemente sea esa sabandija romana que está dirigiendo el ataque... Octavio cómo se llame. Si yo fuera Apolo y un descendiente mío estuviera comportándose de esa forma, me escondería de vergüenza.

—Estoy de acuerdo —dijo Will—. Ojalá fuera mejor arquero... No me importaría bajarle los humos a mi pariente. De hecho, ojalá pudiera usar cualquiera de los dones de mi padre para detener esta guerra. —Se miró las manos con expresión de desagrado—. Desgraciadamente, solo soy un curandero.

—Tus aptitudes son decisivas —dijo Quirón—. Me temo que pronto las necesitaremos. En cuanto a ver el futuro, ¿qué hay de la arpía Ella? ¿Ha dado algún consejo de los libros sibilinos?

Rachel negó con la cabeza.

—La pobrecilla está muerta de miedo. Las arpías no soportan estar encerradas. Desde que los romanos nos rodearon, se siente atrapada. Sabe que Octavio quiere capturarla. Es lo único que Tyson y yo podemos hacer para evitar que se vaya volando.

—Eso sería un suicidio. —Butch Walker, hijo de Iris, cruzó sus fuertes brazos—. Con esas águilas romanas en el aire, volar no es seguro. Yo ya he perdido dos pegasos.

—Por lo menos Tyson ha traído a unos cíclopes amigos suyos para que nos echen una mano —dijo Rachel—. Es una buena noticia.

Junto a la mesa de los refrigerios, Connor Stoll se rió. Tenía un puñado de galletas saladas Ritz en una mano y un espray de queso derretido en la otra.

—¿Una docena de cíclopes adultos? ¡Es una buenísima noticia! Además, Lou, Ellen y los chicos de la cabaña de Hécate han estado levantando barreras mágicas, y todos los de la cabaña de Hermes han llenado las colinas de trampas y toda clase de sorpresas agradables para los romanos.

Jake Mason frunció el entrecejo.

—La mayoría de las cuales robasteis del búnker nueve y la cabaña de Hefesto.

Clarisse asintió gruñendo.

—Incluso robaron las minas terrestres de la cabaña de Ares. ¿Cómo se roban minas terrestres sin explotar?

—Las requisamos para la guerra. —Connor se echó un chorro de queso líquido en la boca con el espray—. Además, vosotros tenéis muchos juguetes. ¡Podríais compartirlos!

Quirón se volvió a su izquierda, donde el sátiro Grover Underwood estaba sentado en silencio deslizando los dedos por sus flautas de caña.

—Grover, ¿qué noticias hay de los espíritus de la naturaleza?

Grover dejó escapar un suspiro.

—Es difícil organizar a las ninfas y las dríades incluso los días buenos. Ahora que Gaia está despertando, están casi tan desorientadas como los dioses. Katie y Miranda, de la cabaña de Deméter, están ahí fuera, intentando ayudar, pero si la Madre Tierra despierta... —Miró alrededor de la mesa con nerviosismo—. No puedo prometer que el bosque esté a salvo. Ni las colinas. Ni los fresales. Ni...

—Genial. —Jake Mason dio un codazo a Clovis, que estaba empezando a dar cabezadas—. Entonces ¿qué hacemos?

—Atacar. —Clarisse golpeó la mesa de ping-pong, y todos se sobresaltaron—. Los romanos reciben más refuerzos cada día. Sabemos que planean invadirnos el 1 de agosto. ¿Por qué debemos dejar que cumplan su programa? Solo se me ocurre que quizá está esperando a reunir más ejércitos. Ya nos superan en número. Debemos atacar ahora, antes de que se hagan más fuertes, ¡llevar la batalla a su terreno!

Malcolm, el monitor jefe suplente de la cabaña de Atenea, tosió contra su puño.

—Ya lo pillo, Clarisse. Pero ¿has estudiado la ingeniería romana? Su campamento temporal está mejor defendido que el Campamento Mestizo. Si los atacamos en su base, acabaremos masacrados.

—Entonces ¿nos limitamos a esperar? —preguntó Clarisse—. ¿Dejamos que preparen todos sus ejércitos mientras el día del despertar de Gaia está cada día más cerca? Tengo a la esposa embarazada del entrenador Hedge bajo mi protección. No voy a permitir que le pase nada. Le debo la vida a Hedge. Además, he estado adiestrando a los campistas más que tú, Malcolm. Tienen la moral baja. Todo el mundo tiene miedo. Si nos asedian otros nueve días...

—Deberíamos ceñirnos al plan de Annabeth. —Connor Stoll miró a su alrededor más serio que nunca, a pesar del queso líquido que le embadurnaba la boca—. Tenemos que aguantar hasta que ella traiga la estatua mágica de Atenea.

Clarisse puso los ojos en blanco.

—Querrás decir si esa pretora romana trae la estatua. No sé qué le pasó por la cabeza a Annabeth para colaborar con el enemigo. Aunque la romana consiga devolvernos la estatua (cosa que es imposible), ¿se supone que tenemos que confiar en que traiga la paz? ¿Se supone que cuando llegue la estatua los romanos depondrán sus armas y empezarán a bailar lanzando flores?

Rachel dejó su rotulador.

—Annabeth sabe lo que hace. Tenemos que tratar de conseguir la paz. A menos que podamos unir a los griegos y los romanos, los dioses no se curarán. A menos que los dioses se curen, es imposible que matemos a los gigantes. Y a menos que matemos a los gigantes...

—Gaia despertará —dijo Connor—. Se acabó el juego. Mira, Clarisse, Annabeth me envió un mensaje desde el Tártaro. Desde el puñetero Tártaro. Alguien que puede hacer eso se merece que yo le haga caso.

Clarisse abrió la boca para contestar, pero cuando habló lo hizo con la voz del entrenador Hedge:

—Despierta, Nico. Tenemos problemas.

XIV

Nico

Nico se incorporó con tal rapidez que le dio un cabezazo al sátiro en la nariz.

—¡AY! ¡Caramba, muchacho, qué cabeza más dura tienes!

—Lo… lo siento, entrenador. —Nico parpadeó, tratando de orientarse—. ¿Qué pasa?

No vio ninguna amenaza inmediata. Habían acampado en un soleado césped en medio de una plaza pública. A su alrededor había parterres de maravillas anaranjadas en flor. Reyna dormía acurrucada con los dos perros metálicos a sus pies. A un tiro de piedra de allí, unos niños jugaban al pillapilla alrededor de una fuente de mármol. En la terraza de un café cercano, media docena de personas bebían café a la sombra de unas sombrillas. A lo largo del perímetro de la plaza había unas cuantas furgonetas de reparto aparcadas, pero no había tráfico. Los únicos transeúntes a la vista eran unas pocas familias, probablemente de la zona, que disfrutaban de la cálida tarde.

La plaza estaba adoquinada y bordeada de edificios de estuco blancos y limoneros. En el centro se erigía la estructura bien conservada de un templo romano. Su base cuadrada tenía unos quince metros de ancho y tres de alto, con una fachada intacta de columnas corintias que se alzaban otros seis metros. Y en lo alto de la columnata…

A Nico se le secó la boca.

—Por la laguna Estigia.

La Atenea Partenos yacía de lado a lo largo de la parte superior de las columnas, como la cantante de un club nocturno tumbada sobre un piano. Cabía casi perfectamente a lo largo, pero sobresalía ligeramente a lo ancho, con Niké en su mano extendida. Parecía que fuera a volcarse en cualquier momento.

—¿Qué está haciendo allí arriba? —preguntó Nico.

—Dímelo tú. —Hedge se frotó su nariz magullada—. Hemos aparecido allí. Hemos estado a punto de matarnos por la caída, pero por suerte tengo unas pezuñas ágiles. Tú te quedaste inconsciente colgado de tu arnés como un paracaidista enredado hasta que conseguimos bajarte.

Nico trató de imaginárselo y acto seguido prefirió no hacerlo.

—¿Estamos en España?

—En Portugal —dijo Hedge—. Te has pasado. Por cierto, Reyna habla español, pero no habla portugués. Mientras dormías, hemos descubierto que esta ciudad es Évora. La buena noticia es que es un sitio pequeño y tranquilo. Nadie nos ha molestado. Nadie parece haberse fijado en la Atenea gigante que duerme encima del templo romano, que es el templo de Diana, por si te lo estás preguntando. ¡Y la gente de aquí aprecia mis actuaciones en la calle! He sacado unos dieciséis euros.

Recogió su gorra llena de monedas que tintineaban.

Nico empezó a encontrarse mal.

—¿Actuaciones en la calle?

—Un poco de canto —dijo el entrenador—. Un poco de artes marciales. Algo de danza moderna.

—Vaya.

—¡Lo sé! Los portugueses tienen buen gusto. En fin, he pensado que es un sitio adecuado para escondernos un par de días.

Nico lo miró fijamente.

—¿Un par de días?

—Mira, muchacho, no tenemos muchas más opciones. Por si no te has fijado, has estado matándote con tanto viaje por las sombras. Anoche intentamos despertarte, pero nanay.

—Entonces he estado dormido...

—Unas treinta y seis horas. Lo necesitabas.

Nico se alegró de estar sentado. De lo contrario se habría caído. Habría jurado que solo había dormido unos minutos, pero, a medida que el sopor desaparecía, se dio cuenta de que hacía semanas que no se sentía tan despejado y descansado, tal vez desde antes de emprender la búsqueda de las Puertas de la Muerte.

Le rugieron las tripas. El entrenador Hedge arqueó las cejas.

—Debes de tener hambre —dijo el sátiro—. O eso o tu estómago habla el idioma de los erizos. Eso ha sido todo un comentario en la lengua de los erizos.

—Un poco de comida me sentaría bien —convino Nico—. Pero antes, ¿cuál es la mala noticia... aparte de que la estatua está de lado? Ha dicho que teníamos problemas.

—Ah, claro.

El entrenador señaló un arco cerrado en la esquina de la plaza. En las sombras había una figura brillante vagamente humana perfilada con llamas grises. Los rasgos del espíritu eran poco definidos, pero parecía estar haciendo señas a Nico.

—El Hombre en Llamas ha aparecido hace pocos minutos —dijo el entrenador Hedge—. No se acerca. Cuando he intentado ir adonde está, ha desaparecido. No estoy seguro de si es un peligro, pero parece que te busca a ti.

Nico supuso que era una trampa. La mayoría de esas situaciones lo eran.

Pero el entrenador Hedge le aseguró que él podía seguir protegiendo a Reyna, y Nico decidió que merecía la pena correr el riesgo por si el espíritu tenía algo útil que decirle.

Desenvainó su hoja de hierro estigio y se acercó al arco.

Normalmente los fantasmas no le daban miedo. (Suponiendo, claro está, que Gaia no los hubiera cubierto de carcasas de piedra y los hubiera convertido en máquinas de matar. Eso había sido una novedad para él.)

Después de la experiencia que había vivido con Minos, Nico era consciente de que la mayoría de los espectros solo albergaban el poder que uno les permitía tener. Se metían en tu mente usando el miedo, la ira o el anhelo para influir en ti. Nico había aprendido a protegerse. A veces incluso podía volver las tornas y manejar a los fantasmas a su voluntad.

A medida que se acercaba a la llameante aparición gris, tuvo la certeza casi absoluta de que se trataba de un fantasma corriente: un alma en pena que había muerto de forma dolorosa. No debería suponer un problema.

Aun así, Nico no daba nada por sentado. Se acordaba perfectamente de lo que había pasado en Croacia. Se había enfrentado a aquella situación con arrogancia y confianza, pero había acabado cayendo rendido, tanto en sentido literal como emocional. Primero Jason Grace lo había cogido y lo había lanzado volando por encima de un muro. Luego el dios Favonio lo había disuelto en el viento. Y en cuanto al gamberro engreído de Cupido...

Nico apretó su espada. Revelar su enamoramiento secreto no había sido lo peor. Puede que al final lo hubiera hecho, a su debido tiempo y a su manera. Pero verse obligado a hablar de Percy, ser coaccionado, acosado e intimidado simplemente porque a Cupido le divertía...

Unos zarcillos de oscuridad se estaban desplegando desde sus pies y matando todas las malas hierbas entre los adoquines. Nico trató de dominar su ira.

Cuando llegó hasta el fantasma, vio que llevaba un hábito de monje: sandalias, túnica de lana y una cruz de madera colgada del cuello. Unas llamas grises se arremolinaban a su alrededor y le quemaban las mangas, formaban ampollas en su cara y reducían sus cejas a cenizas. Parecía estar atrapado en el momento de su inmolación, como un vídeo en blanco y negro en un bucle permanente.

—Te quemaron vivo —intuyó Nico—. Probablemente en la Edad Media.

La cara del fantasma se deformó en un silencioso grito de angustia, pero sus ojos lucían una mirada aburrida, incluso un poco molesta, como si el grito simplemente fuera un reflejo automático que no pudiera controlar.

—¿Qué quieres de mí? —preguntó Nico.

El fantasma indicó a Nico con la mano que lo siguiera. Se volvió y cruzó la puerta abierta. Nico miró al entrenador Hedge. El sátiro se limitó a despacharlo con un gesto, como diciendo: «Vete. Haz tu rollo del inframundo».

Nico siguió al fantasma por las calles de Évora:

Zigzaguearon por estrechas calles adoquinadas, dejaron atrás patios con hibiscos en macetas, y edificios de estuco blanco con reborde de color caramelo y balcones de hierro forjado. Nadie se fijó en el fantasma, pero la gente de la zona miraba de reojo a Nico. Una niña con un foxterrier cruzó la calle para evitarlo. El perro gruñó, con el pelo del lomo erizado como una aleta dorsal.

El fantasma llevó a Nico a otra plaza pública, apuntalada en un extremo por una gran iglesia cuadrada con muros encalados y arcos de piedra caliza. El fantasma pasó por el pórtico y desapareció dentro.

Nico titubeó. No tenía nada contra las iglesias, pero esa irradiaba muerte. Dentro habría tumbas, o quizá algo menos agradable…

Cruzó la puerta agachado. Le llamó la atención una capilla lateral, iluminada desde dentro por una inquietante luz dorada. Sobre la puerta había grabada una inscripción en portugués. Nico no hablaba el idioma, pero recordaba las nociones de italiano, que había aprendido de niño, lo bastante bien para descifrar el significado general: «Nosotros, los huesos que estamos aquí, esperamos los tuyos».

—Qué alegre —murmuró.

Entró en la capilla. Al fondo había un altar, donde el fantasma en llamas estaba rezando arrodillado, pero a Nico le interesaba más la sala. Las paredes estaban construidas con huesos y cráneos: miles y miles, unidos unos con otros con cemento. Columnas de huesos sostenían un techo abovedado decorado con imágenes de la muerte. En una pared, como abrigos en una percha, colgaban los restos secos y esqueléticos de dos personas: un adulto y un niño.

—Una sala preciosa, ¿verdad?

Nico se volvió. Un año antes se habría llevado un susto de muerte si su padre hubiera aparecido de repente a su lado. Pero Nico ya podía controlar el ritmo de su corazón, así como el deseo de darle a su padre un rodillazo en la entrepierna y escapar.

Al igual que el fantasma, Hades iba vestido con el hábito de un monje franciscano, un detalle que a Nico le resultaba ligeramente perturbador. Llevaba la túnica negra atada a la cintura con un sencillo cordón blanco. No tenía la capucha puesta, lo que dejaba a la vista un cabello moreno cortado al rape y unos ojos que brillaban como alquitrán congelado. La expresión del dios era serena y satisfecha, como si acabara de volver a casa después de una bonita tarde paseando por los Campos de Castigo, disfrutando de los gritos de los condenados.

—¿Está buscando ideas para redecorar su casa? —preguntó Nico—. Podría hacer su comedor con cráneos de monjes medievales.

Hades arqueó una ceja.

—Nunca sé cuándo estás de guasa.

—¿Qué hace aquí, padre? ¿Cómo es que está aquí?

Hades pasó los dedos a lo largo de la columna más cercana y dejó unas marcas blanquecinas en los huesos añejos.

—Eres un mortal muy difícil de encontrar, hijo mío. Te he buscado durante varios días. Cuando el cetro de Diocleciano explotó…, me llamó la atención.

Nico notó que se ruborizaba de vergüenza. A continuación se enfureció por sentirse avergonzado.

—Yo no tuve la culpa de que el cetro se rompiera. Estábamos a punto de ser atropellados…

—Oh, el cetro no es importante. Me sorprende que le sacaras utilidad. La explosión simplemente me aclaró un poco. Me permitió averiguar tu paradero. Esperaba hablar contigo en Pompeya, pero es tan… romana. Esta capilla era el primer sitio donde mi presencia era lo bastante fuerte para poder aparecer ante ti como yo mismo; es decir, como Hades, dios de los muertos, sin escindirme con esa otra manifestación.

136

Hades aspiró el aire viciado y húmedo.

—Este sitio me atrae mucho. Los restos de cinco mil monjes fueron utilizados para construir la capilla de los Huesos. Es un recordatorio de la brevedad de la vida y la eternidad de la muerte. Aquí me siento centrado. Aun así, solo dispongo de unos minutos.

«La historia de nuestra relación —pensó Nico—. Siempre dispones solo de unos minutos.»

—Cuénteme, padre. ¿Qué quiere?

Hades juntó las manos dentro de las mangas de su túnica.

—¿Puedes contemplar la posibilidad de que esté aquí para ayudarte, no solo porque quiera algo?

Nico estuvo a punto de reírse, pero notaba un vacío demasiado grande en el pecho.

—Puedo contemplar la posibilidad de que esté aquí por múltiples motivos.

El dios frunció el entrecejo.

—Supongo que es justo. Buscas información sobre el cazador de Gaia. Se llama Orión.

Nico vaciló. No estaba acostumbrado a recibir una respuesta directa, sin juegos ni acertijos ni misiones.

—Orión. Como la constelación. ¿No fue... amigo de Artemisa?

—Así es —dijo Hades—. Un gigante, nacido para enfrentarse a los mellizos Apolo y Artemisa, pero, al igual que Artemisa, Orión rechazó su destino. Quería vivir a su manera. Primero intentó vivir entre los mortales como cazador del rey de Quíos. Tuvo, ejem, unos problemas con la hija del rey, y el rey hizo cegar y desterrar a Orión.

Nico recordó lo que Reyna le había dicho.

—Mi amiga soñó con un cazador de ojos brillantes. Si Orión está ciego...

—Estaba ciego —lo corrigió Hades—. Poco después de exiliarse, Orión conoció a Hefesto, quien se compadeció del gigante y le fabricó unos ojos mecánicos mejores que los originales. Orión se hizo amigo de Artemisa. Fue el primer varón al que se le permitió participar en la caza de la diosa. Pero... las cosas se torcieron entre ellos, no sé exactamente por qué. Orión fue asesinado y ahora ha vuelto como hijo leal de Gaia, dispuesto a cumplir sus órdenes. Lo mueve la amargura y la ira, algo que tú puedes entender.

A Nico le entraron ganas de gritar: «Como si tú supieras lo que siento».

En lugar de eso, preguntó:

—¿Cómo lo detenemos?

—No podéis —dijo Hades—. Vuestra única esperanza es adelantaros a él, cumplir vuestra misión antes de que os alcance. Apolo o Artemisa podrían matarlo, flechas contra flechas, pero los mellizos no están en condiciones de ayudaros. Ahora mismo Orión os sigue la pista. Su partida de caza está casi encima vuestro. No podréis permitiros el lujo de volver a descansar de aquí al Campamento Mestizo.

Nico sintió como si un cinturón se apretase alrededor de las costillas. Había dejado al entrenador Hedge de guardia con Reyna dormida.

—Tengo que volver con mis compañeros.

—Desde luego —dijo Hades—. Pero hay algo más: tu hermana… —Hades titubeó. Como siempre, el tema de Bianca era como un arma cargada entre ellos: letal, fácil de enarbolar, imposible de pasar por alto—. Me refiero a tu otra hermana, Hazel… Ella ha descubierto que uno de los siete morirá. Puede que trate de impedirlo, pero haciéndolo puede que pierda de vista sus prioridades.

Nico no osó decir nada.

Para su sorpresa, sus pensamientos no se centraron primero en Percy. Quien más le preocupaba era Hazel, luego Jason y a continuación Percy y los demás semidioses a bordo del *Argo II*. Ellos lo habían salvado en Roma. Lo habían recibido en su barco. Nico nunca se había permitido el lujo de tener amigos, pero la tripulación del *Argo II* era lo más parecido a ellos que había tenido nunca. La idea de que alguno muriese le hacía sentirse vacío, como si estuviera otra vez en la vasija de bronce de los gigantes, solo en la oscuridad, subsistiendo a base de granos amargos de granada.

Finalmente preguntó:

—¿Hazel está bien?

—De momento.

—¿Y los demás? ¿Quién morirá?

Hades sacudió la cabeza.

—Aunque lo supiera con certeza, no podría decirlo. Te he contado esto porque eres mi hijo. Sabes que hay muertes que no se pueden impedir, que hay muertes que no se deben impedir. Cuando llegue el momento, puede que tengas que actuar.

Nico no sabía a qué se refería ni quería saberlo.

—Hijo mío. —El tono de Hades era casi dulce—. Pase lo que pase, te has ganado mi respeto. Honraste nuestra casa cuando nos unimos contra Cronos en Manhattan. Te arriesgaste a sufrir mi ira para ayudar a Jackson guiándolo hasta la laguna Estigia, liberándolo de mi prisión, rogándome que retirase los ejércitos de Érebo para ayudarlo. Ningún hijo mío me había atosigado tanto. «Que si Percy esto, que si Percy lo otro.» Estuve a punto de reducirte a cenizas.

Nico respiró de forma superficial. Las paredes de la sala empezaron a temblar y cayó polvo de las grietas entre los huesos.

—No hice todo eso solo por él. Lo hice porque el mundo entero estaba en peligro.

Hades dejó escapar un atisbo de sonrisa, pero no había rastro de crueldad en sus ojos.

—Puedo contemplar la posibilidad de que actuaras por múltiples motivos. Lo que quiero decir es que tú y yo acudimos en ayuda del Olimpo porque me convenciste de que abandonara mi ira. Yo te animaría a que hicieras lo mismo. Mis hijos casi nunca son felices. Me… me gustaría que tú fueras una excepción.

Nico miró fijamente a su padre. No sabía qué pensar de esas palabras. Podía aceptar muchas cosas irreales: hordas de fantasmas, laberintos mágicos, viajes por las sombras, capillas hechas de huesos… Pero ¿palabras tiernas de boca del señor del inframundo? No. Eso no tenía sentido.

Junto al altar, el fantasma en llamas se levantó. Se acercó, ardiendo y gritando en silencio, transmitiendo con los ojos un mensaje urgente.

—Ah —dijo Hades—. Este es el hermano Paloan. Es uno de los cientos de monjes que fueron quemados vivos en la plaza que hay cerca del antiguo templo romano. La Inquisición tenía su sede allí, ¿sabes? En cualquier caso, él recomienda que te marches. Tienes muy poco tiempo antes de que lleguen los lobos.

—¿Lobos? ¿Se refiere a la manada de Orión?

Hades agitó la mano. El fantasma del hermano Paloan desapareció.

—Hijo mío, lo que intentas hacer, viajar por las sombras a través del mundo cargando con la estatua de Atenea, puede acabar contigo.

—Gracias por los ánimos.

Hades posó las manos brevemente en los hombros de Nico.

A Nico no le gustaba que lo tocasen, pero ese breve contacto con su padre le resultó reconfortante, como también lo era la capilla de los Huesos. Al igual que la muerte, la presencia de su padre era fría y a menudo cruel, pero era real: tremendamente sincera, ineludiblemente cierta. Nico experimentó una especie de libertad al saber que, pasara lo que pasase, acabaría al pie del trono de su padre.

—Volveré a verte —prometió Hades—. Prepararé una habitación para ti en el palacio por si no sobrevives. Tal vez tus aposentos queden bien con una decoración de cráneos de monjes.

—Ahora soy yo el que no sabe si está de guasa.

Los ojos de Hades brillaron mientras su silueta empezaba a desvanecerse.

—Entonces puede que nos parezcamos en algunos aspectos importantes.

El dios desapareció.

De repente la capilla le resultó opresiva: miles de cuencas oculares huecas miraban a Nico. «Nosotros, los huesos que estamos aquí, esperamos los tuyos.»

Salió a toda prisa de la iglesia esperando recordar el camino de vuelta hasta sus amigos.

XV

Nico

—¿Lobos? —preguntó Reyna.

Estaban cenando la comida que habían comprado en el café con terraza de las inmediaciones.

A pesar de que Hades le había advertido que volviera corriendo, Nico no había apreciado muchos cambios en el campamento. Reyna acababa de despertarse. La Atenea Partenos seguía tumbada de lado sobre la parte superior del templo. El entrenador Hedge estaba entreteniendo a unas cuantas personas de la zona bailando claqué, haciendo artes marciales y cantando de vez en cuando por su megáfono, aunque nadie parecía entender lo que decía.

Nico deseó que el entrenador no hubiera llevado el megáfono. No solo era ruidoso e irritante, sino que, por motivos que Nico no alcanzaba a entender, a veces soltaba frases de Darth Vader al azar o gritaba: «¡LA VACA HACE MU!».

Cuando los tres se sentaron en el césped para cenar, Reyna parecía despierta y descansada. Ella y el entrenador Hedge escucharon mientras Nico les relataba sus sueños y su encuentro con Hades en la capilla de los Huesos. Nico omitió algunos detalles personales de la conversación con su padre, aunque intuía que Reyna sabía perfectamente lo que era luchar contra los sentimientos propios.

Cuando mencionó a Orión y los lobos que supuestamente iban a por ellos, Reyna frunció el entrecejo.

—La mayoría de los lobos son amistosos con los romanos —dijo—. No he oído ninguna historia en la que Orión cace con una manada.

Nico terminó su sándwich de jamón. Observó el plato de pastelillos y le sorprendió descubrir que todavía tenía apetito.

—Puede que fuera una figura retórica: «Muy poco tiempo antes de que lleguen los lobos». A lo mejor Hades no se refería a unos lobos en sentido literal. En cualquier caso, deberíamos marcharnos en cuanto oscurezca y haya sombras.

El entrenador Hedge metió un número de la revista *Armas y munición* en su mochila.

—El único problema es que la Atenea Partenos sigue a diez metros de altura. Va a ser divertido subiros al tejado de ese templo con todas vuestras cosas.

Nico probó un pastelillo. La señora del café las había llamado *farturas*. Parecían donuts en forma de espiral y estaban deliciosas: la combinación ideal de textura crujiente, sabor dulce y gusto mantecoso. Pero cuando Nico oyó la palabra *fartura*, supo que Percy habría hecho un chiste con el nombre.

«En Estados Unidos vivimos amargados porque pagamos facturas —habría dicho Percy—. En Portugal viven felices porque comen *farturas*.»

Cuanto más mayor se hacía Nico, más infantil le parecía Percy, aunque Percy tenía tres años más que él. Su sentido del humor le resultaba entrañable y cargante a partes iguales. Normalmente se centraba en la parte cargante.

Sin embargo, había ocasiones en las que Percy hablaba completamente en serio, como cuando había mirado a Nico desde el abismo de Roma y le había dicho: «¡El otro lado, Nico! Llévalos allí. ¡Prométemelo!».

Y Nico lo había prometido. Daba igual el rencor que le guardara a Percy Jackson. Nico haría cualquier cosa por él. Se odiaba por eso.

—Bueno... —La voz de Reyna lo arrancó de sus pensamientos—. ¿Esperará el Campamento Mestizo al 1 de agosto o atacará?

—Tenemos que confiar en que esperen —dijo Nico—. No podemos... No puedo llevar la estatua más rápido.

«Aunque a este paso mi padre cree que podría morir.» Nico se calló ese pensamiento.

Deseó que Hazel estuviera con él. Juntos habían sacado a toda la tripulación del *Argo II* de la Casa de Hades viajando por las sombras. Cuando compartían su poder, Nico sentía que cualquier cosa era posible. Habrían podido hacer el viaje al Campamento Mestizo en la mitad de tiempo.

Además, las palabras de Hades sobre la muerte de un miembro de la tripulación le habían provocado escalofríos. No podía perder a Hazel. Otra hermana, no. Otra vez, no.

El entrenador Hedge, que estaba contando las monedas de su gorra, levantó la cabeza.

—¿Estás seguro de que Clarisse dijo que Mellie está bien?

—Sí, entrenador. Clarisse está cuidando bien de ella.

—Qué alivio. No me gusta lo que Grover dijo de Gaia: que estaba susurrando a las ninfas y las dríades. Si los espíritus de la naturaleza se vuelven malos... no va a ser agradable.

Nico no tenía constancia de que algo así hubiera sucedido jamás. Por otra parte, Gaia no había estado despierta desde los albores de la humanidad.

Reyna mordió su pastelillo. Su cota de malla brillaba al sol de la tarde.

—Me pregunto qué serán esos lobos... ¿Es posible que hayamos entendido mal el mensaje? La diosa Lupa ha estado muy callada. A lo mejor nos está enviando ayuda. Los lobos podrían ser de ella, para defendernos de Orión y su manada.

La esperanza de su voz era muy débil. Nico decidió no echarla por tierra.

—A lo mejor —dijo—. Pero ¿no estará ocupada Lupa con la guerra entre los campamentos? Creía que iba a enviar lobos para que ayudasen a tu legión.

Reyna meneó la cabeza.

—Los lobos no luchan en primera línea. No creo que ella ayude a Octavio. Sus lobos podrían estar patrullando el Campamento Júpiter, defendiéndolo mientras la legión no está, pero no lo sé...

Cruzó las piernas a la altura de los tobillos, y las punteras de hierro de sus botas de combate destellaron. Nico tomó nota mental de que no debía participar en ninguna competición de patadas con legionarios romanos.

—Hay algo más —dijo ella—. No he logrado contactar con mi hermana, Hylla. Me preocupa no tener noticias de los lobos ni de las amazonas. Si ha pasado algo en la Costa Oeste... Me temo que la única esperanza de cualquiera de los dos campamentos somos nosotros. Debemos devolver la estatua pronto. Eso significa que el mayor peso recae sobre ti, hijo de Hades.

Nico intentó tragarse la bilis. No estaba enfadado con Reyna. Ella le caía bastante bien. Pero le habían pedido muchas veces que hiciera lo imposible. Normalmente, en cuanto lo conseguía, se olvidaban de él.

Se acordó de lo bien que lo habían tratado los chicos del Campamento Mestizo después de la guerra contra Cronos: «¡Estupendo trabajo, Nico! ¡Gracias por traer a los ejércitos del inframundo a salvarnos!».

Todo el mundo sonreía. Todos lo invitaban a que se sentara a su mesa.

Después de una semana más o menos, su hospitalidad se agotó. Los campistas se sobresaltaban cuando él se les acercaba por detrás. Si salía de las sombras en la fogata y asustaba a alguien, veía la incomodidad en sus ojos: «¿Aún estás aquí? ¿Por qué sigues aquí?».

No contribuyó a mejorar la situación que inmediatamente después de la guerra contra Cronos, Annabeth y Percy empezaran a salir...

Nico dejó su *fartura*. De repente no le sabía tan bien.

Recordó la conversación con Annabeth en Epiro, justo antes de que él partiera con la Atenea Partenos.

Ella lo había llevado aparte y le había dicho:

—Oye, tengo que hablar contigo.

El pánico se había apoderado de él: «Lo sabe».

—Quiero darte las gracias —continuó—. Bob, el titán, nos ayudó en el Tártaro porque tú lo trataste bien. Le dijiste que merecía la pena salvarnos. Es el único motivo por el que seguimos vivos.

Ella lo dijo con tal naturalidad…, como si ella y Percy fueran intercambiables, inseparables.

Nico había leído una leyenda de Platón según la cual antiguamente todos los humanos habían sido una combinación de hombre y mujer. Cada persona tenía dos cabezas, cuatro brazos y cuatro piernas. Supuestamente, esos humanos mixtos habían sido tan poderosos que habían inquietado a los dioses, de modo que Zeus los había partido por la mitad: hombre y mujer. Desde entonces, los humanos se habían sentido incompletos y se habían pasado la vida buscando a su otra mitad.

«¿En qué posición me deja eso?», se preguntaba Nico.

No era su leyenda favorita.

Quería odiar a Annabeth, pero no podía. Ella se había desviado de su camino para darle las gracias en Epiro. Era noble y sincera. Nunca lo vigilaba ni lo evitaba como la mayoría de las personas. ¿Por qué no podía ser una persona horrible? Eso le habría facilitado las cosas.

El dios del viento Favonio le había advertido en Croacia: «Si dejas que la ira te domine, tu destino será todavía más triste que el mío».

Pero ¿cómo podía ser su destino si no triste? Aunque sobreviviera a esa misión, tendría que abandonar los dos campamentos para siempre. Era la única forma de que hallara la paz. Ojalá hubiera otra opción, una alternativa que no fuera dolorosa como las aguas del Flegetonte, pero no veía ninguna.

Reyna estaba observándolo, probablemente tratando de leerle el pensamiento. Ella le miró las manos, y Nico se dio cuenta de que estaba haciendo girar el anillo de la calavera: el último regalo que Bianca le había hecho.

—¿Cómo podemos ayudarte, Nico? —preguntó Reyna.

Otra pregunta que no estaba acostumbrado a oír.

—No estoy seguro —reconoció él—. Ya me habéis dejado descansar lo máximo posible. Eso es importante. Tal vez puedas volver a prestarme tus fuerzas. El próximo salto será el más largo. Tendré que reunir suficiente energía para cruzar el Atlántico.

—Lo conseguirás —prometió Reyna—. Cuando volvamos a Estados Unidos, deberíamos encontrarnos menos monstruos. Tal vez incluso reciba ayuda de los legionarios retirados en la Costa Este. Están obligados a socorrer a cualquier semidiós romano que les pida ayuda.

Hedge gruñó.

—Si Octavio no los ha convencido ya. En ese caso, podrías acabar detenida por traición.

—Entrenador, no está ayudando —lo regañó Reyna.

—Eh, era una idea. Personalmente, me gustaría que pudiéramos quedarnos más tiempo en Évora. Buena comida, dinero abundante y de momento ni rastro de esos lobos metafóricos…

Los perros de Reyna se levantaron de un brinco.

A lo lejos, unos aullidos hendieron el aire. Antes de que Nico pudiera ponerse en pie, los lobos aparecieron por todas partes: enormes bestias negras que saltaron de los tejados y rodearon su campamento.

El más grande avanzó sin hacer ruido. El macho alfa se irguió sobre sus ancas y empezó a cambiar. Las patas delanteras se transformaron en brazos. El hocico se encogió y se convirtió en una nariz puntiaguda. Su pelaje gris se transmutó en una capa de pieles de animal tejidas. Se convirtió en un hombre alto, enjuto y fuerte, de rostro demacrado y brillantes ojos rojos. Una corona de huesos de dedos rodeaba su grasiento cabello negro.

—Ah, pequeño sátiro. —El hombre sonrió y enseñó sus puntiagudos colmillos—. ¡Tu deseo se ha concedido! Te quedarás en Évora para siempre, porque, desgraciadamente para ti, mis lobos metafóricos son lobos reales.

XVI

Nico

—Tú no eres Orión —espetó Nico.

Un comentario estúpido, pero fue lo primero que le vino a la mente.

Estaba claro que el hombre que tenía delante no era un gigante cazador. No era lo bastante alto. No tenía patas de dragón. No llevaba arco ni carcaj, y no tenía los ojos como faros que Reyna había descrito a partir de su sueño.

El hombre de gris se rió.

—Por supuesto que no. Orión solo me ha empleado para ayudarle en su caza. Soy…

—Licaón —lo interrumpió Reyna—. El primer hombre lobo.

El hombre hizo una reverencia burlona.

—Reyna Ramírez-Arellano, pretora de Roma. ¡Uno de los cachorros de Lupa! Me alegra que me hayas reconocido. Sin duda soy la materia de tus pesadillas.

—La materia de mi indigestión, probablemente. —Reyna sacó una navaja de camping plegable de su riñonera. La abrió de golpe, y los lobos retrocedieron gruñendo—. Nunca viajo sin un arma de plata.

Licaón enseñó los dientes.

—¿Vas a mantener a raya a una docena de lobos y a su rey con una navaja? Había oído que eras valiente, *filia romana*, pero no sabía que eras suicida.

Los perros de Reyna se agazaparon, listos para saltar. El entrenador agarró su bate de béisbol, aunque por una vez no parecía tener ganas de blandirlo.

Nico alargó la mano para coger la empuñadura de su espada.

—No te molestes —murmuró el entrenador Hedge—. A estos muchachos solo les hace daño la plata o el fuego. Me acuerdo de ellos del pico Pikes. Son muy cargantes.

—Y yo me acuerdo de ti, Gleeson Hedge. —Los ojos del hombre lobo emitían un brillo rojo lava—. Mi manada estará encantada de cenar carne de cabra.

Hedge resopló.

—Adelante, sarnoso. ¡Las cazadoras de Artemisa vienen para aquí, como la última vez! Eso de ahí es un templo de Diana, idiota. ¡Estás en su territorio!

Los lobos volvieron a gruñir y ampliaron el cerco. Algunos miraban con nerviosismo a las azoteas.

Licaón solo tenía ojos para el entrenador, al que miraba furioso.

—Buen intento, pero me temo que el nombre de ese templo no es correcto. Pasé por aquí en la época de los romanos. En realidad estaba dedicado al emperador Augusto. La típica vanidad de los semidioses. A pesar de todo, me he vuelto mucho más prudente desde nuestro último encuentro. Si las cazadoras anduvieran cerca, lo sabría.

Nico pensó un plan de huida. Estaban rodeados y eran menos que sus enemigos. Su única arma efectiva era una navaja. El cetro de Diocleciano había desaparecido. La Atenea Partenos estaba diez metros por encima de ellos en el tejado del templo, y, aunque pudieran alcanzarla, no podrían viajar por las sombras hasta que no hubiera sombras. El sol tardaría horas en ponerse.

Apenas se sentía con valor, pero dio un paso adelante.

—Así que nos habéis pillado. ¿A qué estáis esperando?

Licaón lo observó como si fuera un nuevo tipo de carne en el mostrador de un carnicero.

—Nico di Angelo, hijo de Hades. He oído hablar de ti. Lamento no poder matarte inmediatamente, pero le prometí a mi jefe Orión que te retendría hasta que él llegase. No te preocupes. Debería llegar dentro de poco. ¡Cuando él haya terminado contigo, derramaré tu sangre y marcaré este sitio como mi territorio para el futuro venidero!

Nico apretó los dientes.

—Sangre de semidiós. La sangre del Olimpo.

—¡Por supuesto! —dijo Licaón—. Derramada sobre el suelo, especialmente sobre suelo sagrado, la sangre de semidiós tiene muchas utilidades. Con los conjuros adecuados, puede despertar a monstruos e incluso a dioses. Puede hacer que brote vida nueva o dejar yermo un lugar durante generaciones. Desgraciadamente, tu sangre no despertará a Gaia. Ese honor está reservado a tus amigos del *Argo II*. Pero no temas. Tu muerte será casi tan dolorosa como las suyas.

La hierba empezó a agostarse alrededor de los pies de Nico. Los parterres de maravillas se marchitaron. «Suelo yermo —pensó—. Suelo sagrado.»

Se acordó de los miles de esqueletos de la capilla de los Huesos. Recordó lo que Hades había dicho sobre esa plaza pública, donde la Inquisición había quemado vivas a cientos de personas.

Estaban en una ciudad antigua. ¿Cuántos muertos había en el suelo bajo sus pies?

—Entrenador, ¿puede trepar? —preguntó.

Hedge se mofó.

—Soy mitad cabra. ¡Claro que puedo trepar!

—Suba hasta la estatua y ate las cuerdas. Haga una escalera de cuerda y láncenosla.

—Pero la manada de lobos…

—Reyna, tú y tus perros tendréis que cubrir nuestra retirada.

La pretora asintió con gesto serio.

—Entendido.

Licaón aulló de risa.

—¿Retiraros adónde, hijo de Hades? No tenéis escapatoria. ¡No podéis matarnos!

—Puede que no —concedió Nico—. Pero puedo retrasaros.

Extendió las manos, y el suelo entró en erupción.

Nico no había esperado que funcionara tan bien. Había sacado fragmentos de hueso de la tierra anteriormente. Había animado esqueletos de rata y había desenterrado algún que otro cráneo humano. Pero nada lo había preparado para el muro de huesos que salió disparado hacia arriba: cientos de fémures, costillas y peronés que enredaron a los lobos y formaron una zarza erizada de restos humanos.

La mayoría de los lobos quedaron totalmente atrapados. Algunos se retorcían y apretaban los dientes, tratando de salir de sus caprichosas jaulas. Licaón estaba inmovilizado en un capullo de costillas, pero eso no le impidió maldecir a gritos.

—¡Mocoso despreciable! —rugió—. ¡Te arrancaré la carne de las extremidades!

—¡Váyase, entrenador! —dijo Nico.

El sátiro corrió hacia el templo. Llegó a lo alto del podio de un solo salto y subió gateando por la columna izquierda.

Dos lobos se liberaron del matorral de huesos. Reyna lanzó su navaja y atravesó el pescuezo de uno. Sus perros se abalanzaron sobre el otro. Los colmillos y las garras de Aurum resbalaron por el pellejo del lobo sin causarle ningún daño, pero Argentum derribó al animal.

La cabeza de Argentum seguía torcida como resultado de la pelea de Pompeya. Todavía le faltaba el ojo izquierdo de rubí, pero consiguió clavar sus colmillos en el cogote del lobo. El lobo se deshizo en un charco de sombra.

Menos mal que tenían un perro de plata, pensó Nico.

Reyna desenvainó su espada. Recogió un puñado de monedas de plata de la gorra de Hedge, cogió la cinta adhesiva de la bolsa de provisiones del entrenador y empezó a pegar monedas en la hoja de la espada. Esa chica era de lo más imaginativa.

—¡Vete! —le dijo a Nico—. ¡Yo te cubriré!

Los lobos forcejearon e hicieron que el matorral de huesos se agrietara y se desmoronase. Licaón se soltó el brazo izquierdo y empezó a abrirse paso a golpes entre su cárcel de cajas torácicas.

—¡Te desollaré vivo! —prometió—. ¡Añadiré tu pellejo a mi capa!

Nico echó a correr y se detuvo lo justo para coger del suelo la navaja de plata de Reyna.

Él no era una cabra montesa, pero encontró una escalera en la parte trasera del templo y subió corriendo a lo alto. Llegó a la base de las columnas y miró al entrenador Hedge, que estaba encaramado precariamente a los pies de la Atenea Partenos, desenredando cuerdas y anudando una escalera.

—¡Deprisa! —gritó Nico.

—No me digas —gritó el entrenador—. ¡Creía que teníamos mucho tiempo!

Lo último que Nico necesitaba era el sarcasmo de un sátiro. En la plaza, más lobos se liberaron de sus trabas óseas. Reyna los apartó de un zurriagazo con su espada tuneada, pero un puñado de monedas no iban a retener mucho tiempo a una manada de lobos. Aurum gruñía e intentaba morder lleno de frustración, incapaz de herir al enemigo. Argentum hacía todo lo que podía, clavando sus fauces en el pescuezo de otro lobo, pero el perro de plata estaba maltrecho. Pronto el enemigo lo superaría con creces.

Licaón se soltó los dos brazos. Empezó a sacar las piernas de las cajas torácicas que lo retenían. Al cabo de solo unos segundos estaría libre.

Nico se había quedado sin trucos. Invocar el muro de huesos lo había dejado agotado. Necesitaría toda la energía que le quedaba para viajar por las sombras, suponiendo que pudiera encontrar una sombra para viajar.

Una sombra.

Miró la navaja de plata que tenía en la mano. Se le ocurrió una idea; posiblemente la idea más ridícula y disparatada que había tenido desde que había pensado: «¡Cuando lleve a Percy a bañarse a la laguna Estigia me querrá!».

—¡Sube aquí, Reyna! —gritó.

Ella golpeó a otro lobo en la cabeza y echó a correr. Cuando estaba a medio camino, agitó su espada, que se alargó y se convirtió en una jabalina, y a continuación la usó para impulsarse como una saltadora de pértiga. Cayó al lado de Nico.

—¿Cuál es el plan? —preguntó, sin ni siquiera resollar.

—Eres una fanfarrona —murmuró él.

Una escalera de nudos cayó de arriba.

—¡Subid, insensatos! —gritó Hedge.

—Vamos —le dijo Nico—. Cuando estés arriba, agárrate fuerte a la cuerda.

—Nico...

—¡Hazlo!

Su jabalina se encogió y se transformó otra vez en espada. Reyna la envainó y empezó a subir, escalando la columna a pesar de su armadura y sus pertrechos.

En la plaza no se veía a Aurum ni a Argentum por ninguna parte. O se habían retirado o habían acabado con ellos.

Licaón se liberó de su jaula de huesos lanzando un aullido triunfante.

—¡Sufrirás, hijo de Hades!

«Menuda novedad», pensó Nico.

Ocultó la navaja en la palma de su mano.

—¡Ven a por mí, chucho! ¿O tienes que esperar como un buen perro a que aparezca tu amo?

Licaón saltó por los aires extendiendo las garras y enseñando los colmillos. Nico rodeó la cuerda con su mano libre y se concentró; una gota de sudor le caía por el cuello.

Cuando el rey de los lobos cayó sobre él, Nico le clavó la navaja de plata en el pecho. Los lobos aullaron por todo el templo como uno solo.

El rey de los lobos clavó sus garras en los brazos de Nico. Sus colmillos se detuvieron a menos de dos centímetros de la cara del chico. Nico hizo caso omiso de su dolor y hundió la navaja hasta la empuñadura entre las costillas de Licaón.

—Haz algo útil, perro —gruñó—. Vuelve a las sombras.

Licaón puso los ojos en blanco y se deshizo en un charco de profunda oscuridad.

A continuación ocurrieron varias cosas al mismo tiempo. La manada de lobos indignados avanzó en tropel.

—¡DETENLOS! —gritó una resonante voz desde una azotea cercana.

Nico oyó el sonido inconfundible de un gran arco siendo tensado.

Acto seguido desapareció en el charco de sombra de Licaón y se llevó a sus amigos y la Atenea Partenos con él, sumiéndose en el frío éter sin saber dónde aparecería.

XVII

Piper

Piper no podía creer lo difícil que era encontrar veneno mortal. Ella y Frank habían registrado el puerto de Pilos. Frank solo había permitido que lo acompañase Piper, pensando que su capacidad de persuasión podría serles útil si se tropezaban con sus parientes transformistas.

Sin embargo, la espada fue más necesaria. Hasta el momento habían matado a un ogro lestrigón en la panadería, luchado contra un jabalí gigante en la plaza pública y vencido a una bandada de aves del Estínfalo con las certeras verduras de la cornucopia de Piper.

Se alegraba de estar ocupada. Eso le impedía recrearse en la conversación que había mantenido con su madre la noche anterior: el sombrío atisbo del futuro que Afrodita le había obligado a mantener en secreto.

Mientras tanto, el mayor desafío de Piper en Pilos era la publicidad de la nueva película de su padre pegada por toda la ciudad. Los carteles estaban en griego, pero Piper sabía lo que decían: TRISTAN MCLEAN ES JAKE STEEL: *FIRMADO CON SANGRE.*

Dioses, qué título más horrible. Había deseado que su padre no hubiera aceptado participar en la serie de Jake Steel, pero se había convertido en uno de sus personajes más famosos. Allí estaba en el cartel, con su camisa rasgada para mostrar sus perfectos abdominales («¡Qué asco, papá!»), un AK-47 en cada mano y una sonrisa pícara en su rostro de facciones marcadas.

En la otra punta del mundo, en la ciudad más pequeña y apartada imaginable, estaba su padre. A Piper le hacía sentirse triste, desorientada, nostálgica y molesta al mismo tiempo. La vida continuaba. Y también el mundo de Hollywood. Mientras su padre fingía salvar el mundo, Piper y sus amigos tenían que salvarlo de verdad. Al cabo de ocho días, si Piper no llevaba a cabo el plan que Afrodita le había explicado, no habría más películas, ni cines, ni personas.

Alrededor de la una del mediodía, Piper usó finalmente la embrujahabla. Habló con un fantasma de la antigua Grecia en una lavandería automática (en una escala del uno al diez, sin duda un once en materia de conversaciones raras) y obtuvo las señas para llegar a una antigua fortaleza donde supuestamente rondaban los descendientes transformistas de Periclímeno.

Después de cruzar a pie la isla con el calor de la tarde, encontraron la cueva encaramada a media caída de un acantilado en la orilla de la playa. Frank insistió en que Piper lo esperase abajo mientras él echaba un vistazo.

A Piper no le entusiasmaba la idea, pero se quedó obedientemente en la playa, mirando la entrada de la cueva con los ojos entornados y esperando no haber metido a Frank en una trampa mortal.

Detrás de ella, una extensión de arena blanca abrazaba el pie de las colinas. Los bañistas tomaban el sol tumbados en toallas. Los niños chapoteaban entre las olas. El mar azul relucía tanto que invitaba a bañarse.

Piper deseó poder hacer surf en esas aguas. Había prometido a Hazel y a Annabeth que algún día les enseñaría, si llegaban a Malibú... y si Malibú seguía existiendo después del 1 de agosto.

Miró a la cumbre del acantilado. Las ruinas de un viejo castillo se pegaban a la cresta. Piper no estaba segura de si formaba parte de la guarida de los transformistas o no. En los parapetos no se movía nada. La entrada de la cueva estaba a unos veinte metros bajando por la cara del acantilado: un círculo negro en la roca amarilla calcárea como el agujero de un gigantesco sacapuntas.

«La cueva de Néstor», la había llamado el fantasma de la lavandería automática. Supuestamente el antiguo rey de Pilos había guardado allí su tesoro en épocas de crisis. El fantasma también afirmaba que Hermes había escondido el ganado robado de Apolo en esa cueva.

Vacas.

Piper se estremeció. Cuando era pequeña, había pasado en coche con su padre por delante de una planta de procesamiento en Chino (California). El olor había bastado para convertirla en vegetariana. Desde entonces, solo con pensar en vacas se ponía mala. Sus experiencias con Hera (la reina de las vacas), los catoblepas de Venecia y las imágenes de espeluznantes vacas de la muerte en la Casa de Hades no habían contribuido a mejorar la situación.

Piper estaba empezando a pensar que había pasado demasiado tiempo desde que Frank se había marchado cuando él apareció en la entrada de la cueva. A su lado había un hombre alto de cabello gris con un traje de lino blanco y una corbata de color amarillo claro. El hombre metió un pequeño objeto brillante (como una piedra o un trozo de cristal) en las manos de Frank. Él y Frank intercambiaron unas palabras. Frank asintió muy serio. A continuación el hombre se transformó en gaviota y se fue volando.

Frank descendió con cuidado por el sendero hasta que llegó adonde estaba Piper.

—Los he encontrado —dijo.

—Ya lo he visto. ¿Estás bien?

Él se quedó mirando a la gaviota mientras volaba hacia el horizonte.

El pelo cortado al rape de Frank apuntaba hacia delante como una flecha, un detalle que hacía su mirada todavía más intensa. Las insignias romanas (corona mural, centurión, pretor) brillaban en el cuello de su camiseta. En el antebrazo, el tatuaje de las siglas SPQR con las lanzas cruzadas de Marte destacaba de manera amenazante a plena luz del día.

Su nuevo conjunto le quedaba bien. El jabalí gigante le había puesto la ropa vieja perdida de fango, de modo que Piper lo había llevado de compras a Pilos. En ese momento llevaba puestos unos vaqueros negros, unas botas de piel suave y una camiseta de manga larga verde que le quedaba ceñida. Se había sentido cohibido con la camiseta. Estaba acostumbrado a esconder su corpulencia con ropa holgada, pero Piper le aseguró que ya no tenía por qué preocuparse. Desde que había dado el estirón en Venecia, se había amoldado a su volumen a la perfección.

«No has cambiado —le había dicho ella—. Solo eres más tú.»

Menos mal que Frank Zhang seguía siendo dulce y hablaba con voz suave. De lo contrario habría dado miedo.

—¿Frank? —preguntó con delicadeza.

—Sí, perdona. —Él se centró en Piper—. Mis... primos, supongo que se les podría llamar así..., han estado viviendo aquí durante generaciones; todos descienden de Periclímeno, el argonauta. Les he contado mi historia: que la familia Zhang viajó de Grecia a Roma, a China y a Canadá. Les he hablado del fantasma del legionario que vi en la Casa de Hades, el que me empujó a venir a Pilos. No se han sorprendido mucho. Han dicho que no es la primera vez que familiares perdidos hace mucho tiempo vuelven a casa.

Piper detectó la desilusión de su voz.

—Esperabas otra cosa.

Él se encogió de hombros.

—Una bienvenida más calurosa. Unos globos de fiesta. No sé. Mi abuela me dijo que yo cerraría el círculo: que honraría a la familia y todo eso. Pero mis primos... se han mostrado un poco fríos y distantes, como si no quisieran que yo estuviera cerca. No creo que les haya gustado que sea hijo de Marte. Sinceramente, tampoco creo que les haya gustado que sea chino.

Piper miró airadamente al cielo. La gaviota había desaparecido hacía rato; probablemente fuera mejor así. Ella habría sentido la tentación de dispararle un jamón glaseado.

—Si tus primos opinan eso es que son idiotas. No saben lo genial que eres.

Frank cambió el peso de una pierna a la otra arrastrando los pies.

—Se volvieron un poco más simpáticos cuando les dije que solo estaba de pasada. Me dieron un regalo de despedida.

Abrió la mano. En su palma brillaba un frasco metálico cuyo tamaño no superaba el de un cuentagotas.

Piper resistió el impulso de apartarse.

—¿Es veneno?

Frank asintió.

—Se llama menta de Pilos. Al parecer, la planta brotó de la sangre de una ninfa que murió en el pasado en una montaña cerca de aquí. No he pedido más información.

El frasco era tan pequeño… A Piper le preocupaba que no hubiera bastante. Normalmente no desearía más veneno mortal. Tampoco sabía de qué les serviría para elaborar la cura del médico que Niké había mencionado. Pero si la cura podía engañar a la muerte, Piper quería preparar seis latas: una dosis para cada uno de sus amigos.

Frank hizo rodar el frasco en la palma de su mano.

—Ojalá Vitelio Retículo estuviera aquí.

Piper no estaba segura de haberle oído bien.

—¿Ridículo, quién?

Una sonrisa se dibujó en el rostro de él.

—Cayo Vitelio Retículo, aunque a veces sí que lo llamábamos Ridículo. Uno de los lares de la Quinta Cohorte. Era un poco tonto, pero era hijo de Escolapio, el dios de la sanación. Si alguien puede saber algo sobre esa cura es él.

—Un dios de la sanación nos vendría bien —reflexionó Piper—. Mejor que tener a una diosa de la victoria gritona atada a bordo.

—Tienes suerte. Mi camarote está más cerca de los establos. La oigo gritar toda la noche: «¡EL PRIMER PUESTO O LA MUERTE! ¡UN EXCELENTE JUSTO ES UN SUSPENSO!». Leo tiene que diseñar una mordaza mejor que mi calcetín.

Piper se estremeció. Todavía no entendía por qué hacer prisionera a la diosa había sido buena idea. Cuando antes se libraran de Niké, mejor.

—¿Te han dado tus primos algún consejo sobre lo que viene después? ¿El dios encadenado que se supone que tenemos que encontrar en Esparta?

La expresión de Frank se ensombreció.

—Sí. Me temo que tenían una opinión al respecto. Volvamos al barco y te lo contaré.

A Piper le estaban matando los pies. Se preguntaba si podría convencer a Frank para que se transformara en un águila gigante y la llevara, pero, antes de que pudiera pedírselo, oyó pisadas en la arena, detrás de ellos.

—¡Hola, simpáticos turistas! —Un pescador desaliñado con una gorra blanca de capitán y una boca llena de dientes de oro les sonrió—. ¿Un viaje en bote? ¡Muy barato!

Señaló la orilla, donde había un esquife con motor fueraborda.

Piper le devolvió la sonrisa. Le encantaba cuando podía comunicarse con la gente de la zona.

—Sí, por favor —dijo, haciendo uso de su embrujahabla—. Nos gustaría que nos llevara a un sitio especial.

El capitán los dejó en el *Argo II*, anclado a unos cuatrocientos metros mar adentro. Piper metió un fajo de euros en las manos del capitán.

Era capaz de usar su capacidad de persuasión con los mortales, pero había decidido ser lo más justa y prudente posible. La época en que robaba coches BMW en concesionarios de vehículos había quedado atrás.

—Gracias —le dijo—. Si alguien le pregunta, nos ha dado una vuelta por la isla y nos ha enseñado los sitios de interés. Nos ha dejado en el puerto de Pilos. Y no ha visto ningún buque de guerra gigante.

—Ningún buque de guerra —convino el capitán—. ¡Gracias, simpáticos turistas estadounidenses!

Subieron a bordo del *Argo II*, y Frank le sonrió con embarazo.

—Bueno..., ha estado bien matar jabalíes gigantes contigo.

Piper se rió.

—Lo mismo digo, señor Zhang.

Le dio un abrazo, un gesto que pareció ruborizar a Frank, pero Piper no podía evitar que le cayese bien. No solo era un novio amable y considerado con Hazel, sino que cada vez que Piper lo veía llevando la vieja insignia de pretor de Jason daba gracias por que lo hubieran ascendido y hubiera aceptado el cargo. Había descargado a Jason de una gran responsabilidad y lo había dejado libre (eso esperaba Piper) para que siguiera un nuevo camino en el Campamento Mestizo... Suponiendo, claro está, que todos sobrevivieran a los siguientes ocho días.

La tripulación se congregó para llevar a cabo una reunión rápida en la cubierta de proa, principalmente porque Percy estaba vigilando a una gigantesca serpiente marina roja que nadaba por el lado de babor.

—Esa cosa es muy roja —murmuró Percy—. Me pregunto si sabrá a cereza.

—¿Por qué no te acercas y lo averiguas? —preguntó Annabeth.

—Va a ser que no.

—En fin —dijo Frank—, según mis primos de Pilos, el dios encadenado que tenemos que buscar en Esparta es mi padre... Me refiero a Ares, no a Marte. Por lo visto, los espartanos tenían una estatua de él encadenado en la ciudad para que el espíritu bélico no los abandonase.

—Vale —dijo Leo—. Los espartanos eran raritos. Claro que nosotros tenemos a Victoria atada abajo, así que supongo que no podemos decir nada.

Jason se apoyó en la ballesta de proa.

—Pues vamos a Esparta. Pero ¿de qué nos sirven los latidos de un dios encadenado para encontrar la cura de la muerte?

Piper sabía por la tirantez de su cara que el chico seguía sufriendo. Se acordó de lo que Afrodita le había dicho: «No es solo la herida de espada, querida. Es la desagradable verdad que descubrió en Ítaca. Si ese pobre chico no mantiene la fortaleza, esa verdad lo consumirá».

—¿Piper? —preguntó Hazel.

Ella se movió.

—Perdón, ¿qué?

—Te estaba preguntando por las visiones —inquirió Hazel—. ¿Me dijiste que habías visto cosas en la hoja de tu daga?

—Ah…, claro.

Piper desenvainó de mala gana a *Katoptris*. Desde que la había usado para apuñalar a la diosa de la nieve Quíone, las visiones de la hoja se habían vuelto más frías y más duras, como imágenes grabadas en hielo. Había visto águilas dando vueltas sobre el Campamento Mestizo y una ola de tierra destruyendo Nueva York. Había visto escenas del pasado: su padre apaleado y atado en lo alto del Monte Diablo, Jason y Percy luchando contra los gigantes en el Coliseo de Roma, el dios del río Aqueloo intentando llegar hasta ella, implorando la cornucopia que ella le había cortado de la cabeza.

—Yo… esto… —Trató de aclarar sus pensamientos—. Ahora mismo no veo nada. Pero una visión aparece continuamente. Annabeth y yo exploramos unas ruinas…

—¡Ruinas! —Leo se frotó las manos—. Eso ya es otra cosa. ¿Cuántas ruinas puede haber en Grecia?

—Calla, Leo —lo reprendió Annabeth—. Piper, ¿crees que es Esparta?

—Puede —dijo Piper—. El caso es que de repente aparecemos en un sitio oscuro, como una cueva. Estamos mirando una estatua de un guerrero de bronce. En la visión, yo me acerco a tocar la cara de la estatua y unas llamas empiezan a girar a nuestro alrededor. Es lo único que veo.

—Llamas. —Frank frunció el entrecejo—. No me gusta esa visión.

—A mí tampoco. —Percy no perdía de vista a la serpiente marina roja, que seguía deslizándose entre las olas a unos cien metros a babor—. Si esa estatua envuelve en fuego a la gente, deberíamos mandar a Leo.

—Yo también te quiero, tío.

—Ya sabes por qué lo digo. Tú eres inmune. Qué narices, dame unas granadas de agua e iré yo. Ares y yo ya nos las hemos visto antes.

Annabeth se quedó mirando la costa de Pilos, que entonces retrocedía a lo lejos.

—Si Piper nos ha visto a las dos buscando la estatua, somos nosotras las que debemos ir. No nos pasará nada. Siempre hay una forma de sobrevivir.

—No siempre —advirtió Hazel.

Como ella era la única del grupo que había muerto y había resucitado, su comentario apagó los ánimos de la tripulación.

Frank mostró el frasco de menta de Pilos.

—¿Y esto? Después de estar en la Casa de Hades, esperaba que no tuviéramos que beber más veneno.

—Guárdalo bien en la bodega —dijo Annabeth—. De momento es lo único que tenemos. Cuando resolvamos el problema del dios encadenado, iremos a la isla de Delos.

—La maldición de Delos —recordó Hazel—. Pinta divertido.

—Con suerte Apolo estará allí —dijo Annabeth—. La isla de Delos era su hogar. Es el dios de la medicina. Él debería poder aconsejarnos.

Piper recordó las palabras de Afrodita: «Debes cerrar la brecha entre romanos y griegos, hija mía. Ni la tormenta ni el fuego pueden triunfar sin ti».

Afrodita la había avisado de lo que se avecinaba y le había dicho lo que tendría que hacer para detener a Gaia. Lo que Piper no sabía era si tendría el valor necesario.

La serpiente marina con sabor a cereza expulsó vapor a la altura de la amura de babor.

—Sí, sin duda nos está vigilando —decidió Percy—. Tal vez deberíamos despegar.

—¡A volar se ha dicho! —dijo Leo—. ¡Festo, haz los honores!

El dragón de bronce que hacía las veces de mascarón de proa emitió unos chirridos y chasquidos. El motor del barco empezó a zumbar. Los remos se levantaron y se alargaron hasta convertirse en paletas aéreas acompañadas de un sonido como si noventa paraguas se abrieran al mismo tiempo, y el *Argo II* se elevó en el cielo.

—Deberíamos llegar a Esparta por la mañana —anunció Leo—. ¡Y acordaos de pasar por el comedor esta noche, amigos, porque el chef Leo va a preparar sus famosos tacos de tofu incendiados!

XVIII

Piper

Piper no quería que una mesa con tres patas le gritase.

Cuando Jason la visitó en su camarote esa noche, se aseguró de dejar la puerta abierta porque Buford, la mesa maravillosa, se tomaba sus funciones de carabina muy en serio. Si tenía la más mínima sospecha de que un chico y una chica estaban en el mismo camarote sin supervisión, se ponía a echar vapor y a hacer ruido por el pasillo, mientras la proyección holográfica del entrenador Hedge gritaba: «¡BASTA YA! ¡HACED VEINTE FLEXIONES! ¡PONEOS ALGO DE ROPA!».

Jason se sentó al pie de su litera.

—Me voy a hacer la guardia. Solo quería ver qué tal estabas.

Piper le dio un puntapié en la pierna.

—¿El chico al que atravesaron con una espada quiere ver qué tal estoy? ¿Qué tal te encuentras tú?

Él le dedicó una sonrisa torcida. Tenía la cara tan morena de su estancia en la costa de África que la cicatriz de su labio parecía una marca de tiza. Sus ojos azules eran todavía más llamativos. El pelo le había crecido blanco y sedoso, aunque en el cuero cabelludo todavía tenía el surco que le había hecho el bandido Escirón al dispararle una bala. Si un rasguño sin importancia infligido con bronce

celestial tardaba tanto en curarse, Piper se preguntaba cómo se re-
cuperaría de una herida de oro imperial en el estómago.

—He estado peor —dijo Jason en tono tranquilizador—. Una
vez, en Oregón, una *dracaena* me cortó los brazos.

Piper parpadeó. Acto seguido le dio un manotazo suave en el
brazo.

—Cállate.

—Por un momento te lo has tragado.

Se cogieron las manos en un silencio agradable. Por un instante,
Piper casi pudo imaginarse que eran adolescentes normales, disfrutando de la compañía del otro y aprendiendo a estar juntos
como pareja. Cierto, Jason y ella habían pasado unos meses en el
Campamento Mestizo, pero la guerra contra Gaia siempre había
amenazado en el horizonte. Piper se preguntaba cómo serían las
cosas si no tuvieran que preocuparse por si morían una docena de
veces al día.

—Nunca te he dado las gracias. —La expresión de Jason se volvió seria—. En Ítaca, después de que viera lo que quedaba… de mi
madre, su *mania*… Cuando estaba herido, tú impediste que me vi-
niera abajo, Pipes. Una parte de mí… —La voz se le quebró—.
Una parte de mí quería cerrar los ojos y dejar de luchar.

A Piper le dio un vuelco el corazón. Notaba su propio pulso en
los dedos.

—Jason…, eres un luchador. Tú nunca te rendirías. Cuando te
enfrentaste al espíritu de tu madre, fuiste tú el que tuvo la fortaleza.
No yo.

—Tal vez. —Él tenía un tono seco—. No quería que cargaras
con algo tan pesado, Pipes. Es solo que… tengo el ADN de mi
madre. Mi parte humana es suya. ¿Y si tomo las decisiones equivo-
cadas? ¿Y si cometo un error que no puedo enmendar cuando estemos luchando contra Gaia? No quiero acabar como mi madre,
reducido a una *mania*, dándole vueltas a mis penas para siempre.

Piper ahuecó las manos en torno a las de él. Se sentía como si
estuviera otra vez en la cubierta del *Argo II*, sosteniendo la granada
de hielo de los Boréadas justo antes de que detonase.

—Tomarás las decisiones correctas —dijo—. No sé qué será de ninguno de nosotros, pero jamás podrías acabar como tu madre.

—¿Cómo estás tan segura?

Piper observó el tatuaje de su antebrazo: las siglas SPQR, el águila de Júpiter, doce rayas correspondientes a sus años en la legión.

—Mi padre solía contarme un cuento sobre el acto de tomar decisiones… —Negó con la cabeza—. No, déjalo. Parezco el abuelo Tom.

—Adelante —dijo Jason—. ¿Qué cuento es ese?

—Bueno… Había dos cazadores cherokee en el bosque, ¿vale? Cada uno tenía un tabú.

—Un tabú, algo que no se les permitía hacer.

—Sí.

Piper empezó a relajarse. Se preguntaba si ese era el motivo por el que a su padre y a su abuelo les gustaba contarle cuentos. Se podía hablar más fácilmente del tema más aterrador abordándolo como si fuera algo que les pasó a un par de cazadores cherokee hace cientos de años. Se coge un problema y se convierte en una distracción. Tal vez por eso su padre se había hecho actor.

—El caso es que uno de los cazadores no podía comer carne de ciervo —continuó—. El otro no podía comer carne de ardilla.

—¿Por qué?

—No lo sé. Algunos tabúes cherokee eran prohibiciones permanentes, como matar águilas. —Tocó el símbolo que Jason tenía en el brazo—. Eso traía mala suerte a casi todo el mundo. Pero a veces un cherokee adoptaba tabúes temporales: quizá para purificar su espíritu, o porque, después de escuchar al mundo de los espíritus o lo que fuese, sabía que el tabú era importante. Era algo instintivo.

—Vale. —Jason parecía seguro—. Vuelve a los dos cazadores.

—Se pasaron todo el día cazando en el bosque. Lo único que atraparon fueron ardillas. Por la noche acamparon, y el cazador que podía comer carne de ardilla empezó a cocinarla al fuego.

—Qué rica.

—Otro motivo por el que soy vegetariana. El caso es que el segundo cazador, el que tenía prohibido comer carne de ardilla, se moría de hambre. Se quedó sentado agarrándose la barriga mientras su amigo comía. Al final, el primer cazador empezó a sentirse culpable. «Venga», dijo. «Come un poco.» Pero el segundo cazador se resistió. «Es un tabú para mí. Me metería en un lío muy gordo. Seguramente me convertiría en serpiente o algo por el estilo.» El primer cazador se rió. «¿De dónde has sacado una idea tan absurda? No te pasará nada. Mañana puedes volver a evitar la carne de ardilla.» El segundo cazador sabía que no debía hacerlo, pero comió.

Jason deslizó los dedos sobre los nudillos de Piper, cosa que le hacía difícil concentrarse.

—¿Qué pasó?

—En plena noche, el segundo cazador se despertó gritando de dolor. El primer cazador se acercó corriendo a ver qué pasaba. Retiró las mantas del amigo y vio que sus piernas se habían unido y se habían convertido en una cola curtida. Mientras él miraba, una piel de serpiente trepó por el cuerpo de su amigo. El pobre cazador lloraba y pedía perdón a los espíritus y gritaba de miedo, pero no había nada que hacer. El primer cazador se quedó a su lado y trató de consolarlo hasta que el pobre desgraciado se acabó de transformar en una serpiente gigante y se fue reptando. Fin.

—Me encantan los cuentos cherokee —dijo Jason—. Son muy alegres.

—Sí, en fin.

—Así que el tipo se convirtió en serpiente. ¿La moraleja es que Frank ha estado comiendo ardillas?

Ella se rió, cosa que le resultó agradable.

—No, tonto. El mensaje es: confía en tu instinto. La carne de ardilla puede ser buena para una persona, pero también puede ser un tabú para otra. El segundo cazador sabía que tenía el espíritu de una serpiente dentro, esperando para hacerse con el mando. Sabía que no debía alimentar ese espíritu malo comiendo carne de ardilla, pero lo hizo de todas formas.

—Entonces… yo no debería comer ardillas.

Piper se alegró de ver el brillo de los ojos de Jason. Pensó en algo que Hazel le había confesado varias noches atrás: «Creo que Jason es la clave del plan de Gaia. Él fue su primera jugada y también será la última».

—Lo que quiero decir —dijo Piper, dándole un empujoncito en el pecho— es que tú, Jason Grace, conoces perfectamente tus espíritus malos y haces todo lo posible por no alimentarlos. Tienes un instinto firme y sabes cómo seguirlo. Sea cual sea la parte de naturaleza negativa que posees, eres una buena persona que siempre intenta tomar la decisión correcta. Así que se acabó hablar de rendirse.

Jason frunció el entrecejo.

—Espera. ¿Tengo una naturaleza negativa?

Ella puso los ojos en blanco.

—Ven aquí.

Estaba a punto de darle un beso cuando llamaron a la puerta.

Leo se asomó.

—¿Una fiesta? ¿Estoy invitado?

Jason se aclaró la garganta.

—Hola, Leo. ¿Qué pasa?

—Oh, poca cosa. —Señaló arriba—. Unos insoportables *venti* intentan destruir el barco, como siempre. ¿Estás preparado para la guardia?

—Sí. —Jason se inclinó y besó a Piper—. Gracias. Y no te preocupes. Estoy bien.

—Ahí quería llegar yo —le dijo ella.

Cuando los chicos se hubieron marchado, Piper se tumbó sobre las almohadas de plumón de pegaso y contempló las constelaciones que la lámpara proyectaba en el techo. No creía que pudiera dormir, pero después de un día entero luchando contra monstruos y padeciendo el calor del verano, estaba notando los efectos del cansancio. Finalmente cerró los ojos y se sumió en una pesadilla.

La Acrópolis.

Piper no la había visitado, pero la reconoció por las fotos: una antigua fortaleza encaramada en una colina casi tan impresionante como Gibraltar. Los escarpados acantilados, que se alzaban ciento veinte metros por encima de la extensión nocturna de la moderna Atenas, estaban rematados por una corona de muros de piedra caliza. En la cima, una colección de templos en ruinas y grúas modernas emitían destellos plateados a la luz de la luna.

En su sueño, Piper sobrevolaba el Partenón: el antiguo templo de Atenea, cuyo armazón hueco tenía el lado izquierdo rodeado de andamios metálicos.

En la Acrópolis no parecía haber mortales, tal vez debido a los problemas económicos de Grecia. O tal vez las fuerzas de Gaia habían ideado un pretexto para mantener a los turistas y los obreros de la construcción alejados.

La vista de Piper se aproximó al centro del templo. Allí había tantos gigantes reunidos que parecía una fiesta de secuoyas. Piper reconoció a unos cuantos: los horribles gemelos de Roma, Oto y Efialtes, vestidos con uniformes de obrero de la construcción a juego; Polibotes, que era tal como Percy lo había descrito, con rastas que chorreaban veneno y un peto moldeado con bocas voraces; y el peor de todos, Encélado, el gigante que había secuestrado al padre de Piper. Su armadura tenía grabados dibujos de llamas y su pelo estaba trenzado con huesos. Su lanza era del tamaño del asta de una bandera y ardía con fuego morado.

Piper había oído que cada gigante había nacido para enfrentarse a un dios concreto, pero en el Partenón había reunidos más de doce gigantes. Contó al menos veinte y, por si eso no fuera bastante intimidante, alrededor de los pies de los gigantes pululaba una horda de monstruos más pequeños: cíclopes, ogros, Nacidos de la Tierra con seis brazos y *dracaenae* con serpientes por piernas.

En el centro de la multitud había un improvisado trono vacío hecho con andamios retorcidos y bloques de piedra extraídos de las ruinas aparentemente al azar.

Mientras Piper observaba, un nuevo gigante subió pesadamente la escalera del fondo de la Acrópolis. Llevaba un enorme chándal de terciopelo, cadenas de oro alrededor del cuello y el pelo engominado hacia atrás, de modo que parecía un gánster de diez metros de estatura..., si los gánsteres tuvieran patas de dragón y la piel naranja oscuro. El gigante de la mafia corrió hacia el Partenón y al entrar dando traspiés aplastó a varios Nacidos de la Tierra bajo sus garras. Se detuvo sin aliento al pie del trono.

—¿Dónde está Porfirio? —preguntó—. ¡Tengo noticias!

Encélado, el viejo enemigo de Piper, dio un paso adelante.

—Impuntual como siempre, Hipólito. Espero que tus noticias merezcan la espera. El rey Porfirio debería estar...

El suelo se partió entre ellos. Un gigante todavía más grande salió de la tierra como una ballena emergiendo a la superficie.

—El rey Porfirio está aquí —anunció el rey.

Era tal como Piper lo recordaba de la Casa del Lobo, en Sonoma. Con una estatura de doce metros, destacaba sobre sus hermanos. De hecho, Piper advirtió con inquietud que tenía el mismo tamaño que la Atenea Partenos que antaño había dominado ese templo. En sus trenzas de color de alga, relucían armas de semidioses capturados. Tenía un cruel rostro verde pálido y los ojos blancos como la Niebla. Su cuerpo irradiaba una especie de gravedad propia y hacía que los demás monstruos se inclinasen hacia él. Tierra y guijarros saltaban por el suelo, atraídos a sus enormes patas de dragón.

Hipólito, el gigante gánster, se arrodilló.

—¡Mi rey, os traigo noticias del enemigo!

Porfirio se sentó en el trono.

—Habla.

—El barco de los semidioses navega alrededor del Peloponeso. ¡Han acabado con los fantasmas de Ítaca y han capturado a la diosa Niké en Olimpia!

La multitud de monstruos se movió inquieta. Un cíclope se mordió las uñas. Dos *dracaenae* intercambiaron monedas como si estuvieran recibiendo apuestas para el fin del mundo.

Porfirio se limitó a reír.

—Hipólito, ¿quieres matar a tu enemigo Hermes y convertirte en mensajero de los gigantes?

—¡Sí, mi rey!

—Entonces tendrás que traer noticias más recientes. Ya estoy al tanto de eso. ¡Nada de eso importa! Los semidioses han seguido la ruta que esperábamos que siguiesen. Habrían sido tontos si hubieran tomado otro camino.

—¡Pero llegarán a Esparta por la mañana, señor! Si consiguen desatar a los *makhai*…

—¡Idiota! —La voz de Porfirio sacudió las ruinas—. Nuestro hermano Mimas los espera en Esparta. No tienes por qué preocuparte. Los semidioses no pueden alterar su destino. ¡De un modo u otro, su sangre será derramada sobre estas piedras y despertará a la Madre Tierra!

La multitud rugió en señal de aprobación y blandió sus armas. Hipólito hizo una reverencia y se retiró, pero otro gigante se acercó al trono.

Piper advirtió sobresaltada que era una hembra. No es que fuera fácil de distinguir. La giganta tenía las mismas patas de dragón y el mismo largo cabello trenzado. Era igual de alta y corpulenta que los machos, pero su peto sin duda estaba diseñado para una hembra. Su voz era más aguda y más aflautada.

—¡Padre! —gritó—. Te lo pregunto otra vez: ¿por qué aquí, en este sitio? ¿Por qué no en las laderas del Monte Olimpo? Seguro que…

—Peribea —gruñó el rey—, el asunto está decidido. El Monte Olimpo original es ahora un pico árido. No nos depara ninguna gloria. Aquí, en el centro del mundo griego, los dioses están profundamente arraigados. Puede que haya templos más antiguos, pero el Partenón conserva su recuerdo mejor que ningún otro. A los ojos de los mortales, es el símbolo más poderoso de los dioses del Olimpo. Cuando la sangre de los últimos héroes se derrame aquí, la Acrópolis será arrasada. Esta colina se vendrá abajo, y la ciudad entera será destruida por la Madre Tierra. ¡Seremos los amos de la creación!

La multitud gritó y aulló, pero la giganta Peribea no parecía convencida.

—Tientas al destino, padre —dijo—. Además de enemigos, los semidioses también tienen amigos aquí. No es prudente…

—¿PRUDENTE? —Porfirio se levantó del trono. Todos los gigantes dieron un paso atrás—. ¡Encélado, mi consejero, explícale a mi hija lo que es la prudencia!

El gigante llameante avanzó. Sus ojos brillaban como diamantes. Piper detestaba su cara. La había visto demasiadas veces en sueños cuando su padre estaba cautivo.

—No tiene por qué preocuparse, princesa —dijo Encélado—. Hemos tomado Delfos. Apolo se ha marchado del Olimpo avergonzado. Los dioses no tienen futuro. Avanzan a ciegas. En cuanto a tentar al destino…

Señaló a su izquierda, y un gigante más pequeño avanzó arrastrando los pies. Tenía el pelo gris desaliñado, la cara arrugada y unos ojos lechosos con cataratas. En lugar de armadura, llevaba una andrajosa túnica de arpillera. Sus patas con escamas de dragón eran blancas como la escarcha.

No parecía gran cosa, pero Piper se fijó en que los demás monstruos mantenían la distancia. Hasta Porfirio se apartó del viejo gigante.

—Este es Toante —dijo Encélado—. Del mismo modo que muchos de nosotros nacimos para matar a determinados dioses, Toante nació para matar a las tres Moiras. Estrangulará a esas viejas con sus manos. Hará trizas sus hilos y destruirá su telar. ¡Destruirá el mismísimo destino!

El rey Porfirio se levantó y extendió los brazos triunfante.

—¡Se acabaron las profecías, amigos míos! ¡Se acabaron las predicciones de futuro! ¡El tiempo de Gaia será nuestra era y forjaremos nuestro propio destino!

La multitud prorrumpió en vítores tan fuertes que Piper se sintió como si se estuviera haciendo pedazos.

A continuación se dio cuenta de que alguien la estaba sacudiendo para que despertara.

—Eh —dijo Annabeth—. Hemos llegado a Esparta. ¿Puedes prepararte?

Piper se incorporó aturdida; todavía notaba el corazón acelerado.

—Sí… —Agarró el brazo de Annabeth—. Pero antes tenéis que saber algo.

XIX

Piper

Cuando le relató a Percy su sueño, los lavabos del barco empezaron a explotar.

—De ninguna manera vais a bajar ahí las dos —dijo Percy.

Leo corrió por el pasillo agitando una llave inglesa.

—¿Tenías que cargarte las tuberías, tío?

Percy no le hizo caso. El agua corrió por la pasarela. El casco retumbó mientras estallaban más tuberías y se desbordaban más lavabos. Piper supuso que Percy no tenía intención de causar tantos desperfectos, pero su expresión ceñuda le hizo querer desembarcar lo antes posible.

—No nos pasará nada —le dijo Annabeth—. Piper ha predicho que las dos bajaremos, así que es lo que tiene que pasar.

Percy lanzó una mirada furiosa a Piper, como si fuera culpa suya.

—¿Y ese tal Mimas? Supongo que es un gigante.

—Es probable —contestó ella—. Porfirio lo llamó «nuestro hermano».

—Y una estatua de bronce rodeada de fuego —dijo Percy—. Y esas... otras cosas que has dicho. ¿Maquis?

—*Makhai* —dijo Piper—. Creo que significa «batallas» en griego, pero no sé exactamente cómo aplicarlo a este contexto.

—¡A eso me refiero! —dijo Percy—. No sabemos lo que hay allí abajo. Iré con vosotras.

—No. —Annabeth le puso la mano en el brazo—. Si los gigantes quieren nuestra sangre, lo último que necesitan es que un chico y una chica bajen juntos. ¿Te acuerdas? Quieren a uno de cada para su gran sacrificio.

—Entonces iré a por Jason y los dos... —dijo Percy.

—¿Estás insinuando que dos chicos pueden hacerlo mejor que dos chicas, Cerebro de Alga?

—No. O sea..., no. Pero...

Annabeth le dio un beso.

—Volveremos antes de que te des cuenta.

Piper subió detrás de ella antes de que la cubierta inferior se inundara de agua de lavabo.

Una hora más tarde las dos estaban en una colina con vistas a las ruinas de la antigua Esparta. Ya habían registrado la ciudad moderna, que curiosamente a Piper le recordaba a Albuquerque: un montón de edificios bajos, cuadrados y encalados repartidos a través de una llanura al pie de unas montañas purpurinas. Annabeth había insistido en inspeccionar el Museo de Arqueología, luego la gigantesca estatua metálica del guerrero espartano que había en la plaza pública y más tarde el Museo Nacional de las Olivas y el Aceite de Oliva (sí, existía de verdad). Piper había aprendido más sobre el aceite de oliva de lo que jamás había querido saber, pero ningún gigante las atacó. No encontraron estatuas de dioses encadenados.

Annabeth parecía reacia a inspeccionar las ruinas de las afueras de la ciudad, pero al final se quedaron sin sitios donde mirar.

No había mucho que ver. Según Annabeth, la colina en la que estaban había sido la acrópolis de Esparta (su punto más elevado y su principal fortaleza), pero no se parecía en nada a la enorme acrópolis ateniense que Piper había visto en sueños.

La erosionada pendiente estaba llena de hierba marchita, rocas y olivos enanos. Debajo, las ruinas se extendían a lo largo de unos cuatrocientos metros: bloques de piedra caliza, unos cuantos muros derruidos y algunos agujeros embaldosados en el suelo a modo de pozos.

Piper se acordó de la película más famosa de su padre, *El rey de Esparta*, donde los espartanos aparecían representados como super-hombres invencibles. Le pareció triste que su legado hubiera quedado reducido a un campo de escombros y a una pequeña ciudad moderna con un museo del aceite de oliva.

Se secó el sudor de la frente.

—Si hubiera un gigante de diez metros en la zona, deberíamos verlo.

Annabeth contemplaba la silueta lejana del *Argo II* flotando sobre el centro de Esparta. Toqueteaba el colgante de coral rojo de su collar: un regalo que Percy le había hecho cuando habían empezado a salir.

—Estás pensando en Percy —aventuró Piper.

Annabeth asintió.

Desde que había vuelto del Tártaro, Annabeth le había contado a Piper muchas cosas horribles que habían pasado allí abajo. El primer puesto de la lista lo ocupaba el momento en que Percy había controlado una marea de veneno y había ahogado a la diosa Aclis.

—Parece que se está adaptando —dijo Piper—. Sonríe más. Sabes que le importas más que nunca.

Annabeth se sentó, repentinamente pálida.

—No sé por qué de repente me está afectando tanto. No acabo de quitarme el recuerdo de la cabeza… La cara de Percy cuando estaba al borde del Caos.

Tal vez Piper simplemente estaba reaccionando a la inquietud de Annabeth, pero también empezaba a sentirse agitada.

Pensó en lo que Jason había dicho la noche anterior: «Una parte de mí quería cerrar los ojos y dejar de luchar».

Se había esforzado por tranquilizarlo, pero aun así le preocupaba. Como el cazador cherokee que se transformó en serpiente, todos los semidioses tenían bastantes espíritus malos dentro. Defectos fatales. Algunas crisis los sacaban a la luz. Había líneas que era mejor no cruzar.

Si eso era aplicable a Jason, ¿cómo no iba a ser aplicable a Percy? Ese chico había pasado por un infierno en sentido literal y había vuelto. Hacía que los lavabos explotaran incluso sin querer. ¿Qué ocurriría si deseara dar miedo?

—Dale tiempo. —Piper se sentó al lado de Annabeth—. Ese chico está loco por ti. Habéis pasado muchas cosas juntos.

—Ya lo sé… —Los ojos grises de Annabeth reflejaban el verde de los olivos—. Es solo que… Bob, el titán, me advirtió que tendríamos que hacer sacrificios. Quiero creer que algún día podremos tener una vida normal… Pero el verano pasado, después de la guerra contra los titanes, me di el lujo de desearlo. Entonces Percy desapareció durante meses. Luego nos caímos por aquel foso… —Una lágrima se deslizó por su mejilla—. Piper, si hubieras visto la cara del dios Tártaro, como un torbellino de oscuridad, devorando monstruos y pulverizándolos… Nunca me he sentido tan indefensa. Trato de no pensar en ello.

Piper tomó las manos de su amiga. Le temblaban mucho. Se acordó de su primer día en el Campamento Mestizo, cuando Annabeth le había enseñado el lugar. Annabeth estaba afectada por la desaparición de Percy, y aunque Piper estaba muy desorientada y asustada, consolar a Annabeth le había hecho sentirse útil, como si pudiera tener un lugar entre aquellos semidioses con poderes absurdos.

Annabeth Chase era la persona más valiente que conocía. Si necesitaba desahogarse con alguien de vez en cuando, Piper se ofrecía encantada.

—Eh —dijo con delicadeza—. No intentes bloquear esas emociones. No podrás. Deja que te invadan y se vayan otra vez. Tienes miedo.

—Dioses, sí, tengo miedo.

—Estás enfadada.

—Porque Percy me da miedo —dijo—. Porque mi madre me mandó a esa horrible misión en Roma. Por… En fin, prácticamente por todo. Por Gaia. Por los gigantes. Porque los dioses son unos capullos.

—¿Conmigo también? —preguntó Piper.

Annabeth logró reírse de forma trémula.

—Sí, por ser tan fastidiosamente tranquila.

—Mentira.

—Y por ser una buena amiga.

—Ja.

—Y por tener las ideas tan claras sobre los chicos y las relaciones y...

—Perdona. ¿Seguro que estás hablando de mí?

Annabeth le dio un puñetazo en el brazo, pero sin fuerza.

—Soy tonta, aquí sentada hablando de mis sentimientos cuando tenemos una misión que completar.

—Los latidos del dios encadenado pueden esperar.

Piper trató de sonreír, pero sus propios temores brotaron de su interior: temía por Jason y sus amigos en el *Argo II*, y por ella misma, en el caso de que no fuera capaz de hacer lo que Afrodita le había aconsejado: «Al final, solo tendrás el poder para una palabra. Deberá ser la palabra adecuada o lo perderás todo».

—Pase lo que pase, soy tu amiga —le dijo a Annabeth—. Tú... acuérdate, ¿vale?

«Sobre todo si no estoy cerca para recordártelo», pensó Piper.

Annabeth empezó a decir algo, pero de repente un rugido sonó en las ruinas. Uno de los fosos bordeados de piedras, que Piper había confundido con pozos, expulsó un géiser de llamas de tres pisos de altura y se apagó igual de rápido.

—¿Qué demonios es eso? —preguntó Piper.

Annabeth suspiró.

—No lo sé, pero tengo la sensación de que es algo que deberíamos investigar.

Había tres fosos uno al lado del otro, como los agujeros de una flauta dulce. Eran totalmente redondos, con un diámetro de sesenta centímetros, adoquinados con piedra caliza alrededor del borde, y descendían todo recto a la oscuridad. Cada pocos segundos, aparentemente al azar, uno de los tres fosos lanzaba una columna de fuego al cielo. Cada vez que eso ocurría, el color y la intensidad de las llamas eran distintos.

—Antes no han hecho eso. —Annabeth rodeó los fosos describiendo un amplio arco. Todavía temblaba y estaba pálida, pero era evidente que su mente ya estaba concentrada en el problema que las ocupaba—. No parece que sigan ninguna pauta. El tiempo, el color, la altura del fuego... No lo entiendo.

—¿Los hemos activado de alguna forma? —se preguntó Piper—. A lo mejor la ola de calor que notaste en la colina... Bueno, que las dos notamos.

Parecía que Annabeth no la hubiese oído.

—Debe de haber algún tipo de mecanismo..., una placa de presión, una alarma de proximidad.

Unas llamas salieron disparadas del foso central. Annabeth las contó en silencio. La siguiente vez, un géiser estalló en el de la izquierda. Frunció el entrecejo.

—No puede ser. Es irregular. Tiene que seguir alguna lógica.

A Piper le empezaron a resonar los oídos. Había algo en esos fosos...

Cada vez que uno se encendía, una horrible emoción la invadía: miedo, pánico, pero también un intenso deseo de acercarse a las llamas.

—No es racional —dijo—. Es emocional.

—¿Cómo pueden ser emocionales unos fosos con fuego?

Piper sostuvo la mano sobre el foso de la derecha. Enseguida, las llamas subieron. Apenas le dio tiempo a retirar los dedos. Las uñas le echaban humo.

—¡Piper! —Annabeth se acercó corriendo—. ¿En qué estabas pensando?

—No estaba pensando. Estaba sintiendo. Lo que buscamos está ahí abajo. Estos fosos son la entrada. Tendré que saltar.

—¿Estás loca? Aunque no te quedes atascada en el tubo, no tienes ni idea de lo profundo que es.

—Tienes razón.

—¡Te quemarás viva!

—Es posible. —Piper se desabrochó la espada y la lanzó al foso de la derecha—. Te avisaré si no hay peligro. Espera a que te diga algo.

—Ni se te ocurra —le advirtió Annabeth.

Piper saltó.

Por un momento permaneció ingrávida en la oscuridad; los lados del caliente foso de piedra le quemaban los brazos. Entonces el espacio se abrió a su alrededor. Instintivamente, se acurrucó y se hizo un ovillo, y absorbió la mayor parte del impacto al caer al suelo de piedra.

Las llamas salieron disparadas delante de ella y le quemaron las pestañas, pero Piper recogió su espada, la desenvainó y la blandió antes incluso de dejar de rodar. Una cabeza de dragón de bronce, decapitada limpiamente, se bamboleó por el suelo.

Piper se levantó tratando de orientarse. Miró la cabeza de dragón caída y sintió una culpabilidad momentánea, como si hubiera matado a Festo. Pero aquel no era Festo.

Tres estatuas de dragón hechas de bronce se alzaban en fila, alineadas con los agujeros del techo. Piper había decapitado al del medio. Los dos dragones intactos medían casi un metro de altura, con los hocicos apuntando hacia arriba y las humeantes bocas abiertas. Estaba claro que eran el origen de las llamas, pero no parecía que fuesen autómatas. No se movieron ni trataron de atacarla. Piper cortó tranquilamente las cabezas de los otros dos.

Aguardó. No salieron más llamas.

—¿Piper?

La voz de Annabeth resonó muy por encima de ella, como si estuviera gritando por la boca de una chimenea.

—¡Sí! —gritó Piper.

—¡Gracias a los dioses! ¿Estás bien?

—Sí. Un momento.

Su vista se adaptó a la oscuridad. Escudriñó la cámara. La única luz venía de la brillante hoja de Annabeth y de los agujeros de arriba. El techo estaba a unos diez metros de altura. Lo lógico hubiera sido que Piper se hubiera roto las dos piernas en la caída, pero no iba a quejarse.

La cámara era redonda, aproximadamente del tamaño de la plataforma de un helicóptero. Las paredes estaban hechas de toscos bloques de piedra con inscripciones griegas grabadas: miles y miles, como grafitis.

En el otro extremo de la estancia, sobre un estrado de piedra, se levantaba la estatua de bronce de un guerrero de tamaño humano —el dios Ares, supuso Piper—, con unas pesadas cadenas de bronce alrededor del cuerpo que lo sujetaban al suelo.

A cada lado de la estatua había dos puertas oscuras de tres metros de altura, con unas espantosas caras de piedra labradas sobre los arcos. A Piper le recordaron las gorgonas, salvo que tenían melenas de león en lugar de serpientes a modo de cabello.

De repente Piper se sintió muy sola.

—¡Annabeth! —gritó—. La caída es larga, pero se puede bajar sin peligro. Tal vez... ¿Tienes una cuerda que puedas atar para que podamos volver a subir?

—¡Marchando!

Minutos más tarde una larga cuerda cayó por el foso central. Annabeth descendió.

—Piper McLean —se quejó—, ha sido sin duda el riesgo más estúpido que he visto correr a alguien, y salgo con un estúpido que corre riesgos continuamente.

—Gracias. —Piper dio una patada a la cabeza de dragón decapitada más cercana—. Supongo que estos son dragones de Ares. Es uno de sus animales sagrados, ¿verdad?

—Y allí está el dios encadenado. ¿Adónde crees que dan esas puertas...?

Piper levantó la mano.

—¿Oyes eso?

El sonido era como un redoble, con un eco metálico.

—Viene de dentro de la estatua —concluyó Piper—. Los latidos del dios encadenado.

Annabeth desenvainó su espada de hueso de dragón. A la tenue luz, su cara era de una palidez fantasmal, con los ojos desprovistos de color.

—No… no me gusta esto, Piper. Tenemos que marcharnos.

La parte racional de Piper estaba de acuerdo. Se le puso la carne de gallina. Sus piernas se morían por echar a correr. Pero había algo en esa estancia extrañamente familiar…

—El santuario está intensificando nuestras emociones —dijo—. Es como estar cerca de mi madre, solo que este sitio irradia miedo, no amor. Por eso empezaste a sentirte agobiada en la colina. Aquí abajo es mil veces más fuerte.

Annabeth examinó las paredes.

—Vale, necesitamos un plan para sacar la estatua. Tal vez subiéndola con una cuerda, pero…

—Un momento. —Piper echó un vistazo a las caras de piedra de encima de las puertas—. Un santuario que irradia miedo. Ares tenía dos hijos divinos, ¿no?

—Fo-Fobos y Deimos. —Annabeth se estremeció—. Pánico y Miedo. Percy coincidió con ellos en Staten Island.

Piper prefirió no preguntar qué hacían los dioses gemelos del pánico y el miedo en Staten Island.

—Creo que las caras de encima de las puertas son suyas. Este sitio no solo es un santuario de Ares. Es un templo del miedo.

Una risa profunda resonó por toda la cámara.

A la derecha de Piper apareció un gigante. No cruzó ninguna de las dos puertas. Simplemente salió de la oscuridad, como si hubiera estado camuflado contra la pared.

Era pequeño para ser un gigante: unos siete metros de alto, lo que le dejaba suficiente espacio para blandir la enorme almádena que tenía en las manos. Su armadura, su piel y sus patas con escamas de dragón eran de color carbón. En las trenzas de pelo negro como el petróleo brillaban cables de cobre y tarjetas de circuitos rotos.

—Muy bien, hija de Afrodita. —El gigante sonrió—. Efectivamente, este es el templo del Miedo. Y estoy aquí para convertiros en creyentes.

XX

Piper

Piper conocía el miedo, pero aquello era distinto.

Oleadas de terror la invadieron. Sus articulaciones se volvieron de goma. Su corazón se negaba a latir.

Los peores recuerdos inundaron su mente: su padre atado y apalizado en el Monte Diablo; Percy y Jason luchando a muerte en Kansas; los tres ahogándose en el ninfeo de Roma; ella enfrentándose sola a la diosa Quíone y los Boréadas. Y lo peor de todo, revivió la conversación con su madre sobre los episodios que se avecinaban.

Paralizada, observó cómo el gigante levantaba su almádena para aplastarlas. En el último momento, saltó a un lado y placó a Annabeth.

El martillo agrietó el suelo y salpicó la espalda de Piper de esquirlas de piedra.

El gigante se rió entre dientes.

—¡Oh, no ha sido justo!

Alzó otra vez su almádena.

—¡Levanta, Annabeth!

Piper la ayudó a ponerse en pie. Tiró de ella hacia el otro extremo de la sala, pero Annabeth se movía lentamente, con los ojos muy abiertos y desenfocados.

Piper entendió por qué. El templo estaba amplificando sus miedos personales. Piper había visto cosas horribles, pero nada comparado con lo que Annabeth había experimentado. Si estaba rememorando escenas del Tártaro, acentuadas y combinadas con sus otros malos recuerdos, su mente no podría soportarlo. Podía volverse loca en sentido literal.

—Estoy aquí —aseguró Piper, infundiendo confianza a su voz—. Saldremos de esta.

El gigante se rió.

—¡Una hija de Afrodita llevando a una hija de Atenea! Lo que me faltaba por ver. ¿Cómo me vencerías, muchacha? ¿Con maquillaje y consejos de belleza?

Hacía unos meses ese comentario podría haberle ofendido, pero Piper ya estaba por encima de eso. El gigante se dirigió a ellas pesadamente. Afortunadamente, era lento y cargaba con un pesado martillo.

—Confía en mí, Annabeth —dijo Piper.

—U-un plan —dijo tartamudeando—. Yo iré a la izquierda. Tú a la derecha. Si conseguimos…

—Nada de planes, Annabeth.

—¿Qu-qué?

—Nada de planes. ¡Sígueme!

El gigante blandió su martillo, pero lo esquivaron fácilmente. Piper saltó hacia delante y le hizo un tajo al gigante detrás de la rodilla. Mientras el gigante rugía indignado, Piper metió a Annabeth en el túnel más cercano. Enseguida las engulló una oscuridad absoluta.

—¡Idiotas! —gritó el gigante detrás de ellas—. ¡Os habéis equivocado de camino!

—No te pares. —Piper agarró fuerte la mano de Annabeth—. Está bien. Vamos.

No podía ver nada. El brillo de su espada también se había apagado. Avanzó rápidamente de todas formas, confiando en sus emociones. Por el eco de sus pisadas, el espacio que las rodeaba parecía ser una enorme caverna, pero no podía estar segura. Simplemente siguió en la dirección que agudizaba su miedo.

—Es como la Casa de la Noche, Piper —dijo Annabeth—. Deberíamos cerrar los ojos.

—¡No! —repuso Piper—. Mantenlos abiertos. No podemos tratar de escondernos.

La voz del gigante provenía de algún lugar delante de ellas.

—Perdidas para siempre. Tragadas por la oscuridad.

Annabeth se quedó paralizada y obligó a Piper a detenerse también.

—¿Por qué nos hemos metido aquí? —preguntó Annabeth—. Estamos perdidas. ¡Hemos hecho lo que él quería! Deberíamos haber esperado el momento adecuado, hablado con el enemigo y pensado un plan. ¡Siempre funciona!

—Annabeth, nunca desobedezco tus consejos. —Piper mantuvo un tono de voz tranquilizador—. Pero esta vez tengo que hacerlo. No podemos salir de este sitio usando la razón. No puedes escapar de las emociones pensando.

La risa del gigante resonó como una carga de profundidad al detonar.

—¡Abandona toda esperanza, Annabeth Chase! Soy Mimas, nacido para matar a Hefesto. Soy el que desbarata los planes, el que destruye las máquinas bien engrasadas. Nada sale bien en mi presencia. Los mapas se leen mal. Los aparatos se estropean. Los datos se pierden. ¡Las mentes más brillantes se hacen papilla!

—¡Yo... yo me he enfrentado a enemigos peores que tú! —gritó Annabeth.

—¡Oh, ya veo! —El gigante sonaba ya mucho más cerca—. ¿No tienes miedo?

—¡Jamás!

—Claro que tenemos miedo —la corrigió Piper—. ¡Tenemos pavor!

El aire se movió. Piper empujó a Annabeth a un lado justo a tiempo.

¡ZAS!

De repente estaban otra vez en la sala circular; la luz tenue esa vez era casi cegadora. El gigante estaba cerca, tratando de extraer el martillo del suelo donde lo había incrustado. Piper se abalanzó sobre él y le clavó su cuchillo en el muslo.

—¡AYYY!

Mimas soltó el martillo y arqueó la espalda.

Piper y Annabeth se escondieron detrás de la estatua encadenada de Ares, que todavía palpitaba emitiendo unos latidos metálicos: «pom, pom, pom».

El gigante Mimas se volvió hacia ellas. La herida de su pierna se estaba cerrando.

—No podéis vencerme —gruñó—. En la última guerra hicieron falta dos dioses para derribarme. Nací para matar a Hefesto, ¡y lo habría hecho si Ares no se hubiera unido en mi contra! Deberíais haber seguido paralizadas de miedo. Vuestra muerte habría sido más rápida.

Días antes, cuando se había enfrentado a Quíone en el *Argo II*, Piper se había puesto a hablar sin pensar, siguiendo los dictados de su corazón al margen de lo que le decía el cerebro. En ese momento hizo lo mismo. Se situó delante de la estatua y se enfrentó al gigante, aunque su parte racional le gritaba: «¡HUYE, IDIOTA!».

—Este templo —dijo—. Los espartanos no encadenaron a Ares porque quisieran que su espíritu siguiera en la ciudad.

—¿Eso crees?

Los ojos del gigante brillaban de diversión. Rodeó la almádena con las manos y la sacó del suelo.

—Este es el templo de mis hermanos: Deimos y Fobos. —A Piper le tembló la voz, pero no trató de ocultarlo—. Los espartanos venían aquí a prepararse para la batalla, a enfrentarse a sus miedos. Ares fue encadenado para recordarles que la guerra tiene sus consecuencias. Su poder (los espíritus de la batalla, los *makhai*) no debe ser desatado a menos que uno sea consciente de lo terribles que son los *makhai*, a menos que uno haya sentido miedo.

Mimas se rió.

—Una hija de la diosa del amor me da lecciones sobre la guerra. ¿Qué sabrás tú de los *makhai*?

—Ya lo verás.

Piper se lanzó directa contra el gigante, y el monstruo se desequilibró. Al ver la hoja dentada que iba hacia él, abrió mucho los ojos, tropezó hacia atrás y se golpeó la cabeza contra la pared. Una fisura irregular se abrió serpenteando por las piedras. Cayó polvo del techo.

—¡Piper, este sitio no es estable! —advirtió Annabeth—. Si no nos marchamos...

—¡No pienses en escapar!

Piper corrió hacia la cuerda que colgaba del techo. Saltó lo más alto que pudo y la cortó.

—¿Te has vuelto loca, Piper?

«Probablemente», pensó. Pero Piper sabía que era la única forma de sobrevivir. Tenía que obrar en contra de la razón, obedecer a la emoción y mantener al gigante desprevenido.

—¡Eso ha dolido! —Mimas se frotó la cabeza—. ¡Debes saber que no me puedes matar sin la ayuda de un dios, y Ares no está aquí! La próxima vez que me enfrente a ese idiota fanfarrón lo haré pedazos. No tendría que luchar contra él si ese necio cobarde de Damasén hubiera hecho su trabajo...

Annabeth soltó un grito gutural.

—¡No insultes a Damasén!

Se precipitó sobre Mimas, que consiguió parar a duras penas la hoja de su espada de dragón con el mango de su martillo. Trató de agarrar a Annabeth, pero Piper se abalanzó sobre él y propinó un tajo al gigante en un lado de la cara.

—¡AAAH!

Mimas se tambaleó.

Un montón de rastas cortadas cayeron al suelo acompañadas de algo más: un gran objeto carnoso en medio de un charco de icor dorado.

—¡Mi oreja! —gritó Mimas gimiendo.

Antes de que pudiera recuperarse, Piper agarró a Annabeth del brazo y se lanzaron juntas a la segunda puerta.

—¡Derribaré esta cámara! —rugió el gigante—. ¡La Madre Tierra me salvará, pero vosotras moriréis aplastadas!

El suelo tembló. Un sonido de piedras partiéndose resonó a su alrededor.

—Para, Piper —le rogó Annabeth—. ¿Cómo… cómo puedes con esto? El miedo, la ira…

—No intentes controlarlo. Esa es la finalidad de este templo. Tienes que aceptar el miedo, adaptarte a él, dejarte llevar como en los rápidos de un río.

—¿Cómo sabes eso?

—No lo sé. Solo lo siento.

En algún lugar cercano, una pared se desplomó con un ruido digno de una explosión de artillería.

—Has cortado la cuerda —dijo Annabeth—. ¡Vamos a morir aquí abajo!

Piper ahuecó las manos en torno a la cara de su amiga. Tiró de Annabeth hacia delante hasta que sus frentes se tocaron. A través de las puntas de sus dedos, Piper podía notar el pulso acelerado de Annabeth.

—No se puede razonar con el miedo. Ni con el odio. Son como el amor. Son emociones casi idénticas. Por eso Ares y Afrodita se gustan. Sus hermanos gemelos (el Miedo y el Pánico) nacieron de la guerra y del amor.

—Pero yo no… No tiene sentido.

—No —convino Piper—. Deja de pensar en ello. Limítate a sentirlo.

—No lo soporto.

—Lo sé. No puedes planificar las emociones. Lo mismo pasa con Percy y con tu futuro: no puedes controlar todos los imprevistos. Tienes que aceptarlo. Deja que te dé miedo. Confía en que todo irá bien.

Annabeth negó con la cabeza.

—No sé si podré.

—Entonces concéntrate en vengar a Damasén de momento. Y en vengar a Bob.

Hubo un momento de silencio.

—Ya estoy bien.

—Fantástico, porque necesito tu ayuda. Vamos a salir corriendo juntas.

—Y luego, ¿qué?

—No tengo ni idea.

—Dioses, no soporto cuando tú diriges.

Piper se rió, cosa que le sorprendió incluso a ella. El miedo y el amor estaban relacionados. En ese momento se aferraba al amor que sentía por su amiga.

—¡Vamos!

Corrieron sin seguir ninguna dirección concreta y se encontraron otra vez en la sala del santuario, justo detrás del gigante Mimas. Cada una le cortó una pierna y le hicieron caer de rodillas.

El gigante aulló. Más pedazos de piedra se desplomaron del techo.

—¡Débiles mortales! —Mimas se esforzó por levantarse—. ¡Ninguno de vuestros planes podrá vencerme!

—Eso está bien —dijo Piper—. Porque no tengo ningún plan.

Corrió hacia la estatua de Ares.

—¡Annabeth, mantén a nuestro amigo ocupado!

—¡Oh, ya está ocupado!

—¡AAAAAAH!

Piper se quedó mirando el cruel rostro de bronce del dios de la guerra. La estatua vibraba emitiendo una grave pulsación metálica.

«Los espíritus de la batalla —pensó—. Están dentro, esperando a ser liberados.»

Pero no le correspondía a ella desatarlos… hasta que hubiera demostrado su valor.

La cámara volvió a temblar. En las paredes aparecieron más grietas. Piper echó un vistazo a las tallas en piedra que había encima de las puertas: las caras ceñudas del Miedo y el Pánico.

—Hermanos míos —dijo Piper—, hijos de Afrodita…, os dedico un sacrificio.

Dejó la cornucopia a los pies de Ares. El cuerno mágico se había sintonizado hasta tal punto con sus emociones que podía amplificar la ira, el amor y la pena, y arrojar sus premios según el caso.

Esperaba que fuesen del agrado de los dioses del miedo. O tal vez valorasen un poco de fruta y verdura fresca en sus dietas.

—Estoy aterrada —confesó—. Detesto hacer esto. Pero reconozco que es necesario.

Blandió su daga y cortó la cabeza de la estatua de bronce.

—¡No! —chilló Mimas.

Del cuello cercenado de la estatua salieron llamas rugientes. Se arremolinaron en torno a Piper y llenaron la estancia de una tormenta de emociones: odio, sed de sangre y miedo, pero también amor, porque nadie podía enfrentarse a la batalla sin que le importase algo: los compañeros, la familia, el hogar.

Piper extendió los brazos, y los *makhai* la convirtieron en el centro de su torbellino.

Acudiremos a tu llamada, susurraron en su mente. *Cuando nos necesites, la destrucción, la devastación y la masacre acudirán, pero solo una vez. Nosotros completaremos tu cura.*

Las llamas desaparecieron con la cornucopia, y la estatua encadenada de Ares se deshizo en polvo.

—¡Muchacha insensata! —Mimas arremetió contra ella, seguido de Annabeth—. ¡Los *makhai* te han abandonado!

—A lo mejor te han abandonado a ti —dijo Piper.

Mimas levantó el martillo, pero se había olvidado de Annabeth. Ella le clavó la espada en el muslo, y el gigante se tambaleó hacia delante, desequilibrado. Piper intervino tranquilamente y lo apuñaló en la barriga.

Mimas se dio de bruces contra la puerta más cercana. Se volvió justo cuando el rostro de piedra del Pánico se desprendió de la pared situada encima de él y se cayó antes de darle un beso de una tonelada.

El grito del gigante se interrumpió. Su cuerpo se quedó quieto. A continuación se desintegró en un montón de ceniza de seis metros.

Annabeth miró fijamente a Piper.

—¿Qué ha pasado?

—No estoy segura.

—Piper, has estado increíble, pero esos espíritus en llamas que has soltado…

—Los *makhai*.

—¿De qué nos sirven para encontrar la cura que buscamos?

—No lo sé. Han dicho que podría invocarlos cuando llegara el momento. Tal vez Artemisa y Apolo puedan explicar…

Una sección de la pared se separó como un glaciar.

Annabeth dio un traspié y estuvo a punto de resbalar con la oreja cortada del gigante.

—Tenemos que salir de aquí.

—Estoy trabajando en ello —dijo Piper.

—Y, ejem, creo que esta oreja es tu botín de guerra.

—Qué asco.

—Sería un escudo precioso.

—Cállate, Chase. —Piper se quedó mirando la segunda puerta, que todavía tenía la cara del Miedo encima—. Gracias por ayudarme a matar al gigante, hermanos. Necesito otro favor: una vía de escape. Y, creedme, estoy realmente aterrada. Os ofrezco esta, ejem, bonita oreja como sacrificio.

La cara de piedra no respondió. Otra sección de la pared se desprendió. Una red de grietas apareció en el techo.

Piper cogió la mano de Annabeth.

—Vamos a cruzar esa puerta. Si funciona, puede que aparezcamos otra vez en la superficie.

—¿Y si no?

Piper miró la cara del Miedo.

—Averigüémoslo.

La sala se desplomó alrededor de ellas mientras se sumían en la oscuridad.

XXI

Reyna

Al menos no acabaron en otro crucero.

El salto desde Portugal les había hecho aterrizar en medio del Atlántico, y Reyna se pasó el día entero en la cubierta con piscina del *Azores Queen*, espantando a los niños de la Atenea Partenos, que parecían confundirla con un tobogán acuático.

Lamentablemente, el siguiente salto llevó a Reyna a su hogar.

Aparecieron a tres metros de altura, flotando sobre el patio de un restaurante que Reyna reconoció. Ella y Nico se desplomaron sobre una gran jaula de pájaros, que se rompió en el acto dejándolos plantados entre un grupo de macetas de helechos y tres loros asustados. El entrenador Hedge cayó en el toldo de un bar. La Atenea Partenos aterrizó de pie con un golpetazo, aplastó una mesa del patio y volcó una sombrilla de color verde oscuro, que se posó en la estatua de Niké que la Atenea sostenía en la mano, de forma que la diosa de la sabiduría parecía estar sujetando una bebida tropical.

—¡Grrr! —gritó el entrenador Hedge.

El toldo se rompió, y el sátiro cayó detrás de la barra con gran estrépito de botellas y vasos. Se recuperó sin problemas. Apareció con una docena de espadas de plástico en miniatura en el pelo, cogió la pistola del dispensador de refrescos y se sirvió una bebida.

—¡Me gusta! —El entrenador se metió un pedazo de piña en la boca—. Pero la próxima vez, ¿podemos aterrizar en el suelo y no a tres metros de altura, muchacho?

Nico salió de entre los helechos a rastras. Se desplomó en una silla y ahuyentó a un loro azul que trataba de posarse en su cabeza. Después del combate contra Licaón, Nico se había desprendido de su cazadora de aviador hecha jirones. Su camiseta negra estampada con una calavera no se encontraba en mucho mejor estado. Reyna le había dado puntos en las heridas de los bíceps, que le conferían un aire a lo Frankenstein un poco inquietante, pero los cortes seguían hinchados y rojos. A diferencia de los mordiscos, los arañazos de hombre lobo no transmitían la licantropía, pero Reyna sabía de primera mano que curaban despacio y quemaban como el ácido.

—Tengo que dormir. —Nico alzó la vista, aturdido—. ¿Corremos peligro?

Reyna escudriñó el patio. El lugar parecía desierto, aunque no entendía por qué. A esas horas de la noche debería haber estado abarrotado. Encima de ellos, el cielo nocturno emitía un brillo de un tono terracota oscuro, el mismo color de los muros del edificio. Alrededor del patio, los balcones del segundo piso estaban vacíos, a excepción de las azaleas en tiestos que colgaban de las barandillas metálicas blancas. Detrás de un muro de puertas de cristal, el interior del restaurante estaba a oscuras. Los únicos sonidos que se oían eran el borboteo melancólico de la fuente y algún que otro graznido de un loro malhumorado.

—Esto es el Barrachina —dijo Reyna.

—¿Quién es una borrachina?

Hedge abrió un bote de cerezas al marrasquino y las engulló.

—Es un restaurante famoso en medio del Viejo San Juan —dijo Reyna—. Aquí inventaron la piña colada en los años sesenta, creo.

Nico se cayó de su silla, se acurrucó en el suelo y se puso a roncar. El entrenador Hedge eructó.

—Bueno, parece que nos vamos a quedar un rato. Si no han inventado bebidas nuevas desde los sesenta, van con retraso. ¡Me pondré manos a la obra!

Mientras Hedge rebuscaba detrás de la barra, Reyna llamó silbando a Aurum y Argentum. Después de luchar contra los hombres lobo, a los perros se les veía algo desmejorados, pero Reyna los puso de guardia. Inspeccionó la entrada de la calle al patio. Las elegantes puertas de hierro estaban cerradas con llave. Un letrero en español e inglés anunciaba que el restaurante estaba cerrado debido a una fiesta privada. Parecía extraño, considerando que el sitio estaba desierto. En la parte inferior del letrero había unas iniciales estampadas en relieve: HDM. El detalle preocupó a Reyna, aunque no estaba segura de por qué.

Miró a través de la verja. La calle Fortaleza estaba extrañamente silenciosa. En la calzada de adoquines azules no había tráfico ni peatones. Las fachadas de las tiendas de color pastel estaban cerradas y a oscuras. ¿Era domingo? ¿O un día festivo? La inquietud de Reyna aumentó.

Detrás de ella, el entrenador Hedge silbaba alegremente mientras preparaba una fila de licuadoras. Los loros dormían posados en los hombros de la Atenea Partenos. Reyna se preguntó si los griegos se ofenderían si su estatua sagrada llegaba cubierta de cacas de ave tropical.

De todos los sitios donde Reyna podía haber acabado, tenía que haber ido a… San Juan.

Tal vez fuese una casualidad, pero se temía que no era el caso. Puerto Rico no estaba de paso en la ruta de Europa a Nueva York. Estaba mucho más al sur.

Además, hacía días que Reyna había estado prestando sus fuerzas a Nico. Tal vez había influido inconscientemente al chico. A él le atraían los pensamientos dolorosos, el miedo, la oscuridad. Y el recuerdo más oscuro y más doloroso de Reyna era San Juan. ¿Su mayor temor? Volver allí.

Los perros captaron su agitación. Rondaban por el patio gruñendo a las sombras. El pobre Argentum daba vueltas tratando de orientar su cabeza ladeada para poder ver con su único ojo de rubí.

Reyna trató de concentrarse en recuerdos positivos. Había echado de menos los coquíes, unas pequeñas ranas que cantaban por todo el barrio como un coro de tapones siendo descorchados. Había echado de menos el olor del mar, las magnolias en flor y los cítricos, y el pan recién hecho de las panaderías de la zona. Incluso la humedad resultaba agradable y familiar, como el aire perfumado de una secadora.

Una parte de ella deseaba abrir la verja y explorar la ciudad. Deseaba visitar la plaza de Armas, donde los hombres jugaban al dominó y la cafetería ofrecía un café exprés tan cargado que se te taponaban los oídos. Deseaba pasear por su antigua calle, la calle San José, contando y poniendo nombres a los gatos callejeros, inventando una historia para cada uno, como solía hacer con su hermana. Deseaba entrar en la cocina del Barrachina y preparar un *mofongo* de verdad, con plátano frito, beicon y ajo: un sabor que siempre le recordaría las tardes de domingo, cuando ella y Hylla podían escapar un rato de su casa y, si tenían suerte, comer en la cocina del restaurante, donde los empleados las conocían y se compadecían de ellas.

Por otra parte, Reyna deseaba irse inmediatamente. Quería despertar a Nico, por muy cansado que estuviese, y obligarlo a viajar por las sombras lejos de allí… A cualquier sitio menos a San Juan.

Estar tan cerca de su antigua casa hacía que se sintiera tan tensa como el torno de una catapulta.

Miró a Nico. A pesar de la cálida noche, tiritaba en el suelo embaldosado. Reyna sacó una manta de su mochila y lo tapó.

Ya no le daba vergüenza protegerlo. Para bien o para mal, estaban conectados. Cada vez que viajaban por las sombras, el agotamiento y el dolor de él la invadían a ella, y Reyna lo entendía un poco mejor.

Nico estaba tremendamente solo. Había perdido a su hermana mayor, Bianca. Había rechazado a todos los semidioses que habían tratado de acercarse a él. Sus experiencias en el Campamento Mestizo, en el laberinto y en el Tártaro le habían dejado huella, temeroso de confiar en alguien.

Reyna dudaba que pudiera cambiar sus sentimientos, pero quería que Nico se sintiera apoyado. Todos los héroes lo merecían. Era el objetivo de la Undécima Legión. Te aliabas para luchar por una causa mayor. No estabas solo. Hacías amigos y te ganabas el respeto. Incluso cuando te dabas de baja, tenías un sitio en la comunidad. Ningún semidiós debería tener que sufrir en soledad como Nico.

Esa noche era 25 de julio. Faltaban siete días para el 1 de agosto. En teoría, tenían tiempo de sobra para llegar a Long Island. Cuando terminasen su misión, en caso de que la terminaran, Reyna se aseguraría de que el valor de Nico fuera reconocido.

Se quitó la mochila. Trató de colocarla debajo de la cabeza de Nico a modo de almohada improvisada, pero sus dedos lo atravesaron como si fuera una sombra. Retiró la mano.

Helada de miedo, volvió a intentarlo. Esa vez pudo levantarle el cuello y deslizar la almohada por debajo. La piel de Nico tenía un tacto frío, pero por lo demás parecía normal.

¿Había tenido una alucinación?

Nico había gastado tanta energía viajando por las sombras que tal vez estaba empezando a desvanecerse de forma permanente. Si seguía esforzándose tanto siete días más...

El sonido de una licuadora la sobresaltó y la arrancó de sus pensamientos.

—¿Quieres un batido? —preguntó el entrenador—. Este es de piña, mango, naranja y plátano debajo de un montón de coco rayado. ¡Yo lo llamo el Hércules!

—No... no me apetece, gracias. —Alzó la vista a los balcones que rodeaban el atrio. Seguía sin entender que el restaurante estuviera vacío. Una fiesta privada. HDM—. Entrenador, creo que registraré el segundo piso. No quiero...

Un atisbo de movimiento le llamó la atención. El balcón de la derecha: una figura oscura. Encima de ella, en el borde del tejado, varias siluetas más aparecieron recortadas contra las nubes anaranjadas.

Reyna desenvainó su espada, pero era demasiado tarde.

Un destello plateado, un tenue susurro, y la punta de una aguja se clavó en su cuello. Se le nubló la vista. Sus extremidades se volvieron de goma. Se desplomó al lado de Nico.

Mientras se le debilitaba la vista, vio a sus perros corriendo hacia ella, pero se quedaron parados en pleno ladrido y se cayeron.

En la barra, el entrenador gritó:

—¡Eh!

Otro susurro. El entrenador se desplomó con un dardo plateado en el cuello.

Reyna trató de decir: «Despierta, Nico». Le fallaba la voz. Su cuerpo había sido desactivado por completo como sus perros metálicos.

Unas figuras oscuras bordearon la azotea. Media docena de ellas saltaron al patio, silenciosas y gráciles.

Una se inclinó por encima de Reyna. Ella solo pudo distinguir una mancha gris borrosa.

—Cogedla —dijo una voz amortiguada.

Le pusieron un saco de tela por la cabeza. Reyna se preguntó medio inconsciente si moriría de esa forma, sin luchar siquiera.

Entonces eso dejó de importar. Varios pares de manos toscas la levantaron como a un mueble difícil de manipular y se desmayó.

XXII

Reyna

La respuesta le vino a la mente antes de estar del todo consciente. Las iniciales del letrero del Barrachina: HDM.

—No tiene gracia —murmuró Reyna para sus adentros—. No tiene ninguna gracia.

Hacía años Lupa le había enseñado a tener el sueño ligero, despertarse alerta y estar lista para atacar. Cuando volvió en sí, evaluó la situación.

El saco de tela seguía tapándole la cabeza, pero ya no parecía estar ceñido alrededor del cuello. Estaba atada a una silla dura: de madera, según su tacto. Unas cuerdas le apretaban las costillas. Tenía las manos atadas por detrás, pero sus piernas estaban libres a la altura de los tobillos.

O sus secuestradores eran descuidados o no habían contado con que despertase tan rápido.

Retorció los dedos de las manos y los pies. No sabía qué tranquilizante habían usado, pero el efecto se había pasado.

En algún lugar delante de ella resonaron pisadas por un pasillo. El sonido se aproximó. Reyna relajó los músculos. Apoyó la barbilla contra el pecho.

Una cerradura hizo clic. Una puerta se abrió chirriando. A juzgar por la acústica, Reyna estaba en una pequeña habitación con paredes de ladrillo u hormigón: tal vez un sótano o una celda. Una persona entró en la habitación.

Reyna calculó la distancia. No más de un metro y medio.

Se levantó y se giró de forma que las patas de la silla dieron contra el cuerpo de su captor. La silla se rompió de la presión. El secuestrador se cayó gruñendo de dolor.

Gritos procedentes del pasillo. Más pisadas.

Reyna se sacudió el saco de la cabeza. Dio una voltereta hacia atrás y metió sus manos atadas por debajo de las piernas, de forma que los brazos le quedasen por delante. Su secuestradora, una chica vestida de camuflaje gris, yacía aturdida en el suelo; llevaba un cuchillo en el cinturón.

Reyna cogió el cuchillo y se sentó a horcajadas encima de ella pegando la hoja del arma contra la garganta de la secuestradora.

Tres chicas más se apiñaron en la puerta. Dos desenvainaron cuchillos. La tercera colocó una flecha en su arco.

Por un momento, todas se quedaron inmóviles.

La carótida de la rehén de Reyna palpitaba bajo la hoja del cuchillo. La chica tuvo la prudencia de no hacer ningún intento por moverse.

Reyna pensó posibles formas de vencer a las tres de la puerta. Todas llevaban camisetas de camuflaje gris, vaqueros negros descoloridos, calzado de deporte negro y cinturones multiusos, como si se fueran de camping o de excursión… O de caza.

—Las cazadoras de Artemisa —comprendió Reyna.

—No te pongas nerviosa —dijo la chica del arco. Llevaba el cabello pelirrojo rasurado por los lados y largo por la parte de arriba. Tenía la figura de una luchadora profesional—. Te has llevado una falsa impresión.

La chica del suelo espiró, pero Reyna conocía ese truco para hacer que un enemigo apretase con menos fuerza. Reyna pegó más el cuchillo a la garganta de la chica.

—Vosotras sí que os habéis llevado una falsa impresión —dijo Reyna— si creéis que podéis atacarme y hacerme prisionera. ¿Dónde están mis amigos?

—Desarmados, en el mismo sitio donde los dejaste —aseguró la chica pelirroja—. Oye, somos tres contra una y tienes las manos atadas.

—Sí, tienes razón —gruñó Reyna—. Si traes a otras seis, puede que sea una pelea equitativa. Exijo ver a vuestra teniente, Thalia Grace.

La chica pelirroja parpadeó. Sus compañeras apretaron sus cuchillos con inquietud.

En el suelo, la rehén de Reyna empezó a temblar. Reyna pensó que le estaba dando un ataque. Entonces se dio cuenta de que la chica se estaba riendo.

—¿He dicho algo gracioso? —preguntó Reyna.

La voz de la chica sonó como un susurro áspero.

—Jason me dijo que eras buena, pero no que lo fueras tanto.

Reyna se centró más atentamente en su prisionera. La chica aparentaba unos dieciséis años, con el cabello negro cortado de forma irregular y unos llamativos ojos azules. Sobre su frente relucía una diadema de plata.

—¿Eres Thalia?

—Y con mucho gusto te daría explicaciones si fueras tan amable de no cortarme el cuello —dijo Thalia.

Las cazadoras la guiaron por un laberinto de pasillos. Las paredes eran de bloques de hormigón pintados de verde militar y no tenían ventanas. La única luz la proporcionaban unos tenues fluorescentes espaciados cada seis metros. Los pasadizos torcían, giraban y volvían sobre sí mismos, pero la cazadora pelirroja, Phoebe, iba la primera. La chica parecía saber adónde iba.

Thalia Grace avanzaba cojeando, tocándose las costillas en la zona donde Reyna le había golpeado con la silla. La cazadora debía de estar sufriendo, pero sus ojos brillaban de diversión.

—Te pido disculpas otra vez por secuestrarte. —Thalia no parecía muy arrepentida—. Esta guarida es secreta. Las amazonas tienen ciertos protocolos...

—Las amazonas. ¿Trabajas para ellas?

—Con ellas —la corrigió Thalia—. Tenemos un acuerdo mutuo. A veces las amazonas nos envían reclutas. Otras veces, si nos encontramos con chicas que no quieren ser doncellas para siempre, se las enviamos a las amazonas. Las amazonas no tienen ese compromiso.

Una de las cazadoras resopló asqueada.

—Ellas tienen hombres esclavos con collares y monos de color naranja. Prefiero tener una jauría de perros.

—Sus hombres no son esclavos, Celyn —la regañó Thalia—. Solo subordinados. —Miró a Reyna—. Las amazonas y las cazadoras no estamos de acuerdo en todo, pero, desde que Gaia empezó a despertar, hemos estado colaborando estrechamente. Ahora que el Campamento Júpiter y el Campamento Mestizo están enfrentados, alguien tiene que ocuparse de todos los monstruos. Nuestras fuerzas están repartidas por todo el continente.

Reyna se masajeó las marcas que la cuerda le había dejado en las muñecas.

—Creía que le habías dicho a Jason que no sabías nada del Campamento Júpiter.

—Y así era entonces. Pero esa época ha terminado gracias al plan de Hera. —La expresión de Thalia se tornó seria—. ¿Qué tal está mi hermano?

—Cuando lo dejé en Epiro estaba bien.

Reyna le contó lo que sabía.

Los ojos de Thalia le distraían la atención: eran de color azul eléctrico, intensos y despiertos, muy parecidos a los de Jason. Aparte de eso, los hermanos no se parecían en nada. Thalia tenía el cabello cortado de forma irregular y oscuro. Sus vaqueros estaban hechos jirones, sujetos con imperdibles. Llevaba cadenas de metal alrededor del cuello y las muñecas, y su camiseta de camuflaje gris lucía una chapa que rezaba: EL PUNK NO HA MUERTO. TÚ, SÍ.

Reyna siempre había visto a Jason Grace como el típico chico estadounidense. Thalia parecía más bien la chica que robaba a típicos chicos estadounidenses a punta de navaja en un callejón.

—Espero que siga bien —dijo Thalia pensativamente—. Hace unas noches soñé con nuestra madre. No... fue agradable. Luego recibí un mensaje de Nico en sueños en el que me decía que Orión os persigue. Eso fue todavía menos agradable.

—Por eso estás aquí. Recibiste el mensaje de Nico.

—Bueno, no hemos venido corriendo a Puerto Rico de vacaciones. Esta es una de las plazas más seguras de las amazonas. Apostamos a que podríamos interceptaros.

—¿Interceptarnos... cómo? ¿Y por qué?

Phoebe se detuvo delante de ellas. El pasillo llegó a un punto sin salida con una serie de puertas metálicas. Phoebe dio unos golpecitos en ellas con el extremo de su cuchillo: una compleja serie de toques parecida al código MORSE.

Thalia se frotó las costillas magulladas.

—Tendré que dejarte aquí. Las cazadoras están patrullando el casco antiguo y están atentas por si ven a Orión. Yo tengo que volver a primera línea. —Alargó la mano con expectación—. ¿Me das mi cuchillo, por favor?

Reyna se lo devolvió.

—¿Y mis armas?

—Te serán devueltas cuando te marches. Sé que parece absurdo (secuestrarte, taparte los ojos y todo eso), pero las amazonas se toman en serio la seguridad. El mes pasado sufrieron un incidente en la sede central, en Seattle. Tal vez te enteraste: una chica llamada Hazel Levesque robó un caballo.

La cazadora Celyn sonrió.

—Naomi y yo vimos la grabación de seguridad. Fue legendario.

—Épico —convino la tercera cazadora.

—En todo caso, estamos vigilando a Nico y el sátiro —dijo Thalia—. A los hombres no autorizados no se les permite acercarse a este sitio, pero les hemos dejado una nota para que no se preocupen.

Thalia sacó un trozo de papel de su cinturón y lo desdobló. Se lo dio a Reyna. Era una fotocopia de una nota escrita a mano.

Vale por una pretora romana.
Será devuelta sana y salva.
Estaos quietos.
De lo contrario, os mataremos.
Besos y abrazos,
Las cazadoras de Artemisa.

Reyna le devolvió la carta.

—Claro. Así no se preocuparán en absoluto.

Phoebe sonrió.

—Tranqui. He cubierto vuestra Atenea Partenos con una nueva red de camuflaje que he diseñado. Debería impedir que la encuentren los monstruos, incluso Orión. Además, si no me equivoco, Orión no busca tanto la estatua como a vosotros.

Reyna se sintió como si le hubieran dado un puñetazo entre los ojos.

—¿Cómo puedes saber eso?

—Phoebe es mi mejor rastreadora —dijo Thalia—. Y mi mejor curandera. Y... en general tiene razón sobre la mayoría de las cosas.

—¿La mayoría de las cosas? —protestó Phoebe.

Thalia levantó las manos como diciendo: «Me rindo».

—En cuanto a por qué te hemos interceptado, dejaré que te lo expliquen las amazonas. Phoebe, Celyn, Naomi, acompañad a Reyna adentro. Yo tengo que encargarme de nuestras defensas.

—Esperáis un combate —advirtió Reyna—. Pero has dicho que este sitio era secreto y seguro.

Thalia desenvainó su cuchillo.

—Tú no conoces a Orión. Ojalá tuviéramos más tiempo, pretora. Me gustaría saber de tu campamento y cómo has acabado aquí. Me recuerdas mucho a tu hermana, y sin embargo...

—¿Conoces a Hylla? —preguntó Reyna—. ¿Está a salvo?

Thalia ladeó la cabeza.

—Ninguna de nosotras está a salvo en los tiempos que corren, pretora, así que debo irme. ¡Buena caza!

Thalia desapareció por el pasillo.

Las puertas metálicas se abrieron chirriando. Las tres cazadoras invitaron a Reyna a entrar.

Después de los claustrofóbicos túneles, las dimensiones del almacén dejaron a Reyna sin habla. Una bandada de águilas gigantes podrían haber hecho maniobras bajo su alto techo. Hileras de estanterías de tres pisos de altura se extendían a lo lejos. Carretillas elevadoras robóticas recorrían zumbando los pasillos recogiendo cajas. Cerca había media docena de chicas jóvenes con chándales negros intercambiando datos en sus tabletas. Delante de ellas había cajas en cuyas etiquetas ponía: FLECHAS EXPLOSIVAS Y FUEGO GRIEGO (450 G ENVASE CON ABREFÁCIL) y FILETES DE GRIFO (PROCEDENTES DE GRANJAS BIOLÓGICAS).

Justo delante de Reyna, detrás de una mesa de conferencias con montones de informes y armas blancas, se hallaba sentada una figura familiar.

—Hermanita. —Hylla se levantó—. Aquí estamos, otra vez en casa. Enfrentándonos de nuevo a una muerte segura. Tenemos que dejar de encontrarnos de esta forma.

XXIII

Reyna

No era que Reyna tuviera sentimientos encontrados.

Era como si los hubieran metido en una licuadora con grava y hielo.

Cada vez que veía a su hermana no sabía si abrazarla, llorar o marcharse. Por supuesto que quería a Hylla. Reyna habría muerto muchas veces de no ser por su hermana.

Pero su pasado juntas era más que complicado.

Hylla rodeó la mesa. Sus pantalones de cuero negros y su camiseta de tirantes negra le quedaban bien. Alrededor de su cintura brillaba una cadena de laberínticos eslabones de oro: el cinturón de la reina de las amazonas. Tenía veintidós años, pero podrían haberla confundido con la gemela de Reyna. Tenían el mismo largo cabello moreno y los mismos ojos marrones. Incluso llevaba el mismo anillo de plata con el emblema de la antorcha y la lanza de su madre, Belona. La diferencia más evidente entre ellas era la larga cicatriz blanca que Hylla tenía en la frente. Durante los últimos cuatro años se había descolorido. Cualquiera que no estuviera al corriente podría haberla confundido con una arruga de preocupación. Pero Reyna se acordaba del día que Hylla se había hecho esa herida en un duelo a bordo de un barco pirata.

—¿Y bien? —preguntó Hylla—. ¿No tienes palabras de afecto para tu hermana?

—Gracias por hacerme secuestrar —contestó Reyna—. Por lanzarme un dardo tranquilizante, ponerme un saco en la cabeza y atarme a una silla.

Hylla puso los ojos en blanco.

—Las normas son las normas. Como pretora, deberías entenderlo. Este centro de distribución es una de nuestras bases más importantes. Tenemos que controlar el acceso. No puedo hacer excepciones, y menos con mi familia.

—Yo diría que has disfrutado.

—Eso también.

Reyna se preguntó si su hermana estaba tan serena y tranquila como parecía. Le resultaba increíble, y un poco inquietante, lo rápido que Hylla se había adaptado a su nueva identidad.

Hacía seis años era una hermana mayor asustada que hacía todo lo posible por proteger a Reyna de la ira de su padre. Sus principales aptitudes eran correr y buscar sitios donde las dos pudieran esconderse.

Luego, en la isla de Circe, Hylla se había esforzado por destacar. Llevaba ropa llamativa y maquillaje. Sonreía y se reía y siempre estaba alegre, como si fingiendo felicidad fuera a ser feliz. Se había convertido en una de las ayudantes favoritas de Circe.

Cuando el santuario de la isla se incendió, fueron hechas prisioneras a bordo del barco de los piratas. De nuevo Hylla cambió. Se batió en duelo por su libertad, demostró ser mejor pirata que los propios piratas y se ganó el respeto de la tripulación hasta el punto de que Barbanegra las puso en tierra por miedo a que Hylla tomara su barco.

Y había vuelto a reinventarse como reina de las amazonas.

Por supuesto, Reyna comprendía por qué su hermana era tan camaleónica. Si no paraba de cambiar, no se fosilizaría en lo que su padre se había convertido.

—Las iniciales del letrero del Barrachina —dijo Reyna—. HDM. Hylla la Doble Matadora, tu nuevo apodo. ¿Es una broma?

—Solo era para ver si te fijabas.

—Sabías que aterrizaríamos en ese patio. ¿Cómo?

Hylla se encogió de hombros.

—Viajar por las sombras es un acto mágico. Varias de mis seguidoras son hijas de Hécate. A ellas les resultó bastante sencillo desviaros, sobre todo porque tú y yo estamos conectadas.

Reyna trató de dominar su ira. Hylla debería saber mejor que nadie cómo se sentiría al ser arrastrada a Puerto Rico.

—Te has tomado muchas molestias —observó Reyna—. La reina de las amazonas y la teniente de Artemisa corriendo a Puerto Rico para interceptarnos. Me imagino que no es porque me echabas de menos.

Phoebe, la cazadora pelirroja, se rió entre dientes.

—Es lista.

—Por supuesto —dijo Hylla—. Yo le enseñé todo lo que sabe.

Otras amazonas empezaron a acercarse, probablemente intuyendo una posible pelea. A las amazonas les encantaba la diversión violenta casi tanto como a los piratas.

—Orión —dedujo Reyna—. Es lo que te ha traído aquí. Su nombre te llamó la atención.

—No podía dejar que te matara —dijo Hylla.

—No es solo eso.

—Tu misión de escoltar la Atenea Partenos…

—… es importante. Pero es más que eso. Para ti es algo personal. Y para las cazadoras. ¿A qué estáis jugando?

Hylla pasó sus pulgares por el cinturón dorado.

—Orión es un problema. A diferencia de los otros gigantes, Orión ha estado andando por la Tierra durante siglos. Está especialmente interesado en matar a las amazonas, a las cazadoras o a cualquier mujer que se atreva a ser fuerte.

—¿Por qué querría eso?

Una oleada de miedo pareció recorrer a las chicas que la rodeaban en la sala.

Hylla miró a Phoebe.

—¿Quieres explicarlo tú? Estabas allí.

La sonrisa de la cazadora se desvaneció.

—En la Antigüedad, Orión se unió a las cazadoras. Era el mejor amigo de la señora Artemisa. No tenía rival con el arco…, salvo la propia diosa, y tal vez su hermano Apolo.

Reyna se estremeció. Phoebe no aparentaba más de catorce años. Y pensar que había conocido a Orión hacía tres o cuatro mil años…

—¿Qué pasó? —preguntó.

A Phoebe se le pusieron las orejas rojas.

—Orión cruzó la línea. Se enamoró de Artemisa.

Hylla hizo una mueca de desprecio con la nariz.

—Con los hombres siempre pasa eso. Te prometen amistad. Te prometen tratarte como a una igual. Y al final lo único que quieren es poseerte.

Phoebe se mordió la uña del pulgar. Detrás de ella, las otras dos cazadoras, Naomi y Celyn, se movieron incómodas.

—Por supuesto, la señora Artemisa lo rechazó —dijo Phoebe—. Orión se fue cargando de resentimiento. Empezó a hacer excursiones al monte cada vez más largas. Al final… No estoy segura de lo que pasó. Un día Artemisa volvió al campamento y nos dijo que Orión había muerto. Se negó a hablar del tema.

Hylla frunció el entrecejo, un gesto que acentuó la cicatriz blanca que le atravesaba la frente.

—En todo caso, cuando Orión salió del Tártaro, era el enemigo más acérrimo de Artemisa. Nadie puede odiarte más intensamente que quien ha estado enamorado de ti.

Reyna lo entendía. Se acordó de una conversación que había mantenido con la diosa Afrodita hacía dos años en Charleston.

—Si él supone un problema tan grave, ¿por qué Artemisa no lo mata? —preguntó Reyna.

Phoebe hizo una mueca.

—Del dicho al hecho hay un trecho. Orión es escurridizo. Cada vez que Artemisa está con nosotras, él no se acerca. Cada vez que las cazadoras estamos solas, como ahora, ataca sin avisar y vuelve a desaparecer. Nuestra última teniente, Zoë Belladona, se pasó siglos tratando de seguirle la pista y matarlo.

—Las amazonas también lo han intentado —dijo Hylla—. Orión no distingue entre nosotras y las cazadoras. Creo que todas le recordamos demasiado a Artemisa. Sabotea nuestros almacenes, trastoca nuestros centros de distribución, mata a nuestras guerreras...

—En otras palabras —dijo Reyna secamente—, está interfiriendo en vuestros planes de dominación mundial.

Hylla se encogió de hombros.

—Exacto.

—Por eso habéis venido corriendo a interceptarme —continuó Reyna—. Sabíais que Orión estaría detrás de mí. Estáis tendiéndole una trampa. Y yo soy el cebo.

Las demás chicas buscaron otro punto al que mirar que no fuera la cara de Reyna.

—Por favor, no os sintáis culpables ahora —las reprendió Reyna—. Es un buen plan. ¿Cómo procedemos?

Hylla dedicó a sus compañeras una sonrisa torcida.

—Os dije que mi hermana era dura. Phoebe, ¿quieres explicarle los detalles?

La cazadora se echó el arco al hombro.

—Como dije antes, creo que Orión te sigue a ti, no a la Atenea Partenos. Parece que se le da especialmente bien percibir la presencia de semidiosas. Se podría decir que somos sus víctimas naturales.

—Qué bien —dijo Reyna—. Entonces ¿mis amigos Nico y Gleeson Hedge están a salvo?

—Todavía no entiendo por qué viajas con hombres —masculló Phoebe—, pero supongo que están más a salvo sin ti. He camuflado tu estatua lo mejor posible. Con suerte, Orión te seguirá hasta aquí y se topará de frente con nuestra línea de defensas.

—¿Y luego? —preguntó Reyna.

Hylla le dedicó la sonrisa fría que solía poner nerviosos a los piratas de Barbanegra.

—Thalia y la mayoría de sus cazadoras están explorando el perímetro de Viejo San Juan. En cuanto Orión se acerque, lo sabremos. Hemos colocado trampas en todos los accesos. Tengo a mis mejores guerreras alerta. Atraparemos al gigante. Y luego, de una forma u otra, lo mandaremos otra vez al Tártaro.

—¿Se le puede matar? —preguntó Reyna—. Yo creía que a la mayoría de los gigantes solo los podían destruir un dios y un semidiós colaborando estrechamente.

—Pensamos averiguarlo —dio Hylla—. Cuando Orión haya sido derribado, tu misión será mucho más fácil. Te pondremos en camino con nuestras bendiciones.

—Nos vendría bien algo más que vuestras bendiciones —dijo Reyna—. Las amazonas envían cosas por todo el mundo. ¿Por qué no proporcionáis transporte seguro para la Atenea Partenos y nos lleváis al Campamento Mestizo antes del 1 de agosto?

—No puedo —contestó Hylla—. Si pudiera, lo haría, hermana, pero seguro que has notado la ira que la estatua irradia. Las amazonas somos hijas honorarias de Ares. La Atenea Partenos no toleraría que interfiriéramos en esto. Además, ya sabes cómo actúan las Moiras. Para que vuestra misión salga bien, tenéis que entregar la estatua personalmente.

Reyna debió de poner cara de abatida.

Phoebe le dio un golpecito en el hombro como un gato en exceso amistoso.

—Eh, no te pongas tan triste. Te ayudaremos todo lo que podamos. El servicio técnico de Amazon ha reparado esos perros metálicos tuyos. ¡Y tenemos unos regalos de despedida muy chulos para vosotros!

Celyn le dio a Phoebe una cartera de piel.

Phoebe hurgó en el interior.

—Veamos… pociones curativas. Dardos tranquilizadores como los que usamos contigo. Hum, ¿qué más? ¡Ah, sí!

Phoebe sacó triunfalmente un rectángulo de tela plateada doblada.

—¿Un pañuelo? —preguntó Reyna.

—Mejor. Échate un poco atrás.

Phoebe lanzó la tela al suelo. Inmediatamente se extendió y se convirtió en una tienda de campaña de tres metros de ancho por tres de largo.

—Está climatizada —dijo Phoebe—. Caben cuatro personas. Tiene una mesa de bufé y sacos de dormir dentro. Todas las cosas que metáis se plegarán con la tienda. A ser posible, no intentéis guardar vuestra estatua gigante dentro.

Celyn se rió disimuladamente.

—Si tus compañeros de viaje se ponen pesados, siempre puedes dejarlos dentro.

Naomi frunció el entrecejo.

—No funcionaría..., ¿verdad?

—En fin —dijo Phoebe—, estas tiendas son geniales. Yo tengo una igual; la uso continuamente. Cuando estés lista para cerrarla, la palabra mágica es «Acteón».

La tienda se plegó en un diminuto rectángulo. Phoebe lo recogió, lo metió en la cartera y le dio el bolso a Reyna.

—N-no sé qué decir —contestó Reyna tartamudeando—. Gracias.

—Bah... —Phoebe se encogió de hombros—. Es lo mínimo que puedo hacer por...

A quince metros de distancia, una puerta lateral se abrió de golpe. Una amazona corrió derecha hacia Hylla. La recién llegada vestía un chándal negro y llevaba su largo cabello castaño rojizo recogido en una cola de caballo.

Reyna la reconoció del Campamento Júpiter.

—Kinzie, ¿verdad?

La chica la saludó distraídamente con la cabeza.

—Pretora...

Susurró algo a Hylla al oído.

La expresión de Hylla se endureció.

—Entiendo. —Miró a Reyna—. Algo va mal. Hemos perdido el contacto con nuestras defensas exteriores. Me temo que Orión...

Detrás de Reyna, las puertas metálicas explotaron.

XXIV

Reyna

Reyna alargó la mano para coger su espada… y se dio cuenta de que no la tenía.

—¡Fuera de aquí!

Phoebe preparó su arco.

Celyn y Naomi corrieron a la puerta humeante, pero unas flechas negras las fulminaron.

Phoebe gritó airada. Devolvió el fuego mientras las amazonas avanzaban a toda velocidad con escudos y espadas.

—¡Reyna! —Hylla le tiró del brazo—. ¡Debemos irnos!

—No podemos…

—¡Mis guardias te harán ganar tiempo! —gritó Hylla—. ¡Tu misión debe tener éxito!

A Reyna le dolió, pero corrió detrás de Hylla.

Llegaron a la puerta lateral, y Reyna miró atrás. Docenas de lobos (grises, como los de Portugal) entraron en tropel en el almacén. En la puerta llena de humo se amontonaban los cuerpos de las caídas: Celyn, Naomi y Phoebe. La cazadora pelirroja que había vivido miles de años yacía inmóvil, con los ojos muy abiertos de la impresión y una enorme flecha negra y roja clavada en la barriga. La amazona Kinzie arremetió; sus largos cuchillos lanzaban destellos. Saltó por encima de los cuerpos y se adentró en el humo.

Hylla metió a Reyna en el pasillo y corrieron una al lado de la otra.

—¡Morirán todas! —gritó Reyna—. Debe de haber algo…

—¡No seas tonta, hermana! —A Hylla le brillaban los ojos de las lágrimas—. Orión ha sido más listo que nosotras. Ha convertido la emboscada en una masacre. Lo único que podemos hacer ahora es retenerlo mientras tú escapas. ¡Debes llevar esa estatua a los griegos y vencer a Gaia!

Hizo subir a Reyna por una escalera. Recorrieron un laberinto de pasillos y luego doblaron una esquina y entraron en un vestuario. Se encontraron cara a cara con un gran lobo gris, pero, antes de que la bestia pudiera gruñir siquiera, Hylla le dio un puñetazo entre los ojos. El lobo se desplomó.

—Por aquí. —Hylla corrió a la hilera de taquillas más próxima—. Tus armas están dentro. Deprisa.

Reyna cogió el cuchillo, la espada y la mochila. A continuación siguió a su hermana por una escalera circular metálica.

La planta superior terminaba en el techo. Hylla se volvió y le lanzó una mirada severa.

—No tengo tiempo para explicarte esto, ¿vale? No flaquees. No te separes.

Reyna se preguntó qué podía haber peor que la escena que acababan de dejar atrás. Hylla abrió la trampilla y subieron por ella… a su antiguo hogar.

La gran sala estaba exactamente como Reyna la recordaba. Unos tragaluces opacos brillaban en el techo de seis metros de altura. Las austeras paredes blancas carecían de decoración. Los muebles eran de roble, acero y cuero blanco: impersonales y masculinos. A ambos lados de la sala sobresalían unas terrazas que siempre habían hecho sentirse observada a Reyna (y es que a menudo la observaban).

Su padre había hecho todo lo posible por que la hacienda con siglos de antigüedad pareciera una casa moderna. Había instalado tragaluces y lo había pintado todo de blanco para hacerla más luminosa y más amplia. Pero solo había conseguido que la vivienda pareciera un cadáver acicalado con un traje nuevo.

La trampilla había conducido a la enorme chimenea. Reyna nunca había entendido por qué tenían una chimenea en Puerto Rico, pero ella y Hylla fingían que era un escondite secreto donde su padre no podía encontrarlas. Se imaginaban que entrando allí podían ir a otros sitios.

Con el tiempo Hylla había hecho realidad esa fantasía. Había conectado la guarida subterránea con su casa de la infancia.

—Hylla...

—Te lo he dicho: no tengo tiempo.

—Pero...

—Ahora soy la dueña del edificio. He puesto la escritura a mi nombre.

—¿Que has hecho qué?

—Estaba harta de huir del pasado, Reyna. Decidí reclamarlo.

Reyna la miró fijamente, muda de asombro. Se podía reclamar un teléfono perdido o un bolso en el aeropuerto. Incluso se podía reclamar un vertedero de desechos peligrosos. Pero ¿esa casa y lo que había pasado allí? No había forma de reclamar eso.

—Hermana, estamos perdiendo tiempo —dijo Hylla—. ¿Vienes o no?

Reyna observó los balcones, con la ligera esperanza de que unas figuras luminosas parpadeasen en la barandilla.

—¿Los has visto?

—A algunos.

—¿A papá?

—Claro que no —le espetó Hylla—. Ya sabes que se fue para siempre.

—Yo no sé nada de eso. ¿Cómo has podido volver? ¿Por qué?

—¡Para comprender! —gritó Hylla—. ¿No quieres saber lo que le pasó?

—¡No! No se puede aprender nada de los fantasmas, Hylla. Tú mejor que nadie deberías saber...

—Me marcho —dijo Hylla—. Tus amigos están a unas manzanas de aquí. ¿Vienes conmigo o les digo que has muerto porque te perdiste en el pasado?

—¡Yo no soy la que se ha apoderado de este sitio!

Hylla se dio media vuelta y salió por la puerta principal con paso resuelto.

Reyna miró a su alrededor una vez más. Se acordó del último día que había pasado allí, cuando tenía diez años. Casi podía oír el grito airado de su padre resonando por la gran sala y el coro de fantasmas gimoteantes en los balcones.

Corrió hacia la salida. Salió a la cálida luz de la tarde y descubrió que la calle no había cambiado: las ruinosas casas de color pastel, los adoquines azules, las docenas de gatos que dormían debajo de carros o a la sombra de los plataneros.

Reyna podría haber sentido nostalgia... si su hermana no hubiera estado a escasos metros enfrentándose a Orión.

—Vaya. —El gigante sonrió—. Las dos hijas de Belona juntas. ¡Excelente!

Reyna se sintió ofendida.

Ella se había imaginado a Orión como un demonio feo e imponente, peor que Polibotes, el gigante que había atacado el Campamento Júpiter.

En cambio, Orión podría haber pasado por humano: un humano alto, musculoso y atractivo. Su piel era del color de una tostada de pan de trigo. Tenía el cabello moreno rasurado a los lados y de punta por arriba. Con los bombachos negros y el chaleco de piel del mismo color, el cuchillo de caza y el arco y el carcaj, podría haber sido el hermano malo y guapo de Robin Hood.

Solo sus ojos afeaban la imagen. En una primera impresión, parecía que llevaba unas gafas de visión nocturna militares. Pero Reyna se dio cuenta enseguida de que no eran unas gafas. Eran la creación de Hefesto: unos ojos mecánicos de bronce incrustados en las cuencas oculares del gigante. Unos anillos de enfoque giraban y chasqueaban mientras observaba a Reyna. El destello de sus punteros láser pasó del color rojo al verde. A Reyna le dio la desagradable impresión de que el gigante estaba viendo mucho más que su figura: su rastro de calor, el ritmo de su corazón, su nivel de miedo.

Sostenía a un lado un arco negro casi tan sofisticado como sus ojos. Múltiples cuerdas atravesaban una serie de poleas que parecían las ruedas de un tren de vapor en miniatura. El mango era de bronce pulido y estaba lleno de esferas y botones.

No tenía ninguna flecha preparada. No hizo ningún movimiento amenazador. Tenía una sonrisa tan deslumbrante que costaba recordar que era un enemigo: alguien que había matado al menos a media docena de cazadoras y amazonas para llegar allí.

Hylla desenvainó sus cuchillos.

—Vete, Reyna. Yo me ocuparé de este monstruo.

Orión se rió entre dientes.

—Hylla la Doble Matadora, tienes valor. Tus tenientes también lo tenían. Ahora están muertas.

Hylla dio un paso adelante.

Reyna le agarró el brazo.

—¡Orión! —dijo—. Ya te has manchado las manos de sangre de amazona. Tal vez sea hora de probar con una romana.

Los ojos del gigante chasquearon y se dilataron. Unos puntos de láser rojos flotaron sobre el peto de Reyna.

—Ah, la joven pretora. Reconozco que tenía curiosidad. Antes de que te mate, tal vez puedas aclararme algo. ¿Por qué una hija de Roma se toma tantas molestias para ayudar a los griegos? Has perdido tu rango, has abandonado tu legión, te has convertido en una fugitiva... ¿Y para qué? Jason Grace te despreció. Percy Jackson te rechazó. ¿No te han..., cómo se dice..., plantado suficientes veces?

A Reyna empezaron a zumbarle los oídos. Recordó la advertencia que Afrodita le había hecho dos años antes en Charleston: «No hallarás el amor donde deseas ni donde esperas. Ningún semidiós curará tu corazón».

Se obligó a mirar al gigante a los ojos.

—No me defino por los chicos a los que pueda o no gustarles.

—Valientes palabras. —La sonrisa del gigante era exasperante—. Pero no te diferencias de las amazonas ni de las cazadoras, ni de la propia Artemisa. Hablas de fuerza e independencia, pero en cuanto te enfrentas a un hombre con auténtico valor, tu seguridad se viene abajo. Te sientes amenazada por mi autoridad y por la atracción que te despierta. Así que huyes o te rindes o mueres.

Hylla soltó la mano de Reyna.

—Te voy a matar, gigante. Te voy a cortar en trozos tan pequeños que…

—Hylla —la interrumpió Reyna. Pasara lo que pasase allí, no podía ver morir a su hermana. Reyna tenía que mantener al gigante centrado en ella—. Orión, tú afirmas que eres fuerte, y sin embargo no pudiste cumplir las promesas de la Caza. Moriste rechazado. Y ahora haces recados para tu madre. Así que aclárame qué tienes tú de amenazante.

Los músculos de la mandíbula de Orión se tensaron. Su sonrisa se volvió más débil y más fría.

—Buen intento —reconoció—. Esperas desestabilizarme. Crees que si me haces hablar, los refuerzos te salvarán. Desgraciadamente, pretora, no hay refuerzos. He quemado la guarida subterránea de tu hermana con su propio fuego griego. No ha sobrevivido nadie.

Hylla rugió y atacó. Orión la golpeó con el extremo de su arco. La chica salió volando hacia atrás a lo largo de la calle. Orión sacó una flecha de su carcaj.

—¡Alto! —gritó Reyna.

El corazón le golpeaba con fuerza contra la caja torácica. Tenía que encontrar el punto débil del gigante.

El Barrachina estaba solo a unas manzanas de distancia. Si pudieran llegar hasta allí, Nico podría llevarlos viajando por las sombras. Y las cazadoras no podían estar todas muertas… Habían estado patrullando por todo el perímetro del casco antiguo. Seguro que algunas seguían allí fuera…

—Orión, me has preguntado qué me motiva. —Mantuvo un tono de voz sereno—. ¿No quieres que te conteste antes de que nos mates? Seguro que te desconcierta por qué las mujeres siempre rechazan a un hombretón bien plantado como tú.

El gigante colocó la flecha en el arco.

—Me has confundido con Narciso. A mí nadie puede halagarme.

—Claro que no —dijo Reyna.

Su hermana se levantó con una mirada asesina en el rostro, pero Reyna proyectó sus sentidos, tratando de compartir con su hermana la fuerza más difícil de conseguir: el autodominio.

—Aun así…, debe de ponerte furioso. Primero te dio calabazas una princesa mortal…

—Mérope. —Orión se rió burlonamente—. Una chica preciosa pero tonta. Si hubiera tenido algo de sentido común, se habría enterado de que estaba coqueteando con ella.

—A ver si lo adivino —dijo Reyna—. En lugar de eso, gritó y llamó a sus guardias.

—En ese momento no tenía mis armas. Cuando estás cortejando a una princesa no llevas tu arco y tus cuchillos. Los guardias me cogieron fácilmente. Su padre, el rey, me hizo cegar y me desterró.

Justo encima de la cabeza de Reyna, un guijarro saltó a través del tejado de tejas de barro. Podrían haber sido imaginaciones suyas, pero recordaba ese sonido de las muchas noches que Hylla salía a hurtadillas de su habitación cerrada con llave y atravesaba el tejado sigilosamente para verla.

Reyna tuvo que echar mano de toda su fuerza de voluntad para no levantar la vista.

—Pero tienes unos ojos nuevos —le dijo al gigante—. Hefesto se compadeció de ti.

—Sí… —La mirada de Orión se desenfocó. Reyna lo supo porque los punteros láser desaparecieron de su pecho—. Acabé en Delos, donde conocí a Artemisa. ¿Sabes lo raro que es conocer a tu enemiga mortal y acabar sintiéndote atraído por ella? —Se rió—. Pero ¿qué estoy diciendo, pretora? Claro que lo sabes. Tal vez tú sientes por los griegos lo mismo que yo sentía por Artemisa: una fascinación llena de culpabilidad, una admiración que se convierte en amor. Pero el amor excesivo es un veneno, sobre todo cuando ese amor no es correspondido. Si no eres consciente de eso, Reyna Ramírez-Arellano, pronto lo serás.

Hylla avanzó cojeando, con los cuchillos todavía en la mano.

—Hermana, ¿por qué dejas hablar a esta bestia? Acabemos con él.

—¿Puedes hacerlo? —discurrió Orión—. Muchos lo han intentado. Ni siquiera el hermano de Artemisa, Apolo, pudo matarme en la Antigüedad. Él tuvo que recurrir a engaños para deshacerse de mí.

—¿No le gustó que anduvieras con su hermana?

Reyna estuvo atenta por si oía más sonidos del tejado, pero no oyó nada.

—Apolo estaba celoso. —Los dedos del gigante se cerraron en torno a la cuerda del arco. Tiró de ella hacia atrás e hizo que las ruedas y las poleas del arco girasen—. Tenía miedo de que utilizara mi encanto para que Artemisa se olvidara de su promesa de castidad. ¿Quién sabe? Si Apolo no hubiera interferido, a lo mejor lo habría conseguido. Ella habría sido más feliz.

—¿Como tu criada? —gruñó Hylla—. ¿Tu sumisa ama de casa?

—Eso apenas importa ya —dijo Orión—. En todo caso, Apolo me provocó la locura: una sed de matar a todas las bestias de la Tierra. Sacrifiqué a miles antes de que mi madre, Gaia, pusiera fin a la masacre. Ella invocó a un escorpión gigante de la tierra, que me picó en la espalda y su veneno me mató. Se lo debo.

—Se lo debes a Gaia por matarte —dijo Reyna.

Las pupilas mecánicas de Orión giraron en espiral y se convirtieron en unos diminutos puntos brillantes.

—Mi madre me mostró la verdad. Yo estaba luchando contra mi propio carácter, y no me causaba más que sufrimiento. Los gigantes no están destinados a amar a los mortales o a los dioses. Gaia me ayudó a aceptar lo que soy. Al final todos debemos volver a nuestro hogar, pretora. Debemos aceptar nuestro pasado, por muy amargo y siniestro que sea. —Señaló con la barbilla la casa de campo situada detrás de ella—. Como tú has hecho. Tú tienes tus propios fantasmas, ¿verdad?

Reyna desenvainó su espada. «No se puede aprender nada de los fantasmas», le había dicho a su hermana. Tal vez tampoco pudiera aprender nada de los gigantes.

—Este no es mi hogar —dijo—. Y no nos parecemos.

—He visto la verdad. —El gigante parecía sentir verdadera compasión—. Te aferras a la fantasía de que puedes hacer que tus enemigos te quieran, pero no puedes, Reyna. No hay amor para ti en el Campamento Mestizo.

Las palabras de Afrodita resonaron en su cabeza: «Ningún semidiós curará tu corazón».

Reyna observó el rostro atractivo y cruel del gigante y sus brillantes ojos mecánicos. Por un terrible instante, pudo entender que incluso una diosa, incluso una doncella eterna como Artemisa, quedase prendada de las melifluas palabras de Orión.

—Te podría haber matado veinte veces ya —dijo el gigante—. Te das cuenta, ¿no? Deja que te perdone. Lo único que necesito es una simple muestra de confianza. Dime dónde está la estatua.

A Reyna estuvo a punto de caérsele la espada. «Dónde está la estatua...»

Orión no había localizado la Atenea Partenos. El camuflaje de las cazadoras había funcionado. Durante todo ese tiempo, el gigante había estado siguiendo la pista a Reyna, lo que significaba que, aunque ella muriese, Nico y el entrenador Hedge podrían seguir a salvo. La misión no estaba condenada.

Se sintió como si le hubieran quitado una armadura de cincuenta kilos. Se rió. El sonido resonó por la calle adoquinada.

—Phoebe ha sido más lista que tú —dijo—. Al seguirme la pista a mí, has perdido la estatua. Ahora mis amigos tienen libertad para seguir con su misión.

Orión frunció el labio.

—Oh, los encontraré, pretora. Después de ocuparme de ti.

—Entonces supongo que tendremos que ocuparnos de ti primero —dijo Reyna.

—Esa es mi hermana —dijo Hylla orgullosamente.

Y atacaron juntas.

El primer disparo del gigante habría atravesado a Reyna, pero Hylla fue rápida. Cortó la flecha en el aire y se abalanzó sobre Orión.

Reyna intentó apuñalarlo en el pecho. El gigante interceptó los dos ataques con el arco.

Dio una patada a Hylla y la lanzó hacia atrás contra el capó de un viejo Chevrolet. Media docena de gatos salieron de debajo y se dispersaron. El gigante dio la vuelta, empuñando súbitamente una daga, y Reyna consiguió esquivar la hoja por los pelos.

La chica lanzó otra estocada y atravesó el chaleco de piel del gigante, pero solo consiguió rozarle el pecho.

—Peleas bien, pretora —reconoció él—. Pero no lo suficiente para vivir.

Reyna alargó su espada y la convirtió en un *pilum*.

—Mi muerte no significa nada.

Si sus amigos podían proseguir su misión en paz, ella estaba totalmente dispuesta a morir luchando. Pero primero tenía intención de hacer tanto daño al gigante que no olvidase jamás su nombre.

—¿Y la muerte de tu hermana? —preguntó Orión—. ¿Significa algo?

El gigante lanzó una flecha por los aires al pecho de Hylla con tal rapidez que a Reyna no le dio tiempo a parpadear. Un grito brotó de la garganta de Reyna, pero de algún modo Hylla atrapó la flecha.

Hylla se bajó deslizándose del capó del coche y partió la flecha con una mano.

—Soy la reina de las amazonas, idiota. Llevó el cinturón real. Con la fuerza que me da, vengaré a las amazonas que has matado hoy.

Hylla agarró el guardabarros del Chevrolet y lanzó el coche entero a Orión con tal facilidad que parecía que estuviera salpicando agua al gigante en una piscina.

El Chevrolet emparedó a Orión contra el muro de la casa más próxima. El estuco se agrietó. Un platanero se vino abajo. Más gatos huyeron.

Reyna corrió hacia los restos del coche, pero el gigante rugió y apartó el coche de un empujón.

—¡Moriréis juntas! —prometió.

221

Dos flechas aparecieron en su arco, con la cuerda tensada al máximo.

Entonces las azoteas explotaron con gran estruendo.

—¡MUERE!

El entrenador Hedge cayó justo detrás de Orión y asestó al gigante un golpe tan fuerte en la cabeza que su bate se partió por la mitad.

Al mismo tiempo, Nico di Angelo cayó delante de Orión. Con su espada estigia cortó la cuerda del arco e hizo que las poleas y los engranajes zumbasen y chirriasen, y la cuerda retrocedió empujada por cientos de kilos de fuerza hasta que le pegó al gigante en la nariz como un látigo hidráulico.

—¡AYYYYYY!

Orión se tambaleó hacia atrás y soltó el arco.

Las cazadoras de Artemisa aparecieron en las azoteas y acribillaron a Orión a flechas de plata hasta que pareció un erizo brillante. El gigante se tambaleó a ciegas, tocándose la nariz y chorreando icor dorado por la cara.

Alguien apretó el brazo de Reyna.

—¡Vamos!

Thalia Grace había vuelto.

—¡Ve con ella! —le ordenó Hylla.

A Reyna se le partió el corazón.

—Hermana...

—¡Tienes que marcharte! ¡AHORA! —Era lo mismo que Hylla le había dicho hacía seis años, la noche que habían escapado de la casa de su padre—. Yo entretendré a Orión lo máximo posible.

Hylla agarró una pierna del gigante. Lo desequilibró de un tirón y lo lanzó a varias manzanas de distancia por la calle San José, para consternación general de varias docenas de gatos más. Las cazadoras corrieron detrás de él por las azoteas, disparando flechas que causaban explosiones de fuego griego y envolvían al gigante en llamas.

—Tu hermana tiene razón —dijo Thalia—. Tienes que irte.

Nico y Hedge aparecieron al lado de Reyna; los dos daban la impresión de estar muy satisfechos de sí mismos. Al parecer habían ido de compras a la tienda de recuerdos del Barrachina, donde habían cambiado sus camisetas sucias y hechas jirones por llamativos modelos tropicales.

—Nico, pareces… —dijo Reyna.

—Ni una palabra sobre la camiseta —le advirtió él—. Ni una.

—¿Por qué habéis venido a buscarme? —preguntó—. Podríais haber escapado. El gigante ha estado siguiéndome la pista a mí. Si os hubierais ido…

—De nada, yogurín —masculló el entrenador—. No íbamos a marcharnos sin ti. Y ahora larguémonos…

Miró por encima del hombro de Reyna y se le quebró la voz.

Reyna se volvió.

Detrás de ella, los balcones del segundo piso de la residencia familiar estaban llenos de figuras brillantes: un hombre con barba bifurcada y una armadura de conquistador; otro hombre barbudo vestido con ropa de pirata del siglo XVIII, con una camisa salpicada de agujeros de bala; una mujer con un camisón manchado de sangre; un capitán de la marina de Estados Unidos con un uniforme de gala blanco; y una docena de individuos más a los que Reyna conocía de su infancia: todos lanzándole miradas acusadoras mientras sus voces susurraban en su mente:

Traidora. Asesina.

—No…

Reyna se sentía como si volviera a tener diez años. Quería acurrucarse en un rincón de su habitación y taparse los oídos con las manos para que dejasen de susurrar.

Nico la cogió del brazo.

—¿Quiénes son, Reyna? ¿Qué es lo que…?

—No puedo… —rogó ella—. No… no puedo.

Había pasado muchos años levantando una presa en su interior para contener el miedo. Ahora la presa se había roto. El miedo se llevó su fuerza.

—Tranquila. —Nico miró a los balcones. Los fantasmas desaparecieron, pero Reyna sabía que no habían desaparecido del todo. Nunca desaparecían del todo—. Te sacaremos de aquí —aseguró Nico—. Vámonos.

Thalia agarró el otro brazo de Reyna. Los cuatro corrieron hacia el restaurante donde estaba la Atenea Partenos. Detrás de ellos, Reyna oyó a Orión rugiendo de dolor mientras el fuego griego explotaba.

En su mente, las voces seguían susurrando:

Asesina. Traidora. Nunca podrás escapar de tu crimen.

XXV

Jason

Jason se levantó de su lecho de muerte para poder ahogarse con el resto de la tripulación.

El barco se estaba inclinando tan violentamente que tuvo que trepar por el suelo para salir de la enfermería. La cubierta crujía. El motor gemía como un búfalo de agua moribundo. Atravesando el estruendo del viento, la diosa Niké gritaba desde los establos:

—¡PUEDES HACERLO MEJOR, TORMENTA! ¡QUIERO QUE LO DES TODO!

Jason subió por la escalera a la cubierta central. Le temblaban las piernas. La cabeza le daba vueltas. El barco cabeceó a babor y lo lanzó contra la pared de enfrente.

Hazel salió de su camarote dando traspiés y agarrándose la barriga.

—¡Odio el mar!

Cuando lo vio, abrió los ojos como platos.

—¿Qué haces fuera de la cama?

—¡Voy a subir! —contestó él—. ¡Puedo ayudar!

Hazel estaba a punto de protestar. Entonces el barco se inclinó a estribor, y ella se dirigió al servicio tambaleándose y tapándose la boca con la mano.

Jason se abrió paso hasta la escalera. Hacía un día y medio que no salía de la cama, desde que las chicas habían vuelto de Esparta y él se había desmayado repentinamente. Sus músculos se negaban a hacer esfuerzos. Notaba la barriga como si Michael Varus estuviera delante de él, acuchillándolo repetidamente y gritando: «¡Muere como un romano! ¡Muere como un romano!».

Jason reprimió el dolor. Estaba harto de que la gente cuidara de él y de que murmurasen lo preocupados que estaban. Estaba harto de soñar que era una brocheta. Había pasado suficiente tiempo curando la herida de su barriga. O lo mataba o no lo mataba. No iba a esperar a que la herida se decidiera. Tenía que ayudar a sus amigos.

De algún modo llegó a cubierta.

Lo que vio le provocó casi tantas náuseas como a Hazel. Una ola del tamaño de un rascacielos rompió sobre la cubierta de proa y arrastró las ballestas delanteras y la mitad de la barandilla al mar. Las velas estaban hechas jirones. Relampagueaba por todas partes, y los rayos caían al agua como si fueran focos. La lluvia horizontal azotaba la cara de Jason. Las nubes eran tan oscuras que sinceramente no sabía si era de día o de noche.

La tripulación estaba haciendo lo que podía…, que no era gran cosa.

Leo se había sujetado a la consola de control con un arnés y una cuerda elástica. Tal vez le había parecido buena idea cuando se lo había colocado, pero cada vez que una ola golpeaba el barco, lo arrastraba y a continuación lo estampaba otra vez contra el tablero de control como a una pelota humana enganchada con una goma a una raqueta.

Piper y Annabeth estaban tratando de salvar el aparejo. Desde que habían estado en Esparta habían formado un equipo: eran capaces de trabajar juntas sin ni siquiera hablar, lo cual era perfecto, ya que no podrían haberse hecho oír por encima de la tormenta.

Frank (al menos Jason suponía que era Frank) se había transformado en gorila. Mantenía el equilibrio, inclinado, en el lado de la barandilla de estribor y usaba su enorme fuerza y sus pies flexibles para agarrarse mientras desenredaba unos remos rotos. Al parecer, la tripulación trataba de preparar el barco para volar, pero, aunque consiguieran despegar, Jason no estaba seguro de que en el cielo corrieran menos peligro.

Hasta Festo, el mascarón de proa, trataba de ayudar. El dragón metálico expulsaba fuego a la lluvia, aunque eso no parecía disuadir a la tormenta.

Solo Percy estaba teniendo algo de suerte. Se encontraba junto al mástil central, con las manos extendidas como si estuviera andando en la cuerda floja. Cada vez que el barco se inclinaba, empujaba en la dirección contraria, y la cubierta se estabilizaba. Invocaba puños gigantes de agua marina para que se estrellasen contra las olas más grandes antes de que alcanzasen la cubierta, de modo que parecía que el mar se estaba pegando repetidamente en la cara.

Con una tormenta tan severa, Jason se dio cuenta de que el barco ya habría zozobrado si Percy no hubiera intervenido.

Jason se dirigió al mástil tambaleándose. Leo gritó algo, probablemente «¡Ve abajo!», pero Jason se limitó a saludarlo con la mano. Llegó junto a Percy y lo agarró del hombro.

Percy lo saludó con la cabeza como diciendo: «¿Qué hay?». No puso cara de sorpresa ni obligó a Jason a que volviera a la enfermería, cosa que Jason agradeció.

Percy podía permanecer seco si se concentraba, pero era evidente que en ese momento tenía mayores preocupaciones. Tenía el cabello moreno pegado a la cara. Su ropa estaba empapada y rasgada.

Gritó algo a Jason al oído, pero Jason solo distinguió unas cuantas palabras:

—¡COSA... ABAJO... DETENERLA!

Percy señaló por encima del costado.

—¿Algo está provocando la tormenta? —preguntó Jason.

Percy sonrió y se tocó las orejas. Estaba claro que no oía ni una palabra. Hizo un gesto con la mano como si se lanzase por la borda. A continuación dio unos golpecitos a Jason en el pecho.

—¿Quieres que vaya?

Jason se sintió en cierto modo honrado. Todos los demás habían estado tratándolo como a un jarrón de cristal, pero Percy parecía pensar que si estaba en la cubierta es que estaba listo para la acción.

—¡Con mucho gusto! —gritó Jason—. ¡Pero yo no puedo respirar bajo el agua!

Percy se encogió de hombros. «Lo siento, no te oigo.»

A continuación Percy corrió a la barandilla de estribor, desvió otra enorme ola del barco y saltó por la borda.

Jason miró a Piper y a Annabeth. Las dos lo miraban horrorizadas agarrándose al aparejo. La expresión de Piper decía: «¿Has perdido la chaveta?».

Él le hizo un gesto de aprobación con el pulgar, en parte para garantizarle que no le pasaría nada (algo de lo que no estaba seguro) y en parte para reconocer que en efecto estaba loco (algo de lo que sí estaba seguro).

Se acercó a la baranda tambaleándose y alzó la vista a la tormenta.

El viento bramaba. Las nubes se revolvían. Jason percibió un ejército entero de *venti* arremolinándose encima de él, demasiado furiosos y agitados para adoptar forma física, pero ávidos de destrucción.

Levantó el brazo e invocó un lazo de viento. Hacía mucho tiempo que Jason había aprendido que la mejor forma de controlar a un grupo de fanfarrones era elegir al más malo y corpulento y someterlo a la fuerza. Luego los otros entraban en vereda. Dio un latigazo con su cuerda de viento, buscando el *venti* más fuerte.

Atrapó con el lazo un desagradable nubarrón y lo atrajo hacia él.

—Hoy me vas a servir.

El *ventus* empezó a dar vueltas a su alrededor, aullando en señal de protesta. La tormenta pareció disminuir un poquito encima del barco, como si los demás *venti* estuvieran pensando: «Qué rollo. Ese tío va en serio».

Jason levitó y se elevó de la cubierta, envuelto en su propio tornado en miniatura. Y dando vueltas como un sacacorchos, se zambulló en el agua.

Jason creía que las cosas estarían más tranquilas bajo el agua.

No estaban tan tranquilas.

Claro que podía deberse a su forma de transporte. Desplazarse en un ciclón al fondo del mar sin duda ocasionó inesperadas turbulencias. Descendía y viraba bruscamente sin aparente lógica, con los oídos resonando y el estómago apretado contra las costillas.

Finalmente se detuvo al lado de Percy, quien estaba en una cornisa que sobresalía por encima de una sima más profunda.

—Eh —dijo Percy.

Jason podía oírle perfectamente, aunque no sabía cómo.

—¿Qué pasa?

Envuelto en el capullo de aire que le proporcionaba el *ventus*, su voz sonaba como si estuviera hablando a través de un aspirador.

Percy señaló al vacío.

—Espera y verás.

Tres segundos más tarde, un rayo de luz verde hendió la oscuridad como un foco y acto seguido desapareció.

—Ahí abajo hay algo que está provocando la tormenta —dijo Percy. Se volvió y evaluó el tornado de Jason—. Bonito traje. ¿Puedes mantenerlo si bajamos a más profundidad?

—No tengo ni idea de cómo lo estoy haciendo —respondió Jason.

—Vale —dijo Percy—. Bueno, tú no te quedes inconsciente.

—Cierra el pico, Jackson.

Percy sonrió.

—Veamos lo que hay ahí abajo.

Descendieron a tanta profundidad que Jason no veía nada, salvo a Percy buceando a su lado a la tenue luz de las hojas de oro y bronce de sus armas.

De vez en cuando el foco verde subía disparado. Percy buceaba derecho hacia él. El *ventus* de Jason chasqueaba y rugía, haciendo esfuerzos por huir. El olor a ozono mareaba a Jason, pero mantuvo su coraza de aire intacta.

Finalmente, la oscuridad disminuyó debajo de ellos. Unas delicadas manchas luminosas blancas, como bancos de medusas, flotaban delante de las narices de Jason. A medida que se aproximaba al fondo del mar, se dio cuenta de que las manchas eran unos relucientes campos de algas que rodeaban las ruinas de un palacio. El sedimento se arremolinaba a través de los patios vacíos con suelo de orejas marinas. Columnas griegas cubiertas de percebes se perdían en la penumbra. En el centro del complejo se alzaba una ciudadela más grande que la estación de Grand Central, con los muros incrustados de perlas y un tejado dorado abovedado abierto como un huevo.

—¿La Atlántida? —preguntó Jason.

—Es un mito —dijo Percy.

—Ejem… ¿No nos dedicamos nosotros a los mitos?

—No, quiero decir que es un mito inventado. No un mito verdadero.

—Ya veo por qué Annabeth es el cerebro de la operación.

—Cierra el pico, Grace.

Cruzaron flotando la bóveda rota y descendieron a las sombras.

—Este sitio me suena. —La voz de Percy se crispó—. Como si ya hubiera estado aquí…

El foco verde emitió un destello justo debajo de ellos y deslumbró a Jason.

El chico cayó como una piedra y aterrizó en el suelo de mármol liso. Cuando se le aclaró la vista, vio que no estaban solos.

Delante de ellos había una mujer de seis metros de altura ataviada con un vestido verde suelto, ceñido a la cintura con un cinto de conchas de oreja marina. Su piel era de un blanco luminoso como el de los campos de algas. El cabello se mecía y brillaba como tentáculos de medusa.

Su cara era hermosa pero como de otro mundo: los ojos demasiado brillantes, las facciones demasiado delicadas, la sonrisa demasiado fría, como si hubiera estado estudiando las sonrisas humanas y no hubiera acabado de dominar el arte.

Sus manos reposaban sobre un disco de metal pulido verde con un diámetro de casi dos metros, apoyado en un trípode de bronce. A Jason le recordó la batería metálica que había visto tocar una vez a un músico callejero en el embarcadero de San Francisco.

La mujer giró el disco metálico como un volante. Un rayo de luz verde salió disparado hacia arriba, revolvió el agua y sacudió los muros del antiguo palacio. Fragmentos del techo abovedado se rompieron y cayeron en cámara lenta.

—Usted está creando la tormenta —dijo Jason.

—En efecto.

La mujer tenía una voz melódica, aunque poseía una extraña resonancia, como si sobrepasase el rango de audición del ser humano. Jason notó una presión entre los ojos, como si los senos nasales le fueran a explotar.

—Vale, le seguiré el rollo —dijo Percy—. ¿Quién es usted y qué quiere?

La mujer se volvió hacia él.

—¿Quién voy a ser? Soy tu hermana, Perseo Jackson. Quería conocerte antes de matarte.

XXVI

Jason

Jason veía dos opciones: luchar o hablar.

Normalmente, frente a una espeluznante señora de seis metros con pelo de medusa, habría optado por luchar.

Pero como había llamado «hermano» a Percy, dudó.

—Percy, ¿conoces a esta… individua?

Percy meneó la cabeza.

—No se parece a mi madre, así que supongo que estamos emparentados por parte divina. ¿Es usted hija de Poseidón, señorita… ejem…?

La mujer pálida arañó el disco metálico con las uñas y emitió un sonido chirriante digno de una ballena torturada.

—Nadie me conoce —dijo suspirando—. ¿Por qué iba a esperar que mi propio hermano me reconociera? ¡Soy Cimopolia!

Percy y Jason se cruzaron una mirada.

—Bueno… —dijo Percy—. Nosotros te llamaremos Cim. Entonces ¿eres una nereida? ¿Una diosa menor?

—¿Menor?

—Se refiere a que todavía no tienes la edad para beber alcohol —dijo Jason rápidamente—. Porque salta a la vista que eres muy joven y hermosa.

Percy le lanzó una mirada: «Buenos reflejos».

La diosa centró toda su atención en Jason. Señaló con el dedo índice y recorrió su contorno en el agua. Jason notó que el espíritu del aire capturado ondeaba a su alrededor como si le estuvieran haciendo cosquillas.

—Jason Grace —dijo la diosa—. Hijo de Júpiter.

—Sí. Soy amigo de Percy.

Cim entornó los ojos.

—Así que es verdad… Estos tiempos propician extrañas amistades e inesperadas enemistades. Los romanos nunca me adoraron. Para ellos suponía un miedo indescriptible: una señal de la ira más temible de Neptuno. ¡Ellos nunca adoraron a Cimopolia, la diosa de las tempestades violentas!

Giró su disco. Otro rayo de luz verde destelló hacia arriba, revolvió el agua e hizo que las ruinas retumbasen.

—Ah, sí —dijo Percy—. Los romanos no están por las fuerzas navales. Tenían una barca de remos, pero la hundí. Y hablando de tormentas violentas, estás haciendo un trabajo de primera allí arriba.

—Gracias —dijo Cim.

—El caso es que nuestro barco está atrapado en la tempestad y se está haciendo trizas. Seguro que tú no querías…

—Oh, sí que quería.

—Sí que querías. —Percy hizo una mueca—. Pues… es un buen marrón. Supongo que no detendrás la tempestad si te lo pedimos amablemente.

—No —convino la diosa—. A estas alturas al barco le falta poco para hundirse. Me asombra que haya aguantado tanto. Tiene una magnífica factura.

De los brazos de Jason salieron volando chispas contra el tornado. Pensó en Piper y en el resto de la tripulación, que trataban frenéticamente de salvar el barco. Al bajar allí, él y Percy habían dejado a los demás indefensos. Tenían que actuar pronto.

Además, el aire de Jason se estaba viciando. No estaba seguro de que fuera posible consumir un *ventus* aspirándolo, pero, si iba a tener que luchar, más valía que se enfrentase a Cim antes de que se quedase sin oxígeno.

El caso es que luchar contra una diosa en su terreno no podía ser fácil. Aunque consiguieran acabar con ella, no tenían ninguna garantía de que la tormenta cesara.

—Bueno…, Cim —dijo—, ¿qué podríamos hacer para que cambiaras de opinión y dejaras marchar a nuestro barco?

Cim le dedicó aquella horripilante sonrisa de extraterrestre.

—¿Sabes dónde estás, hijo de Júpiter?

Jason estuvo tentado de contestar: «Debajo del agua».

—¿Te refieres a estas ruinas? ¿Un palacio antiguo?

—Por supuesto —dijo Cim—. El palacio original de mi padre, Poseidón.

Percy chasqueó los dedos, y sonó como una explosión amortiguada.

—Por eso lo he reconocido. La choza nueva de papá en el Atlántico se parece a esto.

—No lo sé —dijo Cim—. Nunca me han invitado a ver a mis padres. Solo puedo vagar por las ruinas de sus antiguos dominios. Mi presencia les resulta… inquietante.

Hizo girar otra vez la rueda. El muro del fondo del edificio se desplomó y lanzó una nube de sedimento y algas por la estancia. Afortunadamente, el *ventus* hizo de ventilador y apartó los restos de la cara de Jason.

—¿Inquietante? —dijo Jason—. ¿Tú?

—Mi padre no me recibe en su corte —dijo Cim—. Limita mis poderes. ¿La tormenta de arriba? Hacía una eternidad que no me divertía tanto, ¡pero solo es una pequeña muestra de lo que puedo hacer!

—Un poco cunde mucho —dijo Percy—. En fin, a la pregunta de Jason sobre hacerte cambiar de opinión…

—Mi padre incluso me dio en matrimonio sin mi consentimiento —dijo Cim—. Me entregó como un trofeo a Briareo, un centimano, como recompensa por apoyar a los dioses en la guerra contra Cronos hace eones.

A Percy se le iluminó el rostro.

—Eh, yo conozco a Briareo. ¡Es amigo mío! Lo liberé de Alcatraz.

—Sí, lo sé. —Los ojos de Cim brillaron fríamente—. No soporto a mi marido. No me hizo ninguna gracia que volviera.

—Ah. Entonces... ¿está Briareo por aquí? —preguntó Percy esperanzado.

La risa de Cim sonó como el parloteo de un delfín.

—Está en el Monte Olimpo, en Nueva York, reforzando las defensas de los dioses. Tampoco es que vaya a servir de mucho. Lo que quiero decir, querido hermano, es que Poseidón nunca me ha tratado con justicia. Me gusta venir aquí, a este antiguo palacio, porque me alegra ver sus obras en ruinas. Dentro de poco su nuevo palacio tendrá el aspecto de este, y los mares se embravecerán sin control.

Percy miró a Jason.

—Esta es la parte en la que nos dice que trabaja para Gaia.

—Sí —dijo Jason—. Y que la Madre Tierra le ha ofrecido un trato mejor cuando los dioses hayan sido destruidos, bla, bla, bla.

—Se volvió hacia Cim—. Eres consciente de que Gaia no cumplirá sus promesas, ¿verdad? Está utilizándote, del mismo modo que está utilizando a los gigantes.

—Me conmueve tu preocupación —dijo la diosa—. Por otra parte, los dioses del Olimpo nunca me han utilizado.

Percy extendió las manos.

—Por lo menos los dioses del Olimpo lo están intentando. Después de la última guerra de los titanes, empezaron a prestar más atención a los demás dioses. Muchos tienen ahora cabañas en el Campamento Mestizo: Hécate, Hades, Hebe, Hipnos... y seguramente también otros que no empiecen por hache. Les dedicamos ofrendas en cada comida, banderas molonas, reconocimiento especial en el programa de fin de verano...

—¿Y he recibido yo esas ofrendas? —preguntó Cim.

—Pues... no. No sabíamos que existieras. Pero...

—Entonces ahórrate las palabras, hermano. —El pelo de tentáculos de medusa de Cim flotó hacia él, como si estuviera impaciente por paralizar a una nueva víctima—. He oído muchas cosas sobre el gran Percy Jackson. Los gigantes están obsesionados con capturarte. Debo decir... que no veo a qué viene tanto revuelo.

—Gracias, hermanita. Pero si vas a intentar matarme, debo advertirte que otros lo han intentado antes. Últimamente me he enfrentado a muchas diosas: Niké, Aclis, incluso la mismísima Nix. Comparada con ellas, tú no me das miedo. Además, te ríes como un delfín.

Los delicados orificios nasales de Cim se ensancharon. Jason preparó su espada.

—Oh, no te voy a matar —dijo Cim—. Mi parte del trato consistía solo en llamar tu atención. Pero hay alguien aquí que tiene muchas ganas de matarte.

Encima de ellos, en el filo del tejado roto, apareció una silueta oscura: una figura todavía más alta que Cimopolia.

—El hijo de Neptuno —tronó una voz profunda.

El gigante descendió flotando. Nubes de líquido viscoso oscuro —veneno, quizá— salían rizándose de su piel azul. Llevaba un peto verde moldeado con forma de bocas hambrientas y sus manos empuñaban las armas de un *retiarius*: un tridente y una red con pesos.

Jason nunca había coincidido con ese gigante en concreto, pero había oído historias sobre él.

—Políbotes —dijo—, el reverso de Poseidón.

El gigante sacudió sus rastas. Una docena de serpientes empezaron a nadar, libres; eran de color verde lima y tenían una especie de corona de volantes alrededor de la cabeza. Basiliscos.

—Efectivamente, hijo de Roma —dijo el gigante—. Pero, si me disculpas, tengo un asunto más urgente que tratar con Perseo Jackson. Le he seguido la pista a través del Tártaro. Y aquí, en las ruinas de su padre, pienso aplastarlo de una vez por todas.

XXVII

Jason

Jason odiaba a los basiliscos.

A esos pequeños malnacidos les encantaba hacer madrigueras debajo de los templos de la Nueva Roma. Cuando Jason era centurión, a su cohorte siempre le tocaba la impopular tarea de quitar los nidos.

Un basilisco no parecía gran cosa: una serpiente del tamaño de un brazo con los ojos amarillos y un collar blanco; pero se movía rápido y podía matar todo lo que tocaba. Jason nunca se había enfrentado a más de dos al mismo tiempo. En ese momento, una docena de ellos nadaba alrededor de las piernas del gigante. El único detalle positivo era que bajo el agua los basiliscos no podrían escupir fuego, pero eso no los hacía menos letales.

Dos serpientes salieron disparadas hacia Percy. Él las cortó por la mitad. Las otras diez se arremolinaron a su alrededor, fuera del alcance de su espada. Se retorcían de un lado al otro siguiendo una pauta hipnótica, buscando una oportunidad. Bastaría con solo un mordisco o un roce.

—¡Eh! —gritó Jason—. ¿Qué tal si mostráis un poco de cariño?

Las serpientes no le hicieron caso.

Tampoco el gigante, que se retiró a observar con una sonrisa de suficiencia, aparentemente encantado de que sus mascotas se encargasen de la ejecución.

—Cimopolia. —Jason se esforzó por pronunciar bien su nombre—. Tienes que detener esto.

Ella lo observó con sus brillantes ojos blancos.

—¿Por qué habría de hacerlo? La Madre Tierra me ha prometido poder ilimitado. ¿Puedes hacerme una oferta mejor?

«Una oferta mejor…»

Presintió la posibilidad de un resquicio: un margen para negociar. Pero ¿qué tenía él que le interesara a una diosa de la tormenta?

Los basiliscos acorralaron a Percy. Él los apartaba con corrientes de agua, pero no paraban de rodearlo.

—¡Eh, basiliscos! —gritó Jason.

Seguía sin obtener ninguna reacción. Podía intervenir y ayudarlo, pero ni siquiera él y Percy juntos podrían rechazar a diez basiliscos al mismo tiempo. Necesitaba una solución mejor.

Alzó la vista. Allí arriba bramaba una tormenta, pero ellos estaban muy por debajo. No podía invocar un rayo en el fondo del mar, ¿no? Y aunque pudiera, el agua conducía la electricidad demasiado bien. Podía freír a Percy.

Sin embargo, no se le ocurrió una opción mejor. Levantó la espada. Inmediatamente, la hoja emitió un brillo candente.

Una nube difusa de luz amarilla ondeó a través de las profundidades, como si alguien hubiera echado neón líquido en el agua. La luz tocó la espada de Jason y se esparció hacia fuera en diez zarcillos distintos que fulminaron a los basiliscos.

Sus ojos se apagaron. Sus collares se desintegraron. Las diez serpientes se pusieron boca arriba y se quedaron flotando sin vida en el agua.

—La próxima vez miradme cuando hable con vosotros —dijo Jason.

A Polibotes se le heló la sonrisa.

—¿Estás impaciente por morir, romano?

Percy levantó su espada. Se abalanzó sobre el gigante, pero Polibotes movió la mano a través del agua y dejó un arco de oleaginoso veneno negro. Percy arremetió directo contra él antes de que Jason pudiera gritar: «¿En qué estás pensando, colega?».

Percy soltó a *Contracorriente*. Lanzó un grito ahogado y se llevó las manos a la garganta. El gigante lanzó su red, y Percy se desplomó en el suelo, totalmente enredado mientras el veneno se hacía más denso a su alrededor.

—¡Suéltalo!

A Jason se le quebró la voz debido al pánico.

El gigante se rió entre dientes.

—No te preocupes, hijo de Júpiter. Tu amigo tardará mucho en morir. Después de todos los problemas que me ha ocasionado, no se me ocurriría matarlo rápido.

Unas nubes venenosas se desplegaron alrededor del gigante e invadieron las ruinas como un denso humo de cigarro. Jason retrocedió atropelladamente, y aunque no fue lo bastante rápido, su *ventus* resultó ser un filtro útil. Cuando el veneno lo envolvió, el tornado en miniatura empezó a girar más rápido y rechazó las nubes. Cimopolia arrugó la nariz y desvió la oscuridad con un gesto de la mano, pero por lo demás no pareció afectarle.

Percy se retorcía en la red mientras su cara se teñía de verde. Jason corrió a ayudarlo, pero el gigante le cerró el paso con su enorme tridente.

—No puedo dejar que me arruines la diversión —lo reprendió Polibotes—. El veneno acabará matándolo, pero primero vendrá la parálisis y unas horas de dolor atroz. ¡Quiero que viva la experiencia completa! ¡Así podrá ver cómo acabo contigo, Jason Grace!

Polibotes avanzó despacio, y Jason tuvo tiempo de sobra para contemplar la torre de tres pisos de armadura y músculo que se le echaba encima.

Esquivó el tridente usando el *ventus* para salir disparado y clavó su espada en la pata de reptil del gigante. Polibotes gritó y dio un traspié, mientras le brotaba icor dorado de la herida.

—¡Cim! —gritó Jason—. ¿Es esto lo que realmente quieres?

La diosa de la tormenta parecía bastante aburrida; daba vueltas distraídamente a su disco metálico.

—¿Poder ilimitado? ¿Por qué no?

—Pero ¿qué tiene de divertido? —preguntó Jason—. Destruye nuestro barco. Destruye toda la costa del mundo. Cuando Gaia aniquile toda la civilización humana, ¿quién quedará para temerte? Seguirás siendo una desconocida.

Polibotes se volvió.

—Eres un incordio, hijo de Júpiter. ¡Te voy a aplastar!

Jason trató de invocar más rayos. No pasó nada. Si algún día conocía a su padre, tendría que pedirle que aumentase su asignación diaria de rayos.

Jason consiguió esquivar otra vez las puntas del tridente, pero el gigante blandió el otro extremo y lo golpeó en el pecho.

Jason se tambaleó hacia atrás, atontado y dolorido. Polibotes entró a matar. Justo antes de que el tridente lo perforase, el *ventus* de Jason actuó por su cuenta. Empezó a girar en espiral hacia un lado y se llevó a Jason volando diez metros a través del patio.

«Gracias, colega —pensó Jason—. Te debo un ambientador.»

Jason no supo si al *ventus* le gustó la idea.

—En realidad, Jason Grace —dijo Cim, mientras se observaba las uñas—, ahora que lo dices, sí que disfruto siendo temida por los mortales. No me temen lo suficiente.

—¡Yo puedo ayudarte!

Jason sorteó otro golpe de tridente. Extendió su *gladius*, lo transformó en jabalina y se la clavó a Polibotes en el ojo.

—¡AYYY!

El gigante se tambaleó.

Percy se retorcía en la red, pero sus movimientos se estaban volviendo lentos. Jason tenía que darse prisa. Tenía que llevar a Percy a la enfermería, y si la tormenta seguía bramando en lo alto, no habría enfermería a la que llevarlo.

Fue volando junto a Cim.

—Ya sabes que los dioses dependen de los mortales. Cuanto más los honremos, más poderosos se vuelven.

—¿Cómo voy a saberlo? ¡Nunca me han honrado!

—Yo puedo cambiar eso —prometió él—. Te encargaré personalmente un santuario en la colina de los Templos de la Nueva

Roma. ¡Tu primer santuario romano! Y levantaré otro en el Campamento Mestizo, justo en la orilla del estrecho de Long Island. Imagínate siendo honrada...

—Y temida.

—... y temida tanto por griegos como por romanos. ¡Serás famosa!

—¡DEJA DE HABLAR!

Polibotes blandió su tridente como un bate de béisbol.

Jason se agachó. Cim, no. El gigante le asestó un golpe tan fuerte en la caja torácica que algunos pelos de su cabello de medusa se soltaron y flotaron a la deriva entre el agua envenenada.

Polibotes abrió mucho los ojos.

—Perdona, Cimopolia. ¡No deberías haber estado en medio!

—¿EN MEDIO? —La diosa se enderezó—. ¿Yo estoy en medio?

—Ya lo has oído —dijo Jason—. Tú solo eres un instrumento para los gigantes. Te darán de lado en cuanto terminen de destruir a los mortales. Y entonces no habrá semidioses, ni templos, ni miedo, ni respeto.

—¡MENTIRAS! —Polibotes trató de asestarle una estocada, pero Jason se escondió detrás del vestido de la diosa—. ¡Cimopolia, cuando Gaia domine, bramarás y tronarás sin límite!

—¿Habrá mortales a los que aterrorizar? —preguntó Cim.

—Pues... no.

—¿Barcos que destruir? ¿Semidioses que se encojan de miedo?

—Esto...

—Ayúdame —la instó Jason—. Juntos, una diosa y un semidiós pueden matar a un gigante.

—¡No! —De repente Polibotes parecía muy nervioso—. No, es una idea terrible. ¡Gaia se disgustará mucho!

—Si se despierta —dijo Jason—. La poderosa Cimopolia puede ayudarnos a garantizar que eso no ocurra. ¡Entonces todos los semidioses la honrarán como a una celebridad!

—¿Se encogerán? —preguntó Cim.

—¡Se encogerán a montones! Además, tu nombre figurará en el programa de verano del campamento. Una bandera personalizada.

Una cabaña en el Campamento Mestizo. Dos templos. Hasta incluyo un muñequito de Cimopolia.

—¡No! —protestó Polibotes—. ¡Derechos de comercialización, no!

Cimopolia se volvió contra el gigante.

—Me temo que ese trato supera lo que Gaia me ha ofrecido.

—¡Es inaceptable! —rugió el gigante—. ¡No puedes fiarte de este infame romano!

—Si no cumplo el trato, Cim siempre podrá matarme —dijo Jason—. En cambio, con Gaia no tiene ninguna garantía.

—Eso es difícil de discutir —dijo Cim.

Mientras Polibotes se esforzaba por contestar, Jason arremetió y le clavó al gigante la jabalina en la barriga.

Cim levantó su disco de bronce del pedestal.

—Despídete, Polibotes.

Lanzó el disco dando vueltas contra el cuello del gigante. El borde resultó estar afilado.

A Polibotes le resultó difícil despedirse pues ya no tenía cabeza.

XXVIII

Jason

—El veneno es un hábito desagradable. —Cimopolia agitó la mano, y los nubarrones se disiparon—. El veneno de segunda mano puede matar a una persona, ¿sabes?

A Jason tampoco le gustaba mucho el veneno de primera mano, pero decidió no mencionar ese detalle. Sacó a Percy de la red cortándola y lo apoyó contra el muro del templo, envolviéndolo en la cáscara aérea del *ventus*. El oxígeno estaba disminuyendo, pero Jason esperaba que ayudase a expulsar el veneno de los pulmones de su amigo.

Su idea pareció dar resultado. Percy se dobló y empezó a tener arcadas.

—Uf. Gracias.

Jason espiró aliviado.

—Me tenías preocupado, hermano.

Percy parpadeó, bizqueando.

—Todavía estoy un poco atontado. Pero... ¿le has prometido a Cim un muñequito?

La diosa se elevó amenazante por encima de ellos.

—Ya lo creo. Y espero que cumpla lo prometido.

—Lo cumpliré —dijo Jason—. Cuando ganemos esta guerra, me aseguraré de que todos los dioses sean reconocidos. —Posó la mano en el hombro de Percy—. Mi amigo puso en marcha el proceso el verano pasado. Hizo que los dioses del Olimpo prometiesen que prestarían más atención al resto de vosotros.

Cim hizo una mueca de desdén con la nariz.

—Ya sabemos lo que vale una promesa de un dios del Olimpo.

—Por ese motivo voy a terminar el trabajo. —Jason no sabía de dónde salían esas palabras, pero la idea le parecía totalmente razonable—. Me aseguraré de que ningún dios sea olvidado en cada uno de los campamentos. Tal vez se les dedique templos o cabañas, o como mínimo santuarios...

—O cromos coleccionables —propuso Cim.

—Claro. —Jason sonrió—. Viajaré de un templo al otro hasta que el trabajo esté terminado.

Percy silbó.

—Estás hablando de docenas de dioses.

—Cientos —le corrigió Cim.

—Bueno, entonces puede que lleve un tiempo —dijo Jason—. Pero tú serás la primera de la lista, Cimopolia... la diosa de la tormenta que decapitó a un gigante y salvó nuestra misión.

Cim se acarició el pelo de medusa.

—Eso servirá. —Observó a Percy—. Aunque sigo lamentando un poco no veros morir.

—Me hacen ese comentario muy a menudo —dijo Percy—. Respecto a nuestro barco...

—Sigue entero —dijo la diosa—. No se encuentra en muy buen estado, pero deberíais poder llegar a Delos.

—Gracias —dijo Jason.

—Sí —dijo Percy—. Y tu marido Briareo es un buen tipo, de verdad. Deberías darle una oportunidad.

La diosa recogió su disco de bronce.

—No tientes a la suerte, hermano. Briareo tiene cincuenta caras, todas feas. También tiene cien manos, y aun así es un manazas en casa.

—Vale —dijo Percy cediendo—. No tentaré a la suerte.

Cim le dio la vuelta al disco y mostró las correas que tenía en la parte inferior, como un escudo. Se lo colocó en los hombros al estilo del Capitán América.

—Seguiré vuestros progresos. Polibotes no mentía cuando dijo que tu sangre despertará a la Madre Tierra. Los gigantes están muy convencidos de eso.

—¿Mi sangre, concretamente? —preguntó Percy.

La sonrisa de Cim se volvió todavía mucho más inquietante de lo normal.

—No soy un oráculo, pero oí lo que el adivino Fineas te dijo en la ciudad de Portland. Te enfrentarás a un sacrificio que tal vez no seas capaz de hacer, y te costará el mundo. Todavía tienes que enfrentarte a tu defecto fatídico, hermano mío. Mira a tu alrededor. Todas las creaciones de los dioses y los hombres acaban convertidas en ruinas. ¿No sería más fácil escapar a las profundidades con esa novia tuya?

Percy posó la mano en el hombro de Jason y se levantó con dificultad.

—Juno me ofreció una elección parecida cuando encontré el Campamento Júpiter. Te daré la misma respuesta que le di a ella: yo no huyo cuando mis amigos me necesitan.

Cim levantó las palmas de las manos.

—Precisamente ese es tu defecto: eres incapaz de hacerte a un lado. Yo me retiraré a las profundidades y observaré cómo se desarrolla la batalla. Deberíais saber que las fuerzas del mar también están en guerra. Vuestra amiga Hazel Levesque impresionó mucho a la gente del mar y a sus mentores, Afros y Bitos.

—Los ponis pez —murmuró Percy—. No quisieron conocerme.

—Ahora mismo están luchando por vosotros —dijo Cim—, tratando de impedir que los aliados de Gaia se acerquen a Long Island. Todavía está por ver si sobrevivirán o no. En cuanto a ti, Jason Grace, tu camino no será más fácil que el de tu amigo. Serás engañado. Te enfrentarás a una pena insoportable.

Jason procuró no encenderse. No estaba seguro de que el corazón de Percy pudiera soportar la impresión.

—¿No has dicho que no eres un oráculo, Cim? Pues deberían darte el trabajo. Eres lo bastante deprimente para el puesto.

La diosa dejó escapar su risa de delfín.

—Me diviertes, hijo de Júpiter. Espero que vivas para vencer a Gaia.

—Gracias —dijo él—. ¿Algún consejo para vencer a una diosa que no se puede vencer?

Cimopolia ladeó la cabeza.

—Oh, ya conoces la respuesta. Eres un hijo del cielo; tienes la tormenta en la sangre. Un dios primordial ya fue vencido en una ocasión. Ya sabes a quién me refiero.

Las entrañas de Jason empezaron a revolverse más rápido que el *ventus*.

—Urano, el primer dios del cielo. Pero eso quiere decir…

—Sí. —Las facciones extraterrestres de Cim adoptaron una expresión que casi parecía de compasión—. Esperemos que no llegue a eso. Si Gaia despierta… tu tarea no será fácil. Pero si vences, recuerda tu promesa, pontífice.

Jason tardó un instante en asimilar sus palabras.

—No soy un sacerdote.

—¿No? —Los ojos blancos de Cim brillaban—. Por cierto, tu *ventus* dice que desea ser liberado. Como te ha ayudado, espera que lo dejes marchar cuando llegues a la superficie. Promete que no te molestará por tercera vez.

—¿Tercera vez?

Cim hizo una pausa, como si estuviera escuchando.

—Dice que se unió a la tormenta para vengarse de ti, pero que si hubiera sabido lo fuerte que te has hecho desde que estuviste en el Gran Cañón, no se habría acercado a tu barco.

—El Gran Cañón… —Jason se acordó de aquel día en la plataforma, cuando uno de los idiotas de sus compañeros de clase resultó ser un espíritu del viento—. ¿Dylan? ¿Me estás vacilando? ¿Estoy respirando a Dylan?

—Sí —respondió Cim—. Parece que así se llama.

Jason se estremeció.

—Lo dejaré marchar en cuanto llegue a la superficie. No hay problema.

—Adiós, entonces —dijo la diosa—. Y que las Moiras os sonrían… Suponiendo que las Moiras sobrevivan.

Tenían que marcharse.

Jason se estaba quedando sin aire (aire de Dylan, qué asco), y en el *Argo II* todos estarían preocupados por ellos.

Pero Percy seguía mareado a causa del veneno, de modo que se quedaron sentados unos minutos en el borde de la cúpula dorada en ruinas para que Percy recobrara el aliento… o el agua, lo que recobrara un hijo de Poseidón cuando estaba en el fondo del mar.

—Gracias, tío —dijo Percy—. Me has salvado la vida.

—Eh, para eso estamos los amigos.

—Pero que el hijo de Júpiter salve al hijo de Poseidón en el fondo del mar… ¿Podemos guardarnos los detalles? Si no, me lo estarán recordando eternamente.

Jason sonrió.

—Hecho. ¿Qué tal te encuentras?

—Mejor. Yo… tengo que reconocer que cuando me estaba ahogando con el veneno, no paraba de pensar en Aclis, la diosa del sufrimiento en el Tártaro. Estuve a punto de acabar con ella usando veneno. —Se estremeció—. Me dio gusto, pero en el mal sentido. Si Annabeth no me hubiera detenido…

—Pero te detuvo —dijo Jason—. Esa es otra cosa que los amigos tienen que hacer entre ellos.

—Sí… El caso es que ahora, cuando me estaba ahogando, no paraba de pensar: «Esto es una venganza por lo de Aclis». Las Moiras me están dejando morir de la misma forma en que traté de matar a esa diosa. Y, sinceramente, una parte de mí creía que me lo merecía. Por eso no intenté controlar el veneno del gigante ni apartarlo de mí. Debe de parecer una locura.

Jason se acordó de lo que le había pasado en Ítaca, cuando se había dejado llevar por la desesperanza al recibir la visita del espíritu de su madre.

—No. Creo que lo entiendo.

Percy observó su rostro. Al ver que Jason no decía nada más, Percy cambió de tema.

—¿A qué se refería Cim con lo de vencer a Gaia? Has mencionado a Urano...

Jason se quedó mirando el sedimento que se arremolinaba entre las columnas del antiguo palacio.

—El dios del cielo. Los titanes lo vencieron llamándolo a la tierra. Lo sacaron de su territorio, le tendieron una emboscada, lo inmovilizaron y lo mataron.

Parecía que a Percy le estuvieran volviendo las náuseas.

—¿Cómo haremos eso con Gaia?

Jason recordó un verso de la profecía: «Bajo la tormenta o el fuego, el mundo debe caer». Empezaba a tener cierta idea de lo que podía significar... Pero si estaba en lo cierto, Percy no podría ayudar. De hecho, puede que sin querer él complicara las cosas.

«Yo no huyo cuando mis amigos me necesitan», había dicho Percy.

«Precisamente ese es tu defecto —le había advertido Cim—: eres incapaz de hacerte a un lado.»

Era 27 de julio. Al cabo de cinco días, Jason sabría si estaba en lo cierto.

—Vamos a Delos primero —dijo—. Apolo y Artemisa podrían darnos algún consejo.

Percy asintió sin pronunciar palabra, aunque no parecía contento con la respuesta.

—¿Por qué Cimopolia te ha llamado «Pontiac»?

La risa de Jason despejó el ambiente en sentido literal.

—Pontífice. Significa «sacerdote».

—Ah. —Percy frunció el entrecejo—. Aun así, suena a nombre de coche. «El nuevo pontífice XLS.» ¿Te vas a poner un alzacuello y a bendecir a la gente?

—No. Los romanos tenían un *pontifex maximus* que supervisaba los sacrificios y todas esas cosas para asegurarse de que ningún dios se cabreaba. Lo mismo que yo me he ofrecido a hacer... Supongo que parece el trabajo de un pontífice.

—Entonces ¿hablabas en serio? —preguntó Percy—. ¿De verdad vas a intentar construir templos para todos los dioses menores?

—Sí. No lo había pensado seriamente antes, pero me gusta la idea de ir de un campamento al otro; suponiendo, claro está, que aguantemos hasta la semana que viene y los dos campamentos todavía existan. Lo que tú hiciste el año pasado en el Olimpo, cuando renunciaste a la inmortalidad y les pediste a los dioses que jugasen limpio, fue muy noble, tío.

Percy gruñó.

—Créeme, hay días en que me arrepiento de esa decisión: «Ah, ¿quieres renunciar a nuestra oferta? ¡Muy bien! ¡ZAS! ¡Adiós, memoria! ¡Directo al Tártaro!».

—Hiciste lo que un héroe debía hacer. Te admiro por eso. Lo mínimo que puedo hacer si sobrevivimos es continuar tu obra: asegurarme de que todos los dioses consiguen cierto reconocimiento. ¿Quién sabe? Si los dioses se llevan mejor, tal vez podamos evitar que estallen más guerras.

—Eso estaría muy bien —convino Percy—. Estás cambiado, ¿sabes? En sentido positivo. ¿Todavía te duele la herida?

—La herida…

Jason había estado tan ocupado con el gigante y la diosa que se había olvidado de la herida de espada que tenía en la barriga, aunque solo una hora antes había estado muriéndose en la enfermería.

Se levantó la camiseta y se quitó las vendas. No había humo. No había hemorragia. No había cicatriz. No había dolor.

—Ha… desaparecido —dijo pasmado—. Me siento totalmente normal. ¿Qué demonios ha pasado?

—¡Lo has superado, tío! —Percy se rió—. Has encontrado tu propia cura.

Jason consideró sus palabras. Supuso que debía de ser cierto. Tal vez dejar de lado el dolor para ayudar a sus amigos había dado resultado.

O tal vez la decisión de honrar a los dioses de los dos campamentos le había curado y había despejado el camino hacia el futuro. Romanos o griegos, daba igual. Como les había dicho a los fantasmas en Ítaca, su familia había aumentado. Ya veía su sitio en ella.

Mantendría la promesa que le había hecho a la diosa de la tormenta. Y por eso la espada de Michael Varus no significaba nada.

«Morirás romano.»

No. Si tenía que morir, moriría siendo hijo de Júpiter, vástago de los dioses: la sangre del Olimpo. Pero no pensaba dejar que lo sacrificasen... Al menos, no sin oponer resistencia.

—Venga. —Jason le dio una palmada en la espalda—. Vamos a echar un vistazo a nuestro barco.

XXIX

Nico

Si le hubieran dado a elegir entre la muerte y el Alegre Mercado de Buford, a Nico le habría costado decidirse. Por lo menos conocía la tierra de los muertos. Además, la comida era más fresca.

—Sigo sin entenderlo —murmuró el entrenador Hedge mientras recorrían el pasillo central—. ¿Le han puesto a un pueblo entero el nombre de la mesa de Leo?

—Creo que el pueblo ya existía, entrenador —dijo Nico.

—Ah. —El entrenador cogió una caja de donuts con azúcar glasé—. Puede que tengas razón. Estos donuts tienen pinta de haber sido hechos como mínimo hace cien años. Echo de menos las *farturas* de Portugal.

Nico no podía pensar en Portugal sin que le dolieran los brazos. En sus bíceps, los arañazos de hombre lobo seguían en carne viva. El dependiente le había preguntado si se había peleado con un lince.

Compraron un botiquín de urgencia, un cuaderno de papel (para que el entrenador Hedge pudiera escribir más mensajes en aviones de papel a su esposa), comida basura y refrescos (porque la mesa de banquete de la nueva tienda mágica de Reyna solo ofrecía comida saludable y agua fresca), y artículos de camping variados para las inútiles pero increíblemente complicadas trampas para monstruos del entrenador Hedge.

Nico había albergado la esperanza de encontrar ropa limpia. Habían pasado dos días desde que habían escapado de San Juan y estaba cansado de pasearse con su camiseta tropical de la ISLA DEL ENCANTORICO, sobre todo porque el entrenador Hedge tenía una igual. Lamentablemente, en el Alegre Mercado de Buford solo vendían camisetas con banderas confederadas y mensajes sobados como: MANTENGA LA CALMA Y SIGA AL PALETO. Nico optó por quedarse con los loros y las palmeras.

Volvieron al campamento andando por una carretera de dos carriles bajo el sol abrasador. En esa parte de Carolina del Sur se veían sobre todo campos descuidados, salpicados de postes de teléfono y árboles cubiertos de plantas trepadoras. El pueblo de Buford propiamente dicho era una serie de cobertizos metálicos portátiles: seis o siete, que probablemente también era el número de habitantes.

Nico no era precisamente un amante del sol, pero por una vez agradeció la calidez del sitio. Le hacía sentirse más corpóreo, afianzado en el mundo de los mortales. Con cada salto que daba por el mundo de las sombras, le resultaba más difícil volver. Incluso a plena luz del día, su mano pasaba a través de los objetos sólidos. El cinturón y la espada se le caían continuamente a los tobillos sin motivo aparente. En una ocasión en que no estaba mirando por dónde iba, atravesó andando un árbol.

Nico recordaba algo que Jason Grace le había dicho en el palacio de Noto: «Tal vez haya llegado el momento de que salgas de las sombras».

Ojalá pudiera, pensaba. Por primera vez en su vida había empezado a tener miedo de la oscuridad porque podía desaparecer en ella para siempre.

Nico y Hedge no tuvieron problemas para encontrar el camino de vuelta al campamento. La Atenea Partenos era el punto de referencia más alto en kilómetros a la redonda. Con su nueva red de camuflaje, emitía un brillo plateado, como un fantasma de doce metros de altura extraordinariamente llamativo.

Al parecer, la Atenea Partenos había querido que visitaran un lugar con valor educativo porque había aterrizado justo al lado de un poste indicador que rezaba: MATANZA DE BUFORD, en un cruce de grava perdido de la mano de Dios.

La tienda de Reyna se encontraba en un bosquecillo a unos treinta metros de la carretera. Cerca de allí había un túmulo rectangular: cientos de piedras amontonadas en forma de una enorme tumba con un obelisco de granito a modo de lápida. A su alrededor había esparcidas guirnaldas descoloridas y ramos de flores de plástico aplastados, lo que hacía que el lugar pareciera todavía más triste.

Aurum y Argentum jugaban en el bosque con uno de los balones de balonmano del entrenador. Desde que las amazonas los habían reparado, los perros metálicos habían estado juguetones y llenos de energía, a diferencia de su dueña.

Reyna estaba sentada con las piernas cruzadas en la entrada de la tienda de campaña mirando el obelisco conmemorativo. No había hablado mucho desde que habían escapado de San Juan hacía dos días. No se habían encontrado con ningún monstruo, cosa que inquietaba a Nico. No habían tenido más noticias de las cazadoras ni de las amazonas. No sabían qué había sido de Hylla ni de Thalia ni del gigante Orión.

A Nico no le gustaban las cazadoras de Artemisa. La tragedia las seguía con la fidelidad de sus perros y sus aves de rapiña. Su hermana Bianca había muerto después de unirse a las cazadoras. Luego Thalia Grace se había convertido en la líder y había empezado a reclutar a chicas cada vez más jóvenes para su causa, cosa que irritaba a Nico, como si la muerte de Bianca se pudiese olvidar. Como si ella fuese reemplazable.

Cuando Nico se había despertado en el Barrachina y había encontrado la nota en la que las cazadoras informaban de que habían secuestrado a Reyna, había destrozado el patio dejándose llevar por la ira. No quería que las cazadoras le arrebataran a otra persona importante.

Afortunadamente, había recuperado a Reyna, pero no le gustaba lo introvertida que se había vuelto. Cada vez que él trataba de hablar del incidente de la calle San José (los fantasmas en el balcón, mirándola, acusándola en susurros), ella lo rechazaba.

Nico sabía algo de fantasmas. Dejarlos dentro de la cabeza era peligroso. Quería ayudar a Reyna, pero, considerando que su propia estrategia consistía en lidiar con sus problemas solo y despreciar a cualquiera que intentara acercarse a él, no podía criticar a Reyna por hacer lo mismo.

La chica alzó la vista cuando ellos se acercaron.

—Ya lo he averiguado.

—¿En qué lugar histórico estamos? —preguntó Hedge—. Bien, porque me estaba volviendo loco.

—La batalla de Waxhaws —dijo ella.

—Ah, claro… —Hedge asintió sabiamente—. Fue un combate sangriento.

Nico trató de percibir si había espíritus inquietos en la zona, pero no notó nada. Algo poco corriente en un campo de batalla.

—¿Estás segura?

—En 1780 —dijo Reyna—. La revolución de las Trece Colonias. La mayoría de los líderes de las colonias eran semidioses griegos. Los generales británicos eran semidioses romanos.

—Porque Inglaterra era como Roma en aquel entonces —dedujo Nico—. Un imperio emergente.

Reyna recogió un ramo aplastado.

—Creo que sé por qué hemos aterrizado aquí. Es culpa mía.

—Venga ya —contestó Hedge con tono de mofa—. El Alegre Mercado de Buford no es culpa de nadie. Esas cosas pasan.

Reyna toqueteó las flores de plástico descoloridas.

—Durante la revolución, cuatrocientos estadounidenses fueron sorprendidos aquí por la caballería británica. Las tropas coloniales trataron de rendirse, pero los británicos buscaban sangre. Masacraron a los estadounidenses a pesar de que habían tirado sus armas. Solo unos pocos sobrevivieron.

Nico supuso que debería haberse horrorizado. Pero después de viajar por el inframundo y oír multitud de historias sobre maldad y muerte, una matanza en tiempos de guerra no le parecía destacable desde el punto de vista informativo.

—¿Por qué dices que es culpa tuya, Reyna?

—El comandante británico era Banastre Tarleton.

Hedge resopló.

—He oído hablar de él. Un chiflado. Lo llamaban Benny el Carnicero.

—Sí… —Reyna respiró de forma trémula—. Era hijo de Belona.

—Ah.

Nico se quedó mirando la enorme tumba. Seguía preocupándole que no pudiera percibir ningún espíritu. Cientos de soldados masacrados en ese lugar deberían haber desprendido algún tipo de vibración mortal.

Se sentó al lado de Reyna y decidió arriesgarse.

—Así que crees que fuimos atraídos aquí porque tienes alguna conexión con los fantasmas. ¿Como lo que pasó en San Juan?

Durante diez segundos ella no dijo nada; solo daba vueltas al ramo de plástico en su mano.

—No quiero hablar de lo de San Juan.

—Pues deberías. —Nico se sentía como un extraño en su cuerpo. ¿Por qué estaba animando a Reyna a que confesara? No era su estilo ni era asunto suyo. Sin embargo, siguió hablando—. El problema principal de los fantasmas es que la mayoría han perdido sus voces. En los Campos de Asfódelos, millones de fantasmas deambulan sin rumbo tratando de recordar quiénes eran. ¿Sabes por qué acaban así? Porque en vida nunca se posicionaron. Nunca dijeron lo que pensaban, así que nadie los oyó. Tu voz es tu identidad. Si no la usas —dijo encogiéndose de hombros—, ya estás a medio camino de los Campos de Asfódelos.

Reyna frunció el entrecejo.

—¿Eso es lo que tú entiendes por palabras de ánimo?

El entrenador Hedge se aclaró la garganta.

—Esto se está poniendo demasiado psicológico para mí. Me voy a escribir unas cartas.

Cogió la libreta y se internó en el bosque. El último día había estado escribiendo mucho; al parecer, no solo a Mellie. El entrenador no había dado detalles, pero había insinuado que estaba echando mano de sus influencias para que les ayudaran en la misión.

Teniendo en cuenta lo que Nico sabía de él, podía estar escribiendo a Jackie Chan.

Nico abrió la bolsa de la compra. Sacó una caja de galletas de avena con nata y le ofreció una a Reyna.

Ella arrugó la nariz.

—Tienen pinta de haberse pasado en la época de los dinosaurios.

—Tal vez. Pero últimamente tengo mucho apetito. Cualquier comida me sabe bien... salvo la granada. La aborrezco.

Reyna escogió una galleta y le dio un mordisco.

—Los fantasmas de San Juan... eran mis antepasados.

Nico aguardó. La brisa agitaba la red de camuflaje que cubría la Atenea Partenos.

—La familia Ramírez-Arellano se remonta muy atrás en el tiempo —continuó Reyna—. No conozco toda la historia. Mis antepasados vivían en España cuando era una provincia romana. Mi tataratatata-no-sé-cuántas-veces-abuelo viajó a Puerto Rico con Ponce de León.

—Uno de los fantasmas del balcón llevaba una armadura de conquistador —recordó Nico.

—Era él.

—Entonces... ¿tu familia entera desciende de Belona? Creía que tú y Hylla erais sus hijas, no sus descendientes.

Nico se percató demasiado tarde de que no debería haber sacado a colación a Hylla. Una expresión de desesperanza cruzó el rostro de Reyna, aunque consiguió ocultarla rápido.

—Somos sus hijas —dijo Reyna—. Somos las primeras hijas de Belona en la familia Ramírez-Arellano. Y Belona siempre ha tenido favoritismo por nuestro clan. Hace milenios decidió que jugaríamos un papel fundamental en muchas batallas.

—Como tú estás haciendo ahora —dijo Nico.

Reyna se limpió las migas de la barbilla.

—Es posible. Algunos de mis antepasados han sido héroes. Otros han sido villanos. ¿Viste el fantasma con heridas de bala en el pecho?

Nico asintió.

—¿Un pirata?

—El más famoso de la historia de Puerto Rico. Era conocido como el pirata Cofresí, pero su apellido era Ramírez Arellano. Nuestra casa, la residencia familiar, fue construida con dinero del tesoro que él enterró.

Por un instante, Nico se sintió como si volviera a ser niño. Estuvo tentado de soltar: «¡Cómo mola!». Antes de aficionarse a Mithomagic, había estado obsesionado con los piratas. Probablemente ese era uno de los motivos por los que se había enamorado locamente de Percy, un hijo del dios del mar.

—¿Y los otros fantasmas? —preguntó.

Reyna dio otro mordisco a la galleta de nata.

—El tipo del uniforme de la marina de Estados Unidos es mi tío bisabuelo, de la Segunda Guerra Mundial, el primer comandante de submarinos latino. Ya puedes hacerte una idea. Muchos guerreros. Belona fue nuestra patrona durante generaciones.

—Pero no tuvo hijos semidioses en tu familia... hasta vosotras.

—La diosa... se enamoró de mi padre, Julian. Él fue soldado en Iraq. Era... —A Reyna se le quebró la voz. Apartó bruscamente el ramo de flores de plástico—. No puedo. No puedo hablar de él.

Una nube pasó y cubrió el bosque de sombras.

Nico no quería presionar a Reyna. ¿Qué derecho tenía él?

Dejó su galleta de nata... y se fijó en que las puntas de sus dedos se estaban convirtiendo en humo. La luz del sol regresó. Sus manos se volvieron otra vez sólidas, pero a Nico se le pusieron los nervios de punta. Se sentía como si lo hubieran apartado del borde de un alto balcón.

«Tu voz es tu identidad —le había dicho a Reyna—. Si no la usas, ya estás a medio camino de los Campos de Asfódelos.»

No soportaba cuando sus consejos se podían aplicar a él mismo.

—Mi padre me hizo un regalo —dijo Nico—. Un zombi.

Reyna lo miró fijamente.

—¿Qué?

—Se llama Jules-Albert. Es francés.

—¿Un… zombi francés?

—Hades no es el mejor padre del mundo, pero de vez en cuando tiene momentos de acercamiento a su hijo. Supongo que pensó que el zombi era una prenda de paz. Dijo que Jules-Albert podía ser mi chófer.

La comisura de la boca de Reyna se torció.

—Un chófer que es un zombi francés.

Nico se dio cuenta de lo ridículo que sonaba. No había hablado con nadie de Jules-Albert, ni siquiera con Hazel, pero siguió hablando.

—Hades pensaba que yo debía intentar comportarme como un adolescente moderno, ya sabes. Hacer amigos. Conocer el siglo XXI. Tenía cierta idea de que los padres de los mortales llevan a sus hijos en coche. Y como él no podía hacerlo, su solución fue un zombi.

—Para que te llevara al centro comercial —dijo Reyna—. O a comer una hamburguesa.

—Supongo. —Los nervios de Nico empezaron a calmarse—. Porque no hay nada mejor para hacer amigos que un cadáver putrefacto con acento francés.

Reyna se rió.

—Perdona… No debería burlarme.

—Tranquila. El caso es que… a mí tampoco me gusta hablar de mi padre. Pero a veces —dijo, mirándola a los ojos— tienes que hacerlo.

La expresión de Reyna se tornó seria.

—Yo no conocí a mi padre en sus buenos tiempos. Hylla decía que era más agradable cuando ella era muy pequeña, antes de que yo naciese. Era guapo. Podía ser encantador. Belona le dio su bendición, como había hecho con muchos de mis antepasados, pero a mi padre eso no le bastó. Él la quería por esposa.

En el bosque, el entrenador Hedge murmuraba para sus adentros mientras escribía. Tres aviones de papel ascendían en espiral empujados por la brisa, rumbo a quién sabía dónde.

—Mi padre se dedicó por completo a Belona —continuó Reyna—. Una cosa es respetar el poder de la guerra y otra enamorarse de ella. No sé cómo lo hizo, pero consiguió conquistar el corazón de Belona. Mi hermana nació justo antes de que él se fuera a Iraq para cumplir su último período de servicio. Le dieron de baja con honores y volvió a casa como un héroe. Si... si hubiera podido adaptarse a la vida de civil, todo habría ido bien.

—Pero no pudo —dedujo Nico.

Reyna meneó la cabeza.

—Poco después de que regresara, tuvo un último encuentro con la diosa. Ese es el motivo, ejem, por el que yo nací. Belona le mostró una visión fugaz del futuro. Le explicó por qué nuestra familia era tan importante para ella. Dijo que el legado de Roma nunca se perdería mientras nuestro linaje durase y luchara para defender nuestra patria. Esas palabras... Creo que ella pretendía que fueran tranquilizadoras, pero mi padre se obsesionó con ellas.

—La guerra puede ser difícil de superar —dijo Nico, acordándose de Pietro, uno de sus vecinos de infancia en Italia.

Pietro había vuelto sano y salvo de la campaña de Mussolini en África, pero, después de haber bombardeado a los civiles etíopes con gas mostaza, su mente nunca volvió a ser la misma.

A pesar del calor, Reyna se abrigó con su capa.

—En parte, el problema era el estrés postraumático. No podía dejar de pensar en la guerra. Y por otra parte, estaba el dolor constante: una bomba en una carretera le había dejado metralla en el hombro y el pecho. Pero había algo más. A lo largo de los años, mientras yo crecía, él... cambió.

Nico no respondió. Nadie le había hablado antes con tanta franqueza, salvo quizá Hazel. Se sentía como si estuviera observando a una bandada de pájaros posarse en un campo. Un ruido podría espantarlos.

—Se volvió paranoico —dijo Reyna—. Creía que las palabras de Belona eran una advertencia de que nuestro linaje sería exterminado y el legado de Roma desaparecería. Veía enemigos por todas partes. Coleccionaba armas. Convirtió nuestra casa en una auténtica fortaleza. Por las noches nos encerraba a Hylla y a mí en nuestras habitaciones. Si salíamos a hurtadillas, nos gritaba y tiraba muebles y… nos asustaba. A veces incluso creía que nosotras éramos el enemigo. Se convenció de que le estaban espiando, tratando de minar su resistencia. Entonces empezaron a aparecer los fantasmas. Supongo que siempre habían estado allí, pero captaron la agitación de mi padre y empezaron a manifestarse. Le susurraban y alimentaban sus sospechas. Al final, un día…, no te puedo decir cuándo con seguridad, me di cuenta de que había dejado de ser mi padre. Se había convertido en un fantasma más.

Una marea fría brotó en el pecho de Nico.

—Una *mania* —especuló—. He visto casos parecidos. Cuando un humano se consume y deja de ser humano. Solo sus peores cualidades permanecen. Su locura…

Por la expresión de Reyna, era evidente que su explicación no le estaba siendo de ayuda.

—Fuera lo que fuese, se hizo imposible vivir con él —siguió narrando Reyna—. Hylla y yo nos escapábamos de casa en cuanto podíamos, pero al final volvíamos… y sufríamos su ira. No sabíamos qué más hacer. Él era nuestra única familia. La última vez que volvimos, él… estaba tan furioso que se había encendido en sentido literal. Ya no podía tocar físicamente las cosas, pero podía moverlas… como un poltergeist, supongo. Arrancó las baldosas. Desgarró el sofá. Al final lanzó una silla y le dio a Hylla. Se desplomó. Solo se había quedado inconsciente, pero yo pensaba que estaba muerta. Cogí la primera arma que encontré: una reliquia de la familia, el sable del pirata Cofresí. Yo… yo no sabía que era de oro imperial. Arremetí con ella contra el espíritu de mi padre y…

—Lo volatilizaste —aventuró Nico.

Los ojos de Reyna estaban anegados en lágrimas.

—Maté a mi propio padre.

—No, Reyna. No era él. Era un fantasma. Peor aún: una *mania*. Estabas protegiendo a tu hermana.

Ella hizo girar el anillo de plata en su dedo.

—Tú no lo entiendes. El parricidio es el peor crimen que un romano puede cometer. Es imperdonable.

—No mataste a tu padre. Ese hombre ya estaba muerto —insistió Nico—. Desvaneciste a un fantasma.

—¡Da igual! —Reyna sollozó—. Si llegara a saberse en el Campamento Júpiter…

—Serías ejecutada —dijo otra voz.

En el linde del bosque había un legionario romano con armadura sosteniendo un *pilum*. Una melena castaña le caía sobre los ojos. Saltaba a la vista que se había roto la nariz como mínimo una vez, cosa que le daba a su sonrisa un aire todavía más siniestro.

—Gracias por tu confesión, expretora. Me lo has puesto mucho más fácil.

XXX

Nico

El entrenador Hedge eligió ese momento para irrumpir en el claro agitando un avión de papel y gritando:

—¡Buenas noticias, chicos!

Se quedó inmóvil cuando vio al romano.

—Ah…, no importa.

Reyna y Nico se levantaron. Aurum y Argentum corrieron al lado de Reyna y gruñeron al intruso.

Nico no entendía cómo ese chico se había acercado tanto sin que ninguno de ellos se percatara.

—Bryce Lawrence —dijo Reyna—. El nuevo perro de presa de Octavio.

El romano inclinó la cabeza. Tenía los ojos verdes, pero no verde mar como los de Percy; más bien color verdín.

—El augur tiene muchos perros de presa —dijo Bryce—. Yo solo soy el afortunado que te ha encontrado. Seguir la pista a tu amigo *graecus* —dijo señalando con la barbilla a Nico— ha sido fácil. Apesta a inframundo.

Nico desenvainó su espada.

—¿Conoces el inframundo? ¿Quieres que te concierte una visita?

Bryce se rió. Sus incisivos eran de dos tonos distintos de color amarillo.

—¿Crees que puedes asustarme? Soy descendiente de Orco, el dios de las promesas rotas y el castigo eterno. He oído en persona los gritos de los Campos de Castigo. Son música para mis oídos. Dentro de poco añadiré otra alma en pena al coro.

Sonrió a Reyna.

—Conque parricidio, ¿eh? A Octavio le encantará la noticia. Quedas detenida por múltiples infracciones de la ley romana.

—El hecho de que tú estés aquí va contra la ley romana —dijo Reyna—. Los romanos no van de expedición solos. Las misiones deben ser dirigidas por alguien con rango de centurión o superior. Estás en período de *probatio*, e incluso concederte ese rango ha sido un error. No tienes ningún derecho a detenerme.

Bryce se encogió de hombros.

—En época de guerra, algunas normas tienen que ser flexibles. Pero no te preocupes. Cuando te lleve a juicio me recompensarán haciéndome miembro de pleno derecho de la legión. Me imagino que también me ascenderán a centurión. Sin duda habrá vacantes después de la próxima batalla. Algunos oficiales no sobrevivirán, sobre todo si sus lealtades no están en el bando adecuado.

El entrenador Hedge levantó el bate.

—No sé cuál es el protocolo romano, pero ¿puedo zurrar a este crío?

—Un fauno —dijo Bryce—. Interesante. He oído que los griegos confiaban realmente en sus hombres cabra.

Hedge baló.

—Soy un sátiro. Y puedes confiar en que voy a darte con este bate en la cabeza, gamberro.

El entrenador avanzó, pero en cuanto su pie tocó el túmulo, las piedras hicieron un ruido como si estuvieran empezando a hervir. Unos guerreros esqueléticos salieron de la tumba: *spartoi* ataviados con restos andrajosos de las casacas rojas inglesas del siglo XVIII.

Hedge se apartó apresuradamente, pero los dos primeros esqueletos lo agarraron de los brazos y lo levantaron del suelo. Al entrenador se le cayó el bate y agitó las pezuñas.

—¡Soltadme, cabezas huecas!

Nico observó, paralizado, como la tumba expulsaba más soldados británicos muertos: cinco, diez, veinte; se multiplicaban tan rápido que Reyna y sus perros metálicos estuvieron rodeados antes de que Nico pudiera pensar siquiera en levantar su espada.

¿Cómo podía no haber percibido a tantos muertos, tan cerca?

—He olvidado mencionar un detalle —dijo Bryce—: en realidad no estoy solo en esta misión. Como podéis ver, tengo refuerzos. Estos casacas rojas prometieron clemencia a los colonos. Luego los masacraron. Personalmente, me gusta una buena matanza, pero, como rompieron su promesa, sus espíritus fueron condenados, y ahora están permanentemente bajo el poder de Orco. Eso significa que están bajo mi control. —Señaló a Reyna—. Detened a la chica.

Los *spartoi* avanzaron en tropel. Aurum y Argentum eliminaron a los primeros, pero rápidamente fueron derribados y unas manos esqueléticas les mantuvieron los hocicos cerrados. Los soldados agarraron a Reyna por los brazos. Para tratarse de no muertos, eran sorprendentemente rápidos.

Finalmente, Nico volvió en sí. Lanzó estocadas a los *spartoi*, pero su espada los atravesó sin causar daños. Hizo un esfuerzo de voluntad y ordenó a los esqueletos que se deshicieran, pero se comportaron como si él no existiera.

—¿Qué pasa, hijo de Hades? —La voz de Bryce rebosaba falsa compasión—. ¿La situación se te está yendo de las manos?

Nico trató de abrirse paso a empujones entre los esqueletos. Había demasiados. Era como si Bryce, Reyna y el entrenador Hedge estuvieran detrás de una pared metálica.

—¡Lárgate, Nico! —dijo Reyna—. Ve a por la estatua y márchate.

—¡Sí, vete! —convino Bryce—. Por supuesto, eres consciente de que tu próximo salto por el mundo de las sombras será el último. Sabes que no tienes fuerzas para sobrevivir a otro. Pero, por favor, llévate la Atenea Partenos.

Nico bajó la vista. Todavía sostenía su espada estigia, pero tenía las manos oscuras y transparentes como el cristal ahumado. Incluso a la luz directa del sol, se estaba deshaciendo.

—¡Basta! —dijo.

—Oh, no pienso hacer nada —dijo Bryce—. Pero tengo curiosidad por ver lo que pasará. Si te llevas la estatua, desaparecerás con ella para siempre. Si no te la llevas... Tengo órdenes de llevar a Reyna viva para procesarla por traición. En cambio, no tengo órdenes de llevarte a ti vivo, ni al fauno.

—¡Sátiro! —gritó el entrenador. Propinó una patada a un esqueleto en su huesuda entrepierna, pero pareció dolerle más a Hedge que al soldado—. ¡Ay! ¡Estúpidos muertos ingleses!

Bryce pinchó al entrenador en la barriga con su jabalina.

—Me pregunto qué tolerancia al dolor tendrá este. He experimentado con toda clase de animales. Hasta he matado a mi propio centurión. Pero nunca he probado con un fauno... Disculpa, un sátiro. Os reencarnáis, ¿verdad? ¿Cuánto dolor puedes soportar antes de convertirte en unas margaritas?

La ira de Nico se tornó fría y oscura como la hoja de su espada. Él se había transformado en unas cuantas plantas, y no le gustaba. Detestaba a la gente como Bryce Lawrence, que infligía dolor por pura diversión.

—Déjalo en paz —le advirtió Nico.

Bryce arqueó una ceja.

—¿O qué? Por favor, intenta hacer algo del inframundo, Nico. Me encantaría verlo. Tengo la sensación de que un esfuerzo grande te consumiría definitivamente. Adelante.

Reyna forcejeó.

—Olvídate de ellos, Bryce. Si me quieres a mí como prisionera, está bien. Iré voluntariamente y me someteré al estúpido juicio de Octavio.

—Una buena oferta. —Bryce giró su jabalina y acercó la punta a escasos centímetros de los ojos de Reyna—. No sabes lo que Octavio ha planeado, ¿verdad? Ha estado ocupado pidiendo favores y gastando el dinero de la legión.

Reyna apretó los puños.

—Octavio no tiene derecho...

—Tiene el derecho del poder —dijo Bryce—. Tú renunciaste a tu autoridad cuando huiste a las tierras antiguas. El 1 de agosto tus amigos griegos del Campamento Mestizo descubrirán el poderoso enemigo que es Octavio. He visto los diseños de sus máquinas… Hasta yo estoy impresionado.

Nico notaba los huesos como si se le estuvieran convirtiendo en helio; se había sentido así cuando Favonio lo había transformado en viento.

Entonces su mirada se cruzó con la de Reyna. La fuerza de ella recorrió su ser: una oleada de valor y resistencia que le hizo sentirse otra vez corpóreo, afianzado en el mundo de los mortales. Incluso rodeada de muertos y enfrentándose a la ejecución, Reyna Ramírez-Arellano tenía una enorme reserva de valentía que compartir.

—Nico, haz lo que tengas que hacer —dijo—. Yo te cubro.

Bryce se rió entre dientes, claramente divertido.

—Oh, Reyna. ¿Lo vas a cubrir tú? Va a ser divertidísimo llevarte a rastras ante un tribunal y obligarte a confesar que mataste a tu padre. Espero que te ejecuten a la antigua usanza: metiéndote en un saco cosido con un perro rabioso y luego tirándote a un río. Siempre he querido verlo. Estoy deseando que tu secretillo salga a la luz.

«Que tu secretillo salga a la luz.»

Bryce movió rápidamente la punta de su *pilum* a través de la cara de Reyna y le dejó un hilo de sangre.

Y la ira de Nico estalló.

XXXI

Nico

Más tarde le contaron lo que pasó. Él solo recordaba los gritos. Según Reyna, el aire descendió a bajo cero a su alrededor. El suelo se ennegreció. Lanzando un grito horrible, Nico descargó una oleada de dolor e ira sobre todos los presentes en el claro. Reyna y el entrenador experimentaron el viaje de Nico por el Tártaro, su captura por parte de los gigantes, los días que había pasado consumiéndose en aquella vasija de bronce. Sintieron la angustia que Nico había sufrido durante su travesía en el *Argo II* y su encuentro con Cupido en las ruinas de Salona.

Oyeron su desafío tácito a Bryce Lawrence, alto y claro: «¿Quieres secretos? Pues toma».

Los *spartoi* se desintegraron y quedaron reducidos a cenizas. Las rocas del túmulo se tiñeron del blanco de la escarcha. Bryce Lawrence se tambaleó agarrándose la cabeza; los dos orificios nasales le sangraban.

Nico se acercó a él con paso resuelto. Agarró la placa de *probatio* de Bryce y se la arrancó del cuello.

—No eres digno de esto —gruñó.

La tierra se abrió bajo los pies de Bryce. El chico se hundió hasta la cintura.

—¡Basta!

Bryce arañaba la tierra y los ramos de flores de plástico, pero su cuerpo seguía hundiéndose.

—Prestaste juramento ante la legión. —La respiración de Nico formaba vaho con el frío—. Has quebrantado sus normas. Has infligido dolor. Has matado a tu propio centurión.

—¡Yo… yo no he hecho nada! Yo…

—Deberías haber muerto por tus delitos —continuó Nico—. Ese era el castigo. En cambio, fuiste desterrado. No deberías haber vuelto. Puede que a tu padre Orco no le gusten las promesas rotas, pero a mi padre Hades no le gustan ni un pelo los que se libran de sus castigos.

—¡Por favor!

Esas palabras no significaban nada para Nico. En el inframundo no había clemencia. Solo había justicia.

—Ya estás muerto —dijo Nico—. Eres un fantasma sin lengua ni memoria. No compartirás ningún secreto.

—¡No! —El cuerpo de Bryce se oscureció y se llenó de humo. Se sumió en la tierra hasta el pecho—. ¡No, soy Bryce Lawrence! ¡Estoy vivo!

—¿Quién eres? —preguntó Nico.

El siguiente sonido que brotó de la boca de Bryce fue un susurro parloteante. Su rostro se volvió borroso. Podría haber sido cualquiera, un espíritu anónimo entre millones.

—Esfúmate —dijo Nico.

El espíritu se disolvió. La tierra se cerró.

Nico miró atrás y vio que sus amigos estaban a salvo. Reyna y el entrenador lo miraron fijamente, horrorizados. A Reyna le sangraba la cara. Aurum y Argentum daban vueltas como si sus cerebros mecánicos se hubieran cortocircuitado.

Nico se desplomó.

Sus sueños no tenían sentido, cosa que casi era un alivio.

Una bandada de cuervos daba vueltas en un cielo oscuro. Luego los cuervos se convirtieron en unos caballos que galopaban entre las olas.

Vio a su hermana Bianca sentada en un pabellón comedor con las cazadoras de Artemisa. Sonreía y se reía con su nuevo grupo de amigas. Luego Bianca se transformó en Hazel, quien besó a Nico en la mejilla y dijo:

—Quiero que seas una excepción.

Vio a la arpía Ella con su abundante pelaje, las plumas rojas y los ojos como el café oscuro. Se posó en el sofá del salón de la Casa Grande. A su lado estaba Seymour, la cabeza de leopardo disecada. Ella se balanceaba de un lado a otro, dando de comer Cheetos al leopardo.

—El queso no es bueno para las arpías —murmuró. A continuación arrugó la cara y recitó uno de los versos de la profecía que había memorizado—: «La puesta del sol, el último verso». —Dio de comer más Cheetos a Seymour—. El queso es bueno para las cabezas de leopardo.

Seymour asintió rugiendo.

Ella se transformó en una ninfa de las nubes morena embarazada de muchos meses, retorciéndose de dolor en una litera de un campamento. Clarisse La Rue estaba sentada a su lado, secando la cabeza de la ninfa con un paño húmedo.

—Todo irá bien, Mellie —dijo Clarisse, aunque parecía preocupada.

—¡No, nada va bien! —protestó Mellie—. ¡Gaia está despertando!

La escena cambió. Nico estaba con Hades en las colinas de Berkeley el día que el dios lo llevó por primera vez al Campamento Júpiter.

—Ve con ellos —dijo Hades—. Preséntate como un hijo de Plutón. Es importante que establezcas esa relación.

—¿Por qué? —preguntó Nico.

Hades se esfumó. Nico se encontró otra vez en el Tártaro, ante Aclis, la diosa del sufrimiento. Tenía las mejillas manchadas de sangre. Le brotaban lágrimas de los ojos y goteaban en el escudo de Hércules que tenía sobre el regazo.

—¿Qué más puedo hacer por ti, hijo de Hades? ¡Eres perfecto! ¡Cuánto dolor y sufrimiento!

Nico resolló.

Sus ojos se abrieron de golpe.

Estaba tumbado boca arriba mirando la luz del sol entre las ramas de un árbol.

—Gracias a los dioses.

Reyna se inclinó por encima de él, con la mano fría sobre su frente. El corte sangrante de su cara había desaparecido del todo.

A su lado, el entrenador Hedge fruncía el entrecejo. Desgraciadamente, Nico tenía una vista privilegiada de sus orificios nasales.

—Bien —dijo el entrenador—. Solo unas cuantas aplicaciones más.

Levantó una gran venda cuadrada cubierta de una untosa sustancia marrón y la pegó a la nariz de Nico.

—¿Qué es...? Uf.

La sustancia pegajosa olía a tierra abonada, astillas de cedro, zumo de uva y una pizca de fertilizante. Nico no tenía fuerzas para quitársela.

Sus sentidos empezaron a funcionar otra vez. Se dio cuenta de que estaba tumbado en un saco de dormir fuera de la tienda. Solo llevaba puestos sus calzoncillos y un montón de asquerosas vendas cubiertas de esa sustancia marrón por todo el cuerpo. Los brazos, las piernas y el pecho le picaban a causa del barro seco.

—¿Está... está intentando plantarme? —murmuró.

—Es medicina deportiva con un poco de magia natural —dijo el entrenador—. Una afición mía.

Nico trató de centrarse en la cara de Reyna.

—¿Has autorizado tú esto?

Ella parecía a punto de desmayarse de agotamiento, pero logró sonreír.

—El entrenador Hedge te ha salvado por los pelos. La poción de unicornio, la ambrosía, el néctar... No podíamos usar nada de eso. Te estabas esfumando.

—¿Esfumando...?

—No te preocupes por eso ahora, muchacho. —El entrenador Hedge acercó una pajita a la boca de Nico—. Bebe un poco de Gatorade.

—No... no quiero...

—Vas a beber —insistió el entrenador.

Nico bebió un poco de Gatorade. Le sorprendió la sed que tenía.

—¿Qué me ha pasado? —preguntó—. ¿Y Bryce... y los esqueletos...?

Reyna y el entrenador se cruzaron una mirada de preocupación.

—Tengo buenas y malas noticias —dijo Reyna—. Pero primero come algo. Vas a necesitar recuperar las fuerzas antes de oír las malas noticias.

XXXII

Nico

—¿Tres días?

Nico creyó que lo había oído mal la primera docena de veces.

—No podíamos moverte —dijo Reyna—. Quiero decir que…
no había forma de moverte en sentido literal. No tenías casi sustancia física. De no haber sido por el entrenador Hedge…

—No ha sido nada —le aseguró el entrenador—. En medio de
un partido de desempate, tuve que entablillarle la pierna a un quarterback con ramas de árbol y cinta adhesiva.

A pesar de su despreocupación, el sátiro tenía pronunciadas ojeras. Sus mejillas estaban hundidas. Parecía encontrarse casi tan mal
como Nico se sentía.

Nico no podía creer que hubiera estado inconsciente tanto
tiempo. Relató sus extraños sueños —las murmuraciones de la arpía Ella, la visión fugaz de la ninfa de las nubes Mellie (que preocupó al entrenador)—, pero se sentía como si esas visiones hubieran durado solo segundos. Según Reyna, era la tarde del 30 de
julio. Había estado varios días en coma.

—Los romanos atacarán el Campamento Mestizo pasado mañana. —Nico bebió otro sorbo de Gatorade, que estaba fresquito pero
no tenía sabor. Sus papilas gustativas parecían haberse quedado en

272

el mundo de las sombras para siempre—. Tenemos que darnos prisa. Tenemos que prepararnos.

—No. —Reyna le pegó la mano a la frente, provocando que se le arrugaran las vendas—. Un viaje por las sombras más te mataría.

Él apretó los dientes.

—Si me mata, que así sea. Tenemos que llevar la estatua al Campamento Mestizo.

—Oye, muchacho —dijo el entrenador—, te agradezco la entrega, pero si nos mandas a todos a la oscuridad eterna con la Atenea Partenos, no ayudará a nadie. Bryce Lawrence tenía razón en eso.

Al oír el nombre de Bryce, los perros metálicos de Reyna levantaron las orejas y gruñeron.

Reyna contempló el montón de piedras con una mirada angustiada, como si más espíritus inoportunos fueran a salir de la tumba.

Nico inspiró y se llenó la nariz del oloroso remedio casero de Hedge.

—Reyna, no… no lo pensé. Lo que le hice a Bryce…

—Acabaste con él —dijo Reyna—. Lo convertiste en un fantasma. Y sí, me recordó lo que le pasó a mi padre.

—No quería asustarte —dijo Nico amargamente—. No quería… envenenar otra amistad. Lo siento.

Reyna observó su cara.

—Nico, tengo que reconocer que el primer día que estuviste inconsciente no sabía qué pensar ni qué sentir. Lo que hiciste fue difícil de ver… y de asimilar.

El entrenador Hedge masticó un palo.

—No puedo por menos que estar de acuerdo, muchacho. Aplastar la cabeza de alguien con un bate de béisbol es una cosa. Pero ¿transformar en fantasma a aquel asqueroso? Eso fue muy siniestro.

Nico esperaba sentirse furioso y gritarles por juzgarlo. Es lo que normalmente hacía.

Pero su ira no aparecía. Aún sentía rabia de sobra hacia Bryce Lawrence, Gaia y los gigantes. Quería encontrar al augur y estrangularlo con su cinturón de cadena. Pero no estaba enfadado con Reyna ni con el entrenador.

—¿Por qué me reanimasteis? —preguntó—. Sabíais que ya no podía ayudaros más. Deberíais haber buscado otra forma de seguir con la estatua, pero habéis desperdiciado tres días velando por mí. ¿Por qué?

El entrenador Hedge resopló.

—Eres parte del equipo, idiota. No vamos a dejarte.

—Es más que eso. —Reyna posó la mano en la de Nico—. Mientras estabas dormido he pensado mucho. Lo que te conté sobre mi padre no se lo había dicho a nadie. Supongo que supe que eras la persona adecuada a la que confesárselo. Me liberaste de parte de la carga. Confío en ti, Nico.

Nico la miró fijamente, desconcertado.

—¿Cómo puedes confiar en mí? Los dos sentisteis mi ira, visteis mis peores emociones…

—Mira, muchacho —dijo el entrenador Hedge, con un tono más suave—, todos nos enfadamos. Hasta un encanto como yo.

Reyna sonrió de satisfacción. Apretó la mano de Nico.

—El entrenador tiene razón, Nico. No eres el único que deja escapar su parte oscura de vez en cuando. Yo te conté lo que le pasó a mi padre, y tú me apoyaste. Tú compartiste tus experiencias dolorosas con nosotros. ¿Cómo no vamos a apoyarte? Somos amigos.

Nico no sabía qué decir. Habían visto sus secretos más profundos. Sabían quién era, qué era.

Pero no parecía importarles. No… les importaba más.

No lo estaban juzgando. Estaban preocupados. No entendía nada.

—Pero lo de Bryce… Yo… —Nico no pudo continuar.

—Hiciste lo que había que hacer. Ahora lo veo —dijo Reyna—. Pero prométeme que no convertirás a la gente en fantasmas si podemos evitarlo.

—Sí —dijo el entrenador—. A menos que me dejes zurrarles primero. Además, no todo son malas noticias.

Reyna asintió.

—No hemos visto rastro de romanos, así que parece que Bryce no avisó a nadie de dónde estaba. Tampoco hemos visto rastro de

Orión. Esperemos que eso signifique que las cazadoras lograran vencerlo.

—¿Y Hylla? —preguntó Nico—. ¿Y Thalia?

Las arrugas de alrededor de la boca de Reyna se tensaron.

—No sabemos nada. Pero quiero creer que siguen vivas.

—No le has contado la mejor noticia —la instó el entrenador.

Reyna frunció el entrecejo.

—Tal vez porque es muy difícil de creer. El entrenador Hedge cree que ha encontrado otra forma de transportar la estatua. Es lo único de lo que ha hablado los tres últimos días. Pero de momento no hemos visto ni rastro de...

—¡Eh, ya llegará! —El entrenador sonrió a Nico—. ¿Te acuerdas del avión de papel que recibí justo antes de que el pirado ese de Lawrence apareciera? Era un mensaje de uno de los contactos de Mellie en el palacio de Eolo. Esa arpía, Nuggets, y Mellie se conocen desde hace mucho. El caso es que conoce a un tipo que conoce a otro tipo que conoce a un caballo que conoce a una cabra que conoce a otro caballo...

—Entrenador —lo regañó Reyna—, va a hacer que se arrepienta de haber salido del coma.

—De acuerdo —dijo el sátiro resoplando—. Resumiendo, he pedido muchos favores. Informé a unos espíritus del viento de que necesitábamos ayuda. ¿Te acuerdas de la carta que me comí? Era la confirmación de que ya viene la caballería. Decía que les llevaría algo de tiempo organizarse, pero él debería estar aquí pronto..., en cualquier momento, de hecho.

—¿Quién es él? —preguntó Nico—. ¿Qué caballería?

Reyna se levantó bruscamente. Miró hacia el norte, con el rostro desencajado por el asombro.

—Esa caballería.

Nico siguió su mirada. Se acercaba una bandada de pájaros..., pájaros grandes.

Cuando se aproximaron, Nico se percató de que eran caballos con alas; como mínimo, media docena en formación de uve, sin jinetes.

En la punta volaba un enorme corcel de pelaje dorado y plumas multicolores, como las de un águila, cuya envergadura era el doble de grande que la del resto de caballos.

—Pegasos —dijo Nico—. Ha invocado a suficientes pegasos para llevar la estatua.

El entrenador se rió de regocijo.

—No a unos pegasos cualesquiera, muchacho. Te espera una buena sorpresa.

—El corcel de delante… —Reyna movió la cabeza con gesto de incredulidad—. Es Pegaso, el señor inmortal de los caballos.

XXXIII

Leo

Lo típico.

Justo cuando Leo había terminado las reparaciones, una gran diosa de la tormenta llegó para soltar las arandelas del barco de un porrazo.

Después de su encuentro con Cimopo-cómo-se-llamase, el *Argo II* surcó con dificultad el mar Egeo, demasiado deteriorado para volar, demasiado lento para dejar atrás a los monstruos. Luchaban contra hambrientas serpientes marinas cada hora. Atraían bancos de peces curiosos. Hubo un momento en el que encallaron en una roca, y Percy y Jason tuvieron que salir a empujar.

A Leo le entraban ganas de llorar al oír el sonido asmático del motor. Después de tres largos días, por fin consiguió hacer funcionar el barco más o menos, justo cuando llegaron al puerto de Míkonos, lo que debía de significar que había llegado el momento de que les dieran otra paliza.

Percy y Annabeth desembarcaron para reconocer el terreno, mientras que Leo se quedó en el alcázar poniendo a punto la consola de control. Estaba tan absorto en el cableado que no se dio cuenta de que el destacamento de desembarco había vuelto hasta que Percy dijo:

—Eh, colega. Helado.

Enseguida se sintió mejor. Toda la tripulación se quedó sentada en la cubierta, sin tener que preocuparse por tormentas ni ataques de monstruos por primera vez en días, y comieron helado. Bueno, todos menos Frank, que era intolerante a la lactosa. Él se comió una manzana.

Hacía un día caluroso de mucho viento. El mar relucía a causa de lo agitado que estaba, pero Leo había reparado los estabilizadores para que Hazel no se mareara demasiado.

Hacia el lado de estribor, la ciudad de Míkonos se alejaba formando una curva: una colección de edificios de estuco blancos con tejados azules, ventanas azules y puertas azules.

—Hemos visto unos pelícanos andando por la ciudad —informó Percy—. Entraban en las tiendas, se paraban en los bares…

Hazel frunció el entrecejo.

—¿Monstruos disfrazados?

—No —dijo Annabeth, riéndose—, eran pelícanos normales y corrientes. Son las mascotas de la ciudad o algo por el estilo. Y hay una parte de la ciudad en plan Little Italy. Por eso el helado está tan bueno.

—Europa es un lío. —Leo sacudió la cabeza—. Primero fuimos a Roma a buscar la plaza de España. Ahora venimos a Grecia a buscar helado italiano.

Sin embargo, la calidad del helado era indiscutible. Se comió su helado doble de delicia de chocolate y trató de imaginarse que él y sus amigos estaban de vacaciones. Eso le hizo desear que Calipso estuviera con él, cosa que le hizo desear que la guerra terminase y todo el mundo estuviera vivo, cosa que le puso triste. Era 30 de julio. Faltaban menos de cuarenta y ocho horas para el día G, cuando Gaia, la princesa del agua de retrete portátil, despertaría en todo su esplendor terrestre.

Lo raro era que cuanto más se acercaban al 1 de agosto, más optimistas se mostraban sus amigos. Tal vez «optimistas» no fuera la palabra adecuada. Parecía que se estuvieran relajando para dar la última vuelta al circuito, conscientes de que los siguientes dos días determinarían la victoria o la derrota. No tenía sentido andar con cara mustia cuando te enfrentabas a la muerte inminente. El final del mundo hacía que el helado supiese mucho mejor.

Claro que el resto de la tripulación no había estado en los establos con Leo, hablando con la diosa de la victoria Niké durante los últimos tres días…

Piper dejó su tarrina de helado.

—Bueno, la isla de Delos está justo al otro lado del puerto. El territorio de Artemisa y Apolo. ¿Quién viene?

—Yo —dijo Leo enseguida.

Todos lo miraron fijamente.

—¿Qué? —preguntó Leo—. Soy diplomático y tal. Frank y Hazel se han ofrecido para acompañarme.

—Ah, ¿sí? —Frank bajó su manzana a medio comer—. Quiero decir, sí, claro que sí.

Los ojos dorados de Hazel brillaban a la luz del sol.

—¿Has tenido un sueño sobre esto o algo parecido, Leo?

—Sí —dijo Leo de buenas a primeras—. Bueno…, no. No exactamente. Pero… tenéis que confiar en mí, chicos. Tengo que hablar con Apolo y Artemisa. Tengo que plantearles una idea.

Annabeth parecía a punto de protestar, pero Jason intervino.

—Si Leo tiene una idea, tenemos que confiar en él —dijo.

Leo se sintió culpable, sobre todo considerando cuál era su idea, pero forzó una sonrisa.

—Gracias, tío.

Percy se encogió de hombros.

—De acuerdo —dijo—, pero un consejo: cuando veáis a Apolo, no le habléis de haikus.

Hazel frunció el entrecejo.

—¿Por qué no? ¿No es el dios de la poesía?

—Hacedme caso.

—De acuerdo. —respondió Leo mientras se levantaba—. ¡Si en Delos hay una tienda de recuerdos, os traeré unos muñecos cabezones de Apolo y Artemisa!

Apolo no parecía de humor para haikus. Tampoco vendía muñecos cabezones.

Frank se había transformado en un águila gigante para volar a Delos, pero Leo viajó con Hazel a lomos de Arión. Sin ánimo de ofender a Frank, después del desastre en el fuerte Sumter, Leo se había declarado objetor de conciencia a montar en águilas gigantes. Tenía un índice de fracasos del cien por cien.

Encontraron la isla desierta, tal vez porque el mar estaba demasiado revuelto para los barcos de turistas. En las colinas azotadas por el viento no había más que rocas, hierba y flores silvestres... y, por supuesto, un montón de templos en estado ruinoso. Probablemente los escombros eran impresionantes, pero, después de su estancia en Olimpia, Leo tenía empacho de ruinas antiguas. Estaba harto de columnas de mármol blancas. Quería volver a Estados Unidos, donde los edificios más antiguos eran las escuelas públicas y los McDonald's de antaño.

Recorrieron una avenida bordeada de leones de piedra, cuyas caras erosionadas casi no tenían rasgos.

—Esto da repelús —dijo Hazel.

—¿Percibes algún fantasma? —preguntó Frank.

Ella meneó la cabeza.

—La ausencia de fantasmas da repelús. Antiguamente, Delos era tierra sagrada. A ningún mortal se le permitía nacer o morir aquí. En toda la isla no hay espíritus mortales en sentido literal.

—Me parece bien —dijo Leo—. ¿Significa eso que nadie puede matarnos aquí?

—Yo no he dicho eso. —Hazel se detuvo en la cima de una colina baja—. Mirad. Allí abajo.

Debajo de ellos, la ladera había sido tallada en forma de anfiteatro. Entre las hileras de bancos de piedra brotaban plantas enanas, de modo que parecía un concierto para espinos. En la parte de abajo, sentado en un bloque de piedra en medio del escenario, el dios Apolo se hallaba encorvado sobre un ukelele tocando una melodía triste.

Al menos Leo supuso que era Apolo. El tipo aparentaba unos diecisiete años, con el cabello rubio rizado y un bronceado perfecto. Llevaba unos vaqueros raídos, una camiseta de manga corta negra y una chaqueta de lino blanca con relucientes solapas llenas de brillantes, como si buscara una imagen híbrida de Elvis, los Ramones y los Beach Boys.

A Leo normalmente el ukelele no le parecía un instrumento triste. (Patético, desde luego, pero no triste.) Sin embargo, la melodía que Apolo interpretaba era tan melancólica que le partió el corazón.

Sentada en la primera fila había una joven de unos trece años vestida con unas mallas negras y una túnica plateada, con el cabello moreno recogido en una cola de caballo. Estaba tallando un largo trozo de madera: fabricaba un arco.

—¿Esos son los dioses? —preguntó Frank—. Pues no parecen mellizos...

—Bueno, piénsalo —dijo Hazel—. Si fueras dios, podrías parecerte a lo que te diera la gana. Si tuvieras una melliza...

—Decidiría parecerme a cualquier cosa menos a mi hermana —convino Frank—. Bueno, ¿cuál es el plan?

—¡No disparen! —gritó Leo.

Parecía una buena frase inicial para enfrentarse a dos dioses arqueros. Levantó los brazos y descendió al escenario.

Ninguno de los dos dioses se mostró sorprendido de verlos.

Apolo suspiró y volvió a tocar su ukelele.

Cuando llegaron a la primera fila, Artemisa murmuró:

—Aquí estáis. Estábamos empezando a preocuparnos.

Eso alivió la presión que Leo sentía. Se había preparado para presentarse, explicar que venían en son de paz, contar unos cuantos chistes y ofrecer unos caramelos de menta.

—Así que nos estaban esperando —dijo Leo—. Lo noto porque los dos están entusiasmados.

Apolo tocó una melodía que parecía una versión fúnebre de «Camptown Races».

—Estábamos esperando que nos encontraran, nos molestaran y nos atormentaran. No sabíamos quién sería. ¿No podéis dejarnos con nuestra desgracia?

—Sabes que no pueden, hermano —lo regañó Artemisa—. Necesitan nuestra ayuda para cumplir su misión, aunque las probabilidades de éxito sean nulas.

—Ustedes dos son la alegría de la huerta —dijo Leo—. ¿Por qué se esconden aquí? ¿No deberían estar…, no sé, luchando contra los gigantes o algo parecido?

Los ojos claros de Artemisa hicieron que Leo se sintiera como una res de ciervo a punto de ser destripada.

—Delos es nuestro lugar de nacimiento —dijo la diosa—. Aquí no nos afecta el cisma entre griegos y romanos. Créeme, Leo Valdez, si pudiera, iría con mis cazadoras a enfrentarme a nuestro viejo enemigo Orión. Lamentablemente, si saliera de esta isla, el dolor me incapacitaría. Lo único que puedo hacer es observar cruzada de brazos mientras Orión mata a mis seguidoras. Muchos han dado la vida para proteger a tus amigos y esa maldita estatua de Atenea.

Hazel emitió un sonido estrangulado.

—¿Se refiere a Nico? ¿Está bien?

—¿Bien? —Apolo sollozó por encima de su ukelele—. ¡Ninguno de nosotros está bien, muchacha! ¡Gaia está despertando!

Artemisa lanzó una mirada asesina a Apolo.

—Hazel Levesque, tu hermano sigue con vida. Es un guerrero valiente, como tú. Ojalá pudiera decir lo mismo de mi hermano.

—¡Eres injusta conmigo! —se quejó Apolo—. ¡Gaia y ese horrible hijo romano me engañaron!

Frank carraspeó.

—Ejem, señor Apolo, ¿se refiere a Octavio?

—¡No pronuncies su nombre! —Apolo tocó un acorde menor—. Oh, Frank Zhang, si tú fueras mi hijo… Oí tus plegarias todas las semanas que deseaste que te reconocieran, ¿sabes? Pero, desgraciadamente, Marte se queda con todos los buenos. Y yo… con esa criatura como mi descendiente. Me llenó la cabeza de cumplidos. Me habló de los grandes templos que construiría en mi honor.

Artemisa resopló.

—Eres muy fácil de halagar, hermano.

—¡Porque tengo muchas cualidades dignas de elogio! Octavio decía que quería devolver la fuerza a los romanos. ¡Yo le dije: «Muy bien»! Y le di mi bendición.

—Si mal no recuerdo —dijo Artemisa—, también te prometió convertirte en el dios más importante de la legión, por encima del mismísimo Zeus.

—Bueno, ¿quién era yo para discutir una oferta así? ¿Acaso tiene Zeus un bronceado perfecto? ¿Sabe tocar el ukelele? ¡Yo diría que no! ¡Pero nunca me pasó por la cabeza que Octavio iniciara una guerra! Gaia debe de haber estado enturbiando mis pensamientos, susurrándome al oído.

Leo se acordó de Eolo, el chiflado dios del viento que se había vuelto un asesino al oír la voz de Gaia.

—Pues arréglelo —dijo—. Dígale a Octavio que se retire. O dispárele una de sus flechas. Eso también estaría bien.

—¡No puedo! —se quejó Apolo—. ¡Mira!

Su ukelele se transformó en un arco. Apuntó al cielo y disparó. La flecha dorada recorrió unos sesenta metros y acto seguido se deshizo en humo.

—Para disparar con mi arco tendría que salir de Delos —gritó Apolo—. Y entonces quedaría incapacitado, o Zeus me fulminaría. Nunca le gusté a padre. ¡No ha confiado en mí durante milenios!

—Bueno, para ser justos —dijo Artemisa—, hubo una ocasión en que conspiraste con Hera para derrocarlo.

—¡Fue un malentendido!

—Y mataste a unos cíclopes de Zeus.

—¡Tenía motivos para hacerlo! En cualquier caso, ahora Zeus me culpa de todo: los planes de Octavio, la caída de Delfos…

—Un momento. —Hazel hizo la señal de tiempo muerto—. ¿La caída de Delfos?

El arco de Apolo volvió a transformarse en ukelele. Tocó un acorde dramático.

—Cuando se inició el cisma entre griegos y romanos, mientras yo lidiaba con la confusión, ¡Gaia se aprovechó! Despertó a mi vieja enemiga Pitón, la gran serpiente, para recuperar el Oráculo de

Delfos. Esa horrible criatura está ahora enroscada en las cavernas antiguas, bloqueando la magia de la profecía. Y yo estoy aquí atrapado, así que ni siquiera puedo luchar contra ella.

—Qué marrón —dijo Leo, aunque en el fondo pensaba que el hecho de que no hubiera profecías podía ser positivo. Su lista de tareas pendientes ya estaba bastante llena.

—¡Y que lo digas! —dijo Apolo suspirando—. Zeus ya estaba enfadado conmigo por nombrar a esa chica nueva, Rachel Dare, mi oráculo. Parece que Zeus cree que al hacerlo he acelerado la guerra contra Gaia, ya que Rachel anunció la Profecía de los Siete en cuanto le di mi bendición. ¡Pero las profecías no funcionan de esa forma! Padre necesitaba a alguien a quien echar la culpa. Así que, cómo no, eligió al dios más guapo, con más talento y más increíblemente alucinante.

Artemisa hizo como si tuviera arcadas.

—¡Basta ya, hermana! —dijo Apolo—. ¡Tú también estás en un buen lío!

—Solo porque seguí en contacto con mis cazadoras en contra de los deseos de Zeus —dijo Artemisa—. Pero siempre puedo utilizar mi encanto para convencer a padre de que me perdone. Él no puede estar enfadado conmigo mucho tiempo. Eres tú el que me preocupas.

—¡Yo también estoy preocupado por mí! —convino Apolo—. Tenemos que hacer algo. No podemos matar a Octavio. Hum. Tal vez deberíamos matar a estos semidioses.

—Alto ahí, Señor Músico. —Leo resistió el deseo de esconderse detrás de Frank y gritar: «¡Cárguese al canadiense grandullón!»—. Estamos de su parte, ¿recuerda? ¿Por qué quiere matarnos?

—¡Podría hacerme sentir mejor! —dijo Apolo—. ¡Tengo que hacer algo!

—O podría ayudarnos—se apresuró a decir Leo—. Verá, tenemos un plan.

Les explicó que Hera los había guiado hasta Delos y que Niké les había especificado los ingredientes de la cura del médico.

—¿La cura del médico? —Apolo se levantó e hizo pedazos el ukelele contra las piedras—. ¿Es ese vuestro plan?

Leo levantó las manos.

—Oiga, normalmente estoy a favor de romper ukeleles, pero…

—¡No puedo ayudaros! —gritó Apolo—. ¡Si os revelara el secreto de la cura del médico, Zeus no me perdonaría jamás!

—Ya está en un aprieto —señaló Leo—. ¿Qué puede empeorar?

Apolo le lanzó una mirada furibunda.

—Si supieras de lo que es capaz mi padre, mortal, no lo preguntarías. Sería más fácil si os aniquilase a todos. Tal vez eso complaciera a Zeus…

—Hermano… —dijo Artemisa.

Los mellizos se miraron fijamente y mantuvieron una discusión silenciosa. Aparentemente, Artemisa ganó. Apolo dejó escapar un suspiro y lanzó el ukelele roto a través del escenario de una patada.

Artemisa se puso en pie.

—Hazel Levesque, Frank Zhang, venid conmigo. Hay cosas que debéis saber sobre la Duodécima Legión. En cuanto a ti, Leo Valdez… —La diosa volvió la mirada hacia él—. Apolo te escuchará. A ver si podéis llegar a un acuerdo. A mi hermano siempre le gustan los buenos tratos.

Frank y Hazel lo miraron como diciendo: «Por favor, no te mueras». A continuación siguieron a Artemisa por la escalera del anfiteatro y desaparecieron detrás de la cima de la colina.

—¿Y bien, Leo Valdez? —Apolo se cruzó de brazos. Sus ojos brillaban con una luz dorada—. Negociemos pues. ¿Qué puedes ofrecerme que me convenza de que tengo que ayudaros en lugar de mataros?

XXXIV

Leo

—Un trato. —Los dedos de Leo se crisparon—. Sí. Por supuesto.

Sus manos se pusieron a trabajar antes de que su mente supiera qué estaba haciendo. Empezó a sacar cosas de los bolsillos de su cinturón portaherramientas: hilo de cobre, unos tornillos, un embudo de latón. Durante meses había estado guardando piezas de maquinaria porque nunca sabía lo que podía necesitar. Y cuanto más usaba el cinturón, más intuitivo se volvía. Metía la mano y los objetos adecuados simplemente aparecían.

—Así que lo que pasa —dijo Leo mientras sus manos retorcían hilo de cobre— es que Zeus está cabreado con usted, ¿no? Si nos ayudase a vencer a Gaia, podría ganarse su favor.

Apolo arrugó la nariz.

—Supongo que es posible. Pero sería más fácil aniquilaros.

—¿Qué balada compondría con eso? —Las manos de Leo trabajaban frenéticamente, conectando palancas y acoplando el embudo metálico a un eje de engranaje—. Usted es el dios de la música, ¿verdad? ¿Escucharía una canción titulada «Apolo aniquila a un semidiós canijo»? Yo, no. Pero «Apolo vence a la Madre Tierra y salva el universo»... ¡Eso suena a número uno en las listas!

Apolo miró al aire, como si estuviera visualizando su nombre en una marquesina.

—¿Qué quieres exactamente? ¿Y qué saco yo a cambio?

—Lo primero que necesito es un consejo. —Leo ensartó unos cables a través de la boca del embudo—. Quiero saber si un plan mío funcionará.

Leo le explicó lo que tenía en mente. Había estado dando vueltas a la idea durante días, desde que Jason había vuelto del fondo del mar y Leo había empezado a hablar con Niké.

«Un dios primordial ya fue vencido en una ocasión —le había dicho Cimopolia a Jason—. Ya sabes a quién me refiero.»

Las conversaciones de Leo con Niké habían ayudado a afinar el plan, pero aun así deseaba contar con una segunda opinión de otro dios, porque, cuando Leo se comprometiera, no habría vuelta atrás.

Casi esperaba que Apolo se riera y le dijese que se olvidara.

En cambio, el dios asintió con aire pensativo.

—Te daré el consejo gratis: podrías vencer a Gaia del modo que describes, parecido al modo en que Urano fue vencido hace eones. Sin embargo, cualquier mortal que estuviera cerca quedaría totalmente… —A Apolo se le entrecortó la voz—. ¿Qué es eso que has hecho?

Leo miró el artilugio que tenía en las manos. Capas de hilos de cobre, como múltiples cuerdas de guitarra, se entrecruzaban dentro del embudo. Unas palancas controlaban unas hileras de percutores en el exterior del cono, que estaba sujeto a una base metálica cuadrada con un montón de manivelas.

—Ah, ¿esto…?

Los pensamientos invadieron frenéticamente la mente de Leo. El objeto parecía una caja de música unida a un fonógrafo antiguo, pero ¿qué era?

Una moneda de cambio.

Artemisa le había dicho que hiciera un trato con Apolo.

Leo se acordó de una historia que los chicos de la cabaña once solían contar: la ocasión en que su padre Hermes se había librado del castigo por robar las vacas sagradas de Apolo. Cuando pillaron a Hermes, este confeccionó un instrumento musical (la primera lira) y se lo cambió a Apolo, que inmediatamente lo perdonó.

Hacía unos días Piper había dicho que había visto en Pilos la cueva en la que Hermes escondía esas vacas. Eso debía de haber activado el subconsciente de Leo. Sin quererlo, había fabricado un instrumento musical, cosa que le sorprendió un poco, ya que no sabía nada de música.

—Ejem, bueno —dijo Leo—, ¡esto es simplemente el instrumento más increíble de la historia!

—¿Cómo funciona? —preguntó el dios.

«Buena pregunta», pensó Leo.

Giró las manivelas con la esperanza de que el trasto no le explotara en la cara. Sonaron unos tonos claros: metálicos pero cálidos. Leo manipuló las palancas y los engranajes. Reconoció la canción que brotó del instrumento: la misma melodía melancólica sobre la nostalgia y la añoranza que Calipso le cantaba en Ogigia. Pero a través de las cuerdas del cono de latón, la melodía sonaba todavía más triste, como una máquina con un corazón roto: como sonaría Festo si cantase.

Leo se olvidó de que Apolo estaba allí. Tocó la canción hasta el final. Cuando acabó, los ojos le picaban. Casi podía oler el pan recién hecho de la cocina de Calipso y saborear el único beso que ella le había dado.

Apolo se quedó mirando asombrado el instrumento.

—Debe ser mío. ¿Cómo se llama? ¿Qué quieres por él?

Leo tuvo el repentino impulso de esconder el instrumento y quedárselo para él, pero se tragó su melancolía. Tenía una labor que completar.

Calipso... Calipso necesitaba que triunfase.

—¡Es el Valdezinador, cómo no! —Sacó pecho—. Funciona, ejem, convirtiendo los sentimientos del intérprete en música al manipular los engranajes. Pero está hecho para que lo use yo, un hijo de Hefesto. No sé si usted podría...

—¡Yo soy el dios de la música! —gritó Apolo—. Por supuesto que puedo dominar el Valdezinador. ¡Debo dominarlo! ¡Es mi deber!

—Entonces hablemos de negocios, Señor Músico —dijo Leo—. Si yo le doy esto, usted me da la cura del médico.

—Ah… —Apolo se mordió su labio divino—. Bueno, en realidad yo no tengo la cura del médico.

—Creía que usted era el dios de la medicina.

—¡Sí, pero soy el dios de muchas cosas! La poesía, la música, el Oráculo de Delfos… —Sollozó y se tapó la boca con el puño—. Perdón. Estoy bien, estoy bien. Como iba diciendo, tengo muchas esferas de influencia. Además, tengo el trabajo temporal de «dios del sol», que heredé de Helios. El caso es que soy más bien un médico de medicina general. Para la cura del médico, tendrías que ver a un especialista, al único que ha logrado curar la muerte: mi hijo Asclepio, el dios de los curanderos.

A Leo se le cayó el alma a los calcetines. Lo último que necesitaban era buscar a otro dios que probablemente exigiera su propia camiseta de recuerdo o su propio Valdezinador.

—Es una lástima, Apolo. Esperaba que pudiéramos hacer un trato.

Leo movió las palancas del Valdezinador y arrancó una melodía todavía más triste.

—¡Para! —protestó Apolo—. ¡Es demasiado hermosa! Te daré las señas de dónde está Asclepio. ¡Está muy cerca!

—¿Cómo sabemos que nos ayudará? Solo tenemos dos días hasta que Gaia despierte.

—¡Os ayudará! —prometió Apolo—. Mi hijo es muy atento. Ruégale que te ayude en mi nombre. Lo encontrarás en el antiguo templo de Epidauro.

—¿Dónde está la trampa?

—Ah… no hay trampa. Salvo que está vigilado.

—¿Vigilado por qué?

—¡No lo sé! —Apolo extendió las manos en un gesto de impotencia—. Solo sé que Zeus mantiene a Asclepio vigilado para que no vaya corriendo por el mundo resucitando a la gente. La primera vez que Asclepio revivió a los muertos provocó todo un alboroto. Es una larga historia. Pero estoy seguro de que puedes convencerlo para que os ayude.

—Eso apenas se puede llamar trato —dijo Leo—. ¿Y el último ingrediente: la maldición de Delos? ¿Qué es?

Apolo observaba el Valdezinador con avidez. Leo temía que el dios fuera a quitárselo sin más. ¿Cómo podría él detenerlo? Lanzar fuego al dios del sol probablemente no sirviera de mucho.

—Puedo darte el último ingrediente —dijo Apolo—. Entonces tendrás todo lo que necesitas para que Asclepio prepare la poción.

Leo tocó otro verso.

—No lo sé. Cambiar este precioso Valdezinador por una maldición de Delos...

—¡En realidad no es una maldición! Mira... —Apolo corrió a las flores silvestres más cercanas y cogió una de una grieta entre las piedras—. Esta es la maldición de Delos.

Leo se la quedó mirando.

—¿Una margarita maldita?

Apolo suspiró irritado.

—Solo es un sobrenombre. Cuando mi madre, Leto, estaba lista para darnos a luz a Artemisa y a mí, Hera estaba enfadada porque Zeus la había vuelto a engañar. Así que visitó todas las masas continentales de la Tierra. Hizo que los espíritus de la naturaleza de todos los sitios le prometieran que no aceptarían a mi madre para que no pudiera dar a luz en ninguna parte.

—Parece algo digno de Hera.

—Lo sé. En fin, Hera consiguió promesas en todos los territorios arraigados a la Tierra..., pero no en Delos, porque en aquel entonces era una isla flotante. Los espíritus de la naturaleza de Delos recibieron a mi madre. Ella nos tuvo a mi hermana y a mí, y la isla se alegró tanto de ser nuestro nuevo hogar sagrado que se cubrió de estas florecitas amarillas. Las flores son una bendición, porque somos alucinantes. Pero también representan una maldición, porque, cuando nacimos, Delos echó raíces y no pudo seguir moviéndose a la deriva por el mar. Por eso las margaritas amarillas se llaman la maldición de Delos.

—Así que podría haber cogido una margarita yo mismo y haberme marchado.

—¡No, no! Para la poción en la que estás pensando, no. La flor tenía que ser cogida por mi hermana o por mí. Bueno, ¿qué dices, semidiós? Las señas para encontrar a Asclepio y el último ingrediente mágico a cambio de ese nuevo instrumento musical. ¿Trato hecho?

Leo no soportaba renunciar a un Valdezinador perfecto por una flor silvestre, pero no veía otra opción.

—Es usted un duro negociador, Señor Músico.

Hicieron el cambio.

—¡Excelente! —Apolo tocó las palancas del Valdezinador, que emitió un sonido como el de un motor de un coche una fría mañana—. Hum..., tal vez necesite práctica, pero ¡ya aprenderé! Ahora encontremos a tus amigos. ¡Cuanto antes os marchéis, mejor!

Hazel y Frank aguardaban en los muelles de Delos. No se veía a Artemisa por ninguna parte.

Cuando Leo se volvió para despedirse de Apolo, el dios también había desaparecido.

—Jo, sí que tenía ganas de practicar con el Valdezinador —murmuró Leo.

—¿El qué? —preguntó Hazel.

Leo les explicó su nueva faceta de inventor de embudos musicales. Frank se rascó la cabeza.

—¿Y a cambio has conseguido una margarita?

—Es el último ingrediente para curar la muerte, Zhang. ¡Es una supermargarita! ¿Y vosotros? ¿Le habéis sacado algo a Artemisa?

—Desgraciadamente, sí. —Hazel miró hacia el agua, donde el *Argo II* se mecía anclado—. Artemisa sabe mucho de armas de proyectiles. Nos ha dicho que Octavio ha encargado unas... sorpresas para el Campamento Mestizo. Ha utilizado casi todo el tesoro de la legión para comprar onagros fabricados por los cíclopes.

—¡Oh, no, onagros! —dijo Leo—. Esto..., ¿qué es un onagro?

Frank frunció el entrecejo.

—Tú fabricas máquinas. ¿Cómo es posible que no sepas lo que es un onagro? Es la catapulta más grande y más peligrosa usada por el ejército romano.

—Bien —dijo Leo—. Pero «onagro» es un nombre ridículo. Deberían haberlas llamado «Valdezpultas».

Hazel puso los ojos en blanco.

—Esto es serio, Leo. Si Artemisa está en lo cierto, seis de esas máquinas entrarán en Long Island mañana por la noche. Es lo que Octavio ha estado esperando. El 1 de agosto al amanecer tendrá suficiente armamento para destruir por completo el Campamento Mestizo sin una sola víctima romana. Él cree que eso lo convertirá en un héroe.

Frank murmuró un juramento en latín.

—Solo que también ha invocado a tantos monstruos «aliados» que la legión está totalmente rodeada de centauros salvajes, tribus de cinocéfalos con cabezas de perro y quién sabe qué más. En cuanto la legión destruya el Campamento Mestizo, los monstruos se volverán contra Octavio y destruirán a la legión.

—Y entonces Gaia se alzará —dijo Leo—. Y pasarán cosas malas.

Los engranajes de su mente empezaron a girar a medida que la nueva información iba encajando.

—Está bien… Eso hace que mi plan sea todavía más importante. Cuando consigamos la cura del médico, necesitaré vuestra ayuda. De los dos.

Frank miró con nerviosismo la margarita amarilla maldita.

—¿Qué clase de ayuda?

Leo les explicó su plan. Cuanto más hablaba, más cara de sorpresa ponían, pero cuando hubo acabado ninguno de los dos le dijo que estaba loco. Una lágrima brillaba en la mejilla de Hazel.

—Tiene que ser así —concluyó Leo—. Niké lo ha confirmado. Apolo lo ha confirmado. Los demás no lo aceptarían, pero vosotros… vosotros sois romanos. Por eso quería que vinierais a Delos conmigo. Vosotros entendéis ese rollo del sacrificio: cumplir con tu deber, saltar sobre la espada…

Frank se sorbió la nariz.

—Creo que quieres decir caer sobre la espada.

—Lo que sea —dijo Leo—. Vosotros sabéis que la solución tiene que ser esa.

—Leo... —Frank se quedó sin habla.

Leo también tenía ganas de llorar como un Valdezinador, pero mantuvo la compostura.

—Eh, grandullón, cuento contigo. ¿Te acuerdas de la conversación con Marte de la que me hablaste? ¿Cuando tu padre te dijo que tendrías que tomar la iniciativa? ¿Que tendrías que tomar la decisión que nadie estaba dispuesto a tomar?

—O perderíamos la guerra —recordó Frank—. Pero aun así...

—Y tú, Hazel —dijo Leo—. Hazel la de la Niebla mágica, tienes que cubrirme. Eres la única que puede. Mi bisabuelo ya vio lo especial que eras. Él me bendijo cuando era un bebé porque creo que de algún modo sabía que ibas a volver para ayudarme. Nuestra vida entera, amiga mía, ha estado encaminada a ese momento.

—Oh, Leo...

Entonces ella rompió a llorar. Lo agarró y lo abrazó, un gesto muy tierno hasta que Frank también se puso a llorar y los rodeó a los dos con los brazos.

Entonces la cosa se puso rarita.

—Bueno, vale... —Leo se soltó con delicadeza—. ¿Estamos de acuerdo entonces?

—Odio el plan —dijo Frank.

—Yo lo detesto —dijo Hazel.

—Pensad cómo me siento yo —dijo Leo—. Pero sabéis que es nuestra mejor opción.

Ninguno de los dos le llevó la contraria. En cierto modo, Leo deseó que lo hubieran hecho.

—Volvamos al barco —dijo—. Tenemos que encontrar a un dios curandero.

XXXV

Leo

Enseguida Leo vio la entrada secreta.

—Es precioso.

Acercó el barco a las ruinas de Epidauro.

El *Argo II* aún no estaba en condiciones de volar, pero Leo había logrado que despegara después de una sola noche de trabajo. Considerando que el mundo se iba a terminar al día siguiente por la mañana, estaba muy motivado.

Había preparado los alerones de los remos. Había inyectado agua estigia en un cachivache. Había agasajado a Festo con su brebaje favorito: aceite para motores de viscosidad media y salsa Tabasco. Hasta Buford, la mesa maravillosa, echó una mano correteando ruidosamente bajo la cubierta mientras su mini Hedge holográfico gritaba: «¡HAZ TREINTA FLEXIONES!», para motivar al motor.

Y, por fin, sobrevolaban ya el antiguo complejo de templos del dios sanador Asclepio, donde con suerte encontrarían la cura del médico y tal vez algo de ambrosía, néctar y Fonzies, porque las provisiones de Leo escaseaban.

A su lado en el alcázar, Percy se asomó a la barandilla.

—Parecen más escombros —observó.

Su cara seguía verde a causa del envenenamiento submarino, pero al menos ya no corría tan a menudo al servicio para echar los higadillos por la boca. Entre su malestar y los mareos de Hazel, había sido imposible encontrar un retrete libre durante los últimos días.

Annabeth señaló la estructura con forma de disco situada a unos cincuenta metros a babor.

—Allí.

Leo sonrió.

—Exacto. La arquitecta sabe de lo que habla.

El resto de la tripulación se agrupó a su alrededor.

—¿Qué estamos mirando? —preguntó Frank.

—Ah, señor Zhang —dijo Leo—, ¿te acuerdas de que siempre estás diciendo: «Leo, eres el único genio verdadero entre los semidioses»?

—Estoy seguro de que nunca he dicho eso.

—¡Pues resulta que hay más genios! Porque uno de ellos debe de haber hecho esa obra de arte de ahí abajo.

—Es un círculo de piedra —dijo Frank—. Probablemente, los cimientos de un antiguo templo.

Piper negó con la cabeza.

—No, es más que eso. Fijaos en los rebordes y los surcos grabados alrededor del borde.

—Como los dientes de un engranaje —contestó Jason.

—Y los círculos concéntricos. —Hazel señaló el centro de la estructura, donde unas piedras curvas formaban una suerte de diana—. El dibujo me recuerda el colgante de Pasifae: el símbolo del laberinto.

—Ah. —Leo frunció el entrecejo—. Vaya, no había pensado en eso. Pero pensad como mecánicos. Frank, Hazel, ¿dónde vimos unos círculos concéntricos como esos?

—En el laboratorio debajo de Roma —dijo Frank.

—En la cerradura de Arquímedes que había en la puerta —recordó Hazel—. Tenía unos anillos dentro de otros.

Percy resopló.

—¿Me estás diciendo que es una enorme cerradura de piedra? Debe de tener unos quince metros de diámetro.

—Puede que Leo tenga razón —dijo Annabeth—. En la Antigüedad, el templo de Asclepio era como el hospital general de Grecia. Todo el mundo venía aquí para recibir la mejor curación. En la superficie era del tamaño de una ciudad importante, pero, supuestamente, la verdadera actividad tenía lugar bajo tierra. Allí es donde los sumos sacerdotes tenían sus cuidados intensivos, un recinto supermágico al que se accedía por un pasadizo secreto.

Percy se rascó la cabeza.

—Entonces, si esa cosa grande y redonda es la cerradura, ¿cómo conseguimos la llave?

—Ya he pensado en eso, Aquaman —dijo Leo.

—Vale, no me llames «Aquaman». Es todavía peor que «chico acuático».

Leo se volvió hacia Jason y Piper.

—¿Os acordáis del brazo extensible gigante que os dije que Arquímedes estaba construyendo?

Jason arqueó una ceja.

—Creía que estabas bromeando.

—¡Amigo mío, yo nunca bromeo sobre brazos extensibles! —Leo se frotó las manos con expectación—. ¡Es hora de pescar premios!

Comparado con las otras modificaciones que Leo había hecho en el barco, el brazo extensible fue pan comido. Originalmente, Arquímedes lo había diseñado para sacar barcos enemigos del agua. Leo encontró otro uso para el artilugio.

Abrió el agujero de acceso de proa que había en la cubierta y extendió el brazo, guiado por el monitor de la consola y por Jason, que volaba en el exterior gritando instrucciones.

—¡Izquierda! —chilló Jason—. Unos centímetros… ¡Sí! Vale, ahora abajo. Sigue. Vas bien.

Empleando su almohadilla táctil y los mandos del plato giratorio, Leo abrió la pinza. Los dientes rodearon los surcos de la estructura de piedra circular. Revisó los estabilizadores aéreos y las imágenes de vídeo del monitor.

—Muy bien, colega. —Dio una palmadita a la esfera de Arquímedes encastrada en el timón—. Todo tuyo.

Activó la esfera.

El brazo extensible empezó a dar vueltas como un sacacorchos. Giró el anillo exterior de piedra, que rechinó e hizo ruido pero afortunadamente no se rompió. A continuación la pinza se separó, se fijó alrededor del segundo anillo de piedra y giró en la dirección contraria.

A su lado ante el monitor, Piper le dio un beso en la mejilla.

—Está funcionando. Leo, eres increíble.

Leo sonrió. Estaba a punto de hacer un comentario sobre lo flipante que era, pero entonces se acordó del plan que había urdido con Hazel y Frank... y de que no volvería a ver a Piper después del día siguiente. El chiste murió en su garganta.

—Sí, bueno... Gracias, Reina de la Belleza.

Debajo de ellos, el último anillo de piedra giró y se asentó emitiendo un profundo susurro neumático. El pedestal de quince metros se plegó hacia abajo y se convirtió en una escalera de caracol.

Hazel espiró.

—Leo, incluso desde aquí arriba percibo malas vibraciones al fondo de esa escalera. Algo... grande y peligroso. ¿Seguro que no quieres que vaya?

—Gracias, Hazel, pero no es necesario. —Dio una palmada a Piper en la espalda—. Piper, Jason y yo somos expertos en cosas grandes y peligrosas.

Frank le ofreció el frasco de la menta de Pilos.

—No lo rompas.

Leo asintió seriamente.

—No romper el frasco de veneno mortal. Me alegro de que me hayas avisado, tío. No se me habría ocurrido nunca.

—Cállate, Valdez. —Frank le dio un fuerte abrazo—. Y ten cuidado.

—Mis costillas —chilló Leo.

—Perdón.

Annabeth y Percy le desearon buena suerte. Acto seguido, Percy se excusó para ir a vomitar.

Jason invocó los vientos y descendió a Piper y Leo a tierra.

La escalera bajaba en espiral casi veinte metros antes de dar a una cámara del tamaño del búnker 9: es decir, enorme.

Los pulidos azulejos blancos de las paredes y las baldosas blancas del suelo reflejaban tan bien la luz de la espada de Jason que Leo no necesitó encender fuego. La cámara entera estaba llena de hileras de largos bancos de piedra, lo que recordó a Leo una de las enormes iglesias que siempre anunciaban en Houston. Al fondo de la sala, donde habría estado el altar, se alzaba una estatua de alabastro blanco puro de tres metros de altura: una joven ataviada con una túnica blanca y con una sonrisa serena en el rostro. En una mano levantaba una copa, mientras que una serpiente dorada se enroscaba en su brazo, con la cabeza cerca del borde del recipiente, como si estuviera lista para beber.

—Grande y peligrosa —dedujo Jason.

Piper echó un vistazo a la sala.

—Esta debía de ser la zona para dormir. —Su voz resonó ligeramente demasiado alto para el gusto de Leo—. Los pacientes pasaban aquí la noche. El dios Asclepio debía enviarles un sueño para recordarles qué cura debían pedir.

—¿Cómo sabes eso? —preguntó Leo—. ¿Te lo ha dicho Annabeth?

Piper puso cara de ofendida.

—Sé cosas. Esa estatua es de Higía, la hija de Asclepio. Es la diosa de la buena salud. De ahí viene la palabra «higiene».

Jason observó la estatua con recelo.

—¿Qué pintan la serpiente y la copa?

—No estoy segura —reconoció Piper—. Pero en su día este sitio (el Asclepeion) era una escuela de medicina además de un hospital. Los mejores sacerdotes-doctores estudiaban aquí. Ellos debían de adorar a Asclepio y a Higía.

A Leo le entraron ganas de decir: «Vale, bonita visita. Vámonos».

El silencio, las relucientes baldosas blancas, la espeluznante sonrisa de la cara de Higía…, todo le ponía los nervios de punta. Pero

Jason y Piper enfilaron el pasillo central hacia la estatua, de modo que Leo pensó que lo mejor sería que los siguiera.

En los bancos había esparcidas viejas revistas: *Selecciones para niños,* otoño, 20 a.C.; *Semanario de Hefesto TV:* «El último bombo de Afrodita»; *A: la revista de Asclepio:* «¡Diez sencillos consejos para sacar el máximo partido a tus sangrías!».

—Es la recepción —murmuró Leo—. No soporto las recepciones.

Aquí y allá había montones de polvo y huesos desparramados por el suelo, lo que no decía nada alentador del tiempo de espera medio.

—Mirad esto. —Jason señaló con el dedo—. ¿Estaban esos letreros cuando hemos entrado? ¿Y esa puerta?

Leo creía que no. En la pared a la derecha de la estatua, sobre una puerta metálica cerrada, había dos letreros electrónicos. En el de arriba ponía:

EL DOCTOR ESTÁ:
ENCARCELADO

Y en el de abajo:

TURNO ACTUAL: 0000000

Jason entornó los ojos.

—No puedo leer desde tan lejos. «El doctor está…»

—Encarcelado —dijo Leo—. Apolo me advirtió que Asclepio estaba siendo vigilado. Zeus no quería que revelara sus secretos médicos o algo así.

—Os apuesto veinte pavos y una caja de cereales Froot Loops a que esa estatua es la guardiana —dijo Piper.

—No pienso aceptar esa apuesta. —Leo miró el montón de polvo más cercano de la sala de espera—. Bueno…, supongo que tenemos que coger número.

La estatua gigante tenía otras ideas.

Cuando estaban a un metro y medio de distancia, giró la cabeza y los miró. Su expresión permaneció estática. Su boca no se movió. Pero una voz brotó de lo alto y resonó por la sala.

—¿Tenéis cita?

Piper no se alteró.

—¡Hola, Higía! Apolo nos envía. Necesitamos ver a Asclepio.

La estatua de alabastro bajó de su estrado. Podría haber sido mecánica, pero Leo no oía ninguna parte móvil. Para estar seguro, tendría que tocarla, y no quería acercarse tanto.

—Entiendo. —La estatua no paraba de sonreír, aunque no parecía contenta—. ¿Puedo hacer una copia de vuestras tarjetas de seguro?

—Ah, bueno… —Piper titubeó—. Ahora no las llevamos encima, pero…

—¿No tenéis tarjeta de seguro? —La estatua meneó la cabeza. Un suspiro de irritación resonó por la estancia—. Supongo que tampoco os habéis preparado para la visita. ¿Os habéis lavado las manos a conciencia?

—Ah… ¿sí? —dijo Piper.

Leo se miró las manos, que como siempre estaban manchadas de grasa y suciedad. Las escondió detrás de la espalda.

—¿Lleváis ropa interior limpia? —preguntó la estatua.

—Oiga, señora, está entrando en terreno personal —dijo Leo.

—Siempre debéis llevar ropa interior limpia a la consulta del médico —los reprendió Higía—. Me temo que sois un peligro para la salud. Tendréis que ser desinfectados antes de que podamos seguir.

La serpiente dorada se desenroscó y descendió de su brazo. Levantó la cabeza y siseó, mostrando unos colmillos como sables.

—¿Sabe lo que pasa? —dijo Jason—. Nuestro seguro médico no cubre la desinfección con serpientes enormes. Mecachis.

—Oh, no importa —le aseguró Higía—. La desinfección es un servicio público. ¡Es gratuito!

La serpiente se abalanzó sobre ellos.

Leo tenía mucha práctica esquivando monstruos mecánicos, un detalle positivo, porque la serpiente dorada era rápida. El chico saltó a un lado, y la serpiente no le dio en la cabeza por dos centímetros. Leo rodó por el suelo y se levantó con las manos en llamas. Cuando la serpiente atacó, Leo le lanzó fuego a los ojos y la hizo girar a la izquierda y chocarse contra el banco.

Piper y Jason se pusieron manos a la obra con Higía. Cortaron las piernas de la estatua y la talaron como un árbol de Navidad de alabastro. Higía se dio con la cabeza contra un banco. Su cáliz salpicó el suelo de ácido humeante. Jason y Piper entraron a matar pero, antes de que pudieran atacarla, las piernas de Higía volvieron a unirse como si fueran magnéticas. La diosa se levantó, sin dejar de sonreír.

—Esto es inaceptable —dijo—. El doctor no os verá hasta que no estéis debidamente desinfectados.

Lanzó el líquido de su copa hacia Piper, quien se apartó de un salto mientras los bancos más cercanos recibían las salpicaduras del ácido, que deshizo la piedra entre una siseante nube de humo.

Mientras tanto, la serpiente volvió en sí. Sus ojos metálicos fundidos se repararon de algún modo. Su cara recuperó la forma como un capó de coche resistente a las abolladuras.

Atacó a Leo, que se agachó y trató de agarrarle el pescuezo, pero era como tratar de coger un papel de lija que se moviera a cien kilómetros por hora. La serpiente pasó como un rayo y su áspera piel metálica dejó las manos de Leo llenas de arañazos y sangrando.

Sin embargo, el contacto momentáneo permitió a Leo entender mejor a lo que se enfrentaba. La serpiente era una máquina. Percibió su funcionamiento interno. Si la estatua de Higía funcionaba con un mecanismo parecido, Leo podría tener una posibilidad de vencerla…

Al otro lado de la sala, Jason se elevó por los aires y cortó la cabeza de la diosa.

Lamentablemente, la cabeza volvió a colocarse en su sitio.

—Esto es inaceptable —dijo Higía tranquilamente—. La decapitación no es un hábito de vida saludable.

—¡Jason, ven aquí! —gritó Leo—. ¡Piper, gana tiempo!

Piper lo miró como pensando: «Es muy fácil decirlo».

—¡Higía! —gritó—. ¡Yo tengo seguro!

Eso llamó la atención de la estatua. Incluso la serpiente dorada se giró hacia ella, como si un seguro fuera un sabroso roedor.

—¿Seguro? —dijo la estatua con entusiasmo—. ¿Cuál es tu compañía?

—Esto…, Blue Lightning —contestó Piper—. Tengo la tarjeta aquí mismo. Un momento.

Hizo ver que se tocaba los bolsillos. La serpiente se acercó reptando a mirar.

Jason corrió al lado de Leo jadeando.

—¿Cuál es el plan?

—No podemos destruir esas cosas —dijo Leo—. Están diseñadas para curarse a sí mismas. Son inmunes a casi todos los daños.

—Genial —dijo Jason—. ¿Entonces…?

—¿Te acuerdas de la vieja consola de videojuegos de Quirón? —preguntó Leo.

Jason abrió mucho los ojos.

—Leo… esto no es el Mario Party Seis.

—Pero el principio es el mismo.

—¿El modo idiota?

Leo sonrió.

—Necesitaré que tú y Piper creéis una distracción. Yo reprogramaré la serpiente y luego a Eugenia.

—Higía.

—Como se llame. ¿Listo?

—No.

Leo y Jason corrieron hacia la serpiente.

Higía estaba bombardeando a Piper a preguntas sobre asistencia sanitaria.

—¿Es Blue Lightning un seguro médico global? ¿Cuál es tu franquicia? ¿Quién es tu deidad de atención primaria?

Mientras Piper improvisaba respuestas, Leo saltó al lomo de la serpiente. Esta vez sabía lo que buscaba, y por un momento la serpiente ni siquiera se percató de su presencia. Leo abrió un tablero eléctrico situado cerca de la cabeza de la serpiente. Se sujetó con las piernas, tratando de hacer caso omiso del dolor y la sangre pegajosa que tenía en las manos mientras reconectaba los cables de la serpiente.

Jason estaba cerca, listo para atacar, pero la serpiente parecía cautivada por los problemas de Piper con la cobertura de Blue Lightning.

—Luego la enfermera me dijo que tenía que llamar al centro de atención al cliente —informó Piper—. ¡Y que mi seguro no cubría los medicamentos! Y…

La serpiente dio una sacudida cuando Leo conectó los dos últimos cables. Leo saltó de encima de ella, y la serpiente dorada empezó a temblar sin poder controlarse.

Higía se dio la vuelta para situarse de cara a ellos.

—¿Qué habéis hecho? ¡Mi serpiente necesita atención médica!

—¿Tiene seguro? —preguntó Piper.

—¿QUÉ?

La estatua se volvió otra vez hacia ella, y Leo saltó. Jason invocó una ráfaga de viento que lanzó a Leo sobre los hombros de la estatua como un niño en un desfile. Leo abrió la parte trasera de la cabeza de la estatua mientras ella se movía tambaleándose.

—¡Baja! —gritó—. ¡Esto no es higiénico!

—¡Eh! —gritó Jason, volando alrededor de ella—. ¡Tengo una pregunta sobre mis franquicias!

—¿Qué? —chilló la estatua.

—¡Higía! —gritó Piper—. ¡Necesito una factura para presentarla a la seguridad social!

—¡No, por favor!

Leo encontró el chip regulador. Activó unos cuantos cuadrantes y tiró de unos cables, como si Higía no fuera más que una consola de videojuegos Nintendo grande y peligrosa.

Reconectó sus circuitos, e Higía empezó a dar vueltas gritando y agitando los brazos. Leo se apartó de un salto y evitó por los pelos recibir un baño de ácido.

Él y sus amigos retrocedieron mientras Higía y su serpiente sufrían una violenta experiencia religiosa.

—¿Qué has hecho? —preguntó Piper.

—El modo idiota —respondió Leo.

—¿Cómo?

—En el campamento —explicó Jason—, Quirón tenía una antigua consola de videojuegos en la sala de recreo. Leo y yo jugábamos a veces. Competías contra adversarios controlados por la máquina...

—... y había tres opciones de dificultad —dijo Leo—. Fácil, medio y difícil.

—He jugado con videojuegos —dijo Piper—. Entonces ¿qué hiciste?

—Me harté de esa configuración. —Leo se encogió de hombros—. Así que inventé un cuarto nivel de dificultad: el modo idiota. Hace que los adversarios se vuelvan tan tontos que te partes de risa. Siempre eligen lo que no hay que hacer.

Piper se quedó mirando la estatua y la serpiente, que se retorcían y estaban empezando a echar humo.

—¿Seguro que las has puesto en modo idiota?

—Lo sabremos dentro de un momento.

—¿Y si las has puesto en dificultad extrema?

—También lo sabremos.

La serpiente dejó de temblar. Se enroscó y miró a su alrededor como si estuviera desconcertada.

Higía se quedó paralizada. Una bocanada de humo salió de su oreja derecha. Miró a Leo.

—¡Debes morir! ¡Hola! ¡Debes morir!

Levantó su copa y se echó ácido en la cara. A continuación se volvió y se dio de bruces contra la pared más cercana. La serpiente se irguió y golpeó repetidamente su cabeza contra el suelo.

—Vale —dijo Jason—. Creo que hemos activado el modo idiota.

—¡Hola! ¡Muere!

Higía se apartó de la pared y volvió a aporrear la pared con su cara.

—Vamos.

Leo corrió hacia la puerta metálica situada al lado del estrado. Agarró el pomo. Seguía cerrada con llave, pero Leo percibió el mecanismo interior: unos cables subían por el marco, conectados con...

Se quedó mirando los letreros parpadeantes de encima de la puerta.

—Jason, dame un empujoncito —dijo.

Otra ráfaga de viento lo elevó. Leo se puso a trabajar con sus alicates, reprogramando los letreros hasta que el de arriba mostró el siguiente mensaje:

EL DOCTOR ESTÁ:
EN LA KASA.

En el de abajo pasó a poner:

TURNO ACTUAL:
¡LAS NENAS SE PIRRAN POR LEO!

La puerta metálica se abrió, y Leo se posó en el suelo.

—¡La espera no ha sido tan larga! —Leo sonrió a sus amigos—. El doctor nos verá ahora.

XXXVI

Leo

Al final del pasillo había una puerta de nogal con una placa de bronce:

ASCLEPIO

DM, DO, EMD, DQ, DCV, MAEN, OMG, TEM, TTYL,

MCRM, MF, IOU, DO, OT, DF, BAMF, ER, INC., SMH

Puede que hubiera más siglas en la lista, pero a esas alturas a Leo ya le había explotado el cerebro.

Piper llamó.

—¿Doctor Asclepio?

La puerta se abrió de golpe. El hombre que había al otro lado tenía una sonrisa afable, arrugas en los ojos, cabello corto canoso y una barba bien recortada. Llevaba una bata de laboratorio blanca sobre un traje de oficina y un estetoscopio alrededor del cuello, el uniforme típico de médico, salvo por un detalle: Asclepio tenía un bastón negro pulido con una pitón verde viva enroscada alrededor.

A Leo no le hizo gracia ver otra serpiente. La pitón lo observó con unos ojos amarillos claros, y Leo tuvo la sensación de que no estaba en modo idiota.

—¡Hola! —dijo Asclepio.

—Doctor. —La sonrisa de Piper era tan cálida que podría haber derretido a un Boréada—. Le agradeceríamos mucho que nos ayudara. Necesitamos la cura del médico.

Leo ni siquiera era su objetivo, pero la capacidad de persuasión de Piper le invadió irresistiblemente. Habría hecho cualquier cosa para ayudarla a conseguir la cura. Habría ido a la facultad de medicina, habría obtenido doce doctorados y se habría comprado una gran pitón verde enroscada en un palo.

Asclepio se llevó la mano al corazón.

—Con mucho gusto, querida.

La sonrisa de Piper vaciló.

—¿De verdad? Quiero decir, muy bien.

—¡Entrad! ¡Entrad!

Asclepio les hizo pasar a su consulta.

El tipo era tan amable… Leo había supuesto que la consulta estaría llena de instrumentos de tortura, pero parecía… la consulta de un médico: una gran mesa de madera de arce, estanterías repletas de libros de medicina y varios de esos órganos de plástico con los que a Leo le gustaba jugar cuando era niño. Recordó el lío en que se había metido una vez porque había convertido un corte transversal de un riñón y unas piernas de esqueleto en un riñón monstruoso y había asustado a la enfermera.

La vida era más sencilla entonces.

Asclepio se sentó en la cómoda butaca de doctor y dejó su bastón y la serpiente sobre la mesa.

—¡Sentaos, por favor!

Jason y Piper se sentaron en las dos sillas que había en el lado de los pacientes. Leo tuvo que quedarse de pie, cosa que le pareció bien. No quería estar a la altura de la vista de la serpiente.

—Bueno. —Asclepio se reclinó—. No encuentro palabras para expresaros lo mucho que me alegra hablar con pacientes. Durante los últimos miles de años el papeleo se ha descontrolado. Prisas, prisas, prisas. Rellenar formularios. Hacer trámites. Por no hablar de la gigantesca guardiana de alabastro que mata a todos los pacientes en la sala de espera. ¡Le quita toda la gracia a la medicina!

307

—Sí —dijo Leo—. Higía es un poco deprimente.

Asclepio sonrió.

—Mi auténtica hermana Higía no es así, os lo aseguro. Es bastante simpática. En cualquier caso, has hecho bien reprogramando la estatua. Tienes manos de cirujano.

Jason se estremeció.

—¿Leo con un escalpelo? No lo anime.

El dios doctor se rió entre dientes.

—A ver, ¿cuál es el problema? —Se inclinó hacia delante y miró a Jason entornando los ojos—. Hum… Una herida de espada de oro imperial, pero se ha curado bien. Ni cáncer ni problemas cardíacos. Ten cuidado con el lunar del pie izquierdo, aunque estoy seguro de que es benigno.

Jason palideció.

—¿Cómo ha…?

—¡Ah, claro! —dijo Asclepio—. ¡Eres un poco miope! Eso tiene una solución sencilla.

Abrió un cajón, sacó un recetario y una funda de gafas. Garabateó algo en el recetario y a continuación le dio las gafas y la receta a Jason.

—Guarda la receta para futuras consultas, pero estas lentes deberían resolver el problema. Pruébatelas.

—Un momento —dijo Leo—. ¿Jason es miope?

Jason abrió la funda.

—Yo… últimamente he tenido problemillas para ver de lejos —reconoció—. Creía que solo estaba cansado. —Se probó las gafas, que tenían una fina montura de oro imperial—. Vaya. Sí. Veo mejor.

Piper sonrió.

—Tienes un aire muy distinguido.

—No sé, tío —dijo Leo—. Yo escogería unas lentes de contacto: unas naranja brillante con pupilas de ojos de gato. Molarían un montón.

—Las gafas están bien —decidió Jason—. Gracias, ejem, doctor Asclepio, pero no hemos venido por eso.

—¿No? —Asclepio entrelazó los dedos—. Bueno, veamos entonces… —Se volvió hacia Piper—. Pareces sana, querida. Un brazo roto cuando tenías seis años. ¿Te caíste de un caballo?

Piper se quedó boquiabierta.

—¿Cómo puede saber eso?

—Dieta vegetariana —continuó—. No hay problema, pero asegúrate de que tomas suficiente hierro y proteínas. Hum… Un poco de debilidad en el hombro izquierdo. Deduzco que te diste con algo pesado hará cosa de un mes.

—Un saco de arena en Roma —dijo Piper—. Es increíble.

—Alterna hielo y una bolsa de agua caliente si te molesta —recomendó Asclepio—. Y tú… —Miró a Leo.

—Caramba. —La expresión del doctor se tornó seria. El brillo cordial desapareció de sus ojos—. Ah, ya veo…

La expresión del doctor decía: «Lo siento mucho».

A Leo se le llenó el corazón de cemento. Si había abrigado alguna esperanza de evitar lo que se avecinaba, se le vino abajo.

—¿Qué? —Las nuevas gafas de Jason brillaron—. ¿Qué le pasa a Leo?

—Oiga, doctor —Leo le lanzó una mirada como diciendo: «Ya está bien». Con suerte, en la antigua Grecia sabían lo que era la confidencialidad del paciente—, hemos venido a por la cura del médico. ¿Puede ayudarnos? Tengo menta de Pilos y una margarita amarilla muy bonita.

Dejó los ingredientes sobre la mesa, evitando con cuidado la boca de la serpiente.

—Un momento —dijo Piper—. ¿Le pasa algo a Leo o no?

Asclepio se aclaró la garganta.

—Yo… No importa. Olvida lo que he dicho. A ver, queréis la cura del médico.

Piper frunció el entrecejo.

—Pero…

—En serio, chicos —dijo Leo—, no pasa nada salvo que Gaia va a destruir el mundo mañana. Centrémonos.

Ellos no parecían contentos, pero Asclepio siguió adelante.

—Entonces ¿esta margarita la cogió mi padre, Apolo?

—Sí —contestó Leo—. Le manda besos y abrazos.

Asclepio cogió la flor y la olió.

—Espero que papá sobreviva a la guerra. Zeus puede ser… bastante poco razonable. Bueno, el único ingrediente que falta son los latidos del dios encadenado.

—Los tengo —dijo Piper—. Al menos… puedo invocar a los *makhai*.

—Magnífico. Un momento, querida. —Miró a su pitón—. ¿Estás lista, Púa?

Leo contuvo la risa.

—¿Su serpiente se llama Púa?

Púa lo miró con hostilidad. El animal siseó y mostró una corona de púas alrededor del pescuezo, como la de un basilisco.

A Leo se le ahogó la risa en la garganta.

—Culpa mía —dijo—. Pues claro que te llamas Púa.

—Es un poco gruñona —dijo Asclepio—. La gente siempre confunde mi bastón con el de Hermes, que tiene dos serpientes. A lo largo de los siglos, la gente ha considerado el bastón de Hermes el símbolo de la medicina, cuando evidentemente debería haberlo sido mi bastón. Púa se siente desairada. George y Martha reciben toda la atención. En fin…

Asclepio dejó la margarita y el veneno delante de Púa.

—Menta de Pilos, muerte segura. La maldición de Delos, que afianza lo que no se puede afianzar. Y ahora el ingrediente final, los latidos del dios encadenado: caos, violencia y miedo a la mortalidad. —Se volvió hacia Piper—. Puedes soltar ya a los *makhai*, querida.

Piper cerró los ojos.

Una corriente de viento se arremolinó a través de la sala. Unas voces airadas gimieron. Leo sintió un extraño deseo de pegarle a Púa con un martillo. Quería estrangular al buen doctor con sus manos.

Entonces Púa abrió su quijada y se tragó el viento furioso. Su pescuezo se hinchó como un globo cuando los espíritus de la batalla bajaron por su garganta. Se tomó la margarita y el frasco de menta de Pilos de postre.

—¿No le hará daño el veneno? —preguntó Jason.

—No, no —dijo Asclepio—. Espera y verás.

Un momento más tarde, Púa arrojó un nuevo frasco: un tubo de cristal con tapón cuyo tamaño no superaba el de un dedo de Leo. Un líquido rojo oscuro brillaba dentro.

—La cura del médico. —Asclepio cogió el frasco y lo giró a la luz. Su expresión se tornó seria y a continuación perpleja—. Un momento... ¿Por qué he accedido a hacer esto?

Piper colocó su mano con la palma hacia arriba sobre la mesa.

—Porque tenemos que salvar el mundo. Es muy importante. Y usted es el único que puede ayudarnos.

Su embrujahabla era tan potente que hasta Púa, la serpiente, se relajó. Se enroscó alrededor del bastón y se puso a dormir. La expresión de Asclepio se suavizó, como si se estuviera introduciendo en un baño caliente.

—Claro —dijo el dios—. Me había olvidado. Pero debéis tener cuidado. Hades no soporta que resucite a la gente. La última vez que le di a alguien esta poción, el señor del inframundo se quejó a Zeus y morí fulminado por un rayo. ¡BUM!

Leo se estremeció.

—Tiene bastante buen aspecto para estar muerto.

—Oh, me recuperé, por supuesto. Fue parte del acuerdo. Verás, cuando Zeus me mató, mi padre Apolo se disgustó mucho. No podía descargar su ira directamente sobre Zeus; el rey de los dioses era demasiado poderoso. De modo que Apolo se vengó de los creadores de rayos. Mató a algunos cíclopes ancianos. Zeus castigó a Apolo por eso..., y lo hizo con bastante severidad. Al final, para hacer las paces, Zeus aceptó nombrarme dios de la medicina, a condición de que yo no volviera a resucitar a nadie. —Los ojos de Asclepio se llenaron de incertidumbre—. Y sin embargo aquí estoy..., dándoos la cura.

—Porque es consciente de lo importante que es esto —dijo Piper— y está dispuesto a hacer una excepción.

—Sí… —Asclepio le dio a Piper el frasco a regañadientes—. En cualquier caso, la poción debe administrarse lo antes posible después de la muerte. Se puede inyectar o verter en la boca. Y solo hay para una persona. ¿Me entendéis?

Miró directamente a Leo.

—Lo entendemos —prometió Piper—. ¿Seguro que no quiere venir con nosotros, Asclepio? Su guardiana está fuera de servicio. Nos sería muy útil a bordo del *Argo II*.

Asclepio sonrió tristemente.

—El *Argo*… Cuando yo era semidiós, navegué en el barco original, ¿sabéis? ¡Ah, quién fuera otra vez un aventurero despreocupado!

—Sí… —murmuró Jason—. Despreocupado.

—Pero, lamentablemente, no puedo. Zeus se enfadará bastante conmigo por ayudaros. Además, la guardiana no tardará en reprogramarse. Debéis marcharos. —Asclepio se levantó—. Os deseo lo mejor, semidioses. Y si volvéis a ver a mi padre, por favor, pedidle disculpas de mi parte.

Leo no estaba seguro de lo que eso quería decir, pero se despidieron.

Cuando pasaron por la sala de espera, la estatua de Higía estaba sentada en un banco, echándose ácido en la cara y cantando: «Estrellita, ¿dónde estás?», mientras la serpiente dorada le mordía el pie. La plácida escena prácticamente bastó para levantar el ánimo a Leo.

De vuelta en el *Argo II*, se reunieron en el comedor y pusieron al corriente al resto de la tripulación.

—No me gusta —dijo Jason—. Asclepio miraba a Leo de una forma…

—Bah, solo notó mi tristeza. —Leo trató de sonreír—. Ya sabéis, me muero de ganas de ver a Calipso.

—Qué tierno —dijo Piper—. Pero no estoy segura de que se trate de eso.

Percy miraba el brillante frasco rojo colocado en mitad de la mesa con el entrecejo fruncido.

—Cualquiera de nosotros podría morir, ¿no? Tenemos que tener la poción a mano.

—Suponiendo que solo uno de nosotros muera —señaló Jason—. Solo hay una dosis.

Hazel y Frank miraron fijamente a Leo.

Él les lanzó una mirada de «Dejadlo ya».

Los demás no veían la foto entera. «Bajo la tormenta o el fuego, el mundo debe caer»: Jason o Leo. En Olimpia, Niké les había advertido que uno de los cuatro semidioses allí presentes moriría: Percy, Hazel, Frank o Leo. Solo un nombre aparecía en las dos listas: Leo. Y si quería que su plan diera resultado, no podía tener a nadie cerca cuando apretara el gatillo.

Sus amigos nunca aceptarían su decisión. Protestarían. Intentarían salvarlo. Insistirían en buscar otra solución.

Pero esa vez Leo estaba convencido de que no había otra solución. Como Annabeth siempre les decía, luchar contra una profecía nunca daba resultado. Solo daba más problemas. Tenía que asegurarse de que la guerra terminaba de una vez por todas.

—Tenemos que dejar opciones abiertas —propuso Piper—. Tenemos que nombrar a un médico que lleve la poción: alguien que pueda reaccionar rápido y curar a quien muera.

—Buena idea, Reina de la Belleza —mintió Leo—. Yo te propongo a ti como candidata.

Piper parpadeó.

—Pero... Annabeth es más sabia. Hazel puede moverse más rápido montada en Arión. Frank puede transformarse en animales...

—Pero tú tienes corazón. —Annabeth apretó la mano de su amiga—. Leo tiene razón. Cuando llegue el momento, sabrás qué hacer.

—Sí —convino Jason—. Tengo la sensación de que eres la mejor elección, Pipes. Estarás con nosotros hasta el final, pase lo que pase, con tormenta o fuego.

Leo cogió el frasco.

—¿Está todo el mundo de acuerdo?

Nadie se opuso.

Leo miró fijamente a Hazel… «Tú sabes lo que tiene que pasar».

Sacó una gamuza de su cinturón portaherramientas y envolvió la cura del médico con gran ceremonia. A continuación ofreció el paquete a Piper.

—De acuerdo entonces —dijo—. Mañana por la mañana llegaremos a Atenas, peña. Preparaos para luchar contra gigantes.

—Sí… —murmuró Frank—. Sé que dormiré bien.

Cuando la cena terminó, Jason y Piper trataron de abordar a Leo. Querían hablar de lo que había pasado con Asclepio, pero Leo los eludió.

—Tengo que trabajar en el motor —dijo, cosa que era cierta.

Una vez en la sala de máquinas, sin más compañía que Buford, la mesa maravillosa, Leo respiró hondo. Metió la mano en su cinturón y sacó el verdadero frasco con la cura del médico, no la versión falseada por la Niebla que le había dado a Piper.

Buford le echó humo.

—Oye, tío, no me ha quedado más remedio —dijo.

Buford activó a su Hedge holográfico.

—¡PONTE ALGO DE ROPA!

—Mira, tiene que ser así. Si no, moriremos todos.

Buford emitió un chirrido lastimero y se fue enfurruñado al rincón haciendo ruido.

Leo se quedó mirando el motor. Había pasado mucho tiempo montándolo. Había sacrificado meses de sudor, sufrimiento y soledad.

En ese momento el *Argo II* se acercaba al final de su viaje. La vida entera de Leo (su infancia con la tía Callida; la muerte de su madre en el incendio del taller; sus años de niño de acogida; los meses que había pasado en el Campamento Mestizo con Jason y Piper) culminaría a la mañana siguiente en una última batalla.

Abrió el tablero de acceso.

La voz de Festo chirrió por el intercomunicador.

—Sí, colega —convino Leo—. Es el momento.

Más chirridos.

—Lo sé —dijo Leo—. ¿Juntos hasta el final?

Festo chirrió afirmativamente.

Leo revisó su antiguo astrolabio de bronce, que ya estaba equipado con el cristal de Ogigia. Esperaba que funcionara.

—Volveré contigo, Calipso —murmuró—. Lo prometí por la laguna Estigia.

Activó un interruptor y conectó el navegador. Fijó el temporizador para veinticuatro horas después.

Finalmente abrió el conducto del ventilador e introdujo el frasco de la cura del médico. El recipiente desapareció en las venas del barco con un contundente golpe seco.

—Ya es demasiado tarde para volverse atrás —dijo Leo.

Se acurrucó en el suelo y cerró los ojos, decidido a disfrutar del familiar zumbido del motor una última noche.

XXXVII

Reyna

—¡Dé la vuelta!

Reyna no tenía ganas de dar órdenes a Pegaso, el señor de los caballos voladores, pero tenía todavía menos ganas de que la abatieran.

A medida que se acercaban al Campamento Mestizo durante las horas previas al amanecer del 1 de agosto, vio seis onagros romanos. Incluso a oscuras, su revestimiento de oro imperial relucía. Sus enormes brazos de lanzamiento se inclinaban hacia atrás como mástiles de barco escorados en una tormenta. Cuadrillas de artilleros corrían alrededor de las máquinas, cargando las hondas y comprobando la torsión de las cuerdas.

—¿Qué son esas cosas? —gritó Nico.

Él volaba a unos seis metros a su izquierda montado en Blackjack, el pegaso oscuro.

—Armas de asedio —dijo Reyna—. Si nos acercamos más, pueden derribarnos.

—¿A tanta altura?

A la derecha de Reyna, el entrenador Hedge gritó desde el lomo de su corcel Guido:

—¡Son onagros, muchacho! ¡Esos trastos pueden pegar más alto que Bruce Lee!

—Señor Pegaso —dijo Reyna, posando la mano en el pescuezo del corcel—, necesitamos un lugar seguro para aterrizar.

Pegaso pareció entenderla. Giró a la izquierda. Los otros caballos voladores lo siguieron: Blackjack, Guido y otros seis que remolcaban la Atenea Partenos atada con cables.

Mientras rodeaban el margen occidental del campamento, Reyna contempló la escena. La legión bordeaba el pie de las colinas orientales, lista para atacar al amanecer. Los onagros estaban dispuestos detrás de ellos formando un amplio semicírculo a intervalos de trescientos metros. A juzgar por el tamaño de las armas, Reyna calculó que Octavio tenía suficiente potencia de fuego para destruir a todo ser vivo del valle.

Pero ese no era el único peligro: acampadas a lo largo de los flancos de la legión, había cientos de fuerzas de *auxilia*. Reyna no podía ver bien en la oscuridad, pero divisó al menos una tribu de centauros salvajes y un ejército de cinocéfalos, los hombres con cabeza de perro que habían firmado una precaria tregua con la legión hacía siglos. Había muchos menos romanos, rodeados de un mar de aliados poco fiables.

—Allí. —Nico señaló hacia el estrecho de Long Island, donde las luces de un gran yate brillaban a cuatrocientos metros de la costa—. Podríamos aterrizar en la cubierta de ese barco. Los griegos controlan el mar.

Reyna no estaba segura de que los griegos fueran más amistosos que los romanos, pero a Pegaso pareció gustarle la idea. Se ladeó hacia las aguas oscuras del estrecho.

El yate era un barco de recreo blanco de treinta metros de eslora, de línea elegante y oscuros ojos de buey. Pintado en letras rojas, en la proa había un nombre: MI AMOR. En la cubierta de proa había un helipuerto lo bastante grande para la Atenea Partenos.

Reyna no vio ninguna tripulación. Supuso que el barco era una corriente embarcación de mortales anclada de noche, pero si se equivocaba y el barco era una trampa...

—Es nuestra mejor opción —dijo Nico—. Los caballos están cansados. Necesitamos parar.

Ella asintió a regañadientes.

—De acuerdo.

Pegaso se posó en la cubierta de proa con Guido y Blackjack. Los otros seis caballos dejaron suavemente la Atenea Partenos en el helipuerto y acto seguido se posaron a su alrededor. Con los cables y los arreos, parecían los animales de un tiovivo.

Reyna desmontó. Como había hecho hacía dos días, cuando había visto a Pegaso por primera vez, se arrodilló ante el caballo.

—Gracias, gran caballo.

Pegaso desplegó las alas e inclinó la cabeza.

Incluso después de recorrer volando la mitad de la Costa Este, a Reyna le costaba creer que el caballo inmortal la hubiera dejado montarlo.

Reyna siempre se lo había imaginado de un blanco puro con alas de paloma, pero Pegaso tenía un pelaje marrón intenso, con motas rojas y doradas alrededor del hocico, que según Hedge eran las marcas de la parte que había salido de la sangre y el icor de su madre decapitada, Medusa. Las alas eran de los colores de un águila (dorado, blanco, marrón y herrumbre), que le daban un aspecto mucho más atractivo y regio que el blanco liso. Era del color de todos los caballos, un detalle con el que representaba a toda su descendencia.

El señor Pegaso relinchó.

Hedge se acercó trotando para traducir.

—Pegaso dice que debe marcharse antes de que empiece el tiroteo. Su fuerza vital conecta a todos los caballos, así que si resulta herido, todos los caballos alados notan su dolor. Por eso no sale mucho. Es inmortal, pero sus descendientes no. No quiere que sufran por su culpa. Les ha pedido a los otros caballos que se queden con nosotros para ayudarnos a terminar la misión.

—Entiendo —dijo Reyna—. Gracias.

Pegaso relinchó.

Hedge abrió mucho los ojos. Ahogó un sollozo y acto seguido sacó un pañuelo de su mochila y se enjugó los ojos.

—¿Entrenador? —Nico frunció el entrecejo, preocupado—. ¿Qué ha dicho Pegaso?

—Él… dice que no ha venido en persona por mi mensaje. —Hedge se volvió hacia Reyna—. Lo ha hecho por ti. Experimenta los sentimientos de todos los caballos alados. Ha seguido tu amistad con Scipio. Pegaso dice que jamás le ha conmovido tanto la compasión de un semidiós por un caballo alado. Te concede el título de amiga de los caballos. Es un gran honor.

A Reyna le picaban los ojos. Agachó la cabeza.

—Gracias, señor.

Pegaso piafó en la cubierta. Los otros caballos alados saludaron relinchando. A continuación, su señor alzó el vuelo y se internó en la noche girando en espiral.

Hedge se quedó mirando las nubes asombrado.

—Pegaso no se ha dejado ver durante cientos de años. —Le dio a Reyna una palmada en la espalda—. Lo has hecho bien, romana.

Reyna no creía merecer ningún reconocimiento por haber hecho sufrir a Scipio, pero reprimió el sentimiento de culpabilidad.

—Deberíamos registrar el barco, Nico —dijo—. Si hay alguien a bordo…

—Ya lo he tenido en cuenta. —Nico acarició el hocico de Blackjack—. Percibo a dos mortales dormidos en el camarote principal. Nadie más. No soy hijo de Hipnos, pero les he transmitido unos sueños profundos. Debería bastar para tenerlos durmiendo hasta bien pasado el amanecer.

Reyna trató de no mirarlo fijamente. Durante los últimos días, él se había vuelto mucho más fuerte. La magia natural de Hedge lo había traído de vuelta al mundo de los vivos. Ella había visto a Nico hacer cosas impresionantes, pero manipular los sueños… ¿Siempre había podido hacerlo?

El entrenador Hedge se frotó las manos con entusiasmo.

—¿Podemos desembarcar entonces? ¡Mi esposa me está esperando!

Reyna oteó el horizonte. Un trirreme griego patrullaba por las inmediaciones de la costa, pero no parecía haber reparado en su llegada. No sonaba ninguna alarma. No había señales de movimiento en la playa.

Vislumbró una estela plateada a la luz de la luna, a casi un kilómetro al oeste. Una lancha motora negra se dirigía a ellos a toda velocidad con las luces de navegación apagadas. Reyna esperaba que fuera una embarcación de mortales. Entonces la lancha se acercó lo suficiente, y la mano de Reyna apretó la empuñadura de su espada. En la proa relucía el dibujo de una corona de laurel con las letras SPQR.

—La legión ha enviado un comité de bienvenida.

Nico siguió su mirada.

—Creía que los romanos no tenían flota.

—No la teníamos —dijo ella—. Por lo visto, Octavio ha estado más ocupado de lo que creía.

—¡Pues ataquemos! —dijo Hedge—. Nadie va a interponerse en mi camino estando tan cerca.

Reyna contó a tres personas en la lancha motora. Las dos de la parte trasera llevaban cascos, pero reconoció la cara en forma de cuña y las espaldas anchas del piloto: Michael Kahale.

—Trataremos de parlamentar —decidió Reyna—. Ese es uno de los hombres de confianza de Octavio, pero es un buen legionario. Puede que consiga hacerle razonar.

El viento azotaba el pelo moreno de Nico contra su cara.

—Pero si te equivocas...

La lancha negra redujo la marcha y paró al lado. Michael gritó:

—¡Reyna! Tengo órdenes de detenerte y confiscar la estatua. Voy a subir a bordo con otros dos centuriones. Preferiría hacerlo sin que hubiera sangre.

Reyna trató de controlar el temblor de sus piernas.

—¡Sube a bordo, Michael!

Se volvió hacia Nico y el entrenador Hedge.

—Si me equivoco, estad preparados. Michael Kahale no será un rival fácil.

Michael no iba vestido para el combate. Llevaba la camiseta morada del campamento, unos vaqueros y unas zapatillas de deporte. No llevaba ninguna arma visible, pero a Reyna eso no le hizo sentirse mejor. Sus brazos eran gruesos como los cables de un puente; su expresión, tan cordial como un muro de ladrillo. La paloma que tenía tatuada en el antebrazo parecía más un ave de rapiña.

Sus ojos emitieron un brillo siniestro al contemplar la escena: la Atenea Partenos enganchada a su tiro de pegasos, Nico con la espada estigia desenvainada y el entrenador Hedge con el bate de béisbol.

Los centuriones auxiliares de Michael eran Leila, de la Cuarta Cohorte, y Dakota, de la Quinta. Extrañas elecciones. Leila, hija de Ceres, no era famosa por su agresividad. Normalmente era muy sensata. Y Dakota... Reyna no podía creer que el hijo de Baco, el oficial más simpático de todos, se pusiera de parte de Octavio.

—Reyna Ramírez-Arellano —dijo Michael, como si estuviera leyendo un pergamino—, ex pretora...

—Todavía soy pretora —lo corrigió Reyna—. Hasta que se me destituya por votación del senado al completo. ¿Es el caso?

Michael exhaló un profundo suspiro. No parecía tener mucha fe en lo que estaba haciendo.

—Tengo órdenes de detenerte y encarcelarte para el juicio.

—¿Por la autoridad de quién?

—Ya sabes de quién...

—¿Con qué acusación?

—Mira, Reyna —Michael se frotó la frente con la palma de la mano como si fuera a quitarle el dolor de cabeza—, esto me gusta tan poco como a ti. Pero he recibido órdenes.

—Órdenes ilegales.

—Es demasiado tarde para discutir. Octavio ha asumido poderes extraordinarios. La legión lo apoya.

—¿Es eso cierto?

Ella miró de forma significativa a Dakota y a Leila.

Leila no la miró a los ojos. Dakota le guiñó el ojo como si estuviera intentando transmitirle un mensaje, pero tratándose de él era difícil saberlo. Podría ser simplemente un tic producto del exceso de refresco azucarado.

—Estamos en guerra —dijo Michael—. Tenemos que aunar esfuerzos. Dakota y Leila no han sido unos partidarios muy entusiastas. Octavio les ha dado una última oportunidad de demostrar lo que valen. Si me ayudan a detenerte (a ser posible viva, pero si es necesario muerta), mantendrán su rango y demostrarán su lealtad.

—A Octavio —observó Reyna—. No a la legión.

Michael extendió las manos, que eran solo un poco más pequeñas que unos guantes de béisbol.

—No puedes culpar a los oficiales de pasar por el aro. Octavio tiene un plan para ganar, y es un buen plan. Al amanecer esos onagros destruirán el campamento griego sin una sola baja romana. Los dioses se curarán.

Nico dio un paso adelante.

—¿Aniquilaríais a la mitad de los semidioses del mundo, la mitad del legado de los dioses, para curarlos? Destruiréis el Olimpo antes de que Gaia despierte. Y se está despertando, centurión.

Michael frunció el entrecejo.

—Embajador de Plutón, hijo de Hades…, como te llames, has sido nombrado espía enemigo. Tengo órdenes de detenerte para ser ejecutado.

—Inténtalo —dijo Nico fríamente.

El enfrentamiento era tan absurdo que debería haber resultado gracioso. Nico era varios años más joven, quince centímetros más bajo y veinte kilos más delgado. Pero Michael no se movió. Las venas de su cuello palpitaban.

Dakota tosió.

—Ejem, Reyna…, ven con nosotros pacíficamente. Podemos resolver esto.

Definitivamente le estaba guiñando el ojo.

—Está bien, basta de charla. —El entrenador Hedge evaluó a Michael Kahale—. Deja que le dé una paliza a este payaso. Me he enfrentado a enemigos más grandes.

Michael sonrió burlonamente.

—Estoy seguro de que eres un fauno valiente, pero…

—¡Sátiro!

El entrenador Hedge se abalanzó sobre el centurión. Blandió el bate de béisbol con todas sus fuerzas, pero Michael se limitó a atraparlo y arrebatárselo. El centurión partió el bate sobre su rodilla. A continuación empujó al entrenador hacia atrás, aunque Reyna notó que no quería hacerle daño.

—¡Se acabó! —gruñó Hedge—. ¡Ahora sí que estoy cabreado!

—Entrenador, Michael es muy fuerte —le advirtió Reyna—. Tendría que ser un ogro o un…

En algún lugar a babor, a la altura de la línea de flotación, una voz gritó:

—¡Kahale! ¿Por qué tardas tanto?

Michael se estremeció.

—¿Octavio?

—¡Quién voy a ser si no! —gritó la voz desde la oscuridad—. ¡Me he cansado de esperar a que cumplas mis órdenes! Voy a subir a bordo. ¡Que todo el mundo de los dos bandos suelte las armas!

Michael frunció el entrecejo.

—Ejem, señor, ¿todo el mundo? ¿Nosotros también?

—¡No todos los problemas se solucionan con el puño o la espada, pedazo de idiota! ¡Yo puedo ocuparme de esta escoria *graeca*!

Michael no parecía muy convencido, pero hizo señas a Leila y Dakota, quienes dejaron sus espadas en la cubierta.

Reyna miró a Nico. Era evidente que algo iba mal. No se le ocurría ningún motivo por el que Octavio pudiera estar allí, exponiéndose al peligro. Desde luego, no ordenaría a sus propios oficiales que se deshicieran de sus armas. Pero el instinto de Reyna le decía que le siguiera el juego. Soltó su espada. Al verlo, Nico hizo lo mismo.

—Todo el mundo está desarmado, señor —gritó Michael.

—¡Bien! —chilló Octavio.

Una silueta oscura apareció en lo alto de la escalera de mano, pero era demasiado corpulenta para ser Octavio. Una figura más menuda con alas empezó a revolotear detrás de él: ¿una arpía? Cuando Reyna se dio cuenta de lo que estaba pasando, el cíclope había cruzado la cubierta en dos grandes zancadas. Golpeó a Michael Kahale en la cabeza. El centurión se cayó como un saco de piedras. Dakota y Leila retrocedieron alarmados.

La arpía revoloteó hasta el tejado de la camareta alta. Sus plumas eran del color de la sangre seca a la luz de la luna.

—Fuerte —dijo Ella, arreglándose las plumas con el pico—. El novio de Ella es más fuerte que los romanos.

—¡Amigos! —tronó Tyson, el cíclope. Levantó a Reyna con un brazo y a Hedge y a Nico con el otro—. Hemos venido a rescataros. ¡Viva nosotros!

XXXVIII

Reyna

Reyna nunca se había alegrado tanto de ver a un cíclope, al menos hasta que Tyson los dejó y se volvió contra Leila y Dakota.

—¡Romanos malos!

—¡Espera, Tyson! —dijo Reyna—. ¡No les hagas daño!

Tyson frunció el entrecejo. Era pequeño para ser un cíclope; todavía un niño, en realidad: medía poco más de metro ochenta de estatura, tenía el pelo castaño despeinado y endurecido con agua salada, y su único ojo era del color del jarabe de arce. Solo llevaba puesto un bañador y la parte de arriba de un pijama de franela, como si no pudiera decidirse entre bañarse o acostarse. Exudaba un fuerte olor a mantequilla de cacahuete.

—¿No son malos? —preguntó.

—No —respondió Reyna—. Están obedeciendo órdenes malas. Creo que lo sienten. ¿Verdad, Dakota?

Dakota levantó los brazos tan rápido que pareció Superman a punto de alzar el vuelo.

—¡Estaba intentando ponerte al tanto de la situación, Reyna! Leila y yo teníamos pensado cambiar de bando y ayudaros a reducir a Michael.

—¡Es verdad! —Leila por poco se cayó hacia atrás por encima de la barandilla—. ¡Pero el cíclope se nos ha adelantado!

325

El entrenador Hedge resopló.

—¡Menudo cuento!

Tyson estornudó.

—Perdón. Pelo de cabra. Me pica la nariz. ¿Nos fiamos de los romanos?

—Yo sí —dijo Reyna—. Dakota, Leila, ¿sois conscientes de cuál es nuestra misión?

Leila asintió.

—Queréis devolver esa estatua a los griegos como prenda de paz. Déjanos ayudar.

—Sí. —Dakota asintió moviendo la cabeza vigorosamente—. La legión no está para nada tan unida como Michael ha dicho. No nos fiamos de todas las fuerzas de *auxilia* que Octavio ha reunido.

Nico se rió con amargura.

—Un poco tarde para dudar. Estáis rodeados. En cuanto el Campamento Mestizo esté destruido, esos aliados se volverán contra vosotros.

—Entonces ¿qué hacemos? —preguntó Dakota—. Tenemos una hora como mucho hasta que amanezca.

—Las cinco y cincuenta y dos de la madrugada —dijo Ella, que seguía posada en el cobertizo para botes—. Amanecer, litoral oriental, 1 de agosto. *Agenda de meteorología naval.* Una hora y doce minutos es más que una hora.

A Dakota le entró un tic en el ojo.

—Retiro lo dicho.

El entrenador Hedge miró a Tyson.

—¿Podemos entrar en el Campamento Mestizo sin peligro? ¿Está Mellie bien?

Tyson se rascó el mentón pensativamente.

—Está muy redonda.

—Pero ¿está bien? —volvió a preguntar Hedge—. ¿No ha dado a luz todavía?

—«El parto se produce al final del tercer trimestre» —advirtió Ella—. Página cuarenta y tres, *La guía de la madre primeriza para...*

—¡Tengo que ir allí!

Parecía que Hedge estuviera dispuesto a saltar por la borda e ir nadando.

Reyna posó la mano en su hombro.

—Entrenador, lo llevaremos con su esposa, pero hagámoslo bien. Tyson, ¿cómo habéis llegado a este barco tú y Ella?

—¡Arcoíris!

—¿Habéis... tomado un arcoíris?

—Es mi amigo poni pez.

—Un hipocampo —informó Nico.

—Entiendo. —Reyna pensó un momento—. ¿Podéis acompañar tú y Ella al entrenador al Campamento Mestizo sin que le pase nada?

—¡Sí! —dijo Tyson—. ¡Podemos hacerlo!

—Bien. Entrenador, vaya a ver a su esposa. Dígales a los campistas que tengo pensado llevar la Atenea Partenos por aire a la Colina Mestiza al amanecer. Es un regalo de Roma a Grecia para reconciliar nuestras diferencias. Les agradecería que se abstuvieran de dispararme en el cielo.

—De acuerdo —dijo Hedge—. Pero ¿y la legión romana?

—Es un problema —dijo Leila seriamente—. Esos onagros te derribarán.

—Necesitaremos una distracción —dijo Reyna—. Algo que retrase el ataque al Campamento Mestizo y, a ser posible, ponga esas armas fuera de servicio. Dakota, Leila, ¿os seguirán vuestras cohortes?

—Creo... creo que sí —dijo Dakota—. Pero si les pedimos que cometan traición...

—No es traición —dijo Leila—. No si obedecemos órdenes directas de nuestra pretora. Y Reyna todavía es pretora.

Reyna se volvió hacia Nico.

—Necesito que vayas con Dakota y Leila. Mientras ellos causan problemas en las filas y retrasan el ataque, tú tienes que encontrar una forma de sabotear los onagros.

La sonrisa de Nico hizo que Reyna se alegrara de tenerlo en su bando.

—Será un placer. Ganaremos tiempo para que entreguéis la Atenea Partenos.

—Esto… —Dakota arrastró los pies—. Aunque llevéis la estatua a la colina, ¿qué le impide a Octavio destruirla cuando esté en su sitio? Tiene muchas armas, incluso sin los onagros.

Reyna alzó la vista al rostro de marfil de Atenea, cubierto con la red de camuflaje.

—Cuando la estatua sea devuelta a los griegos, creo que será difícil de destruir. Tiene mucha magia. Simplemente ha decidido no usarla todavía.

Leila se inclinó despacio y recogió su espada, sin apartar la vista de la Atenea Partenos.

—Te creo. ¿Qué hacemos con Michael?

Reyna observó al semidiós hawaiano, que parecía una montaña roncadora.

—Llevadlo a la lancha. No le hagáis daño ni lo atéis. Me parece que el corazón de Michael está en el lugar correcto. Solo ha tenido la mala suerte de no ser apadrinado por la persona adecuada.

Nico envainó su espada negra.

—¿Estás segura de esto, Reyna? No me gusta dejarte sola.

Blackjack relinchó y lamió un lado de la cara de Nico.

—¡Puaj! Vale, lo siento. —Nico se limpió la saliva de caballo—. Reyna no está sola. Tiene una manada de magníficos pegasos.

Reyna no pudo evitar sonreír.

—No me pasará nada. Con suerte, todos nos volveremos a ver dentro de poco. Lucharemos codo con codo contra los ejércitos de Gaia. Tened cuidado, ¡y *Ave Romae*!

Dakota y Leila repitieron el saludo.

Tyson arrugó su única ceja.

—¿Quién es Ave?

—Significa «Adelante, romanos». —Reyna dio una palmada al cíclope en el antebrazo—. Pero también «Adelante, griegos».

Las palabras sonaban extrañas en su boca.

Se volvió hacia Nico. Tenía ganas de abrazarlo, pero no estaba segura de si él recibiría el gesto de buen grado. Extendió la mano.

—Ha sido un honor compartir misión contigo, hijo de Hades.

Nico le apretó fuerte la mano.

—Eres la semidiosa más valiente que he conocido en mi vida, Reyna. No... —Titubeó, tal vez al darse cuenta de que tenía mucho público—. No te fallaré. Nos veremos en la Colina Mestiza.

El cielo empezó a aclararse hacia el este cuando el grupo se dispersó. Pronto Reyna estaba en la cubierta del *Mi amor*, sin más compañía que ocho pegasos y una Atenea de doce metros de altura.

Trató de calmar los nervios. Hasta que Nico, Dakota y Leila no tuvieran ocasión de interrumpir el ataque de la legión, ella no podría hacer nada, pero no soportaba quedarse esperando de brazos cruzados.

Justo al otro lado de la oscura hilera de colinas, sus compañeros de la Duodécima Legión estaban preparándose para un ataque innecesario. Si Reyna hubiera seguido con ellos, podría haberlos guiado mejor. Ella podría haber mantenido a Octavio a raya. Tal vez el gigante Orión estuviera en lo cierto: no había cumplido con su deber.

Se acordó de los fantasmas del balcón de San Juan que la señalaban y le susurraban acusaciones: «Asesina. Traidora». Se acordó del tacto del sable dorado en su mano cuando lanzó la estocada al espectro de su padre, y el rostro de él, rebosante de ultraje y traición.

«¡Eres una Ramírez-Arellano! —solía vociferar su padre—. Nunca abandones tu puesto. Nunca dejes pasar a nadie. Pero, por encima de todo, ¡nunca te traiciones a ti misma!»

Ayudando a los griegos, Reyna había hecho todas esas cosas. Una romana debía acabar con sus enemigos. En cambio, Reyna se había aliado con ellos. Había dejado la legión en manos de un loco.

¿Qué diría su madre Belona, la diosa de la guerra?

Blackjack debió de percibir su agitación. Se acercó haciendo ruido con los cascos y la rozó con el hocico.

Ella le acarició el hocico.

—No tengo nada que ofrecerte, chico.

Él la empujó afectuosamente. Nico le había dicho que Blackjack era el caballo de Percy, pero se mostraba amistoso con todo el mundo. Había llevado al hijo de Hades sin protestar. Y en ese momento estaba consolando a una romana.

Ella rodeó el fuerte pescuezo con los brazos. Su pelaje olía igual que el de Scipio: una mezcla de hierba recién cortada y pan caliente. Dejó escapar el sollozo que había estado formándose en su pecho. Como pretora, no podía mostrar debilidad ni miedo delante de sus compañeros. Tenía que mantener la fortaleza. Pero al caballo no parecía importarle.

Blackjack relinchó suavemente. Reyna no entendía el idioma de los caballos, pero parecía que dijera: «No pasa nada. Lo has hecho muy bien».

Alzó la vista a las estrellas cada vez más tenues.

—Madre, no le he rezado lo suficiente —dijo—. No he llegado a conocerla. Nunca le he pedido ayuda. Pero, por favor... deme fuerzas para hacer lo correcto por la mañana.

En ese momento algo brilló en el horizonte hacia el este: una luz atravesando el estrecho, acercándose rápido como otra lancha motora.

Por un instante de euforia, Reyna pensó que era una señal de Belona.

La silueta oscura se acercó. La esperanza de Reyna se tornó miedo. Esperó demasiado, paralizada por la incredulidad, mientras la figura adoptaba la forma de un gran humanoide; corría hacia ella sobre la superficie del agua.

La primera flecha dio en el flanco de Blackjack. El caballo se desplomó lanzando un chillido de dolor.

Reyna gritó, pero, antes de que pudiera moverse, otra flecha impactó en la cubierta entre sus pies. Sujeta a su astil había una brillante pantalla de led del tamaño de un reloj de muñeca que empezó a contar hacia atrás desde 5.00.

4.59.

4.58.

XXXIX

Reyna

—¡Yo no me movería, pretora!

Orión estaba sobre la superficie del agua, a quince metros a estribor, con una flecha preparada en su arco.

A través de la bruma de la ira y la pena, Reyna se fijó en las nuevas cicatrices del gigante. Su enfrentamiento con las cazadoras le había dejado la piel de los brazos y la cara llena de manchas grises y rosadas, de modo que parecía un melocotón magullado en proceso de putrefacción. El ojo mecánico de su lado izquierdo estaba apagado. El pelo se le había quemado, y solo le quedaban mechones irregulares. Tenía la nariz hinchada y roja a causa del golpe que Nico le había dado con la cuerda de su arco. Todo ello le provocó a Reyna una siniestra satisfacción.

Lamentablemente, el gigante seguía teniendo una sonrisa de suficiencia.

A los pies de Reyna, el temporizador de la flecha rezaba: 4.42.

—Las flechas explosivas son muy delicadas —dijo Orión—. Una vez que se clavan, el más mínimo movimiento las hace estallar. No me gustaría perderme los últimos cuatro minutos de tu vida.

Los sentidos de Reyna se aguzaron. Los pegasos corrían nerviosamente alrededor de la Atenea Partenos, haciendo ruido con los cascos. Estaba empezando a amanecer. El viento de la orilla llevaba un leve aroma a fresas. Tumbado a su lado en la cubierta, Blackjack resollaba y temblaba, vivo todavía, pero gravemente herido.

El corazón le latía tan fuerte a Reyna que pensó que iban a estallarle los tímpanos. Transmitió su fuerza a Blackjack, tratando de mantenerlo con vida. No pensaba dejarlo morir.

Tenía ganas de gritar improperios al gigante, pero sus primeras palabras fueron sorprendentemente tranquilas.

—¿Y mi hermana?

Los dientes blancos de Orión brillaron en su rostro destrozado.

—Me encantaría decirte que está muerta. Me encantaría ver el dolor en tu cara. Desgraciadamente, que yo sepa, tu hermana todavía está viva. Y también Thalia Grace y sus molestas cazadoras. Me sorprendieron, lo reconozco. Me vi obligado a adentrarme en el mar para escapar de ellas. Durante los últimos días he estado herido y sufriendo, curándome poco a poco, haciéndome un arco nuevo. Pero no te preocupes, pretora. Tú morirás primero. Tu preciosa estatua será quemada en un gran incendio. Cuando Gaia se haya alzado, cuando el mundo de los mortales esté tocando a su fin, buscaré a tu hermana. Le diré que tu muerte fue dolorosa. Y luego la mataré. —Sonrió—. ¡Así que no hay problema!

4.04.

Hylla estaba viva. Thalia y las cazadoras seguían allí fuera en alguna parte. Pero nada de eso importaría si la misión de Reyna fracasaba. El sol estaba saliendo el último día del mundo…

La respiración de Blackjack se volvió más pesada.

Reyna se armó de valor. El caballo alado la necesitaba. El señor Pegaso la había nombrado amiga de los caballos y no iba a decepcionarle. En ese momento no podía pensar en el mundo entero. Tenía que concentrarse en lo que tenía justo al lado.

3.54.

—Bueno. —Lanzó una mirada furiosa a Orión—. Estás herido y feo, pero no muerto. Supongo que eso significa que necesitaré la ayuda de un dios para matarte.

Orión se rió entre dientes.

—Lamentablemente, a los romanos nunca se os ha dado bien invocar a los dioses para que acudan en vuestra ayuda. Supongo que no piensan mucho en vosotros.

Reyna estuvo tentada de compartir su opinión. Había rezado a su madre… y había obtenido la visita de un gigante asesino. No era precisamente una clara muestra de apoyo.

Y sin embargo…

Reyna se rió.

—Ah, Orión.

La sonrisa del gigante vaciló.

—Tienes un extraño sentido del humor, muchacha. ¿De qué te ríes?

—Belona ha respondido a mi plegaria. Ella no libra mis batallas. No me concede victorias fáciles. Me da oportunidades para demostrar lo que valgo. Me ofrece tanto enemigos fuertes como posibles aliados.

El ojo izquierdo de Orión brilló.

—Dices tonterías. Una columna de fuego está a punto de destruiros a ti y a tu preciosa estatua griega. Ningún aliado puede ayudarte. Tu madre te ha abandonado como tú abandonaste a tu legión.

—Ella no me ha abandonado —dijo Reyna—. Belona no era solo una diosa de la guerra. No era como la diosa griega Enio, que simplemente era una encarnación de la masacre. El templo de Belona era el lugar en el que los romanos recibían a los embajadores extranjeros. Allí se declaraban las guerras, pero también se negociaban los tratados de paz: una paz duradera, basada en la fuerza.

3.01.

Reyna desenvainó su cuchillo.

—Belona me dio la oportunidad de hacer las paces con los griegos y aumentar el poder de Roma. Y yo la aproveché. Si muero, moriré defendiendo esa causa. Así que digo que mi madre está hoy conmigo. Ella sumará su fuerza a la mía. Dispara con tu arco, Orión. No importará. Cuando lance esta daga y te atraviese el corazón, morirás.

Orión permaneció inmóvil sobre las olas. Su rostro era una máscara de concentración. Su ojo bueno parpadeaba con un tono ambarino.

—Un farol —gruñó—. He matado a cientos de chicas como tú que juegan a la guerra fingiendo que son iguales que los gigantes. No te concederé una muerte rápida, pretora. Observaré cómo te quemas, como las cazadoras me quemaron a mí.

2.31.

Blackjack resollaba pateando la cubierta. El cielo se estaba tiñendo de rosa. El viento de la costa agitó la red de camuflaje de la Atenea Partenos, la arrancó y mandó la tela ondeando a través del estrecho. La Atenea Partenos relucía a la luz de la primera hora de la mañana, y Reyna pensó en lo bonita que quedaría la diosa en la colina por encima del campamento griego.

«Debe hacerse —pensó, esperando que los pegasos intuyeran sus intenciones—. Debéis terminar el viaje sin mí.»

Inclinó la cabeza hacia la Atenea Partenos.

—Mi señora, ha sido un honor acompañarla.

Orión se burló.

—¿Ahora hablas con las estatuas enemigas? Es inútil. Tienes aproximadamente dos minutos.

—Oh, yo no me rijo por tu plazo de tiempo, gigante —dijo Reyna—. Una romana no espera la muerte. La busca y la encuentra a su manera.

Lanzó el cuchillo. Dio directo en medio del pecho del gigante.

Orión rugió de dolor, y Reyna pensó que era un último sonido muy agradable al oído.

Lanzó su capa por delante y se abalanzó sobre la flecha explosiva, decidida a resguardar a Blackjack y a los otros pegasos y, con suerte, a proteger a los mortales que dormían debajo. No tenía ni idea de si su cuerpo contendría la explosión, ni si la capa apagaría las llamas, pero era su mejor oportunidad para salvar a sus amigos y la misión.

Se puso tensa, esperando morir. Notó la presión cuando la flecha detonó… pero no fue lo que ella esperaba. La explosión solo emitió un levísimo «pop» contra sus costillas, como un globo demasiado hinchado. Su capa se calentó tanto que se volvió incómoda. No brotó ninguna llama.

¿Por qué seguía viva?

Levántate, dijo una voz en su mente.

Reyna se puso en pie sumida en un trance. De los bordes de la capa salían volutas de humo. Se dio cuenta de que algo había cambiado en la tela morada. Brillaba como si estuviera tejida con hilos de oro imperial. A sus pies, una parte de la cubierta había quedado reducida a un círculo de carbón, pero la capa ni se había quemado.

Acepta mi égida, Reyna Ramírez-Arellano, dijo la voz. *Porque hoy has demostrado que eres una heroína del Olimpo.*

Reyna se quedó mirando asombrada la Atenea Partenos, que desprendía una tenue aura dorada.

La égida... Gracias a sus años de estudio, Reyna se acordó de que la palabra «égida» no solo se aplicaba al escudo de Atenea. También hacía referencia a la capa de la diosa. Según la leyenda, Atenea solía cortar trozos de su enorme manto y cubría con ellos las estatuas de sus templos, o los usaba para proteger a los héroes que elegía.

La capa de Reyna, que había llevado durante años, había cambiado de repente. Había absorbido la explosión.

Intentó decir algo, dar las gracias a la diosa, pero le falló la voz. El aura brillante de la estatua se apagó. El zumbido que Reyna notaba en los oídos desapareció. Reparó en Orión, que seguía gritando de dolor mientras cruzaba la superficie del agua tambaleándose.

—¡Has fracasado! —Se sacó el cuchillo del pecho y lo arrojó a las olas—. ¡Sigo vivo!

El gigante sacó su arco y disparó, pero pareció que lo hiciera en cámara lenta. Reyna blandió su capa por delante. La flecha se hizo añicos al chocar contra la tela. Ella corrió a la barandilla y saltó sobre el gigante.

La distancia debería haber resultado imposible de cubrir con un salto, pero Reyna notó una oleada de fuerza en las extremidades, como si su madre, Belona, le estuviera infundiendo fuerza a cambio de toda la que Reyna había infundido a los demás a lo largo de los años.

Reyna agarró el arco del gigante, se balanceó alrededor de él como una gimnasta y cayó sobre la espalda de Orión. Le rodeó la cintura con las piernas y acto seguido retorció su capa hasta convertirla en una cuerda que usó para apretarle el cuello con todas sus fuerzas.

Él soltó el arco instintivamente. Trató de agarrar la tela reluciente, pero los dedos le echaron humo y se le llenaron de ampollas cuando la tocó. Un humo amargo y acre brotó de su cuello.

Reyna apretó más fuerte.

—Esto es por Phoebe —le gruñó al oído—. Por Kinzie. Por todas las que has matado. Morirás a manos de una chica.

Orión se revolvía y forcejeaba, pero la voluntad de Reyna era inquebrantable. Su capa estaba imbuida del poder de Atenea. Belona la bendecía con su fuerza y su determinación. No contaba con la ayuda de una sino de dos poderosas diosas, pero era Reyna la que debía consumar la ejecución.

Y la consumó.

El gigante cayó de rodillas y se hundió en el agua. Reyna no lo soltó hasta que dejó de revolverse y su cuerpo se disolvió en la espuma del mar. Su ojo mecánico desapareció bajo las olas. El arco empezó a hundirse.

Reyna lo dejó. No le interesaba quedarse con el botín de guerra, ni deseaba que ninguna parte del gigante sobreviviera. Al igual que la *mania* de su padre —y los demás fantasmas rabiosos del pasado—, Orión no podía enseñarle nada. Merecía caer en el olvido.

Además, estaba amaneciendo.

Reyna nadó hacia el yate.

XL

Reyna

No tuvo tiempo para disfrutar de su victoria sobre Orión. Blackjack estaba echando espuma por el hocico. Sus patas sufrían espasmos. Le goteaba sangre de la herida de flecha que tenía en el flanco.

Reyna rebuscó en la bolsa de provisiones que Phoebe le había dado. Limpió la herida con poción curativa. Echó poción de unicornio en la hoja de su navaja de plata.

—Por favor, por favor —murmuró para sus adentros.

En realidad, no tenía ni idea de lo que estaba haciendo, pero limpió la herida lo mejor que pudo y agarró el astil de la flecha. Si tenía la punta de aleta, sacarla podía causar más daños. Pero si estaba envenenada, no podía dejarla dentro. Tampoco podía introducirla más, ya que estaba clavada en medio de su cuerpo. Tendría que elegir el mal menor.

—Esto te dolerá, amigo mío —le dijo a Blackjack.

El caballo resolló, como diciendo: «No me digas...».

Hizo una incisión con la navaja a cada lado de la herida. Extrajo la flecha. Blackjack chilló, pero la flecha salió limpiamente. La punta no era de aleta. Podría haber estado envenenada, pero no había forma de saberlo con seguridad. Los problemas, de uno en uno.

Reyna echó más poción curativa en la herida y la vendó. Ejerció presión contando entre dientes. La hemorragia pareció disminuir.

Echó unas gotas de poción de unicornio en la boca de Blackjack.

Perdió la noción del tiempo. El pulso del caballo se volvió más fuerte y más constante. El miedo desapareció de sus ojos. Empezó a respirar con más facilidad.

Cuando Reyna se levantó, estaba temblando de miedo y agotamiento, pero Blackjack seguía vivo.

—Te recuperarás —le prometió—. Te conseguiré ayuda en el Campamento Mestizo.

Blackjack emitió un gruñido. Reyna habría jurado que trataba de decir «donuts». Debía de estar delirando.

Se dio cuenta tardíamente de lo mucho que se había iluminado el cielo. La Atenea Partenos relucía al sol. Guido y los otros caballos alados piafaban en la cubierta impacientemente.

—La batalla…

Reyna se volvió hacia la orilla pero no vio señales de combate. Un trirreme griego se mecía perezosamente con la marea matutina. Las colinas lucían verdes y plácidas.

Por un momento, se preguntó si los romanos habían decidido no atacar.

Tal vez Octavio había entrado en razón. Tal vez Nico y los demás habían logrado convencer a la legión.

Entonces un destello anaranjado iluminó las cumbres. Múltiples rayos de fuego subieron hacia el cielo como dedos ardientes.

Los onagros habían disparado su primera descarga.

XLI

Piper

Piper no se sorprendió cuando los hombres serpiente llegaron. Durante toda la semana había estado pensando en su encuentro con el bandido Escirón, cuando se encontraba en la cubierta del *Argo II* después de escapar de una gigantesca tortuga destructora y había cometido el error de decir: «Estamos a salvo».

Al instante una flecha había impactado en el palo mayor, dos centímetros por delante de su nariz.

Piper aprendió una valiosa lección de esa experiencia: nunca des por supuesto que estás a salvo y nunca jamás tientes a las Moiras anunciando que crees estar a salvo.

De modo que cuando el barco atracó en el Pireo, a las afueras de Atenas, Piper resistió el deseo de dejar escapar un suspiro de alivio. Por fin habían llegado a su destino. En algún lugar cerca de allí (más allá de aquellas hileras de cruceros, más allá de aquellas colinas llenas de edificios), encontrarían la Acrópolis. Ese día, de un modo u otro, su viaje terminaría.

Pero eso no quería decir que pudiera relajarse. En cualquier momento podía caer del cielo una sorpresa desagradable.

Al final la sorpresa consistió en tres tipos con colas de serpiente en lugar de piernas.

Piper estaba de guardia mientras sus amigos se preparaban para la batalla revisando armas y armaduras, y cargando las ballestas y las catapultas. Vio a los tipos deslizándose por los muelles, serpenteando entre grupos de turistas mortales que no les prestaban atención.

—Ejem… ¿Annabeth? —gritó Piper.

Annabeth y Percy acudieron a su lado.

—Genial —dijo Percy—. *Dracaenae*.

Annabeth entornó los ojos.

—No lo creo. Al menos no son como las que yo he visto. Las *dracaenae* tienen dos troncos de serpiente en lugar de piernas. Estas tienen uno solo.

—Tienes razón —dijo Percy—. Estas también parecen más humanas en la parte de arriba. No son escamosas y verdes. Entonces, ¿hablamos o luchamos?

Piper estuvo tentada de contestar «Luchamos». No pudo evitar pensar en la historia que le había contado a Jason sobre el cazador cherokee que había infringido su tabú y se había convertido en serpiente. Esos tres parecían haber comido mucha carne de ardilla.

Por extraño que pareciera, el que iba delante le recordó a su padre cuando se había dejado barba para el papel de *El rey de Esparta*. El hombre mantenía la cabeza en alto. Tenía una cara bronceada de facciones marcadas, los ojos negros como el basalto y el cabello moreno rizado y lustroso de aceite. La parte superior de su cuerpo era musculosa, cubierta únicamente por una clámide griega: una capa de lana blanca enrollada holgadamente y sujeta al hombro. De cintura para abajo, su cuerpo constaba de un gigantesco tronco de serpiente: unos dos metros y medio de cola verde que ondulaba por detrás cuando se movía.

En una mano llevaba un bastón rematado con una brillante joya verde. En la otra, una bandeja cubierta con una tapa de plata, como el plato principal de una cena de lujo.

Los dos tipos que iban detrás de él parecían escoltas. Llevaban petos de bronce y artificiosos cascos rematados con puntas de piedra verde. Sus cascos ovalados estaban engalanados con una gran letra k griega: kappa.

Se detuvieron a escasos metros del *Argo II*. El jefe alzó la vista y observó a los semidioses. Su expresión era intensa pero inescrutable. Podría haber estado enfadado, o preocupado, o desesperado por ir al cuarto de baño.

—Permiso para subir a bordo.

Su voz áspera hizo pensar a Piper en una navaja de afeitar siendo pulida con un suavizador, como en la barbería de su abuelo en Oklahoma.

—¿Quién es usted? —preguntó.

Él clavó sus ojos oscuros en ella.

—Soy Cécrope, el primer y eterno rey de Atenas. Me gustaría daros la bienvenida a mi ciudad. —Levantó la bandeja cubierta—. Además, he traído una tarta.

Piper miró a sus amigos.

—¿Una trampa?

—Probablemente —dijo Annabeth.

—Por lo menos ha traído postre. —Piper sonrió a los tipos de las serpientes—. ¡Bienvenidos a bordo!

Cécrope accedió a dejar a sus escoltas en la cubierta con Buford, la mesa, que les ordenó que se tumbasen e hicieran veinte flexiones. Los escoltas parecieron tomárselo como un desafío.

Mientras tanto, el rey de Atenas fue invitado a una reunión en el comedor para «conocerse mejor».

—Siéntese, por favor —le ofreció Jason.

Cécrope arrugó la nariz.

—Los hombres serpiente no nos sentamos.

—Quédese de pie, por favor —dijo Leo.

Leo cortó la tarta y se metió un trozo en la boca antes de que Piper pudiera advertirle que podía estar envenenada, o no ser comestible por los mortales, o que simplemente podía estar mala.

—¡Caray! —Sonrió—. Los hombres serpiente saben preparar tartas. Un pelín anaranjada y con un ligero sabor a miel. Necesita un vaso de leche.

—Los hombres serpiente no bebemos leche —dijo Cécrope—. Somos reptiles intolerantes a la lactosa.

—¡Yo también! —dijo Frank—. O sea, intolerante a la lactosa, no reptil. Aunque a veces puedo ser reptil...

—En fin —lo interrumpió Hazel—, rey Cécrope, ¿qué le trae por aquí? ¿Cómo ha sabido que habíamos llegado?

—Yo sé todo lo que pasa en Atenas —dijo Cécrope—. Fui el fundador de la ciudad, su primer rey, nacido de la tierra. Yo soy quien resolvió la disputa entre Atenea y Poseidón, y el que eligió a Atenea como patrona de la ciudad.

—Todo olvidado —murmuró Percy.

Annabeth le dio un codazo.

—He oído hablar de usted, Cécrope. Usted fue el primero que ofreció sacrificios a Atenea. Construyó su primer templo en la Acrópolis.

—Correcto. —Cécrope parecía resentido, como si se arrepintiera de su decisión—. Mi pueblo fueron los atenienses originales: los *gemini*.

—¿Como el signo del zodiaco? —preguntó Percy—. Yo soy leo.

—No, tonto —dijo Leo—. Yo soy Leo. Tú eres Percy.

—¿Queréis hacer el favor de parar? —los regañó Hazel—. Creo que se refiere a *gemini* como sinónimo de dobles: mitad hombre, mitad serpiente. Así se llama a su pueblo. Él es un *geminus*, en singular.

—Sí... —Cécrope se apartó de Hazel como si le ofendiera de algún modo—. Hace milenios los humanos con dos piernas nos empujaron a vivir bajo tierra, pero conozco los secretos de la ciudad mejor que nadie. He venido a avisaros. Si intentáis acercaros a la Acrópolis por la superficie, seréis liquidados.

Jason dejó de mordisquear su tarta.

—¿Por usted?

—Por los ejércitos de Porfirio —dijo el rey serpiente—. La Acrópolis está rodeada de grandes armas de asedio: onagros.

—¿Más onagros? —protestó Frank—. ¿Estaban de rebajas o qué?

—Los cíclopes —aventuró Hazel—. Se los están proporcionando a Octavio y a los gigantes.

Percy gruñó.

—Como si necesitáramos más pruebas de que Octavio se ha equivocado de bando.

—Ese no es el único peligro —advirtió Cécrope—. El aire está lleno de espíritus de la tormenta y grifos. Todos los caminos a la Acrópolis están patrullados por Nacidos de la Tierra.

Frank tamborileó con los dedos sobre la tapa de la tarta.

—Entonces ¿qué debemos hacer, rendirnos sin más? Hemos llegado demasiado lejos para eso.

—Yo os ofrezco otra alternativa —dijo Cécrope—. Un pasaje subterráneo hasta la Acrópolis. Os ayudaré por Atenea y por los dioses.

A Piper se le erizó el vello de la nuca. Se acordó de lo que la giganta Peribea había dicho en su sueño: que en Atenas los semidioses encontrarían tanto amigos como enemigos. Tal vez la giganta se refería a Cécrope y sus hombres serpiente. Pero había algo en la voz de Cécrope que a Piper no le gustaba: ese tono de navaja de afeitar siendo suavizada, como si estuviera preparándose para dar un buen tajo.

—¿Dónde está la trampa? —preguntó.

Cécrope centró aquellos inescrutables ojos oscuros en ella.

—Solo un pequeño grupo de semidioses, no más de tres, podría pasar inadvertido por los gigantes. De lo contrario, vuestro olor podría delataros. Pero nuestros pasajes subterráneos podrían llevaros directos a las ruinas de la Acrópolis. Una vez allí, podríais inutilizar sigilosamente las armas de asedio y dejar que el resto de vuestro equipo se acerque. Con suerte, podríais pillar a los gigantes por sorpresa. Podríais interrumpir su ceremonia.

—¿Ceremonia? —preguntó Leo—. Ah, ya... para despertar a Gaia.

—Ya ha empezado —advirtió Cécrope—. ¿No notáis que la tierra tiembla? Nosotros, los *gemini*, somos vuestra mejor opción.

Piper detectaba impaciencia en su voz, casi avidez.

Percy escrutó a los de la mesa.

—¿Alguna objeción?

—Unas cuantas —dijo Jason—. Estamos en la puerta de casa del enemigo. Nos está pidiendo que nos separemos. ¿No es así como mueren los personajes de las películas de terror?

—Además, Gaia quiere que lleguemos al Partenón —dijo Percy—. Quiere que nuestra sangre riegue las piedras y todas esas chorradas de psicópata. ¿No se lo pondríamos en bandeja?

Annabeth llamó la atención de Piper y le hizo una pregunta silenciosa: «¿Qué opinas?».

Piper todavía no se había acostumbrado a la nueva forma en que Annabeth la miraba en busca de consejo. Desde su estancia en Esparta, habían aprendido que podían abordar los problemas juntas desde dos perspectivas distintas. Annabeth veía la parte lógica, la maniobra táctica. Piper tenía reacciones instintivas que eran cualquier cosa menos lógicas. Juntas, o bien resolvían el problema el doble de rápido, o bien una confundía totalmente a la otra.

La oferta de Cécrope tenía su lógica. Al menos, parecía la opción menos suicida. Pero Piper estaba segura de que el rey serpiente estaba ocultando sus verdaderas intenciones. Simplemente no sabía cómo demostrarlo.

Entonces se acordó de algo que su padre le había contado hacía años: «Te llamas Piper porque el abuelo Tom pensó que tenías una voz fuerte. Dijo que aprenderías todas las canciones cherokee, incluso la canción de las serpientes».

Un mito de una cultura totalmente distinta y, sin embargo, allí estaba, enfrentándose al rey de los hombres serpiente.

Empezó a cantar «Summertime», una de las canciones favoritas de su padre.

Cécrope la miró fijamente, asombrado. Empezó a balancearse.

Piper estaba cohibida cantando delante de todos sus amigos y un hombre serpiente. Su padre siempre le había dicho que tenía buena voz, pero a ella no le gustaba llamar la atención. Ni siquiera le gustaba cantar a coro delante de una fogata. En ese momento sus palabras invadían el comedor. Todo el mundo escuchaba, paralizado.

Terminó el primer verso. Durante cinco segundos nadie pronunció palabra.

—Pipes —dijo Jason—, no tenía ni idea.

—Ha sido precioso —convino Leo—. Tal vez no... tanto como cuando Calipso canta, pero...

Piper seguía atrayendo la mirada del rey serpiente.

—¿Cuáles son sus verdaderas intenciones?

—Engañaros —dijo el rey sumido en un trance, balanceándose todavía—. Esperamos llevaros a los túneles y acabar con vosotros.

—¿Por qué? —preguntó Piper.

—La Madre Tierra nos ha prometido grandes recompensas. Si derramamos vuestra sangre debajo del Partenón, su despertar se completará.

—Pero usted sirve a Atenea —repuso Piper—. Usted fundó su ciudad.

Cécrope emitió un susurro grave.

—Y a cambio, la diosa me abandonó. Atenea me sustituyó por un rey humano con dos piernas. Volvió locas a mis hijas. Se mataron despeñándose por los precipicios de la Acrópolis. Los atenienses originales, los *gemini*, fueron empujados a vivir bajo tierra y olvidados. Atenea, la diosa de la sabiduría, nos volvió la espalda, pero también se obtiene sabiduría de la tierra. Por encima de todo, somos hijos de Gaia. La Madre Tierra nos ha prometido un lugar bajo el sol del mundo superior.

—Gaia miente —dijo Piper—. Pretende destruir el mundo superior, no dárselo a nadie.

Cécrope enseñó los colmillos.

—¡Pues entonces no estaremos peor que bajo los traidores de los dioses!

Levantó su bastón, pero Piper la emprendió con otro verso de «Summertime».

Los brazos del dios serpiente se quedaron sin fuerzas. Sus ojos se pusieron vidriosos.

Piper cantó varios versos más y entonces se arriesgó a hacer otra pregunta:

—Las defensas de los gigantes, el pasaje subterráneo hasta la Acrópolis... ¿cuánto de lo que nos ha contado es cierto?

—Todo —contestó Cécrope—. La Acrópolis está muy bien defendida, como he dicho. Cualquier acercamiento por encima de la superficie sería imposible.

—Entonces podría guiarnos por sus túneles —dijo Piper—. ¿Eso también es cierto?

Cécrope frunció el entrecejo.

—Sí...

—Y si ordenara a su gente que no nos atacara —dijo—, ¿le obedecerían?

—Sí, pero... —Cécrope se estremeció—. Sí, obedecerían. Tres de vosotros como máximo podríais ir sin llamar la atención de los gigantes.

Los ojos de Annabeth se oscurecieron.

—Piper, tendríamos que estar locos para intentarlo. Nos matará a la primera oportunidad que se le presente.

—Sí —convino el rey serpiente—. Solo la música de esta chica me domina. La detesto. Por favor, canta más.

Piper le brindó otro verso.

Leo intervino entonces. Cogió un par de cucharas y las hizo tamborilear sobre la mesa hasta que Hazel le dio un manotazo en el brazo.

—Si es bajo tierra, debería ir yo —dijo Hazel.

—Jamás —dijo Cécrope—. ¿Una hija del inframundo? Tu presencia repugnaría a mi gente. No habría música lo bastante bonita para impedir que te matasen.

Hazel tragó saliva.

—O podría quedarme aquí.

—Percy y yo —propuso Annabeth.

—Esto... —Percy levantó la mano—. Siento repetirme, pero eso es exactamente lo que Gaia quiere: tú y yo, nuestra sangre regando las piedras, etcétera.

—Lo sé. —Annabeth tenía una expresión seria—. Pero es la elección más lógica. Los templos más antiguos de la Acrópolis están dedicados a Poseidón y a Atenea. Cécrope, ¿no nos ayudaría eso a ocultarnos?

—Sí —reconoció el rey serpiente—. Vuestro… vuestro olor sería difícil de distinguir. Las ruinas siempre irradian el poder de esos dos dioses.

—Y yo —dijo Piper al final de su canción—. Me necesitaréis para mantener a nuestro amigo a raya.

Jason le apretó la mano.

—Sigue sin gustarme la idea de separarnos.

—Pero es nuestra mejor oportunidad —dijo Frank—. Los tres entran a escondidas, inutilizan los onagros y crean una distracción. Entonces el resto de nosotros entramos volando y disparando con las ballestas.

—Sí, ese plan podría dar resultado —dijo Cécrope—. Si no os mato antes.

—Tengo una idea —dijo Annabeth—. Frank, Hazel, Leo, hablemos. Piper, ¿puedes mantener a nuestro amigo musicalmente incapacitado?

Piper empezó a cantar otra canción: «Happy Trails», una ridícula melodía que su padre solía cantarle cada vez que salían de Oklahoma para volver a Los Ángeles. Annabeth, Leo, Frank y Hazel se fueron a debatir la estrategia.

—Bien. —Percy se levantó y le ofreció la mano a Jason—. Hasta que volvamos a vernos en la Acrópolis, hermano. Yo seré el que esté matando gigantes.

XLII

Piper

El padre de Piper solía decir que estar en un aeropuerto no cuenta como visita a una ciudad. Piper opinaba lo mismo sobre las cloacas.

Desde el puerto hasta la Acrópolis, no vio nada de Atenas salvo túneles oscuros y hediondos. Los hombres serpiente les hicieron pasar por una rejilla de desagüe que conectaba directamente con su guarida subterránea, que olía a pescado podrido, moho y piel de serpiente.

El ambiente hacía difícil cantar sobre el verano, el algodón y la vida regalada, pero Piper aguantó. Si se detenía más de un minuto o dos, Cécrope y sus escoltas empezaban a sisear y ponían cara de enfado.

—No me gusta este sitio —murmuró Annabeth—. Me recuerda cuando estuve debajo de Roma.

Cécrope se rió siseando.

—Nuestro territorio es mucho más antiguo. Muchísimo más.

Annabeth deslizó su mano en la de Percy, cosa que desanimó a Piper. Deseó que Jason estuviera con ella. Se habría conformado incluso con Leo…, aunque puede que a él no le hubiera cogido la mano. Las manos de Leo acostumbraban a estallar en llamas cuando se ponía nervioso.

La voz de Piper resonaba por los túneles. A medida que se adentraban en la guarida, más hombres serpiente se reunían para escucharla. Pronto había una procesión detrás de ellos: docenas de *gemini* que los seguían balanceándose y deslizándose.

Piper había cumplido la predicción de su abuelo. Había aprendido la canción de las serpientes, que resultó ser un tema de George Gerswhin de 1935. De momento incluso había impedido que el rey serpiente la mordiera, como en el antiguo cuento cherokee. El único problema de esa leyenda era que el guerrero que aprendía esa canción tenía que sacrificar a su esposa a cambio de poder. Piper no quería sacrificar a nadie.

El frasco con la cura del médico seguía envuelto en la gamuza y guardado en la riñonera. No le había dado tiempo a consultarlo con Jason y Leo antes de partir. Tenía que confiar en que todos estuvieran reunidos en la cumbre antes de que alguien necesitara la cura. Si uno de ellos moría y ella no podía alcanzarlos...

«Sigue cantando», se dijo.

Pasaron por toscas estancias de piedra sembradas de huesos. Subieron por pendientes tan empinadas y resbaladizas que era casi imposible mantener el equilibrio. En un momento determinado pasaron por una cálida cueva, del tamaño de un gimnasio lleno de huevos de serpiente, cuya parte superior estaba cubierta de una capa de filamentos plateados como guirnaldas de Navidad viscosas.

Más y más hombres serpiente se unían a su procesión. Deslizándose detrás de ella, sonaban como un ejército de jugadores de fútbol americano arrastrando los pies con papel de lija en la suela de sus botas.

Piper se preguntaba cuántos *gemini* vivían allí abajo. Cientos, tal vez miles.

Le pareció oír los latidos de su propio corazón resonando por los pasadizos, aumentando de volumen conforme más se adentraban en la guarida. Entonces cayó en la cuenta de que el persistente «bum, ba, bum» se oía por todas partes, retumbando a través de la piedra y el aire.

Estoy despertando. Una voz de mujer, clara como el canto de Piper.

Annabeth se quedó paralizada.

—Oh, esto no pinta bien.

—Es como Tártaro —dijo Percy, con tono crispado—. ¿Te acuerdas... de sus latidos? Cuando apareció...

—No —dijo Annabeth—. No te acuerdes de eso.

—Lo siento.

A la luz de su espada, la cara de Percy parecía una gran luciérnaga: una mancha flotante y momentánea de resplandor en la oscuridad.

La voz de Gaia volvió a hablar, esa vez más alto:

Por fin.

A Piper le tembló la voz.

El miedo la invadió, como le había sucedido en el templo espartano. Pero los dioses Fobos y Deimos se habían convertido en viejos amigos suyos. Dejó que el miedo ardiera en su interior como combustible, y su voz sonó todavía más fuerte. Cantó para los hombres serpiente, para que sus amigos estuvieran a salvo. ¿Por qué no también para Gaia?

Finalmente llegaron a lo alto de una empinada cuesta, donde el camino terminaba en una cortina de pegajosa sustancia verde.

Cécrope se situó de cara a los semidioses.

—Detrás de este camuflaje está la Acrópolis. Debéis quedaros aquí. Comprobaré que el camino está despejado.

—Espere. —Piper se volvió para dirigirse a la multitud de *gemini*—. Arriba solo hay muerte. Estaréis más a salvo en los túneles. Volved deprisa. Olvidaos de que nos habéis visto. Protegeos.

El miedo de su voz se canalizó perfectamente con su capacidad de persuasión. Los hombres serpiente, incluso los escoltas, se volvieron y se perdieron por la oscuridad; dejaron solo al rey.

—Cécrope piensa traicionarnos en cuanto cruce esa cortina —dijo Piper.

—Sí —convino él—. Avisaré a los gigantes. Ellos acabarán con vosotros. —A continuación siseó—. ¿Por qué os he dicho eso?

—Escuche los latidos del corazón de Gaia —lo instó Piper—. Puede percibir su ira, ¿verdad?

Cécrope vaciló. El extremo de su bastón emitió un brillo tenue.

—Sí que puedo. Está enfadada.

—Lo destruirá todo —dijo Piper—. Reducirá la Acrópolis a un cráter humeante. Atenas, su ciudad, quedará totalmente destruida y, con ella, su gente. Me cree, ¿verdad?

—Yo… yo te creo.

—No sé a qué responde el odio que alberga por los humanos, por los semidioses, por Atenea, pero somos la única opción para detener a Gaia. Así que no nos traicionará. Por su bien y el de su pueblo, reconocerá el terreno y se asegurará de que el camino está despejado. No les dirá nada a los gigantes. Y luego volverá.

—Eso es… lo que haré.

Cécrope desapareció a través de la membrana de sustancia pegajosa.

Annabeth movió la cabeza con gesto de asombro.

—Ha sido increíble, Piper.

—Veremos si funciona.

Piper se sentó en el frío suelo de piedra. Pensó que le convenía descansar mientras pudiera.

Los demás se agacharon a su lado. Percy le pasó una cantimplora con agua.

Hasta que bebió un trago, Piper no se había dado cuenta de lo seca que tenía la garganta.

—Gracias.

Percy asintió.

—¿Crees que el hechizo durará?

—No estoy segura —reconoció ella—. Si Cécrope vuelve dentro de dos minutos con un ejército de gigantes, va a ser que no.

Los latidos del corazón de Gaia resonaban a través del suelo. Por extraño que pareciera, a Piper le hacían pensar en el mar: el estruendo de las olas al romper en los acantilados de Santa Mónica.

Se preguntó qué estaría haciendo su padre en ese momento. En California debía de ser de noche. Tal vez estuviera dormido o dando una entrevista en un programa de televisión nocturno. Piper esperaba que estuviera en su sitio favorito: el porche del salón, viendo la luna sobre el Pacífico, disfrutando de un momento de tranquilidad. Piper quería pensar que estaba feliz y contento... por si fracasaban en su misión.

Pensó en sus amigos de la cabaña de Afrodita en el Campamento Mestizo. Pensó en sus primos de Oklahoma, cosa extraña, ya que nunca había pasado mucho tiempo con ellos. Ni siquiera los conocía bien. En ese momento lo lamentaba.

Deseó haber aprovechado más la vida, haber valorado más las cosas. Siempre agradecería contar con su familia a bordo del *Argo II*, pero tenía muchos más amigos y parientes a los que le gustaría ver por última vez.

—¿Pensáis en vuestras familias, chicos? —preguntó.

Era una pregunta ridícula, sobre todo en la antesala de una batalla. Piper debería haber estado concentrada en la misión y no distrayendo a sus amigos.

Pero ellos no la regañaron.

La mirada de Percy se desenfocó. El labio inferior le empezó a temblar.

—Mi madre... No... no la he visto desde que Hera me hizo desaparecer. La llamé desde Alaska. Le di al entrenador Hedge unas cartas para que se las entregara. Yo... —Se le quebró la voz—. Ella es lo único que tengo. Ella y mi padrastro, Paul.

—Y Tyson —le recordó Annabeth—. Y Grover. Y...

—Sí, claro —dijo Percy—. Gracias. Me siento mucho mejor.

Piper no debería haberse reído, pero estaba demasiado nerviosa y melancólica para contenerse.

—¿Y tú, Annabeth?

—Mi padre... mi madrastra y mis hermanastros. —Hizo girar la espada de hueso de dragón sobre su regazo—. Después de todo lo que he pasado el último año, me parece una estupidez que les guardara rencor tanto tiempo. Y los parientes de mi padre... Hacía años que no pensaba en ellos. Tengo un tío y un primo en Boston.

Percy se sorprendió.

—Tú, que llevas una gorra de los Yankees, ¿tienes familia en la tierra de los Red Sox?

Annabeth esbozó una débil sonrisa.

—Nunca los veo. Mi padre y mi tío no se llevan bien. Una rivalidad del pasado. No sé. Es ridículo lo que separa a las personas.

Piper asintió. Deseó tener los poderes curativos de Asclepio. Deseó poder mirar a la gente y ver qué les dolía, y acto seguido sacar su recetario y solucionarlo todo. Pero supuso que había un motivo por el que Zeus mantenía a Asclepio encerrado en su templo subterráneo.

Sin embargo, había un dolor que no debía desaparecer solo con desearlo. Había que enfrentarse a él, incluso aceptarlo. Sin el sufrimiento de los últimos meses, Piper nunca habría encontrado a sus mejores amigas, Hazel y Annabeth. Nunca habría descubierto su propio valor. Y desde luego no habría tenido las agallas de cantar canciones de musicales a los hombres serpiente debajo de Atenas.

En lo alto del túnel, la membrana verde ondeó.

Piper cogió la espada y se levantó, preparada para una avalancha de monstruos.

Pero Cécrope apareció solo.

—El camino está despejado —dijo—. Pero daos prisa. La ceremonia casi ha terminado.

Atravesar una cortina de mocos era casi tan divertido como Piper había imaginado.

Al salir se sentía como si acabara de revolcarse por el orificio de la nariz de un gigante. Afortunadamente, no se le pegó nada de la masa viscosa, pero aun así la piel le hormigueaba del asco.

Percy, Annabeth y ella se encontraron en un foso frío y húmedo que parecía el sótano de un templo. A su alrededor, un suelo desigual se extendía hasta la oscuridad bajo un techo de piedra bajo. Justo encima de sus cabezas, había un hueco rectangular que daba al cielo. Piper podía ver los bordes de unos muros y la parte superior de unas columnas, pero ningún monstruo… todavía.

La membrana de camuflaje se había cerrado detrás de ellos y se había fundido con el suelo. Piper pegó la cabeza en la tierra. La zona parecía de roca sólida. No podrían irse por donde habían venido.

Annabeth pasó la mano por unas marcas del suelo: una figura irregular con la forma de pata de gallo y la longitud de un cuerpo humano. La zona era desigual y de color blanco, como la piel cicatrizada.

—Este es el sitio —dijo—. Percy, estas son las marcas de tridente de Poseidón.

Percy tocó las cicatrices con aire vacilante.

—Debe de haber usado un tridente extragrande.

—Aquí es donde golpeó la tierra —dijo Annabeth—, donde hizo que apareciera una fuente de agua salada cuando compitió con mi madre por ser el patrón de Atenas.

—Así que aquí es donde empezó su rivalidad —dijo Percy.

—Sí.

Percy atrajo a Annabeth y la besó... lo bastante para que Piper se sintiera incómoda, aunque no dijo nada. Pensó en la antigua norma de la cabaña de Afrodita: para ser reconocida como hija de la diosa del amor, tenías que partirle el corazón a alguien. Hacía mucho tiempo que Piper había decidido cambiar esa norma. Percy y Annabeth eran el ejemplo perfecto de por qué lo había hecho. Deberías tener que completar el corazón de otra persona. Era una prueba mucho mejor.

Cuando Percy se apartó, Annabeth parecía un pez al que le costase respirar.

—La rivalidad termina aquí —dijo Percy—. Te quiero, Sabionda.

Annabeth dejó escapar un pequeño suspiro, como si algo se hubiera derretido en su caja torácica.

Percy miró a Piper.

—Lo siento, tenía que hacerlo.

Piper sonrió.

—¿Cómo no va a parecerle bien a una hija de Afrodita? Eres un novio estupendo.

Annabeth emitió otro gruñido gimoteante.

—Ejem… En fin. Estamos debajo del Erecteón. Es un templo dedicado a Atenea y a Poseidón. El Partenón debería estar en diagonal hacia el sudeste. Tendremos que rodear el perímetro a escondidas e inutilizar tantas armas de asedio como podamos, y abrir un camino de acceso para el *Argo II*.

—Estamos a plena luz del día —dijo Piper—. ¿Cómo pasaremos desapercibidos?

Annabeth escrutó el cielo.

—Por eso he ideado un plan con Frank y Hazel. Con suerte… Ah. Mirad.

Una abeja pasó zumbando por arriba. La siguieron docenas de abejas más. Formaron un enjambre alrededor de una columna y a continuación se acercaron a la abertura del foso.

—Saludad a Frank, chicos —dijo Annabeth.

Piper saludó con la mano. La nube de abejas se marchó zumbando.

—¿Cómo es posible? —dijo Percy—. O sea…, ¿una abeja es un dedo? ¿Dos abejas son sus ojos?

—No lo sé —reconoció Annabeth—. Pero es nuestro intermediario. En cuanto avise a Hazel, ella…

—Ah —gritó Percy.

Annabeth le tapó la boca con la mano.

Un gesto que quedó muy raro, porque de repente cada uno de ellos se había convertido en un gigantesco Nacido de la Tierra con seis brazos.

—La Niebla de Hazel.

La voz de Piper sonaba soñolienta y áspera. Miró abajo y se dio cuenta de que ella también tenía un bonito cuerpo de hombre de Neandertal: pelo en la barriga, taparrabos, piernas achaparradas y pies descomunales. Si se concentraba, podía ver sus brazos normales, pero cuando los movía ondeaban como un espejismo y se separaban en tres pares de brazos musculosos.

Percy hizo una mueca, que quedó todavía peor en su cara recién afeada.

—Ostras, Annabeth... No sabes cuánto me alegro de haberte besado antes del cambio.

—Muchas gracias —dijo ella—. Deberíamos ponernos en marcha. Yo rodearé el perímetro en el sentido de las agujas del reloj. Piper, tú muévete en el sentido contrario. Percy, tú tienes que registrar el centro...

—Un momento —dijo Percy—. Vamos a caer de lleno en la trampa del sacrificio de la que tanto nos han advertido, ¿y quieres que nos separemos todavía más?

—Abarcaremos más terreno de esa forma —dijo Annabeth—. Tenemos que darnos prisa. Esos cantos...

Piper no se había fijado hasta ese momento, pero entonces lo oyó: un inquietante zumbido a lo lejos, como cien carretillas elevadoras con el motor en vacío. Miró al suelo y reparó en que algunos granos de grava estaban temblando, moviéndose hacia el sudeste, como atraídos hacia el Partenón.

—Vale —dijo Piper—. Nos veremos delante del trono del gigante.

Al principio fue fácil.

Había monstruos por todas partes (cientos de ogros, Nacidos de la Tierra y cíclopes apiñados entre las ruinas), pero la mayoría de ellos estaban reunidos en el Partenón, observando la ceremonia que se estaba celebrando. Piper avanzó tranquilamente a lo largo de los precipicios de la Acrópolis sin que nadie reparase en ella.

Cerca del primer onagro había tres Nacidos de la Tierra tomando el sol sobre las rocas. Piper fue directa a ellos y sonrió.

Antes de que pudieran hacer el menor ruido, los mató con su espada. Los tres se derritieron en montones de escoria. Piper cortó el cordón elástico para inutilizar el arma y acto seguido siguió avanzando.

Ya estaba comprometida. Tenía que causar el mayor número de desperfectos posible antes de que se descubriera el sabotaje.

Esquivó a una patrulla de cíclopes. El segundo onagro estaba rodeado por un campamento de ogros lestrigones tatuados, pero

Piper se las arregló para llegar a la máquina sin levantar sospechas. Echó un frasco de fuego griego en la honda. Con suerte, en cuanto intentaran cargar la catapulta, les explotaría en la cara.

Siguió adelante. Unos grifos se hallaban posados en la columnata de un antiguo templo. Algunos *empousai* se habían retirado a un arco con sombra y parecían estar dormitando; su pelo en llamas parpadeaba tenuemente, y sus piernas de latón brillaban. Con suerte, la luz del sol las volvería perezosas si tenían que luchar.

Siempre que podía, Piper mataba a monstruos aislados. Se cruzó con grupos más grandes. Mientras tanto, la multitud del Partenón aumentaba. Los cantos sonaban más fuerte. Piper no veía lo que estaba pasando dentro de las ruinas; solo las cabezas de veinte o treinta gigantes en un corro, murmurando y balanceándose, tal vez cantando la versión maligna de «Kumbayá».

Inutilizó la tercera arma de asedio serrando las cuerdas de torsión, lo que debería dejar vía libre al *Argo II* desde el norte.

Esperaba que Frank estuviera viendo sus progresos. Se preguntaba cuánto tiempo tardaría el barco en llegar.

De repente, los cantos se interrumpieron. Un BUM resonó en la cumbre. En el Partenón, los gigantes rugieron con júbilo. Alrededor de Piper, los monstruos se encaminaron en tropel hacia el sonido de celebración.

Eso no podía ser bueno. Piper se mezcló con un grupo de Nacidos de la Tierra que olían a rancio. Subió la escalera principal del templo dando saltos y acto seguido trepó a unos andamios metálicos para poder ver por encima de las cabezas de los ogros y los cíclopes.

La escena que tenía lugar en las ruinas casi la hizo gritar.

Delante del trono de Porfirio, docenas de gigantes formaban un amplio corro, gritando y sacudiendo sus armas mientras dos de los suyos se paseaban alrededor del círculo luciendo sus premios. La princesa Peribea agarraba a Annabeth por el cuello como un gato salvaje. El gigante Encélado rodeaba a Percy con su enorme puño.

Annabeth y Percy forcejeaban sin poder hacer nada. Sus captores los mostraron a la vociferante horda de monstruos y a continuación se volvieron para situarse de cara al rey Porfirio, que estaba sentado en un trono improvisado; sus ojos blancos brillaban maliciosamente.

—¡Justo a tiempo! —rugió el rey de los gigantes—. ¡La sangre del Olimpo para despertar a la Madre Tierra!

XLIII

Piper

Piper observó horrorizada cómo el rey de los gigantes se levantaba cuan largo era: casi tan alto como las columnas del templo. Su cara era tal como Piper la recordaba: verde como la bilis, con una sonrisa torcida de desprecio y el pelo de color alga trenzado con espadas y hachas robadas a semidioses muertos.

Se alzó amenazante por encima de los cautivos, observando cómo se retorcían.

—¡Han llegado tal como predijiste, Encélado! ¡Bien hecho!

El viejo enemigo de Piper agachó la cabeza, y los huesos trenzados en sus rastas hicieron ruido.

—Ha sido fácil, mi rey.

Los grabados de llamas de su armadura relucían. En su lanza ardía un fuego morado. Solo necesitaba una mano para sujetar a su cautivo. A pesar del poder de Percy Jackson, a pesar de todas las cosas a las que había sobrevivido, al final no podía hacer nada frente a la fuerza bruta del gigante… y la inevitabilidad de la profecía.

—Sabía que estos dos dirigirían el ataque —continuó Encélado—. Sé cómo piensan. ¡Atenea y Poseidón eran iguales que estos críos! Los dos han venido creyendo que iban a reclamar esta ciudad. ¡Su arrogancia ha acabado con ellos!

Por encima del rugido del gentío, Piper apenas podía oír sus pensamientos, pero repitió mentalmente las palabras de Encélado: «Estos dos dirigirían el ataque». El corazón se le aceleró.

Los gigantes habían esperado a Percy y a Annabeth. No la esperaban a ella.

Por una vez, ser Piper McLean, la hija de Afrodita, quien nadie tomaba en serio, podía jugar a su favor.

Annabeth trató de decir algo, pero la giganta Peribea la sacudió por el cuello.

—¡Cállate! ¡No quiero que me engatuses con tu pico de oro!

La princesa desenvainó un cuchillo de caza, largo como la espada de Piper.

—¡Déjame hacer los honores, padre!

—Espera, hija. —El rey dio un paso atrás—. El sacrificio debe hacerse bien. ¡Toante, destructor de las Moiras, preséntate!

El gigante gris y arrugado apareció arrastrando los pies y sosteniendo un enorme cuchillo de carnicero. Clavó sus ojos lechosos en Annabeth.

Percy gritó. En el otro extremo de la Acrópolis, a cien metros de distancia, un géiser de agua salió disparado.

El rey Porfirio se rió.

—Tendrás que hacerlo mejor, hijo de Poseidón. La tierra es demasiado poderosa aquí. Incluso tu padre solo pudo hacer brotar una fuente salada. Pero descuida. ¡El único líquido que necesitamos de ti es tu sangre!

Piper escudriñó desesperadamente el cielo. ¿Dónde estaba el *Argo II*?

Toante se arrodilló y tocó reverentemente la tierra con la hoja de su cuchillo de carnicero.

—Madre Gaia... —Su voz era tan increíblemente grave que sacudió las ruinas e hizo que los andamios metálicos resonaran bajo los pies de Piper—. En la Antigüedad, la sangre se mezcló con tu suelo para crear vida. Deja que ahora estos semidioses te devuelvan el favor. Te despertamos del todo. ¡Te saludamos como nuestra señora eterna!

Piper saltó de los andamios sin pensar. Voló por encima de las cabezas de los cíclopes y ogros, cayó en el centro del patio y se abrió paso a empujones hasta el corro de gigantes. Cuando Toante se levantó para usar su cuchillo, Piper blandió su espada y, de un tajo hacia arriba, le cortó la mano por la muñeca.

El viejo gigante se quejó. El cuchillo de carnicero y la mano cortada cayeron a los pies de Piper. Notó que el disfraz con que la Niebla la había cubierto se iba consumiendo hasta que volvió a ser Piper: una chica en medio de un ejército de gigantes, cuya espada de bronce era como un mondadientes comparada con las enormes armas de los otros.

—¿QUÉ ES ESTO? —rugió Porfirio—. ¿Cómo osa interrumpirnos esta criatura débil e inútil?

Piper obedeció a su instinto. Atacó.

Las ventajas de Piper: era pequeña, era rápida y estaba como una cabra. Desenvainó la daga *Katoptris* y la lanzó a Encélado, esperando no darle a Percy sin querer. Se giró sin ver el resultado pero, a juzgar por el aullido de dolor del gigante, había apuntado bien.

Varios gigantes se abalanzaron sobre ella en el acto. Piper se escabulló entre sus piernas y dejó que se golpearan las cabezas.

Serpenteó entre la multitud clavando su espada en las patas con escamas de dragón a cada oportunidad que se le presentaba y gritando: «¡HUID! ¡ESCAPAD!», para sembrar confusión.

—¡NO! ¡DETENEDLA! —gritó Porfirio—. ¡MATADLA!

Una lanza estuvo a punto de empalarla. Piper se desvió y siguió corriendo. «Es como el juego de atrapar la bandera —se dijo—. Solo que los del equipo enemigo miden diez metros.»

Una enorme espada le cerró el paso. Comparado con los combates de entrenamiento entre Piper y Hazel, el golpe fue de una lentitud ridícula. Piper saltó por encima de la hoja y zigzagueó hacia Annabeth, que seguía dando patadas y retorciéndose entre las garras de Peribea. Piper tenía que liberar a su amiga.

Lamentablemente, la giganta pareció adivinar su plan.

—¡Yo de ti no lo haría, semidiosa! —gritó Peribea—. ¡Esta sangrará!

La giganta levantó su cuchillo.

Piper gritó empleando su embrujahabla.

—¡FALLA!

Al mismo tiempo, Annabeth movió las piernas hacia arriba para convertirse en un blanco más difícil.

El cuchillo de Peribea pasó por debajo de las piernas de Annabeth y se clavó en la palma de la mano de la giganta.

—¡AYYY!

Peribea soltó a Annabeth: viva pero no ilesa. La daga le había hecho un feo corte en la parte trasera del muslo. Cuando Annabeth se apartó rodando por el suelo, su sangre mojó la tierra.

«La sangre del Olimpo», pensó Piper aterrada.

Pero no podía hacer nada al respecto. Tenía que ayudar a Annabeth.

Se abalanzó sobre la giganta. La hoja dentada de su espada adquirió de repente un tacto helado entre sus manos. La sorprendida giganta miró como la espada del Boréada le atravesaba la barriga. Una capa de escarcha se extendió a través de su peto de bronce.

Piper extrajo la espada de un tirón. La giganta se desplomó hacia atrás, blanca, envuelta en vapor y completamente congelada. Peribea cayó al suelo con un ruido sordo.

—¡Hija mía!

El rey Porfirio apuntó con su lanza y atacó.

Pero Percy tenía otras ideas.

Encélado lo había soltado, probablemente porque el gigante estaba ocupado tambaleándose con la daga de Piper clavada en la frente; el icor le chorreaba hasta los ojos.

Percy no tenía ninguna arma (su espada debía de haber sido confiscada o haberse perdido durante el combate), pero no dejó que eso lo detuviera. Mientras el rey de los gigantes corría hacia Piper, Percy agarró la punta de la lanza de Porfirio y empujó hacia abajo hasta clavarla en el suelo. El impulso del gigante lo levantó del suelo en un involuntario salto de pértiga, y Porfirio dio una voltereta y cayó boca arriba.

Mientras tanto, Annabeth se arrastraba sobre la tierra. Piper corrió a su lado. Se quedó junto a su amiga, blandiendo la espada de un lado al otro para mantener a los gigantes a raya. Un frío vapor azul envolvía la hoja.

—¿Quién quiere ser el próximo en convertirse en polo? —gritó Piper, concentrando su ira en su capacidad de persuasión—. ¿Quién quiere volver al Tártaro?

Sus palabras parecieron poner el dedo en la llaga. Los gigantes arrastraron los pies con inquietud, mirando el cuerpo congelado de Peribea.

¿Y por qué no iba a intimidarlos Piper? Afrodita era la más antigua diosa del Olimpo, nacida del mar y de la sangre de Urano. Era mayor que Poseidón, Atenea e incluso Zeus. Y Piper era su hija.

Más que eso, era una McLean. Su padre había empezado siendo un don nadie. Y acabó siendo famoso en todo el mundo. Los McLean no se echaban atrás. Como todos los cherokee, sabían aguantar el sufrimiento, conservar su orgullo y, cuando era necesario, contraatacar. Había llegado el momento de contraatacar.

A unos diez metros de distancia, Percy se inclinó sobre el rey de los gigantes tratando de sacar una espada de las trenzas de su pelo. Pero Porfirio no estaba tan aturdido como aparentaba.

—¡Necios!

Porfirio asestó un golpe de revés a Percy como si fuera una mosca molesta. El hijo de Poseidón salió volando y se estrelló contra una columna con un crujido tremendo.

Porfirio se levantó.

—¡Estos semidioses no pueden matarnos! No cuentan con la ayuda de los dioses. ¡Recordad quiénes sois!

Los gigantes se acercaron. Una docena de lanzas apuntaron al pecho de Piper.

Annabeth se levantó con dificultad. Recogió el cuchillo de caza de Peribea, pero apenas podía tenerse en pie, y mucho menos luchar. Cada vez que una gota de su sangre caía al suelo burbujeaba y pasaba del color rojo al dorado.

Percy trató de levantarse, pero era evidente que estaba atontado. No podría defenderse.

La única opción de Piper era mantener a los gigantes centrados en ella.

—¡Venga, pues! —gritó—. ¡Acabaré con todos vosotros si no me queda más remedio!

El aire se inundó de un olor metálico a tormenta. A Piper se le erizó el vello de los brazos.

—El caso es que no tienes por qué hacerlo —dijo una voz desde arriba.

A Piper casi le salió el corazón del cuerpo. En lo alto de la columnata más próxima estaba Jason, con su espada emitiendo un brillo dorado a la luz del sol. Frank se hallaba a su lado, con el arco preparado. Hazel estaba sentada a horcajadas sobre Arión, que se empinaba y relinchaba en actitud desafiante.

Un relámpago candente describió un arco en el cielo acompañado de un estallido ensordecedor y atravesó el cuerpo de Jason cuando saltó, envuelto en rayos, sobre el rey de los gigantes.

XLIV

Piper

Durante los siguientes tres minutos la vida fue maravillosa.

Pasaron tantas cosas a la vez que solo un semidiós con trastorno por déficit de atención con hiperactividad podía seguirlas.

Jason se lanzó sobre el rey Porfirio con tanta fuerza que el gigante cayó de rodillas, alcanzado por un rayo y apuñalado en el cuello con un *gladius* dorado.

Frank soltó una descarga de flechas e hizo retroceder a los gigantes más próximos a Percy.

El *Argo II* se elevó sobre las ruinas, y todas las ballestas y catapultas dispararon simultáneamente. Leo debía de haber programado las armas con una precisión quirúrgica. Un muro de fuego griego se alzó ruidosamente alrededor del Partenón. No alcanzó el interior, pero en un abrir y cerrar de ojos la mayoría de los monstruos más pequeños murieron incinerados.

La voz de Leo tronó por el altavoz:

—¡RENDÍOS! ¡ESTÁIS RODEADOS POR UNA MÁQUINA DE GUERRA SUPERACHICHARRANTE!

El gigante Encélado gruñó indignado.

—¡Valdez!

—¿QUÉ PASA, ENCHILADA? —contestó la voz de Leo—. TIENES UNA BONITA DAGA EN LA FRENTE.

—¡GRRR! —El gigante se sacó a *Katoptris* de la cabeza—. ¡Monstruos, destruid ese barco!

Los ejércitos que quedaban dieron lo mejor de sí mismos. Una bandada de grifos alzó el vuelo para atacar. Festo, el mascarón de proa, expulsó llamas y los abatió chamuscándolos. Unos pocos Nacidos de la Tierra lanzaron una descarga de rocas, pero por los costados del casco salió una docena de esferas de Arquímedes que interceptó los cantos rodados y los redujo a polvo.

—¡PONEOS ALGO DE ROPA! —ordenó Buford.

Hazel espoleó a Arión para que saltara de la columnata, y entraron en combate. La caída de doce metros habría partido las patas de cualquier otro caballo, pero Arión tocó el suelo corriendo. Hazel pasó volando de un gigante a otro, pinchándoles con la hoja de su *spatha*.

Haciendo gala de un terrible sentido de la oportunidad, Cécrope y sus hombres serpiente eligieron ese momento para unirse a la refriega. En cuatro o cinco puntos repartidos alrededor de las ruinas, el suelo se convirtió en una sustancia pegajosa verde y de allí brotaron unos *gemini* armados, encabezados por el mismísimo Cécrope.

—¡Matad a los semidioses! —dijo siseando—. ¡Matad a esos embusteros!

Antes de que muchos de sus guerreros pudieran seguirle, Hazel apuntó con la espada al túnel más próximo. El suelo retumbó. Todas las membranas pegajosas estallaron y los túneles se desplomaron, expulsando nubes de polvo. Cécrope echó una mirada a su ejército, reducido entonces a seis miembros.

—¡LARGAOS! —ordenó.

Las flechas de Frank acabaron con ellos cuando intentaban retirarse.

La giganta Peribea se había descongelado a una velocidad alarmante. Intentó agarrar a Annabeth, pero, a pesar de su pierna herida, la chica se defendió. Trató de apuñalar a la giganta con el cuchillo de caza y emprendió con ella una partida mortal de pilla pilla alrededor del trono.

Percy estaba otra vez de pie, y *Contracorriente* volvía a estar en sus manos. Todavía parecía aturdido. La nariz le sangraba. Pero parecía estar defendiéndose del viejo gigante Toante, que de algún modo se había vuelto a colocar la mano y había encontrado su cuchillo de carnicero.

Piper se encontraba espalda contra espalda con Jason, luchando contra todo gigante que osaba acercarse. Por un momento se sintió eufórica. ¡Estaban ganando!

Pero el elemento de la sorpresa desapareció demasiado pronto. Los gigantes se recuperaron de la confusión.

Frank se quedó sin flechas. Se transformó en rinoceronte y entró en combate, pero a medida que derribaba a los gigantes, estos volvían a levantarse. Sus heridas parecían estar curándose más rápido.

Annabeth perdió terreno contra Peribea. Hazel fue derribada de la silla de montar a casi cien kilómetros por hora. Jason invocó otro ataque con rayos, pero esa vez Porfirio simplemente lo desvió con la punta de la lanza.

Los gigantes eran más grandes, más fuertes y más numerosos. No se les podía matar sin la ayuda de los dioses. Y no parecía que se estuvieran cansando.

Los seis semidioses se vieron obligados a formar un círculo defensivo.

Otra descarga de rocas lanzadas por los Nacidos de la Tierra alcanzó el *Argo II*. Esa vez Leo no pudo devolver el fuego lo bastante rápido. Hileras de remos fueron cercenadas. El barco dio una sacudida y se inclinó en el cielo.

Entonces Encélado lanzó su lanza llameante. El arma atravesó el casco del barco y explotó dentro, e hizo brotar chorros de fuego a través de las aberturas de los remos. Una amenazadora nube negra se elevó de la cubierta. El *Argo II* empezó a descender.

—¡Leo! —gritó Jason.

Porfirio se rió.

—Los semidioses no habéis aprendido nada. No hay dioses que puedan ayudaros. Solo necesitamos una cosa más de vosotros para completar nuestra victoria.

El rey de los gigantes sonrió impaciente. Parecía estar mirando a Percy Jackson.

Piper lo miró. A Percy todavía le sangraba la nariz. Parecía ignorar que un hilo de sangre le caía por la cara hasta la barbilla.

—Percy, ten cuidado… —trató de decir Piper, pero por una vez la voz le falló.

Una sola gota de sangre descendió de su barbilla. Cayó al suelo entre sus pies y empezó a chisporrotear como agua en una sartén.

La sangre del Olimpo regó las piedras antiguas.

La Acrópolis crujió y se movió mientras la Madre Tierra despertaba.

XLV

Nico

A unos ocho kilómetros del campamento, un todoterreno negro estaba aparcado en la playa.

Ataron la lancha a un muelle privado. Nico ayudó a Dakota y a Leila a desembarcar a Michael Kahale. El grandullón todavía estaba semiconsciente, farfullando lo que Nico supuso que eran jugadas de fútbol americano:

—Rojo, doce. Derecha, treinta y uno. Adelante.

A continuación se echó a reír tontamente sin poder controlarse.

—Lo dejaremos aquí —dijo Leila—. No lo atéis. Pobrecillo…

—¿Y el coche? —preguntó Dakota—. Las llaves están en la guantera, pero, ejem, ¿sabéis conducir?

Leila frunció el entrecejo.

—Yo creía que tú sabías conducir. ¿No tienes diecisiete años?

—¡No he podido aprender! —dijo Dakota—. Estaba ocupado.

—Yo me encargo —prometió Nico.

Los dos lo miraron.

—Tú debes de tener catorce —dijo Leila.

A Nico le divertía lo nerviosos que se ponían los romanos en su presencia, aunque ellos eran mayores, más corpulentos y guerreros más experimentados.

—No he dicho que me vaya a poner al volante.

Se arrodilló y colocó la mano en el suelo. Percibió las tumbas más cercanas, los huesos de humanos olvidados que había allí enterrados y esparcidos. Buscó a más profundidad, extendiendo sus sentidos hasta el inframundo.

—Jules-Albert. Vamos.

El suelo se abrió. Un zombi vestido con un raído conjunto de automovilista del siglo XIX se abrió paso hasta la superficie. Leila retrocedió. Dakota gritó como un niño de párvulos.

—¿Qué es eso, tío? —protestó Dakota.

—Es mi conductor —dijo Nico—. Jules-Albert quedó primero en la carrera de automóviles de París a Rouen de mil ochocientos noventa y cinco, pero no le dieron el premio porque su coche de vapor utilizaba un cargador de carbón.

Leila lo miró fijamente.

—¿De qué estás hablando?

—Es un alma en pena que siempre está buscando una oportunidad para conducir —dijo Nico—. Durante los últimos años ha sido mi conductor cada vez que necesitaba uno.

—Tienes un chófer zombi —dijo Leila.

—Me pido el asiento de delante.

Nico subió al asiento del copiloto. Los romanos subieron de mala gana a la parte trasera.

Un detalle sobre Jules-Albert: nunca reaccionaba de forma emocional. Podía pasarse todo el día en un atasco en la ciudad sin perder la paciencia. Era inmune a la conducta agresiva de los conductores. Incluso podía ir derecho a un campamento de centauros salvajes y conducir entre ellos sin ponerse nervioso.

Nico no había visto nada igual a los centauros en su vida. Tenían la parte trasera de un caballo, tatuajes en sus peludos brazos y el pecho, y unos cuernos de toro que les sobresalían de la frente. Nico dudaba que pudieran mezclarse con los humanos con la facilidad de Quirón.

Al menos doscientos estaban entrenando con espadas y lanzas, o asando reses de animales sobre lumbres (centauros carnívoros… La idea hacía estremecer a Nico). Su campamento se desparramaba a lo largo del camino agrícola que serpenteaba alrededor del perímetro al sudeste del Campamento Mestizo.

El todoterreno se abrió paso, haciendo sonar el claxon cuando era necesario. De vez en cuando un centauro miraba furiosamente a través de la ventanilla del lado del conductor, veía al conductor zombi y retrocedía sorprendido.

—Por las hombreras de Plutón —murmuró Dakota—. Han llegado todavía más centauros de la noche a la mañana.

—No establezcáis contacto visual —advirtió Leila—. Para ellos es como desafiarlos a batirse en un duelo a muerte.

Nico miraba fijamente al frente mientras el todoterreno se abría paso. El corazón le latía con fuerza, pero no estaba asustado. Estaba furioso. Octavio había rodeado el Campamento Mestizo de monstruos.

Cierto, Nico tenía sentimientos encontrados con respecto al campamento. Allí se sentía rechazado, fuera de lugar, ni querido ni deseado… Pero en ese momento estaba a punto de ser destruido y se daba cuenta de lo importante que era para él. Ese sitio había sido el último hogar que Bianca y él habían compartido: el único lugar en el que se habían sentido a salvo, aunque solo hubiera sido temporalmente.

Tomaron una curva del camino y Nico apretó los puños. Más monstruos…, cientos más. Hombres con cabezas de perro rondaban en grupos, con sus alabardas brillando a la luz de las fogatas. Más allá se apiñaba una tribu de hombres con dos cabezas vestidos con harapos y mantas, como si fueran indigentes, pero armados con una peligrosa colección de hondas, cachiporras y tuberías metálicas.

—Octavio es idiota —susurró Nico—. ¿Cree que puede controlar a esas criaturas?

—No paraban de aparecer —dijo Leila—. Antes de que nos diésemos cuenta… Mira.

La legión estaba formada al pie de la Colina Mestiza, con las cinco cohortes perfectamente ordenadas y los estandartes resplandecientes y orgullosos. Águilas gigantes daban vueltas en lo alto. Las armas de asedio (seis onagros dorados del tamaño de casas) estaban dispuestas detrás de un amplio semicírculo, tres en cada flanco. Pero a pesar de su imponente disciplina, la Duodécima Legión se veía tan pequeña que daba lástima, una mancha de valor semidivino en un mar de monstruos voraces.

Nico deseó seguir teniendo el cetro de Diocleciano, pero dudaba que una legión de guerreros muertos hiciera mella en ese ejército. Ni siquiera el *Argo II* podría hacer gran cosa contra ese tipo de fuerza.

—Tengo que inutilizar los onagros —dijo Nico—. No tenemos mucho tiempo.

—No podrás acercarte —le advirtió Leila—. Aunque consiguiéramos que la Cuarta y la Quinta Cohorte enteras nos siguieran, las otras cohortes tratarían de detenernos. Y los seguidores más leales de Octavio manejan esas armas de asedio.

—No nos acercaremos por la fuerza —convino Nico—. Pero solo sí que puedo hacerlo. Dakota, Leila, Jules-Albert os llevará a las líneas de la legión. Marchaos, hablad con vuestras tropas y convencedlas de que sigan vuestro ejemplo. Necesitaré una distracción.

Dakota frunció el entrecejo.

—Está bien, pero no pienso hacer daño a ninguno de mis compañeros de la legión.

—Nadie te pide que lo hagas —gruñó Nico—. Pero si no detenemos esta guerra, la legión entera será aniquilada. ¿No dijiste que las tribus de monstruos se ofenden fácilmente?

—Sí —dijo Dakota—. Por ejemplo, si le haces cualquier comentario a esos tíos con dos cabezas sobre cómo huelen… Ah. —Sonrió—. Si empezáramos una pelea, sin querer, claro está…

—Cuento con vosotros —dijo Nico.

Leila frunció el entrecejo.

—Pero ¿cómo vas a…?

—Me voy a pasar a la oscuridad —dijo Nico.

Y desapareció entre las sombras.

Pensaba que estaba preparado.

Se equivocaba.

Incluso después de tres días de descanso y las maravillosas propiedades curativas del pegajoso ungüento marrón del entrenador Hedge, Nico empezó a desvanecerse en cuanto emprendió el viaje por las sombras.

Sus extremidades se convirtieron en vapor. El frío penetró en su pecho. Voces de espíritus le susurraban al oído: *Ayúdanos. Acuérdate de nosotros. Únete a nosotros.*

No se había dado cuenta de lo mucho que había dependido de Reyna. Sin su fuerza, se sentía débil como un potro recién nacido, tambaleándose de forma peligrosa, a punto de caerse a cada paso que daba.

«No —se dijo—. Soy Nico di Angelo, hijo de Hades. Controlo las sombras. Ellas no me controlan a mí.»

Regresó dando traspiés al mundo de los mortales en la cumbre de la Colina Mestiza.

Cayó de rodillas, abrazando el pino de Thalia para sostenerse. El Vellocino de Oro ya no estaba en sus ramas. El dragón guardián había desaparecido. Tal vez se habían trasladado a un lugar más seguro ante la inminencia de la batalla. Nico no lo sabía con certeza. Pero al ver las fuerzas romanas dispuestas en la periferia del valle, su ánimo flaqueó.

El onagro más cercano estaba a cien metros cuesta abajo, rodeado de trincheras con pinchos y vigilado por una docena de semidioses. La máquina estaba cargada, lista para disparar. Su enorme honda envolvía un proyectil del tamaño de un Honda Civic, con motas de oro brillantes.

Nico comprendió con una gélida certeza lo que Octavio tramaba. El proyectil era una mezcla de bombas incendiarias y oro imperial. Una pequeña cantidad de oro imperial podía ser increíblemente volátil. Expuesta a demasiado calor o presión, la sustancia explotaría y produciría un impacto devastador, y por supuesto era mortal para los semidioses así como para los monstruos. Si ese onagro acertaba en el Campamento Mestizo, todo lo que hubiera en la zona de la explosión quedaría aniquilado: volatilizado por el calor o desintegrado por la metralla. Y los romanos tenían seis onagros, todos provistos de montones de munición.

—Perverso —dijo Nico—. Esto es perverso.

Trató de pensar. Estaba amaneciendo. Le era totalmente imposible desmantelar las seis armas antes de que el ataque empezara, aunque hallara las fuerzas para viajar por las sombras tantas veces. Si conseguía hacerlo una vez más, sería un milagro.

Divisó la tienda de mando romana, situada detrás y a la izquierda de la legión. Probablemente Octavio estuviera allí, desayunando a una distancia prudencial del combate. Él no dirigiría a sus tropas en la batalla. El muy malnacido confiaría en destruir el campamento griego de lejos, esperaría a que las llamas se apagasen y luego entraría sin encontrar oposición.

Nico notó que el odio le oprimía la garganta. Se centró en aquella tienda, visualizando su próximo salto. Si pudiera asesinar a Octavio, el problema se resolvería. La orden de atacar no se daría. Estaba a punto de intentarlo cuando una voz dijo detrás de él:

—¿Nico?

Se dio la vuelta, empuñando inmediatamente la espada, y estuvo a punto de decapitar a Will Solace.

—¡Deja eso! —susurró Will—. ¿Qué haces aquí?

Nico se quedó mudo de asombro. Will y otros dos campistas estaban agachados en la hierba, con unos prismáticos colgando del cuello y una daga en el costado. Llevaban vaqueros y camisetas de manga corta negras, y las caras maquilladas de negro, como unos comandos.

—¿Yo? —preguntó Nico—. ¿Qué hacéis vosotros? ¿Queréis que os maten?

Will frunció el entrecejo.

—Eh, estamos vigilando al enemigo. Hemos tomado precauciones.

—Vais vestidos de negro cuando el sol está saliendo —observó Nico—. Te has pintado la cara, pero no te has tapado esa melena rubia. Solo te falta ondear una bandera amarilla.

A Will se le pusieron las orejas rojas.

—Lou Ellen también nos ha protegido con la Niebla.

—Hola. —La chica que estaba a su lado movió los dedos. Parecía un poco sonrojada—. Tú eres Nico, ¿verdad? He oído hablar mucho de ti. Este es Cecil, de la cabaña de Hermes.

Nico se arrodilló al lado de ellos.

—¿El entrenador Hedge llegó al campamento?

A Lou Ellen le entró la risa nerviosa.

—Ya lo creo.

Will le dio un codazo.

—Sí. Hedge está bien. Llegó justo a tiempo para el nacimiento del bebé.

—¡El bebé! —Nico sonrió, un gesto que le hizo daño en los músculos faciales. No estaba acostumbrado a adoptar esa expresión—. ¿Están bien Mellie y el niño?

—Perfectamente. Es un satirito monísimo. —Will se estremeció—. Pero yo asistí en el parto. ¿Has asistido alguna vez en un parto?

—Esto… no.

—Necesitaba tomar el aire. Por eso me ofrecí voluntario para esta misión. Dioses del Olimpo, todavía me tiemblan las manos. ¿Lo ves?

Cogió la mano de Nico, y este notó que una corriente eléctrica le recorría la columna. Rápidamente la retiró.

—En fin —le espetó—. No tenemos tiempo para cháchara. Los romanos van a atacar al amanecer, y tenemos que…

—Ya lo sabemos —dijo Will—. Pero si tienes pensado viajar por las sombras hasta la tienda de mando, olvídalo.

Nico le lanzó una mirada fulminante.

—¿Perdón?

Esperaba que Will se estremeciera o que apartara la vista. La mayoría de la gente lo hacía. Pero los ojos azules de Will siguieron clavados en los suyos, con una molesta determinación.

—El entrenador Hedge me lo ha contado todo sobre tus viajes por las sombras. No puedes volver a intentarlo.

—Acabo de volver a hacerlo, Solace. Estoy bien.

—No, no lo estás. Soy curandero. He notado la oscuridad en tu mano en cuanto la he tocado. Aunque llegaras a la tienda, no estarías en condiciones para luchar. Pero no llegarías. Un error más y no volverás para contarlo. No vas a viajar por las sombras. Te lo manda el médico.

—El campamento está a punto de ser destruido...

—Y vamos a detener a los romanos —dijo Will—. Pero lo haremos a nuestra manera. Lou Ellen controlará la Niebla. Iremos a hurtadillas y causaremos todo el daño que podamos a esos onagros. Pero nada de viajes por las sombras.

—Pero...

—No.

Lou Ellen y Cecil giraban la cabeza de un lado al otro como si estuvieran viendo un partido de tenis muy reñido.

Nico suspiró exasperado. No soportaba trabajar con otras personas. Siempre ponían trabas a su forma de hacer las cosas y le hacían sentirse incómodo. Y Will Solace... Nico revisó su opinión del hijo de Apolo. Siempre había considerado a Will una persona de trato fácil y relajada. Al parecer también podía ser testarudo y molesto.

Nico contempló el Campamento Mestizo, donde el resto de los griegos se preparaban para la guerra. Más allá de las tropas y las ballestas, el lago de las canoas emitía un brillo rosado a los primeros rayos del amanecer. Nico se acordó de la primera vez que había visitado el Campamento Mestizo, cuando había aterrizado forzosamente en el carro solar de Apolo, que se había convertido en un autobús escolar en llamas.

Se acordó de Apolo, sonriente, bronceado e imponente con sus gafas de sol.

«Está caliente», había dicho Thalia.

«Es el dios del sol», había contestado Percy.

«No me refería a eso.»

¿Qué hacía Nico pensando en eso ahora? Le irritaba lo caprichoso de la memoria; le ponía nervioso.

Había llegado al Campamento Mestizo gracias a Apolo. Y en ese momento, el que probablemente fuese su último día en el campamento, tenía que aguantar a un hijo de Apolo.

—En fin —dijo Nico—. Pero tenemos que darnos prisa. Y haréis lo que yo diga.

—Está bien —dijo Will—. No me pidas que asista en más partos de bebés de sátiro y nos llevaremos fenomenal.

XLVI

Nico

Llegaron al primer onagro justo cuando el caos se desató entre la legión.

En el otro extremo de la línea, la Quinta Cohorte prorrumpió en gritos. Los legionarios se dispersaron y soltaron sus *pila*. Una docena de centauros echaron a correr entre las filas gritando y agitando sus cachiporras, seguidos de una horda de hombres de dos cabezas que golpeaban tapaderas de cubos de basura.

—¿Qué pasa allí abajo? —preguntó Lou Ellen.

—Esa es mi distracción —dijo Nico—. Vamos.

Todos los centinelas se habían agrupado en el lado derecho del onagro, tratando de ver lo que pasaba en las filas, lo que dejó vía libre a Nico y sus compañeros en el lado izquierdo. Pasaron a escasa distancia del romano más cercano, pero el legionario no reparó en su presencia. La magia de la Niebla de Lou Ellen parecía estar dando resultado.

Saltaron por encima de la trinchera con pinchos y llegaron a la máquina.

—He traído fuego griego —susurró Cecil.

—No —repuso Nico—. Si los daños son demasiado evidentes, no llegaremos a tiempo a los otros. ¿Puedes recalibrar la puntería para que se desvíe a la línea de fuego de los otros onagros?

Cecil sonrió.

—Me gusta tu forma de pensar. Me han enviado a esta misión porque soy un crack estropeando cosas.

Se puso manos a la obra mientras Nico y los otros montaban guardia.

Mientras tanto, la Quinta Cohorte se peleaba con los hombres de dos cabezas. La Cuarta Cohorte intervino para ayudarlos. Las otras tres cohortes mantuvieron sus posiciones, pero a los oficiales les estaba costando mantener el orden.

—Ya está —anunció Cecil—. Vámonos.

Atravesaron la ladera hacia el siguiente onagro.

Esa vez la Niebla no funcionó tan bien. Uno de los centinelas del onagro gritó:

—¡Eh!

—Yo me ocupo.

Will echó a correr (probablemente la distracción más absurda que Nico podía imaginar), y seis centinelas lo persiguieron.

Los otros romanos avanzaron hacia Nico, pero Lou Ellen apareció de entre la Niebla y gritó:

—¡Eh, coged esto!

Lanzó una bola blanca del tamaño de una manzana. El romano del centro la cogió instintivamente. Una esfera de polvo de seis metros explotó hacia fuera. Cuando el polvo se asentó, los seis romanos eran unos chillones cerditos rosa.

—Buen trabajo —dijo Nico.

Lou Ellen se sonrojó.

—Pues es la única bola de cerditos que tengo, así que no me pidas que lo repita.

—Ejem —Cecil señaló con el dedo—, será mejor que alguien ayude a Will.

A pesar de las armaduras que llevaban, los romanos estaban empezando a alcanzar a Solace. Nico soltó un juramento y corrió tras ellos.

No quería matar a otros semidioses si podía evitarlo. Afortunadamente, no tuvo necesidad de hacerlo. Puso la zancadilla al último romano, y los otros se volvieron. Nico se introdujo en el grupo, dando puntapiés en espinillas, propinando tortazos con la cara de la hoja de su espada y golpeando cascos con el pomo. A los diez segundos, todos los romanos estaban tirados en el suelo gimiendo y aturdidos.

Will le dio un puñetazo en el hombro.

—Gracias por la ayuda. Seis a la vez no está mal.

—¿Que no está mal? —Nico lo fulminó con la mirada—. La próxima vez dejaré que te alcancen, Solace.

—Bah, no me cogerían.

Cecil les hizo señas con la mano desde el onagro, indicándoles que ya había terminado su trabajo.

Todos se dirigieron a la tercera máquina de asedio.

En las filas de la legión seguía cundiendo el caos, pero los oficiales estaban empezando a recuperar el control. La Quinta y la Cuarta Cohorte se reagruparon mientras la Segunda y la Tercera ejercían de policía antidisturbios, empujando a los centauros, los *cynocephali* y los hombres de dos cabezas a sus respectivos campamentos. La Primera Cohorte era la que estaba más cerca del onagro, demasiado para el gusto de Nico, pero parecían absortos en un par de oficiales que desfilaban delante de ellos gritando órdenes.

Nico esperaba que pudieran acercarse sigilosamente a la tercera máquina de asedio. Si desviaban un onagro más, podrían tener una posibilidad de vencer.

Desgraciadamente, los centinelas los vieron a veinte metros de distancia.

—¡Allí! —gritó uno.

Lou Ellen soltó un juramento.

—Están esperando un ataque. La Niebla no funciona bien contra los enemigos atentos. ¿Huimos?

—No —contestó Nico—. Démosles lo que esperan.

Extendió las manos. Delante de los romanos, el suelo entró en erupción. Cinco esqueletos salieron de la tierra. Cecil y Lou Ellen corrieron a ayudarlos. Nico trató de seguirles, pero se habría caído de bruces si Will no lo hubiera cogido.

—Idiota. —Will lo rodeó con el brazo—. Te dije que nada de magia del inframundo.

—Estoy bien.

—Cállate. No lo estás.

Will sacó un paquete de chicles de su bolsillo.

Nico tenía ganas de apartarse. Detestaba el contacto físico. Pero Will era mucho más fuerte de lo que parecía. Nico se encontró apoyado en él, dependiendo de su sostén.

—Coge uno —dijo Will.

—¿Quieres que mastique chicle?

—Es medicinal. Debería mantenerte con vida y despierto durante unas horas más.

Nico se metió un chicle en la boca.

—Sabe a alquitrán y tierra.

—Deja de quejarte.

—Eh. —Cecil se acercó cojeando, con aspecto de haberse hecho daño en un músculo—. Os habéis perdido casi toda la pelea.

Lou Ellen le siguió, sonriendo. Detrás de ellos, todos los centinelas romanos estaban enredados en una extraña mezcla de cuerdas y huesos.

—Gracias por los esqueletos —dijo—. Un truco genial.

—Que no va a volver a hacer —añadió Will.

Nico se dio cuenta de que seguía apoyado en Will. Lo apartó de un empujón y se sostuvo por su propio pie.

—Haré lo que tenga que hacer.

Will puso los ojos en blanco.

—Muy bien, Chico de la Muerte. Si quieres acabar muerto…

—¡No me llames Chico de la Muerte!

Lou Ellen carraspeó.

—Ejem, chicos…

—¡SOLTAD LAS ARMAS!

Nico se volvió. La refriega junto al tercer onagro no había pasado desapercibida.

La Quinta Cohorte al completo avanzaba hacia ellos, con las lanzas en horizontal y los escudos trabados. Delante de ellos marchaba Octavio, con la túnica morada sobre la armadura, joyas de oro imperial brillando en el cuello y en los brazos, y una corona de laurel en la cabeza como si ya hubiera ganado la batalla. A su lado estaba el portaestandarte de la legión, Jacob, sosteniendo el águila dorada, y seis enormes *cynocephali* enseñando sus dientes caninos, con unas espadas de brillante color rojo.

—Vaya —gruñó Octavio—, saboteadores *graeci*. —Se volvió hacia sus guerreros con cabeza de perro—. Descuartizadlos.

XLVII

Nico

Nico no sabía si darse de tortas o dárselas a Will Solace.

Si no se hubiera distraído tanto riñendo con el hijo de Apolo, no habría dejado que el enemigo se acercase.

Mientras los hombres con cabeza de perro avanzaban resueltamente, Nico levantó la espada. Dudaba que le quedaran fuerzas para vencer pero, antes de que pudiera atacarlos, Will lanzó un silbido como si estuviera pidiendo un taxi.

Los seis hombres perro soltaron sus armas, se taparon los oídos y cayeron entre horribles dolores.

—Colega. —Cecil abrió la boca para que se le destaponaran los oídos—. ¿Qué Hades has hecho? La próxima vez podrías avisar.

—Para los perros es todavía peor. —Will se encogió de hombros—. Es una de mis pocas aptitudes musicales. Tengo un silbido ultrasónico terrible.

Nico no se quejó. Anduvo entre los hombres perro pinchándolos con la espada. Las criaturas se deshicieron en sombras.

Octavio y los otros romanos parecían demasiado pasmados para reaccionar.

—¡Mi... mi guardia de élite! —Octavio buscó compasión—. ¿Habéis visto lo que le ha hecho a mi guardia de élite?

—Hay perros que necesitan ser sacrificados. —Nico dio un paso adelante—. Como tú.

Durante un instante maravilloso, la Primera Cohorte al completo vaciló. A continuación volvieron en sí y pusieron sus *pila* en horizontal.

—¡Vais a morir! —chilló Octavio—. Los *graeci* creéis que podéis merodear a escondidas, saboteando nuestras armas, atacando a nuestros hombres…

—¿Te refieres a las armas con las que estabais a punto de dispararnos? —preguntó Cecil.

—¿Y los legionarios que estaban a punto de reducir nuestro campamento a cenizas? —añadió Lou Ellen.

—¡Típico de los griegos! —gritó Octavio—. ¡Siempre intentando tergiversar las cosas! ¡Pues no va a dar resultado! —Señaló a los legionarios más cercanos—. Tú, tú, tú y tú: revisad todos los onagros. Aseguraos de que funcionan. Quiero que se disparen al mismo tiempo lo antes posible. ¡Vamos!

Los cuatro romanos echaron a correr.

Nico trató de mantener una expresión neutra.

«Por favor, que no revisen la trayectoria de disparo», pensó.

Esperaba que Cecil hubiera hecho bien su trabajo. Una cosa era estropear un arma enorme, y otra estropearla tan sutilmente que nadie se diera cuenta hasta que fuera demasiado tarde. Pero si alguien tenía esa capacidad era un hijo de Hermes, el dios del ingenio.

Octavio se acercó a Nico con paso resuelto. Había que decir en su favor que el augur no parecía tener miedo, aunque su única arma era una daga. Se detuvo tan cerca que Nico pudo ver las venas inyectadas en sangre de sus claros ojos llorosos. Tenía la cara demacrada. Su pelo era del color de los espaguetis recocidos.

Nico sabía que Octavio era un heredero: un descendiente de Apolo separado del dios por muchas generaciones. No pudo evitar pensar que Octavio parecía una versión descafeinada y enfermiza de Will Solace: como una foto copiada demasiadas veces. Fuera lo que fuese lo que hacía especial a un hijo de Apolo, Octavio carecía de ello.

—Dime, hijo de Plutón —susurró el agorero—, ¿por qué ayudas a los griegos? ¿Qué han hecho ellos por ti?

Nico rabiaba por apuñalar a Octavio en el pecho. Había estado soñando con ello desde que Bryce Lawrence los había atacado en Carolina del Sur. Pero una vez allí, los dos cara a cara, Nico titubeó. No le cabía duda de que podía matar a Octavio antes de que la Primera Cohorte interviniera. No es que a Nico le importara especialmente si moría por sus actos. El intercambio merecería la pena.

Pero después de lo que le había pasado a Bryce, la idea de matar a otro semidiós a sangre fría (incluso a Octavio) no le gustaba. Ni le parecía bien condenar a Cecil, Lou Ellen y Will a morir con él.

«¿No me parece bien? —Una parte de él tenía sus dudas—. ¿Desde cuándo me preocupo yo por lo que está bien?»

—Ayudo a los griegos y a los romanos —dijo Nico.

Octavio se rió.

—No intentes engañarme. ¿Qué te han ofrecido, un sitio en su campamento? No cumplirán su trato.

—No quiero un sitio en su campamento —gruñó Nico—. Ni en el tuyo. Cuando esta guerra termine, me marcharé de los dos campamentos para siempre.

Will Solace hizo un ruido como si le hubieran dado un puñetazo.

—¿Por qué vas a hacer eso?

Nico frunció el entrecejo.

—No es asunto tuyo, pero mi sitio no está aquí. Es evidente. Nadie me quiere. Soy hijo de...

—Venga ya. —Will parecía extrañamente enfadado—. En el Campamento Mestizo nadie te ha marginado. Tienes amigos... o al menos personas a las que les gustaría ser tus amigos. Tú te has marginado solo. Si bajaras de esa nube siniestra tuya por una vez...

—¡Basta ya! —espetó Octavio—. Di Angelo, puedo mejorar cualquier oferta que te hagan los griegos. Siempre he pensado que serías un poderoso aliado. Veo la crueldad que hay en ti, y la valoro. Puedo garantizarte un sitio en la Nueva Roma. Lo único que tienes que hacer es apartarte y dejar que los romanos ganen. El dios Apolo me ha mostrado el futuro…

—¡No! —Will Solace apartó a Nico de un empujón y se plantó delante de las narices de Octavio—. Yo soy hijo de Apolo, pringado anémico. Mi padre no le ha mostrado a nadie el futuro, porque el poder de la profecía no funciona. Pero esto… —Señaló en general a la legión reunida y las hordas de ejércitos monstruosos que estaban repartidas por toda la ladera—. ¡Esto no es lo que Apolo querría!

Octavio frunció el labio.

—Mientes. El dios me ha dicho personalmente que sería recordado como el salvador de Roma. Llevaré a la legión a la victoria y empezaré…

Nico notó el sonido antes de oírlo: un «clonc, clonc, clonc» reverberando a través de la tierra, como los enormes engranajes de un puente levadizo. Todos los onagros dispararon al mismo tiempo, y seis cometas dorados se elevaron en el cielo.

—¡Destruyendo a los griegos! —gritó Octavio con regocijo—. ¡Los días del Campamento Mestizo han terminado!

A Nico no se le ocurría nada más bonito que un proyectil desviado. Al menos, ese día. Las cargas de las tres máquinas saboteadas viraron hacia un lado y describieron un arco hacia la cortina de fuego de los otros tres onagros.

Las bolas de fuego no chocaron directamente. No era necesario. En cuanto los proyectiles se acercaron unos a otros, las seis cabezas explosivas detonaron en el aire y esparcieron una bóveda de oro y fuego que absorbió el oxígeno del cielo.

Nico notó un picor en la cara a causa del calor. La hierba susurró. Las copas de los árboles echaron humo. Pero cuando los fuegos artificiales se apagaron, no se habían producido daños demasiado graves.

Octavio fue el primero en reaccionar. Pateó y gritó:

—¡NO! ¡NO, NO! ¡VOLVED A CARGAR!

En la Primera Cohorte nadie se movió. Nico oyó pisadas de botas a su derecha. La Quinta Cohorte marchaba hacia ellos a paso ligero, con Dakota en cabeza.

Bajando un poco más por la ladera, el resto de la legión trataba de formar, pero la Segunda, la Tercera y la Cuarta Cohorte estaban rodeadas de un mar de malhumorados aliados monstruosos. Las fuerzas de *auxilia* no parecían contentas con la explosión. Sin duda habían esperado a que el Campamento Mestizo ardiera en llamas para poder desayunar semidiós a la brasa.

—¡Octavio! —gritó Dakota—. Tenemos nuevas órdenes.

El ojo izquierdo de Octavio empezó a contraerse tan violentamente que parecía que fuera a explotarle.

—¿Órdenes? ¿De quién? ¡No son mías!

—De Reyna —dijo Dakota, lo bastante alto para asegurarse de que toda la Primera Cohorte podía oírle—. Nos ha ordenado que nos retiremos.

—¿Reyna? —Octavio se rió, aunque nadie pareció entender el chiste—. ¿Te refieres a la fugitiva a la que te mandé detener? ¿La ex pretora que conspiró para traicionar a su gente con este *graecus*? —Le puso a Nico el dedo en el pecho—. ¿Has recibido órdenes de ella?

La Quinta Cohorte formó detrás de su centurión y se enfrentó con inquietud a sus compañeros de la Primera.

Dakota se cruzó de brazos obstinadamente.

—Reyna es la pretora hasta que el Senado vote lo contrario.

—¡Esto es la guerra! —gritó Octavio—. Os he traído al umbral de la victoria definitiva, ¿y queréis rendiros? Primera Cohorte, detened al centurión Dakota y a cualquiera que lo apoye. Quinta Cohorte, recordad vuestro compromiso con Roma y con la legión. ¡Vais a obedecerme!

Will Solace negó con la cabeza.

—No hagas eso, Octavio. No obligues a tu gente a elegir. Es tu última oportunidad.

—¿Mi última oportunidad? —Octavio sonrió; en sus ojos había un brillo de locura—. ¡Yo SALVARÉ ROMA! ¡Romanos, obedeced mis órdenes! Detened a Dakota. Acabad con esta escoria *graeca*. ¡Y volved a cargar los onagros!

Nico no sabía lo que los romanos habrían hecho si les hubieran dejado hacer lo que querían.

Pero no había contado con los griegos.

En ese momento, el ejército entero del Campamento Mestizo apareció en la cumbre de la Colina Mestiza. Clarisse La Rue iba la primera montada en un carro de combate rojo tirado por caballos metálicos. Cien semidioses se desplegaron en abanico a su alrededor, acompañados del doble de sátiros y espíritus de la naturaleza dirigidos por Grover Underwood. Tyson Underwood avanzaba pesadamente con otros seis cíclopes. Quirón iba en plan corcel blanco, con el arco en la mano.

Era una imagen imponente, pero Nico solo podía pensar: «No. Ahora no».

—¡Romanos, habéis disparado sobre nuestro campamento! —gritó Clarisse—. ¡Retiraos o morid!

Octavio se giró hacia sus tropas.

—¿Lo veis? ¡Era una trampa! Nos han dividido para poder lanzar un ataque sorpresa. Legión, *cuneum formate*! ¡ATACAD!

XLVIII

Nico

Nico quería gritar: «Tiempo muerto. Parad. ¡Quietos!».

Pero sabía que no serviría de nada. Después de semanas de espera, sufrimiento y cólera, los griegos y los romanos querían sangre. Tratar de detener la batalla en ese momento sería como tratar de contener una riada tras la rotura de una presa.

Will Solace los sacó del apuro.

Se metió los dedos en la boca y lanzó un silbido todavía más horrible que el último. Varios griegos soltaron sus espadas. Un murmullo recorrió la línea romana como si toda la Primera Cohorte estuviera temblando.

—¡NO SEÁIS TONTOS! —gritó Will—. ¡MIRAD!

Señaló hacia el norte, y Nico sonrió de oreja a oreja. Decidió que había algo más bonito que un proyectil desviado: la Atenea Partenos brillando al amanecer, volando desde la costa, colgada de las correas de seis caballos alados. Las águilas romanas daban vueltas, pero no atacaron. Unas cuantas incluso se lanzaron en picado, agarraron los cables y ayudaron a transportar la estatua.

Nico no veía a Blackjack, cosa que le preocupó, pero Reyna Ramírez-Arellano iba montada a lomos de Guido. Con la espada en alto. Su capa morada brillaba de forma extraña, reflejando la luz del sol.

Los dos ejércitos se quedaron mirando, mudos de asombro, mientras la estatua de oro y marfil de doce metros se disponía a aterrizar.

—¡SEMIDIOSES GRIEGOS! —tronó la voz de Reyna como si la proyectara la propia estatua, como si la Atenea Partenos se hubiera convertido en una torre de altavoces de concierto—. ¡Contemplad vuestra estatua más sagrada, la Atenea Partenos, tomada injustamente por los romanos. ¡Os la devuelvo como muestra de paz!

La estatua se posó en la cumbre de la colina, a unos seis metros del pino de Thalia. Inmediatamente una luz dorada recorrió el suelo hasta el valle del Campamento Mestizo y descendió por el lado contrario a través de las filas romanas. Un calor penetró en los huesos de Nico: una sensación reconfortante y plácida que no había experimentado desde... Ni siquiera se acordaba. Una voz en su interior parecía susurrarle:

No estás solo. Formas parte de la familia del Olimpo. Los dioses no te han abandonado.

—¡Romanos! —gritó Reyna—. Hago esto por el bien de la legión, por el bien de Roma. ¡Debemos mantenernos unidos con nuestros hermanos griegos!

—¡Escuchadla!

Nico avanzó con paso resuelto.

Ni siquiera estaba seguro de por qué lo hizo. ¿Por qué iba a escucharle cualquiera de los dos bandos? Él era el peor orador y el peor embajador de la historia.

Sin embargo, anduvo entre las líneas de combate, con su espada negra en la mano.

—¡Reyna ha arriesgado la vida por todos vosotros! Hemos traído esta estatua desde la otra punta del mundo, romanos y griegos trabajando en equipo, porque debemos unir fuerzas. Gaia se está alzando. Si no trabajamos en equipo...

MORIRÉIS.

La voz sacudió la tierra. La sensación de paz y seguridad de Nico desapareció en el acto. El viento sopló a través de la ladera. El suelo se volvió líquido y pegajoso, y la hierba empezó a tirar de las botas de Nico.

UN GESTO INÚTIL.

Nico se sentía como si estuviera en la garganta de la diosa, como si Long Island resonara de punta a punta con sus cuerdas vocales.

PERO SI OS HACE FELICES, PODÉIS MORIR JUNTOS.

—No... —Octavio retrocedió atropelladamente—. No, no...

Echó a correr, abriéndose paso a empujones entre sus propias tropas.

—¡CERRAD FILAS! —gritó Reyna.

Los griegos y los romanos se movieron juntos y permanecieron hombro con hombro mientras a su alrededor la tierra temblaba.

Las tropas de *auxilia* de Octavio avanzaron en tropel y rodearon a los semidioses. Los dos campamentos unidos eran un punto minúsculo en un mar de enemigos. Librarían su última batalla en la Colina Mestiza, con la Atenea Partenos como punto de encuentro.

Pero incluso allí estaban en territorio enemigo, porque Gaia era la tierra, y la tierra había despertado.

XLIX

Jason

Jason conocía la expresión «ver pasar la vida delante de los ojos». Pero no pensaba que fuese así.

Formando un corro defensivo con sus amigos, rodeado de gigantes y contemplando una visión imposible en el cielo, Jason pudo imaginarse muy claramente al cabo de cincuenta años.

Estaba sentado en una mecedora en el porche de una casa de la costa californiana. Piper estaba sirviendo limonada. Tenía el cabello gris. Unas profundas arrugas surcaban los rabillos de sus ojos, pero seguía tan hermosa como siempre. Los nietos de Jason estaban sentados a sus pies, y él estaba intentando explicarles lo que había pasado ese día en Atenas.

No, hablo en serio, dijo. Solo seis semidioses en tierra y otro en un barco en llamas encima de la Acrópolis. Estábamos rodeados de gigantes de diez metros que estaban a punto de matarnos. ¡Entonces el cielo se abrió, y los dioses descendieron!

Abuelo, eres un trolero, dijeron los niños.

¡En serio!, protestó él. Los dioses del Olimpo bajaron de los cielos en sus carros de combate, al son de las trompetas, armados con espadas llameantes. ¡Y vuestro bisabuelo, el rey de los dioses, dirigió el ataque con una jabalina de electricidad chisporroteando en la mano!

Sus nietos se rieron de él. Y Piper lo miró, sonriente, como diciendo: «¿Te lo creerías tú si no hubieras estado allí?».

Pero Jason estaba allí. Alzó la vista cuando las nubes se separaron sobre la Acrópolis, y estuvo a punto de dudar de las nuevas gafas graduadas que Asclepio le había dado. En lugar del cielo azul, vio un espacio negro tachonado de estrellas y los palacios del Monte Olimpo emitiendo destellos plateados y dorados al fondo. Y un ejército de dioses descendieron de lo alto.

Era demasiado para asimilarlo. Y probablemente fuera mejor para su salud que no lo viera todo. No sería hasta más tarde que Jason podría recordar fragmentos aislados.

Estaba el descomunal Júpiter —no, era Zeus, su forma original—, que entró en combate montado en un carro dorado, con un rayo del tamaño de un poste de teléfono crepitando en una mano. Tiraban de su carro cuatro caballos hechos de viento, que cambiaban continuamente de forma equina a humana, tratando de liberarse. Por un instante, uno adoptó el semblante gélido de Bóreas. Otro llevaba la corona de fuego y humo de Noto. Un tercero lucía la perezosa sonrisa de suficiencia de Céfiro. Zeus había atado y enjaezado a los mismísimos cuatro dioses de los vientos.

En la parte inferior del *Argo II*, las compuertas de cristal se abrieron. La diosa Niké salió, libre de su red dorada. Desplegó sus brillantes alas, voló junto a Zeus y ocupó su puesto legítimo de auriga.

—¡MI MENTE ESTÁ CURADA! —gritó—. ¡VICTORIA A LOS DIOSES!

En el flanco izquierdo de Zeus iba Hera, cuyo carro estaba tirado por enormes pavos reales, con un plumaje multicolor tan vivo que Jason se mareó al mirarlos.

Ares rugía con regocijo mientras descendía a lomos de un caballo que escupía fuego. Su lanza emitía un brillo rojo.

En el último segundo, antes de que los dioses llegaran al Partenón, parecieron desplazarse, como si hubieran saltado por el hiperespacio. Los carros desaparecieron. De repente Jason y sus amigos se vieron rodeados de los dioses del Olimpo, que entonces tenían tamaño humano, diminutos al lado de los gigantes, pero rebosantes de poder.

Jason gritó y arremetió contra Porfirio.

Sus amigos se unieron a la matanza.

El enfrentamiento se extendió por todo el Partenón y se desbordó a través de la Acrópolis. Con el rabillo del ojo, Jason vio a Annabeth luchando contra Encélado. A su lado había una mujer con largo cabello moreno y una armadura dorada sobre su túnica blanca. La diosa clavó su lanza al gigante y a continuación blandió un escudo con el temible semblante bronceado de Medusa. Juntas, Atenea y Annabeth hicieron retroceder a Encélado contra la pared más cercana de andamios metálicos, que se desplomó encima de él.

Al otro lado del templo, Frank Zhang y el dios Ares se abrían paso a golpes a través de una falange entera de gigantes: Ares con su lanza y su escudo, y Frank (bajo la forma de un elefante africano) con su trompa y sus patas. El dios de la guerra se reía, lanzaba estocadas y sacaba entrañas como un niño destrozando piñatas.

Hazel atravesó la batalla corriendo a lomos de Arión, desapareció entre la Niebla cuando un gigante se le acercó y a continuación apareció detrás de él para apuñalarlo por la espalda. La diosa Hécate bailaba detrás de ella, prendiendo fuego a sus enemigos con dos antorchas. Jason no vio a Hades, pero cada vez que un gigante daba un traspié y se caía, el suelo se abría y el gigante era atrapado y engullido.

Percy libró batalla contra los gigantes gemelos, Oto y Efialtes, mientras un hombre con barba que tenía un tridente y una chillona camisa hawaiana luchaba a su lado. Los gigantes tropezaron. El tridente de Poseidón se transformó en una manguera de incendios, y el dios expulsó a los gigantes del Partenón con un chorro a alta presión con forma de caballos salvajes.

Piper era tal vez la más imponente. Se batía en duelo con la giganta Peribea, espada contra espada. A pesar de que su adversaria era cinco veces más grande que ella, Piper parecía defenderse bien. La diosa Afrodita flotaba alrededor de ellas sobre una pequeña nube blanca, lanzando pétalos de rosa a los ojos de la giganta y animando a Piper.

—Precioso, querida. Sí, muy bien. ¡Dale otra vez!

Cada vez que Peribea intentaba atacar, unas palomas alzaban el vuelo súbitamente y revoloteaban hacia la cara de la giganta.

En cuanto a Leo, corría a través de la cubierta del *Argo II* disparando con las ballestas, lanzando martillos sobre las cabezas de los gigantes y chamuscándoles los taparrabos con sopletes. Detrás de él, al timón, un tipo fuerte con barba vestido con un uniforme de mecánico manipulaba los controles, tratando frenéticamente de mantener el barco en alto.

La imagen más extraña la ofrecía el viejo gigante Toante, que estaba siendo aporreado a la vez por tres viejas con cachiporras de latón: las Moiras, armadas para la guerra. Jason decidió que no había nada en el mundo más espeluznante que una panda de abuelas con bates en ristre.

Jason reparaba en todas esas cosas, y en otra docena de refriegas en curso, pero casi toda su atención estaba centrada en el enemigo que tenía enfrente (Porfirio, el rey de los gigantes) y en el dios que luchaba a su lado: Zeus.

«Mi padre», pensó Jason con incredulidad.

Porfirio no le dio la oportunidad de saborear el momento. El gigante utilizó su lanza lanzando un torbellino de golpes, estocadas y tajos. Jason apenas podía mantenerse con vida.

Aun así, la presencia de Zeus le resultaba familiar y le hacía sentirse más tranquilo. Aunque Jason no había conocido a su padre, le recordaba todos sus momentos felices: el picnic del día de su cumpleaños con Piper en Roma; el día que Lupa le había enseñado el Campamento Júpiter por primera vez; jugando al escondite con Thalia en su casa cuando era pequeño; una tarde en la playa que su madre lo había cogido en brazos, le había dado un beso y le había enseñado una tormenta que se acercaba: «Nunca tengas miedo de las tormentas, Jason. Es tu padre, que te dice que te quiere».

Zeus olía a lluvia y a viento puro. Hacía que el aire ardiera de energía. De cerca, su rayo parecía una barra de bronce de un metro de largo, puntiaguda en los dos extremos, con cuchillas de energía que salían de los dos lados y formaban una jabalina de electricidad blanca. El dios lanzó un tajo a través del camino del gigante, y Porfirio se desplomó en su trono improvisado, que se desmoronó bajo el peso del gigante.

—No hay trono para ti —gruñó Zeus—. Aquí, no. Jamás.

—¡No podéis detenernos! —gritó el gigante—. ¡Ya está hecho! ¡La Madre Tierra está despierta!

Zeus redujo el trono a escombros por toda respuesta. El rey de los gigantes salió del templo volando hacia atrás, y Jason corrió tras él, seguido de su padre.

Persiguieron a Porfirio hasta el borde de los precipicios, debajo de los cuales se extendía la moderna Atenas. El rayo había derretido todas las armas del pelo del gigante. Entre sus rastas goteaba bronce celestial derretido como caramelo. Su piel echaba humo y tenía ampollas.

Porfirio gruñó y levantó su lanza.

—La tuya es una causa perdida, Zeus. ¡Aunque me vencieras, la Madre Tierra me resucitaría!

—Entonces tal vez no deberías morir abrazando a Gaia. Jason, hijo mío…

Jason nunca se había sentido tan bien, tan reconocido, como cuando su padre pronunció su nombre. Fue como el invierno anterior en el Campamento Mestizo, cuando había recobrado por fin sus recuerdos borrados. De repente Jason entendió otra faceta de su existencia: una parte de su identidad que antes había estado confusa.

Ya no le cabía duda: era hijo de Júpiter, dios del cielo. Era hijo de su padre.

Jason avanzó.

Porfirio repartió golpes violentos con su lanza, pero Jason la cortó por la mitad con su *gladius*. Atravesó el peto del gigante con la espada y acto seguido invocó los vientos y lanzó a Porfirio por el borde del precipicio.

Mientras el gigante caía gritando, Zeus apuntó con su rayo. Un arco de puro calor blanco volatilizó a Porfirio en el aire. Sus cenizas descendieron en una suave nube y se esparcieron sobre las copas de los olivos en las pendientes de la Acrópolis.

Zeus se volvió hacia Jason. Su rayo se apagó parpadeando, y el dios sujetó la barra de bronce celestial a su cinturón. Los ojos de Zeus eran de un gris tormentoso. Su cabello y su barba canosos parecían estratos. A Jason le resultaba raro que el señor del universo, el rey del Olimpo, fuera solo unos centímetros más alto que él.

—Hijo mío. —Zeus le dio una palmada en el hombro—. Hay tantas cosas que me gustaría contarte…

El dios respiró hondo e hizo que el aire crepitase y las nuevas gafas de Jason se empañasen.

—Lamentablemente, como rey de los dioses, no debo mostrar favoritismo hacia mis hijos. Cuando volvamos con los demás dioses del Olimpo, no podré elogiarte tanto como me gustaría, ni reconocerte todo el mérito que te corresponde.

—No quiero elogios. —A Jason le tembló la voz—. Con que pasásemos un poco de tiempo juntos me conformaría. Ni siquiera le conozco.

La mirada de Zeus era tan distante como la capa de ozono.

—Siempre estoy contigo, Jason. He observado tus progresos con orgullo, pero nunca podremos ser…

Cerró los dedos, como si intentara atrapar las palabras adecuadas al vuelo. «Íntimos.» «Normales.» «Un padre y un hijo de verdad.»

—Desde tu nacimiento estabas destinado a ser de Hera: a aplacar su ira. Incluso tu nombre, Jason, fue elección suya. Tú no lo pediste. Yo no lo quería. Pero cuando te entregué a ella…, no tenía ni idea de que te convertirías en un hombre magnífico. Tu viaje te ha formado. Te ha hecho bueno y al mismo tiempo grande. Pase lo que pase cuando volvamos al Partenón, quiero que sepas que no te hago responsable. Has demostrado ser un auténtico héroe.

Jason tenía una mezcla confusa de emociones en el pecho.

—¿Qué quiere decir con «pase lo que pase»?

—Lo peor no ha terminado —le advirtió Zeus—. Y alguien debe asumir la culpa de lo que ha pasado. Vamos.

L

Jason

No quedaba nada de los gigantes, salvo montones de ceniza, unas cuantas lanzas y algunas rastas en llamas.

El *Argo II* seguía en lo alto a duras penas, amarrado a la parte superior del Partenón. La mitad de los remos del barco se habían roto o se habían enredado. Salía humo de varias hendiduras grandes abiertas en el casco. Las velas estaban acribilladas a quemaduras.

Leo tenía casi tan mal aspecto como el barco. Estaba en medio del templo con los otros miembros de la tripulación, con la cara cubierta de hollín y la ropa quemada.

Los dioses se desplegaron formando un semicírculo cuando Zeus se acercó. Ninguno parecía alegrarse especialmente de su victoria.

Apolo y Artemisa estaban juntos a la sombra de una columna, como si trataran de ocultarse. Hera y Poseidón estaban manteniendo una acalorada discusión con otra diosa con una túnica verde y dorada: tal vez Deméter. Niké intentó poner una corona de laurel dorada en la cabeza de Hécate, pero la diosa de la magia la apartó de un manotazo. Hermes se acercó sigilosamente a Atenea, intentando rodearla con un brazo. Atenea giró su égida, su escudo, en dirección a él, y Hermes se fue arrastrando los pies.

El único dios del Olimpo que parecía de buen humor era Ares. Se reía y fingía con gestos que destripaba a un enemigo mientras Frank escuchaba, con expresión educada pero incómoda.

—Hermanos —dijo Zeus—, nos hemos curado gracias al trabajo de estos semidioses. La Atenea Partenos, que una vez estuvo en este templo, se encuentra ya en el Campamento Mestizo. Ha unido a nuestros descendientes, y de ese modo ha unido también nuestra esencia.

—Señor Zeus, ¿está Reyna bien? —dijo Piper—. ¿Y Nico y el entrenador Hedge?

Jason no podía creer que Piper preguntara por la salud de Reyna, pero se alegró de ello.

Zeus frunció sus cejas del color de las nubes.

—Han cumplido su misión. En este momento están vivos. Si están bien o no...

—Todavía hay trabajo que hacer —lo interrumpió la reina Hera. Extendió los brazos como si quisiera dar un abrazo de grupo—. Pero, héroes míos, habéis triunfado sobre los gigantes como yo sabía que triunfaríais. Mi plan ha funcionado perfectamente.

Zeus se volvió contra su esposa. Un trueno sacudió la Acrópolis.

—¡Hera, no oses atribuirte el mérito! ¡Has causado como mínimo tantos problemas como los que has resuelto!

La reina del cielo palideció.

—Esposo, sin duda ahora entiendes que era la única solución.

—¡Nunca hay una sola solución! —rugió Zeus—. Por eso hay tres Moiras, no una. ¿No es así?

Junto a las ruinas del trono del rey de los gigantes, las tres ancianas agacharon silenciosamente la cabeza en señal de reconocimiento. Jason se fijó en que los demás dioses no se acercaban a las Moiras y sus relucientes cachiporras de latón.

—Por favor, esposo. —Hera intentó sonreír, pero estaba tan claramente asustada que a Jason casi le dio lástima—. Solo he hecho lo que...

—¡Silencio! —le espetó Zeus—. Has desobedecido mis órdenes. No obstante, reconozco que actuaste con intenciones honradas. El valor de estos siete héroes ha demostrado que no estabas del todo desacertada.

Parecía que Hera iba a discutir, pero mantuvo la boca cerrada.

—Apolo, sin embargo… —Zeus miró furiosamente a las sombras donde estaban los mellizos—. Hijo mío, ven aquí.

Apolo avanzó muy lentamente como si estuviera paseando por una tabla encima de unos tiburones. Se parecía tanto a un semidiós adolescente que resultaba desconcertante: no aparentaba más de diecisiete años, vestido con vaqueros y una camiseta de manga corta del Campamento Mestizo, y armado con un arco al hombro y una espada en el cinturón. Con su cabello rubio despeinado y sus ojos azules, podría haber sido el hermano de Jason tanto en el lado mortal como en el lado divino.

Jason se preguntó si Apolo habría adoptado esa forma para no llamar la atención o para inspirar compasión a su padre. El miedo del rostro de Apolo ciertamente parecía auténtico, y también muy humano.

Las tres Moiras se congregaron en torno al dios, rodeándolo, con sus manos arrugadas en alto.

—Me has desafiado dos veces —dijo Zeus.

Apolo se humedeció los labios.

—Mi… mi señor…

—Has faltado a tus responsabilidades. Has sucumbido a los halagos y a la vanidad. Animaste a tu descendiente Octavio a que siguiera tu peligrosa senda y revelaste antes de tiempo una profecía que todavía puede acabar con todos nosotros.

—Pero…

—¡Basta ya! —tronó Zeus—. Hablaremos de tu castigo más tarde. De momento esperarás en el Olimpo.

Zeus agitó la mano, y Apolo se convirtió en una nube de purpurina. Las Moiras se arremolinaron a su alrededor, se disolvieron en el aire, y el torbellino brillante subió disparado al cielo.

—¿Qué será de él? —preguntó Jason.

Los dioses lo miraron fijamente, pero a Jason le daba igual. Después de conocer a Zeus, Apolo le inspiraba una nueva simpatía.

—No es de tu incumbencia —dijo Zeus—. Tenemos otros problemas que abordar.

Un silencio incómodo se hizo en el Partenón.

A Jason no le parecía bien dejar correr el asunto. No veía por qué Apolo merecía ser escogido para recibir el castigo.

«Alguien debe asumir la culpa», había dicho Zeus.

Pero ¿por qué?

—Padre, juré que honraría a todos estos dioses —dijo Jason—. Prometí a Cimopolia que cuando esta guerra termine, no habría ningún dios que no tuviera un templo en los campamentos.

Zeus frunció el entrecejo.

—Eso está bien. Pero… ¿has dicho Cim qué?

Poseidón tosió contra el puño.

—Es una de las mías.

—Lo que quiero decir es que culparse unos a otros no va a resolver nada. Así es como se dividieron los griegos y los romanos.

El aire se cargó de iones de forma peligrosa. Jason notó un hormigueo en el cuero cabelludo.

Se dio cuenta de que estaba arriesgándose a padecer la ira de su padre. Podía convertirse en purpurina o ser lanzado fuera de la Acrópolis. Había conocido a su padre durante cinco minutos y le había causado buena impresión. Pero en ese momento estaba echando todo eso por tierra.

Un buen romano no seguiría hablando.

Jason siguió hablando.

—Apolo no es el problema. Castigarlo porque Gaia haya despertado es… —Quería decir «estúpido», pero se contuvo—. Imprudente.

—Imprudente. —La voz de Zeus sonó casi como un susurro—. Me llamas «imprudente» ante los dioses reunidos.

Los amigos de Jason miraban en estado de máxima alerta. Percy parecía a punto de intervenir y luchar a su lado.

Entonces Artemisa salió de las sombras.

—Padre, este héroe ha luchado mucho y muy duro por nuestra causa. Tiene los nervios destrozados. Deberíamos tener eso en cuenta.

Jason se disponía a protestar, pero Artemisa lo detuvo lanzándole una mirada. Su expresión le transmitió un mensaje tan claro que podría habérselo dicho mentalmente:

Gracias, semidiós. Pero no insistas. Yo razonaré con Zeus cuando esté más tranquilo.

—Sin duda, padre, deberíamos tratar nuestros problemas más acuciantes —continuó la diosa—, como tú has señalado.

—Gaia —terció Annabeth, claramente impaciente por cambiar de tema—. Está despierta, ¿verdad?

Zeus se volvió hacia ella. Las moléculas del aire dejaron de zumbar alrededor de Jason. Tenía el cráneo como si acabara de salir de un microondas.

—Correcto —dijo Zeus—. La sangre del Olimpo ha sido derramada. Está totalmente consciente.

—¡Venga ya! —se quejó Percy—. Me sangra un poco la nariz, ¿y despierto a toda la tierra? ¡No es justo!

Atenea se puso su égida al hombro.

—Quejarse de las injusticias es como culpar, Percy Jackson. No beneficia a nadie. —Lanzó una mirada de aprobación a Jason—. Debes actuar rápido. Gaia se ha alzado para destruir tu campamento.

Poseidón se apoyó en su tridente.

—Por una vez, Atenea tiene razón.

—¿Por una vez? —protestó Atenea.

—¿Por qué iba a despertar en el campamento? —preguntó Leo—. A Percy le ha sangrado la nariz aquí.

—Colega, en primer lugar, ya has oído a Atenea: no le eches la culpa a mi nariz —dijo Percy—. En segundo, Gaia es la tierra. Puede aparecer donde le dé la gana. Además, nos dijo que iba a hacerlo. Dijo que el primer puesto en su lista de cosas pendientes era destruir nuestro campamento. La pregunta es: ¿cómo la detenemos?

Frank miró a Zeus.

—Ejem, señor, su majestad, ¿no pueden acompañarnos los dioses? Tienen los carros y los poderes mágicos y todo eso.

—¡Sí! —dijo Hazel—. Juntos hemos vencido a los gigantes en dos segundos. Vamos todos...

—No —dijo Zeus rotundamente.

—¿No? —preguntó Jason—. Pero padre...

Los ojos de Zeus chispeaban de poder, y Jason se percató de que ya había presionado a su padre lo suficiente por un día... y quizá también por los siglos venideros.

—Ese es el problema de las profecías —gruñó Zeus—. Cuando Apolo permitió que la Profecía de los Siete fuera recitada, y cuando Hera se encargó de interpretar las palabras, las Moiras tejieron el futuro de forma que solo tuviera esos posibles resultados, esas soluciones. Vosotros siete, los semidioses, estáis destinados a vencer a Gaia. Nosotros, los dioses, no.

—No lo entiendo —dijo Piper—. ¿De qué les sirve ser dioses si dependen de los débiles mortales para que se haga lo que ustedes quieren?

Todos los dioses se cruzaron miradas siniestras. Afrodita, sin embargo, se rió dulcemente y besó a su hija.

—Mi querida Piper, ¿no crees que nos hemos estado haciendo esa pregunta durante miles de años? Pero es lo que nos mantiene unidos y nos hace eternos. Os necesitamos a los mortales tanto como vosotros nos necesitáis a nosotros. Por molesto que pueda ser, es la verdad.

Frank se movió incómodo, como si echara de menos ser un elefante.

—¿Cómo podemos llegar al Campamento Mestizo a tiempo para salvarlo? Nos ha llevado meses llegar a Grecia.

—Los vientos —dijo Jason—. Padre, ¿no podría desatar los vientos para que empujaran nuestro barco?

Zeus frunció el entrecejo.

—Podría mandaros a Long Island de un guantazo.

—Ejem, ¿es una broma o una amenaza o...?

—No, lo digo en sentido literal —contestó Zeus—. Podría devolveros al Campamento Mestizo de un guantazo, pero la fuerza necesaria...

Junto al trono destrozado del gigante, el dios malhumorado con uniforme de mecánico negó con la cabeza.

—Mi hijo Leo ha construido un buen barco, pero no soportaría esa clase de presión. Se haría pedazos en cuanto llegara, tal vez antes.

Leo se puso bien su cinturón portaherramientas.

—El *Argo II* puede conseguirlo. Solo tiene que mantenerse entero el tiempo suficiente para llevarnos a casa. Una vez allí, abandonaremos el barco.

—Es peligroso —le advirtió Hefesto—. Tal vez mortal.

La diosa Niké daba vueltas a una corona de laurel con un dedo.

—La victoria siempre es peligrosa. Y a menudo exige sacrificios. Leo Valdez y yo ya lo hemos hablado.

Miró intencionadamente a Leo.

A Jason no le gustó ni un pelo. Se acordó de la expresión seria de Asclepio cuando había examinado a Leo: «Caramba. Ah, ya veo…». Jason sabía lo que tenían que hacer para derrotar a Gaia. Conocía los riesgos. Pero quería correr esos riesgos él mismo, no cargárselos a Leo.

«Piper tendrá la cura del médico —se dijo—. Nos protegerá a los dos.»

—¿De qué está hablando Niké, Leo? —preguntó Annabeth.

Leo rechazó la pregunta con un gesto de la mano.

—Lo de siempre. Victoria, sacrificio, bla, bla, bla. No importa. Podemos hacerlo, chicos. Tenemos que hacerlo.

Una sensación de temor invadió a Jason. Zeus estaba en lo cierto con respecto a una cosa: lo peor todavía estaba por venir.

«Cuando llegue el momento de elegir —le había dicho Noto, el viento del sur—, tormenta o fuego, no te desanimes.»

Jason eligió.

—Leo tiene razón. Todos a bordo para el último viaje.

LI

Jason

Vaya una despedida cariñosa.

La última vez que Jason vio a su padre, Zeus medía treinta metros de altura y sostenía el *Argo II* por la proa.

—¡AGARRAOS! —tronó el dios.

A continuación levantó el barco y lo lanzó con la mano por encima de la cabeza, como si fuera un balón de voleibol.

Si Jason no hubiera estado sujeto al mástil con uno de los arneses de seguridad de Leo, se habría desintegrado. Aun así, su estómago trató de permanecer en Grecia y se quedó sin aire en los pulmones.

El cielo se tiñó de negro. El barco traqueteó y crujió. La cubierta se agrietó como hielo fino bajo las piernas de Jason, y el *Argo II* salió como un rayo de las nubes con un estallido sónico.

—¡Jason! —gritó Leo—. ¡Date prisa!

Jason tenía los dedos como si fueran de plástico derretido, pero consiguió soltarse las correas.

Leo estaba sujeto a la consola de mando, tratando desesperadamente de enderezar el barco mientras caían en picado. Las velas estaban en llamas. Festo chirriaba en señal de alarma. Una catapulta se desprendió y se elevó por los aires. La fuerza centrífuga lanzó los escudos de las barandillas como discos voladores de metal.

En la cubierta se abrieron grietas más anchas cuando Jason se dirigía tambaleándose a la bodega, utilizando los vientos para mantenerse sujeto.

Si no podía llegar hasta los demás...

Entonces la escotilla se abrió de golpe. Frank y Hazel la cruzaron dando traspiés, tirando del cable guía que habían atado al mástil. Piper, Annabeth y Percy les siguieron, todos con aspecto desorientado.

—¡Vamos! —gritó Leo—. ¡Vamos, vamos, vamos!

Por una vez, el tono de Leo era totalmente serio.

Habían discutido detenidamente el plan de evacuación, pero el guantazo a través del mundo había embotado la mente de Jason. A juzgar por las expresiones de los demás, no se encontraban en mucho mejor estado.

Buford, la mesa, los salvó. Cruzó la cubierta haciendo ruido mientras su Hedge holográfico gritaba:

—¡VENGA! ¡DAOS PRISA! ¡BASTA YA!

Entonces la superficie de la mesa se abrió y se convirtió en unas palas de helicóptero, y Buford se fue zumbando.

Frank cambió de forma. En lugar de un semidiós atontado, pasó a ser un dragón gris atontado. Hazel se montó en su pescuezo. Frank agarró a Percy y a Annabeth con sus garras delanteras, desplegó las alas y alzó el vuelo.

Jason sujetó a Piper por la cintura, listo para volar, pero cometió el craso error de mirar abajo. La vista era un caleidoscopio giratorio de cielo, tierra, cielo, tierra. El suelo se acercaba de forma espantosa.

—¡No lo conseguirás, Leo! —gritó Jason—. ¡Ven con nosotros!

—¡No! ¡Largo de aquí!

—¡Leo! —dijo Piper—. Por favor...

—¡Ahórrate tu embrujahabla, Pipes! Ya os lo he dicho, tengo un plan. ¡Y ahora fuera!

Jason echó un último vistazo al barco mientras se hacía astillas.

El *Argo II* había sido su hogar durante mucho tiempo. Y lo estaban abandonando para siempre... y dejando atrás a Leo.

Jason no lo soportaba, pero veía la determinación que había en los ojos de Leo. Como en la visita de su padre, Zeus, no hubo tiempo para una despedida en condiciones.

Jason controló los vientos, y él y Piper salieron disparados al cielo.

En tierra la situación no era mucho menos caótica.

Mientras caían en picado, Jason vio un enorme ejército de monstruos desplegado a través de las colinas, *cynocephali*, hombres de dos cabezas, centauros salvajes, ogros y otras criaturas cuyo nombre ni siquiera conocía, rodeando dos diminutas islas de semidioses. En la cumbre de la Colina Mestiza, congregado a los pies de la Atenea Partenos, se hallaba el ejército principal del Campamento Mestizo junto con la Primera y la Quinta Cohorte, reunidos alrededor del águila dorada de la legión. Las otras tres cohortes romanas estaban en formación defensiva a varios metros de distancia y parecían las más afectadas por el ataque.

Águilas gigantes daban vueltas alrededor de Jason, chillando en tono urgente, como si esperasen órdenes.

Frank, el dragón gris, volaba con sus pasajeros.

—¡Hazel! —gritó Jason—. ¡Esas tres cohortes están en apuros! Si no se juntan con el resto de semidioses…

—¡Ya voy! —dijo Hazel—. ¡Vamos, Frank!

El dragón Frank viró a la izquierda con Annabeth en una garra gritando «¡A por ellos!» y Percy en la otra chillando «¡Odio volar!».

Piper y Jason viraron a la derecha hacia la cima de la Colina Mestiza.

A Jason se le levantó el ánimo cuando vio a Nico di Angelo en las primeras líneas con los griegos, abriéndose paso a espadazos entre una multitud de hombres de dos cabezas. A escasa distancia, Reyna se hallaba montada a horcajadas en un nuevo pegaso, con la espada desenvainada. Gritaba órdenes a la legión, y los romanos la obedecían sin rechistar, como si nunca se hubiera marchado.

Jason no veía a Octavio por ninguna parte. Bien. Tampoco veía a ninguna colosal diosa de la tierra asolando el mundo. Tal vez Gaia había despertado, había echado un vistazo al mundo moderno y había decidido volver a dormirse. Ojalá tuvieran esa suerte, pero Jason lo dudaba.

Él y Piper aterrizaron sobre la colina, con las espadas desenvainadas, y los griegos y los romanos prorrumpieron en ovaciones.

—¡Ya era hora! —gritó Reyna—. ¡Me alegro de que hayáis podido venir!

Jason se dio cuenta sobresaltado de que se estaba dirigiendo a Piper, no a él.

Piper sonrió.

—¡Hemos tenido que matar a unos gigantes!

—¡Estupendo! —Reyna le devolvió la sonrisa—. Trinca unos bárbaros.

—¡Gracias!

Las dos chicas se lanzaron a la batalla una al lado de la otra.

Nico saludó con la cabeza a Jason como si se hubieran visto hacía cinco minutos y acto seguido siguió convirtiendo a hombres de dos cabezas en cadáveres decapitados.

—Llegas en buen momento. ¿Dónde está el barco?

Jason señaló con el dedo. El *Argo II* surcaba el cielo envuelto en una bola de fuego, desprendiendo trozos ardientes de mástil, casco y armamento. Jason no veía cómo Leo, a pesar de ser resistente al fuego, podría sobrevivir en ese infierno, pero no podía perder la esperanza.

—Dioses —dijo Nico—. ¿Están todos bien?

—Leo... —A Jason se le quebró la voz—. Ha dicho que tiene un plan.

El cometa desapareció detrás de las colinas del oeste. Jason esperó aterrorizado el sonido de una explosión, pero no oyó nada por encima del rugido de la batalla.

Nico lo miró a los ojos.

—No le pasará nada.

—Claro.

—Pero por si acaso... Por Leo.

—Por Leo —convino Jason.

Y entraron en combate.

La ira de Jason le dio renovadas fuerzas. Los griegos y los romanos hicieron retroceder poco a poco a los enemigos. Los centauros salvajes se caían. Los hombres con cabeza de lobo aullaban al ser reducidos a cenizas.

Siguieron apareciendo más monstruos: *karpoi*, espíritus de los cereales que salían de la hierba en forma de remolinos; grifos que caían del cielo; humanoides de barro llenos de bultos que hacían pensar a Jason en unos malvados muñecos de plastilina.

—¡Son fantasmas con coraza de tierra! —advirtió Nico—. ¡No dejes que te ataquen!

Estaba claro que Gaia se había reservado algunas sorpresas.

En un momento determinado, Will Solace, el monitor de la cabaña de Apolo, se acercó corriendo a Nico y le dijo algo al oído. Por encima de los gritos y el ruido metálico de las espadas, Jason no pudo oír las palabras.

—¡Tengo que irme, Jason! —dijo Nico.

Jason no lo entendió, pero asintió, y Will y Nico se internaron a toda prisa en el combate.

Un momento más tarde, una brigada de campistas de Hermes se reunió en torno a Jason sin motivo aparente.

Connor Stoll sonrió.

—¿Qué tal, Grace?

—Bien —dijo Jason—. ¿Y tú?

Connor esquivó la porra de un ogro y dio una estocada a un espíritu de los cereales, que estalló en una nube de trigo.

—No me puedo quejar. Bonito día para luchar.

—¡*Eiaculare flammas!* —gritó Reyna, y una oleada de flechas en llamas describieron un arco por encima del muro defensivo de la legión y destruyeron a un pelotón de ogros.

Las filas romanas avanzaron, empalando centauros y pisoteando ogros heridos bajo sus botas con puntera de bronce.

En el algún lugar cuesta abajo, Jason oyó a Frank Zhang gritar en latín:

—*Repellere equites!*

Una enorme manada de centauros se dispersó presa del pánico cuando las otras tres cohortes de la legión se abrieron camino en perfecta formación, con las lanzas relucientes de sangre de monstruo. Frank marchaba delante de los legionarios. En el flanco izquierdo, a lomos de Arión, Hazel sonreía con orgullo.

—¡Ave, pretor Zhang! —gritó Reyna.

—¡Ave, pretora Ramírez-Arellano! —dio Frank—. Vamos allá. ¡Legión, CERRAD FILAS!

Los romanos prorrumpieron en vítores cuando las cinco cohortes se fundieron en una inmensa máquina de matar. Frank apuntó hacia delante con su espada, y del estandarte del águila dorada salieron unos rayos como zarcillos que arrasaron al enemigo y achicharraron a varios cientos de monstruos.

—¡Legión, *cuneum formate!* —gritó Reyna—. ¡Avanzad!

Otra ovación sonó a la derecha de Jason cuando Percy y Annabeth se reunieron con las fuerzas del Campamento Mestizo.

—¡Griegos! —chilló Percy—. ¡Vamos a… ejem… dar caña!

Los campistas gritaron como locos y atacaron.

Jason sonrió. Adoraba a los griegos. No tenían ninguna organización en absoluto, pero se la inventaban entusiasmados.

Jason estaba satisfecho con la batalla, exceptuando dos importantes interrogantes: ¿dónde estaba Leo? ¿Y dónde estaba Gaia?

Lamentablemente, obtuvo la segunda respuesta primero.

La tierra se onduló bajo sus pies como si el Campamento Mestizo se hubiera convertido en un gigantesco colchón de agua. Los semidioses se cayeron. Los ogros resbalaron. Los centauros embistieron de bruces contra la hierba.

DESPIERTA, tronó una voz a su alrededor.

A cien metros de distancia, en la cumbre de la siguiente colina, la hierba y la tierra se elevaron arremolinándose como la punta de un enorme taladro. La columna de tierra se hizo más densa hasta transformarse en la figura de una mujer de seis metros de altura: su vestido estaba tejido con briznas de hierba, su piel era blanca como el cuarzo, y su cabello, castaño y enredado como raíces de árbol.

Pequeños insensatos. —Gaia, la Madre Tierra, abrió los ojos de color verde puro—. *La insignificante magia de vuestra estatua no puede contenerme.*

Cuando lo dijo, Jason comprendió por qué Gaia no había aparecido hasta ese momento. La Atenea Partenos había estado protegiendo a los semidioses, reteniendo la ira de la tierra, pero incluso el poder de Atenea era limitado contra una diosa primordial.

Un miedo palpable como un frente frío invadió al ejército de semidioses.

—¡Manteneos firmes! —gritó Piper, hablando alto y claro con su capacidad de persuasión—. ¡Griegos y romanos, juntos podemos luchar contra ella!

Gaia se rió. Extendió los brazos, y la tierra se curvó hacia ella: los árboles se inclinaron, el lecho de roca crujió, y el suelo se onduló en forma de olas. Jason se elevó con el viento, pero a su alrededor tanto monstruos como semidioses empezaron a hundirse en el suelo. Uno de los onagros de Octavio se volcó y desapareció por la ladera de la montaña.

La tierra entera es mi cuerpo, tronó Gaia. *¿Cómo vais a luchar contra la diosa de…?*

¡ZUM!

Gaia fue barrida de la ladera en medio de un destello de bronce, enredada en las garras de un dragón metálico de cincuenta toneladas.

Festo, renacido, se elevó en el cielo con unas alas relucientes, expulsando triunfalmente fuego por las fauces. A medida que ascendía, el jinete montado en su lomo se volvió más pequeño y difícil de distinguir, pero la sonrisa de Leo era inconfundible.

—¡Pipes! ¡Jason! —gritó—. ¿Venís? ¡La batalla está aquí arriba!

LII

Jason

En cuanto Gaia despegó, el suelo recuperó su solidez.

Los semidioses dejaron de hundirse, aunque muchos siguieron sepultados hasta la cintura. Lamentablemente, los monstruos parecían desenterrarse más rápido y arremetieron contra las filas griegas y romanas, aprovechando la desorganización de los semidioses.

Jason rodeó la cintura de Piper con los brazos. Estaba a punto de despegar cuando Percy gritó:

—¡Espera! ¡Frank puede subirnos al resto de nosotros! Todos podemos...

—No, tío —dijo Jason—. Os necesitan aquí. Todavía hay un ejército que vencer. Además, la profecía...

—Tiene razón. —Frank agarró el brazo de Percy—. Tienes que dejar que lo hagan, Percy. Es como la misión de Annabeth en Roma. O la de Hazel en las Puertas de la Muerte. Esta parte solo la pueden hacer ellos.

Era evidente que a Percy no le gustaba la idea, pero en ese momento una avalancha de monstruos arrolló a las fuerzas griegas.

—¡Eh! —le gritó Annabeth—. ¡Aquí tenemos problemas!

Percy corrió a su lado.

Frank y Hazel se volvieron hacia Jason. Levantaron los brazos al estilo del saludo romano y corrieron a reagrupar a la legión.

Jason y Piper se elevaron en espiral con el viento.

—Tengo la cura —murmuró Piper como un canto—. No pasará nada. Tengo la cura.

Jason se dio cuenta de que había perdido la espada durante la batalla, pero dudaba que eso tuviera alguna importancia. Una espada no serviría de nada contra Gaia. Allí lo que contaba era la tormenta y el fuego... y un tercer poder, la capacidad de persuasión de Piper, que los mantendría unidos. El invierno anterior Piper había reducido el poder de Gaia en la Casa del Lobo y había ayudado a liberar a Hera de una celda de tierra. En ese momento tenía un cometido todavía más difícil.

A medida que ascendían, Jason invocó el viento y las nubes a su alrededor. El cielo respondió a una velocidad aterradora. Pronto estaban en el ojo de un torbellino. Los relámpagos le quemaban los ojos. Los truenos le hacían castañetear los dientes.

Justo encima de ellos, Festo se enfrentaba a la diosa de la tierra. Gaia no paraba de desintegrarse, tratando de volver al suelo, pero los vientos la mantenían en alto. Festo la rociaba de llamas que parecían obligarla a adoptar forma sólida. Mientras tanto, desde el lomo de Festo, Leo lanzaba sus propias llamas a la diosa y le soltaba insultos.

—¡Agua de retrete portátil! ¡Cara de Tierra! ¡ESTO ES POR MI MADRE, ESPERANZA VALDEZ!

Su cuerpo entero estaba envuelto en fuego. La lluvia caía en el aire tormentoso, pero solo chisporroteaba y desprendía vapor a su alrededor.

Jason se dirigió a ellos zumbando.

Gaia se convirtió en arena blanca suelta, pero Jason invocó un escuadrón de *venti* que se revolvieron a su alrededor y la contuvieron en un capullo de viento.

Gaia se defendía. Cuando no estaba desintegrándose, soltaba ráfagas de metralla compuestas de piedra y tierra que Jason desviaba por los pelos. Avivar la tormenta, contener a Gaia, mantenerlos a él y a Piper en alto... Jason nunca había hecho algo tan difícil. Se sentía como si estuviera lleno de pesas de plomo, tratando de nadar con las piernas mientras sostenía un coche sobre la cabeza. Pero tenía que impedir que Gaia se acercara al suelo.

Ese era el secreto al que Cim se había referido cuando habían hablado en el fondo del mar.

Hacía mucho, Gaia y los titanes habían engañado a Urano, el dios del cielo, para que bajase a la tierra. Una vez en el suelo lo habían retenido para que no pudiera escapar y, como sus poderes estaban debilitados al estar tan lejos de su territorio, habían podido matarlo.

Jason, Leo y Piper tenían que invertir esa situación. Tenían que mantener a Gaia alejada de su fuente de poder, la tierra, y debilitarla hasta que pudiera ser derrotada.

Se elevaron todos juntos. Festo chirriaba y gemía del esfuerzo, pero seguía ganando altitud. Jason todavía no entendía cómo Leo había conseguido rehacer el dragón. Entonces se acordó de todas las horas que Leo había pasado trabajando en el interior del casco durante las últimas semanas. Debía de haberlo planeado desde el principio y construido un nuevo cuerpo para Festo dentro del armazón del barco.

En el fondo debía de haber sabido que el *Argo II* acabaría cayéndose a pedazos. Un barco que se convertía en un dragón... A Jason le parecía tan asombroso como el dragón que se había convertido en maleta en Quebec.

No sabía cómo había ocurrido, pero estaba entusiasmado de volver a ver a su viejo amigo en acción.

—¡NO PODÉIS VENCERME! —Gaia se deshizo en arena, pero recibió más llamas. Su cuerpo se derritió en un trozo de cristal, se hizo añicos y volvió a adoptar forma humana—. ¡YO SOY ETERNA!

—¡Eternamente cargante! —gritó Leo, y apremió a Festo a que subiera más alto.

Jason y Piper se elevaron con ellos.

—Acércame —instó Piper a Jason—. Necesito estar cerca de ella.

—Piper, las llamas y la metralla...

—Lo sé.

Jason se aproximó hasta que estuvieron justo al lado de Gaia. Los vientos encerraron a la diosa y la mantuvieron en estado sólido, pero Jason apenas podía contener sus ráfagas de arena y tierra. Sus ojos eran de un verde puro, como si toda la naturaleza se hubiera condensado en una pizca de materia orgánica.

—¡NIÑOS INSENSATOS!

Su rostro se retorció con terremotos y aludes de lodo en miniatura.

—Estás agotada —le dijo Piper a la diosa, con una voz que irradiaba bondad y compasión—. Una eternidad de dolor y decepciones pesa sobre ti.

—¡SILENCIO!

La fuerza de la ira de Gaia era tan grande que Jason perdió momentáneamente el control del viento. Habría caído en picado, pero Festo los atrapó a él y a Piper con su otra garra.

Por increíble que pareciera, Piper no perdió la concentración.

—Milenios de pena —le dijo a Gaia—. Tu marido Urano te maltrataba. Tus nietos, los dioses, derrocaron a tus queridos hijos, los titanes. Tus otros hijos, los cíclopes y los hecatónquiros, fueron arrojados al Tártaro. Estás muy cansada de sufrimiento.

—¡MENTIRAS!

Gaia se deshizo en un tornado de tierra y hierba, pero su esencia parecía agitarse más despacio.

Si ganaban más altitud, el aire se enrarecería demasiado para respirar. Jason estaría demasiado débil para controlarlo. Las palabras de Piper sobre el cansancio también le estaban afectando a él, agotando sus fuerzas y haciendo que el cuerpo le pesara.

—Más que la victoria, más que la venganza, lo que deseas es descansar —continuó Piper—. Estás agotada, incomprensiblemente cansada de mortales e inmortales desagradecidos.

—YO... TÚ NO HABLAS POR MÍ... NO PUEDES...

—Deseas una cosa —dijo Piper con tono tranquilizador, su voz resonando a través de los huesos de Jason—. Una palabra. Deseas tener permiso para cerrar los ojos y olvidar tus problemas. Tú... deseas... DORMIR.

Gaia se solidificó y adoptó forma humana. La cabeza le colgó, los ojos se le cerraron, y se quedó sin fuerzas en la garra de Festo.

Lamentablemente, Jason también empezó a perder el conocimiento.

El viento se estaba agotando. La tormenta se disipó. Los ojos le hacían chiribitas.

—¡Leo! —Piper respiraba con dificultad—. Solo tenemos unos segundos. Mi capacidad de persuasión no…

—¡Lo sé! —Parecía que Leo estuviera hecho de fuego. Las llamas vacilaban bajo su piel e iluminaban su cráneo. Festo echaba humo y brillaba, y sus garras abrasaban a Jason a través de la camiseta—. No podré contener el fuego mucho más tiempo. La volatilizaré. No te preocupes. Pero tenéis que marcharos.

—¡No! —repuso Jason—. Tenemos que quedarnos contigo. Piper tiene la cura. Leo, no puedes…

—Eh. —Leo sonrió, cosa que resultó desconcertante entre las llamas, con los dientes como lingotes de plata fundidos—. Os dije que tenía un plan. ¿Cuándo vais a confiar en mí? Y por cierto… os quiero, chicos.

La garra de Festo se abrió, y Jason y Piper se cayeron.

Jason no tenía fuerzas para impedirlo. Sostuvo a Piper mientras ella gritaba el nombre de Leo, y cayeron en picado hacia la tierra.

Festo se convirtió en una bola de fuego borrosa en el cielo —un segundo sol— cada vez más pequeña y más caliente. Entonces, con el rabillo del ojo de Jason, un cometa llameante ascendió como un rayo del suelo con un chillido agudo casi humano. Justo antes de que Jason perdiera el conocimiento, el cometa interceptó la bola de fuego encima de ellos.

La explosión tiñó el cielo entero de color dorado.

LIII

Nico

Nico había presenciado muchas formas de muerte. Pensaba que ya nada le sorprendería.

Estaba equivocado.

En medio de la batalla, Will Solace se le acercó corriendo y le dijo una palabra al oído:

—Octavio.

Eso captó toda su atención. Había vacilado cuando había tenido la oportunidad de matar a Octavio, pero de ninguna manera iba a dejar que ese augur despreciable escapase de la justicia.

—¿Dónde?

—Vamos —dijo Will—. Deprisa.

Nico se volvió hacia Jason, que estaba luchando a su lado.

—Me tengo que ir, Jason.

Se adentró en el caos siguiendo a Will. Se cruzaron con Tyson y sus cíclopes, que gritaban: «¡Perro malo! ¡Perro malo!» mientras aporreaban las cabezas de los *cynocephali*. Grover Underwood y un equipo de sátiros bailaban con sus flautas, tocando armonías tan disonantes que los fantasmas con carcasa de tierra se partían en dos. Travis Stoll pasó corriendo, discutiendo con su hermano.

—¿Cómo que no hemos puesto las minas de tierra en la colina correcta?

Nico y Will estaban a media cuesta cuando el suelo tembló bajo sus pies. Como todos los demás, tanto monstruos como semidioses, se quedaron paralizados de horror y observaron como la columna giratoria de tierra brotaba de la cima de la siguiente colina, y Gaia aparecía en todo su esplendor.

Entonces algo grande de bronce se lanzó en picado del cielo.

¡ZUM!

Festo agarró a la Madre Tierra y se elevó con ella.

—¿Q-qué...? ¿C-cómo...? —dijo Nico tartamudeando.

—No lo sé —contestó Will—. Pero dudo que podamos hacer mucho al respecto. Tenemos otros problemas.

Will corrió hacia el onagro más cercano. A medida que se acercaban, Nico vio a Octavio reajustando frenéticamente las palancas de selección del objetivo. El brazo de lanzamiento estaba equipado con una carga entera de oro imperial y explosivos. El augur corría de un lado al otro, tropezando con engranajes y estacas de sujeción, y manejando torpemente las cuerdas. De vez en cuando alzaba la vista a Festo.

—¡Octavio! —gritó Nico.

El augur se dio la vuelta y acto seguido retrocedió contra la enorme esfera de munición. Su elegante túnica morada se enganchó en la cuerda de activación, pero Octavio no pareció percatarse de ello. El humo de la carga se ensortijaba a su alrededor como atraído por las joyas de oro imperial que le adornaban los brazos, el cuello y la corona dorada de su cabello.

—¡Ah, ya veo! —La risa de Octavio era quebradiza y desquiciada—. Conque tratando de arrebatarme la gloria, ¿eh? No, hijo de Plutón. Yo soy el salvador de Roma. ¡Me lo prometieron!

Will levantó las manos en un gesto apaciguador.

—Octavio, apártate del onagro. No es seguro.

—¡Pues claro que no lo es! ¡Voy a derribar a Gaia con esta máquina!

Nico vio con el rabillo del ojo que Jason Grace se lanzaba al cielo como un cohete con Piper en brazos, volando derecho hacia Festo.

Unos nubarrones se acumularon y se arremolinaron alrededor del hijo de Júpiter hasta convertirse en un huracán. Un trueno retumbó.

—¿Lo ves? —gritó Octavio. El oro de su cuerpo ya echaba humo, atraído por la carga de la catapulta como el hierro por un imán gigante—. ¡Los dioses aprueban mis actos!

—Jason está creando esa tormenta —dijo Nico—. Si disparas el onagro, lo matarás, y también a Piper y…

—¡Bien! —gritó Octavio—. ¡Son unos traidores! ¡Todos!

—Escúchame —probó Will de nuevo—. Esto no es lo que Apolo querría. Además, tu túnica está…

—¡Tú no sabes nada, *graecus*! —Octavio rodeó la palanca de lanzamiento con la mano—. Debo actuar antes de que suban más alto. Solo un onagro como este puede hacer ese disparo. Sin ninguna ayuda, yo…

—Centurión —dijo una voz detrás de él.

Michael Kahale salió de detrás de la máquina de asedio. Tenía un gran bulto rojo en la frente donde Tyson le había golpeado y dejado inconsciente. Andaba dando traspiés. Pero de algún modo había logrado llegar allí desde la costa, y por el camino había cogido una espada y un escudo.

—¡Michael! —gritó Octavio con regocijo—. ¡Estupendo! Protégeme mientras disparo con este onagro. ¡Luego mataremos a estos *graeci* juntos!

Michael Kahale contempló la escena: la túnica de su jefe enredada en la cuerda de activación y las joyas de Octavio echando humo a causa de la proximidad de la munición de oro imperial. Alzó la vista al dragón, que volaba ya muy alto, rodeado de anillos de nubarrones como los círculos de una diana de tiro con arco. A continuación miró a Nico con el entrecejo fruncido.

Nico preparó su espada.

Sin duda Michael Kahale advertiría a su jefe que se apartase del onagro. Sin duda atacaría.

—¿Estás seguro, Octavio? —preguntó el hijo de Venus.

—¡Sí!

—¿Estás totalmente seguro?

—¡Sí, idiota! Seré recordado como el salvador de Roma. ¡Y ahora no dejes que se acerquen mientras acabo con Gaia!

—No, Octavio —rogó Will—. No te podemos permitir...

—Will —dijo Nico—, no podemos detenerlo.

Solace lo miró fijamente con incredulidad, pero Nico se acordó de las palabras de su padre en la capilla de los Huesos: «Hay muertes que no se pueden impedir».

Los ojos de Octavio brillaban.

—Eso es, hijo de Plutón. ¡No podéis hacer nada para detenerme! ¡Es mi destino! ¡Kahale, monta guardia!

—Como desees. —Michael se acercó a la parte delantera de la máquina y se interpuso entre Octavio y los dos semidioses griegos—. Centurión, haz lo que debas.

Octavio se volvió para soltar el seguro.

—Un buen amigo hasta el final.

Nico estuvo a punto de acobardarse. Si el onagro realmente acertaba en el blanco, si le daba a Festo, y Nico dejaba que sus amigos resultaran heridos o murieran... Pero permaneció donde estaba. Por una vez, decidió fiarse de la sabiduría de su padre. Había muertes que no debían impedirse.

—¡Adiós, Gaia! —vociferó Octavio—. ¡Adiós, Jason Grace el traidor!

Octavio cortó el cable de disparo ayudándose del cuchillo de los augurios.

Y desapareció.

El brazo de la catapulta se balanceó hacia arriba tan rápido que Nico no pudo seguirlo con la vista y lanzó a Octavio con la munición. El grito del augur se fue apagando hasta que simplemente se convirtió en parte del cometa en llamas que se elevaba hacia el cielo.

—Adiós, Octavio —dijo Michael Kahale.

Lanzó una mirada de odio a Will y a Nico por última vez, como desafiándolos a que dijeran algo. A continuación les dio la espalda y se marchó penosamente.

Nico habría podido vivir con la muerte de Octavio.

Incluso le habría parecido un alivio.

Pero se le cayó el alma a los pies a medida que el cometa seguía ganando altitud. Entonces desapareció entre los nubarrones, y el cielo explotó en una bóveda de fuego.

LIV

Nico

Al día siguiente no había muchas respuestas.

Después de la explosión, Piper y Jason, que caían en picado inconscientes, fueron rescatados en el cielo por unas águilas gigantes y puestos a salvo, pero Leo no volvió a aparecer. La cabaña de Hefesto al completo registró el valle y encontró fragmentos del casco roto del *Argo II*, pero ni rastro de Festo ni de su amo.

Todos los monstruos habían sido destruidos o dispersados. Las bajas griegas y romanas habían sido considerables, pero ni mucho menos tan graves como podrían haberlo sido.

Por la noche, los sátiros y las ninfas desaparecieron en el bosque para asistir a una asamblea del Consejo de Ancianos Ungulados. Por la mañana, Grover Underwood volvió para anunciar que no percibían la presencia de la Madre Tierra. La naturaleza había vuelto a la normalidad. Al parecer, el plan de Jason, Piper y Leo había funcionado. Gaia había sido separada de su fuente de poder, se había adormecido y, a continuación, había sido pulverizada en la explosión conjunta del fuego de Leo y el cometa artificial de Octavio.

Un inmortal no podía morir, pero a partir de entonces Gaia sería como su marido Urano. La tierra seguiría funcionando con normalidad, igual que el cielo, pero Gaia se encontraba tan dispersa y débil que no podría volver a formar una conciencia.

Al menos eso era lo que esperaban…

Octavio sería recordado por salvar Roma lanzándose al cielo en una mortífera bola de fuego. Pero era Leo Valdez el que se había sacrificado de verdad.

La victoria tuvo una apagada celebración en el campamento no solo debido al duelo por Leo, sino también por los muchos otros que habían muerto en combate. Semidioses amortajados, tanto griegos como romanos, fueron incinerados en la fogata, y Quirón pidió a Nico que supervisara los ritos funerarios.

Nico aceptó en el acto. Agradecía la oportunidad de honrar a los muertos. Ni siquiera los cientos de espectadores le molestaron.

Lo más duro vino después, cuando Nico y los seis semidioses del *Argo II* se reunieron en el porche de la Casa Grande.

Jason tenía la cabeza gacha, e incluso sus gafas quedaban ocultas en las sombras.

—Deberíamos haber estado allí al final. Podríamos haber ayudado a Leo.

—No es justo —convino Piper, enjugándose las lágrimas—. Todo el trabajo que nos costó conseguir la cura del médico para nada.

Hazel se deshizo en lágrimas.

—¿Dónde está la cura, Piper? Sácala.

Desconcertada, Piper metió la mano en su riñonera. Sacó un paquete envuelto en gamuza, pero cuando desdobló la tela vio que estaba vacío.

Todas las miradas se volvieron hacia Hazel.

—¿Cómo? —preguntó Annabeth.

Frank rodeó a Hazel con el brazo.

—En Delos, Leo nos llevó a los dos aparte. Nos suplicó que le ayudásemos.

Hazel explicó entre lágrimas cómo había cambiado la cura del médico por una ilusión (un truco de la Niebla) para que Leo pudiera quedarse el auténtico frasco. Frank les relató el plan de Leo para destruir a una debilitada Gaia con una enorme explosión de fuego. Después de hablar con Niké y Apolo, Leo se había convencido de que una explosión como esa mataría a cualquier mortal a medio kilómetro de distancia, de modo que sabía que tendría que alejarse de todo el mundo.

—Quería hacerlo solo —dijo Frank—. Pensaba que podía haber una remota posibilidad de que él, un hijo de Hefesto, sobreviviese al fuego, pero si había alguien con él… Dijo que Hazel y yo, al ser romanos, entenderíamos de sacrificios. Pero sabía que el resto de vosotros no lo permitiríais jamás.

Al principio los otros se mostraron furiosos, como si tuvieran ganas de gritar y lanzar cosas. Pero a medida que Frank y Hazel hablaban, la ira del grupo pareció disiparse. Costaba estar enfadado con Frank y con Hazel cuando los dos estaban llorando. Además, el plan parecía el tipo de proyecto furtivo, retorcido, absurdamente irritante y noble que Leo Valdez llevaría a cabo.

Finalmente Piper dejó escapar un sonido a medio camino entre un sollozo y una risa.

—Si estuviera aquí ahora, lo mataría. ¿Cómo pensaba tomar la cura? ¡Si estaba solo!

—Tal vez encontró una forma —dijo Percy—. Estamos hablando de Leo. Podría volver en cualquier momento. Entonces podremos turnarnos para estrangularlo.

Nico y Hazel se cruzaron una mirada. Los dos sabían que eso no era posible, pero no dijeron nada.

Al día siguiente, el segundo después de la batalla, romanos y griegos trabajaron codo con codo para limpiar la zona de guerra y atender a los heridos. Blackjack, el pegaso, se recuperaba favorablemente de su herida de flecha. Guido había decidido adoptar a Reyna como su humana. Lou Ellen había accedido a regañadientes a volver a convertir a sus nuevos cerditos en romanos.

Will Solace no había hablado con Nico desde su encuentro ante el onagro. El hijo de Apolo pasaba la mayor parte del tiempo en la enfermería, pero cada vez que Nico lo veía corriendo a través del campamento para llevar más suministros médicos o hacer una visita a un semidiós herido, sentía una extraña melancolía. Sin duda, Will Solace consideraría a Nico un monstruo por permitir que Octavio se matase.

Los romanos acamparon al raso junto a los fresales, donde insistieron en construir su campamento. Los griegos arrimaron el hombro para levantar los muros de tierra y cavar trincheras. En su vida Nico había visto algo tan raro ni tan bonito. Dakota compartió su refresco favorito con los chicos de la cabaña de Dioniso. Los hijos de Hermes y Mercurio se reían, contaban anécdotas y robaban descaradamente a todo el mundo. Reyna, Annabeth y Piper se habían vuelto inseparables, y las tres se paseaban por el campamento para supervisar los progresos en las reparaciones. Quirón, acompañado de Frank y Hazel, pasó revista a las tropas romanas y las elogió por su valentía.

Por la noche, el ambiente general había mejorado algo. El pabellón comedor nunca había estado tan abarrotado. Los romanos fueron recibidos como viejos amigos. El entrenador Hedge deambulaba entre los semidioses, sonriendo y sosteniendo en brazos a su bebé mientras decía: «¿Quieres conocer a Chuck? ¡Este es mi niño, Chuck!».

Las hijas de Afrodita y las de Atenea arrullaban al pequeño y enérgico bebé del sátiro, que agitaba sus puños regordetes, daba patadas con sus diminutas pezuñas y balaba:

—¡Beee! ¡Beee!

Clarisse, que había sido nombrada madrina del bebé, seguía al entrenador como si fuera un guardaespaldas y murmuraba de vez en cuando:

—Vale, vale. Deje un poco de espacio al niño.

A la hora de los comunicados, Quirón dio un paso adelante y alzó su copa.

—De toda tragedia surgen renovadas fuerzas —dijo—. Hoy damos las gracias a los dioses por esta victoria. ¡Por los dioses!

Todos los semidioses se unieron al brindis, pero su entusiasmo parecía apagado. Nico entendía la sensación: «Hemos vuelto a salvar a los dioses, ¿y ahora tenemos que darles las gracias?».

Entonces Quirón dijo:

—¡Y por los nuevos amigos!

—¡POR LOS NUEVOS AMIGOS!

Cientos de voces de semidioses resonaron a través de las colinas.

En la fogata, todo el mundo no paraba de mirar a las estrellas, como si esperasen que Leo volviera para darles una sorpresa espectacular en el último minuto. Tal vez descendiera en picado, saltara del lomo de Festo y se pusiera a contar chistes malos. Pero eso no ocurrió.

Después de unas cuantas canciones, Reyna y Frank fueron llamados a la parte delantera. Recibieron una atronadora salva de aplausos tanto de griegos como de romanos. En lo alto de la Colina Mestiza, la Atenea Partenos brillaba más radiante a la luz de la luna, como indicando: «Estos chicos no lo hacen mal».

—Mañana los romanos debemos volver a casa —dijo Reyna—. Os agradecemos vuestra hospitalidad, sobre todo considerando que estuvimos a punto de mataros...

—Perdona, vosotros estuvisteis a punto de morir —la corrigió Annabeth.

—Lo que tú digas, Chase.

—¡Ooooooohhh! —dijo la multitud al unísono.

Entonces todos se echaron a reír y a darse empujones. Hasta Nico no pudo menos que sonreír.

—En fin —continuó Frank—, Reyna y yo estamos de acuerdo en que esto marca una nueva etapa de amistad entre los campamentos.

Reyna le dio una palmada en la espalda.

—Es cierto. Durante cientos de años, los dioses trataron de separarnos para impedir que lucháramos. Pero hay una forma de paz mejor: la cooperación.

Piper se levantó entre el público.

—¿Estás segura de que tu madre es una diosa de la guerra?

—Sí, McLean —dijo Reyna—. Todavía tengo intención de librar muchas batallas. ¡Pero de ahora en adelante lucharemos juntos!

La multitud prorrumpió en una gran ovación.

Zhang levantó la mano para pedir silencio.

—Todos seréis bien recibidos en el Campamento Júpiter. Hemos llegado a un acuerdo con Quirón para que haya un intercambio libre entre los campamentos: visitas los fines de semana, programas de formación y, por supuesto, ayuda urgente en momentos de necesidad…

—¿Y fiestas? —preguntó Dakota.

—¡Eso, eso! —dijo Conner Stoll.

Reyna extendió los brazos.

—Por descontado. Los romanos inventamos las fiestas.

Sonó otro gran «¡Ooohhhhhh!».

—Así que gracias —concluyó Reyna—. A todos vosotros. Podríamos haber elegido el odio y la guerra. En cambio, hallamos la aceptación y la amistad.

Entonces hizo algo tan inesperado que más tarde Nico pensaría que lo había soñado. Se acercó a Nico, que estaba a un lado entre las sombras, como siempre. Le cogió la mano y lo atrajo suavemente hasta la luz del fuego.

—Teníamos un hogar —dijo—. Ahora tenemos dos.

Le dio a Nico un fuerte abrazo, y la multitud rugió en señal de aprobación. Por una vez, a Nico no le entraron ganas de separarse. Ocultó la cara en el hombro de Reyna y parpadeó para contener las lágrimas.

LV

Nico

Esa noche Nico durmió en la cabaña de Hades.

Nunca había tenido el más mínimo deseo de alojarse en aquel sitio, pero entonces lo compartía con Hazel, lo que cambiaba totalmente las cosas.

Le hacía feliz volver a vivir con una hermana…, aunque solo fuera por unos días, y aunque Hazel insistiera en dividir la habitación con sábanas para mayor intimidad, de forma que parecía una zona de cuarentena.

Justo antes del toque de queda, Frank fue de visita y pasó unos minutos hablando en susurros con Hazel.

Nico trató de no hacerles caso. Se tumbó en la litera, que parecía un ataúd: un armazón de caoba pulida, barras de latón, cojines y mantas de terciopelo rojo sangre. Nico no había estado presente cuando habían construido la cabaña. Desde luego, él no había recomendado esas literas. Por lo visto, alguien había pensado que los hijos de Hades eran vampiros, no semidioses.

Finalmente, Frank llamó a la pared de al lado de la cama de Nico.

Nico miró. Zhang parecía muy alto. Parecía tan… romano…

—Hola —dijo Frank—. Nos vamos por la mañana. Solo quería darte las gracias.

Nico se incorporó en su litera.

—Lo has hecho estupendamente, Frank. Ha sido un honor.

Frank sonrió.

—Sinceramente, estoy un poco sorprendido de haber sobrevivido. Todo el rollo del trozo de leña mágico...

Nico asintió. Hazel le había hablado del trozo de leña que controlaba la vida de Frank. Nico interpretó como una buena señal que Frank pudiera hablar abiertamente del tema.

—No puedo adivinar el futuro —le dijo Nico—, pero suelo saber cuándo la gente está a punto de morir. Puedo asegurarte que no es tu caso. No sé cuándo se quemará ese trozo de leña. Al final, todos nos quedaremos sin leña. Pero ese momento tardará en llegar para ti, pretor Zhang. A ti y a Hazel os esperan muchas más aventuras. No habéis hecho más que empezar. Pórtate bien con mi hermana, ¿vale?

Hazel se acercó a Frank y entrelazó su mano con la de él.

—No estarás amenazando a mi novio, ¿verdad, Nico?

Los dos parecían tan a gusto juntos que Nico se alegraba. Pero también le causaba pesar: un dolor fantasmal, como una vieja herida de guerra que causase molestias con el mal tiempo.

—No hace falta amenazar —dijo Nico—. Frank es un buen chico. O un oso. O un bulldog. O...

—Basta. —Hazel se rió. A continuación besó a Frank—. Hasta mañana.

—Sí —dijo Frank—. Nico..., ¿seguro que no quieres venir con nosotros? Siempre tendrás un sitio en la Nueva Roma.

—Gracias, pretor. Reyna me ha dicho lo mismo. Pero... no.

—Espero volver a verte.

—Ya lo creo —prometió Nico—. Seré la dama de honor en tu boda, ¿no?

—Ejem...

Frank se ruborizó, carraspeó y se fue arrastrando los pies, y al salir se chocó contra la jamba de la puerta.

Hazel se cruzó de brazos.

—Tenías que bromear sobre eso...

Se sentó en la litera de Nico. Permanecieron en un silencio cómodo durante un rato: hermanos, hijos del pasado, hijos del inframundo.

—Voy a echarte de menos —dijo Nico.

Hazel se inclinó y apoyó la cabeza en su hombro.

—Yo también, hermano mayor. Vendrás de visita.

Él dio un golpecito en la nueva insignia de oficial que brillaba en su camiseta.

—Centuriona de la Quina Cohorte. Enhorabuena. ¿Hay alguna regla que prohíba que las centurionas salgan con pretores?

—Chis —dijo Hazel—. Hará falta mucho trabajo para volver a poner a la legión a punto y reparar los daños que Octavio ha causado. Las normas sobre citas serán la menor de mis preocupaciones.

—Has llegado muy lejos. No eres la misma chica que traje al Campamento Júpiter. Tu poder con la Niebla, tu seguridad...

—Todo es gracias a ti.

—No —dijo Nico—. Una cosa es tener una segunda vida, pero la clave es convertirla en una vida mejor.

En cuanto lo dijo, Nico se dio cuenta de que podría haber estado hablando de sí mismo. Decidió no sacar ese detalle a colación.

Hazel suspiró.

—Una segunda vida. Ojalá...

No hizo falta que terminara la frase. Durante los dos últimos días, la desaparición de Leo se había cernido como una nube sobre el campamento entero. Hazel y Nico se habían mostrado reacios a participar en las especulaciones sobre lo que había sido de él.

—Percibiste su muerte, ¿verdad?

Hazel tenía los ojos llorosos. Hablaba con un hilo de voz.

—Sí —reconoció Nico—. Pero no sé, Hazel. Hubo algo... distinto.

—No pudo haber tomado la cura del médico. Nada podría haber sobrevivido a esa explosión. Yo pensaba... yo pensaba que estaba ayudando a Leo. Metí la pata.

—No. No es culpa tuya.

430

Pero Nico no estaba tan dispuesto a perdonarse a sí mismo. Se había pasado las últimas cuarenta y ocho horas reviviendo la escena con Octavio ante la catapulta, preguntándose si no había hecho lo correcto. Tal vez la potencia explosiva del proyectil había ayudado a acabar con Gaia. O tal vez había costado innecesariamente la vida a Leo.

—Ojalá no hubiera muerto solo —murmuró Hazel—. No había nadie con él, nadie para darle la cura. Ni siquiera hay un cuerpo que enterrar...

Se le quebró la voz. Nico la rodeó con el brazo.

La abrazó mientras lloraba. Al final ella se durmió de agotamiento. Nico la arropó en su propia cama y le besó la frente. A continuación se acercó al santuario de Hades que había en el rincón: una mesita decorada con huesos y joyas.

—Supongo que hay una primera vez para todo —dijo.

Se arrodilló y rezó en silencio para que su padre le orientase.

LVI

Nico

Al amanecer seguía despierto cuando alguien llamó a la puerta.

Se volvió y reparó en una cara con cabello rubio, y por un instante pensó que era Will Solace. Cuando Nico se dio cuenta de que era Jason, se llevó una decepción. Acto seguido se sintió furioso consigo mismo por sentirse así.

No había hablado con Will desde la batalla. Los chicos de la cabaña de Apolo habían estado muy ocupados con los heridos. Además, probablemente, Will culpaba a Nico de lo sucedido a Octavio. ¿Por qué no iba a culparlo? Básicamente Nico había permitido... lo que fuese. Asesinato por consenso. Un espantoso suicidio. Will Solace sería consciente de lo espeluznante y repulsivo que era Nico di Angelo. Claro que a Nico le daba igual lo que él pensara. Aun así...

—¿Estás bien? —preguntó Jason—. Pareces...

—Perfectamente —le espetó Nico. A continuación suavizó su tono—. Si buscas a Hazel, sigue dormida.

Jason esbozó con los labios un «Ah» e indicó con la mano a Nico que saliera.

Nico salió a la luz del sol, parpadeando y desorientado. Uf... Tal vez quienes habían diseñado la cabaña no se habían equivocado al ver a los hijos de Hades como unos vampiros. A él no le gustaban las mañanas.

Jason no tenía cara de haber dormido mejor. Su pelo tenía un remolino en un lado, y sus nuevas gafas estaban torcidas sobre su nariz. Nico resistió el impulso de alargar la mano y colocárselas bien.

Jason señaló los fresales, donde los romanos estaban levantando el campamento.

—Ha sido raro verlos aquí. Ahora será raro no verlos.

—¿Te arrepientes de no irte con ellos? —preguntó Nico.

Jason esbozó una sonrisa torcida.

—Un poco. Pero iré y vendré de un campamento al otro a menudo. Tengo unos templos que construir.

—Eso he oído. El Senado piensa elegirte *pontifex maximus*.

Jason se encogió de hombros.

—El título no me importa tanto. Lo que me importa es asegurarme de que los dioses sean recordados. No quiero que vuelvan a pelearse por envidia, ni que descarguen sus frustraciones en los semidioses.

—Son dioses —dijo Nico—. Es su carácter.

—Tal vez, pero puedo intentar mejorarlo. Supongo que Leo diría que estoy actuando como un mecánico, haciendo mantenimiento de prevención.

Nico percibió la pena de Jason como una tormenta inminente.

—Sabes que no podrías haber detenido a Leo. No podrías haber hecho nada de forma distinta. Él sabía lo que tenía que pasar.

—Yo… supongo. Me imagino que no puedes decirme si sigue…

—Se ha ido —dijo Nico—. Lo siento. Ojalá pudiera decirte lo contrario, pero percibí su muerte.

Jason se quedó mirando a lo lejos.

Nico se sintió culpable por echar por tierra sus esperanzas. Casi estuvo tentado de mencionar sus dudas: la sensación distinta que la muerte de Leo le había provocado, como si el alma de Leo hubiera inventado una forma de ir al inframundo, algo relacionado con engranajes, palancas y pistones de vapor.

Sin embargo, Nico estaba seguro de que Leo Valdez había muerto. Y la muerte era la muerte. No sería justo dar a Jason falsas esperanzas.

A lo lejos, los romanos estaban recogiendo sus cosas y cargaban con ellas por la colina. Al otro lado, por lo que había oído Nico, una flota de todoterrenos negros esperaba para transportar a la legión a California. Nico suponía que sería un interesante viaje por carretera. Se imaginaba a la Undécima Legión entera en un Burger King de carretera. Se imaginaba a un pobre monstruo aterrorizando a un semidiós cualquiera en Kansas y encontrándose rodeado de varias docenas de coches llenos de romanos armados hasta los dientes.

—La arpía, Ella, va a ir con ellos, ¿sabes? —dio Jason—. Ella y Tyson. Y también Rachel Elizabeth Dare. Van a trabajar juntos para reconstruir los libros sibilinos.

—Será interesante.

—Podría llevar años —dijo Jason—. Pero ahora que la voz de Delfos se ha apagado…

—¿Rachel sigue sin poder ver el futuro?

Jason asintió.

—Ojalá supiera lo que le pasó a Apolo en Atenas. Tal vez Artemisa le eche un cable con Zeus y el poder de la profecía vuelva a funcionar. Pero de momento los libros sibilinos podrían ser nuestra única forma de encontrar asesoramiento para las misiones futuras.

—Personalmente, puedo pasar sin profecías ni misiones por un tiempo.

—Tienes razón. —Se puso bien las gafas—. Mira, Nico, el motivo por el que quería hablar contigo… Ya sé lo que dijiste en el palacio de Austro. Ya sé que renunciaste a una plaza en el Campamento Júpiter. Seguramente no pueda hacerte cambiar de opinión sobre la idea de abandonar el Campamento Mestizo, pero tengo que…

—Me voy a quedar.

Jason parpadeó.

—¿Qué?

—En el Campamento Mestizo. La cabaña de Hades necesita un monitor jefe. ¿Has visto la decoración? Es asquerosa. Tendré que remodelarla. Y alguien tiene que hacer los ritos funerarios como es debido, considerando que los semidioses insisten en morir heroicamente.

—Es… ¡es fantástico, colega! —Jason abrió los brazos para darle un abrazo y acto seguido se quedó inmóvil—. Vale. Nada de tocar. Perdona.

Nico gruñó.

—Supongo que podemos hacer una excepción.

Jason lo abrazó tan fuerte que Nico pensó que se le iban a romper las costillas.

—Jo, tío —dijo Jason—. Ya verás cuando se lo diga a Piper. Oye, como yo también estoy solo en mi cabaña, podemos compartir mesa en el comedor. Podemos formar un equipo para jugar a atrapar la bandera y para los concursos de canto y…

—¿Estás intentando espantarme?

—Perdona. Perdona. Lo que tú digas, Nico. Es que me alegro mucho.

Lo gracioso era que Nico le creía.

Miró por casualidad hacia las cabañas y vio a alguien haciéndole señas con la mano. Will Solace estaba en la puerta de la cabaña de Apolo, con una expresión severa en la cara. Señaló el suelo a sus pies como diciendo: «Tú. Aquí. Ahora».

—¿Me disculpas, Jason? —dijo Nico.

—Bueno, ¿dónde estabas? —preguntó Will.

Llevaba una camiseta verde de cirujano, unos vaqueros y unas chanclas, un uniforme que no debía de cumplir el protocolo de los hospitales.

—¿A qué te refieres? —preguntó Nico.

—He estado en la enfermería sin poder salir unos dos días. Y tú no has venido a verme. Ni me has ofrecido ayuda.

—Yo… ¿qué? ¿Por qué ibas a querer que un hijo de Hades compartiera habitación con la gente a la que intentas curar? ¿Por qué iba a quererlo alguien?

—¿No puedes echar una mano a un amigo? ¿Cortar vendas, por ejemplo? ¿Traerme un refresco o algo para picar? ¿O simplemente decirme: «¿Cómo te va, Will?»? ¿No crees que podría querer ver una cara amiga?

—¿Qué...? ¿Mi cara?

Las palabras simplemente no tenían sentido juntas: «Cara amiga. Nico di Angelo».

—Eres muy cortito —observó Will—. Espero que te hayas olvidado de esa tontería de irte del Campamento Mestizo.

—Yo... sí. Lo he hecho. O sea, que me quedo.

—Bien. Puede que seas cortito, pero no eres idiota.

—¿Cómo puedes hablarme así? ¿No sabes que puedo invocar zombis y esqueletos y...?

—Ahora mismo no podrías invocar ni un huesito sin derretirte en un charco de oscuridad, Di Angelo —dijo Will—. Te lo dije, nada de magia del inframundo, te lo manda el médico. Me debes como mínimo tres días de reposo en la enfermería, empezando ahora mismo.

Nico sintió que cien mariposas esqueléticas resucitaban en su estómago.

—¿Tres días? Yo... supongo que estaría bien.

—Bien. Y ahora...

Un fuerte grito atravesó el aire.

Junto a la chimenea en el centro del espacio común, Percy estaba sonriendo abiertamente por algo que Annabeth acababa de contarle. Annabeth se rió y le dio alegremente un manotazo en el brazo.

—Vuelvo enseguida —le dijo Nico a Will—. Lo prometo por la laguna Estigia y todo eso.

Se acercó a Percy y Annabeth, que seguían riéndose como dos tontos.

—Hola, tío —dijo Percy—. Annabeth me acaba de dar una buena noticia. Perdona si he hecho un poco de ruido.

—Vamos a pasar nuestro último curso juntos, aquí en Nueva York —explicó Annabeth—. Y después de la graduación...

—¡La universidad en la Nueva Roma! —exclamó Percy moviendo el puño como si estuviera haciendo sonar el claxon de un camión—. Cuatro años sin monstruos, ni batallas, ni estúpidas profecías. Solo Annabeth y yo, licenciándonos, tomando algo en los cafés, disfrutando de California…

—Y después de eso… —Annabeth besó a Percy en la mejilla—. Reyna y Frank han dicho que podríamos vivir en la Nueva Roma todo el tiempo que queramos.

—Es genial —dijo Nico. Le sorprendió un poco descubrir que lo decía en serio—. Yo también me voy a quedar en el Campamento Mestizo.

—¡Qué pasada! —exclamó Percy.

Nico observó su rostro: los ojos verde mar, la sonrisa, el cabello moreno despeinado. De algún modo, Percy Jackson le parecía entonces un chico normal y corriente, no una figura mítica. No alguien a quien idolatrar o del que enamorarse.

—Bueno —dijo Nico—, como vamos a vernos al menos durante un año en el campamento, creo que debería aclarar las cosas.

La sonrisa de Percy vaciló.

—¿A qué te refieres?

—Durante mucho tiempo estuve enamorado de ti —dijo Nico—. Solo quería que lo supieras.

Percy miró a Nico. Acto seguido miró a Annabeth, como para asegurarse de que había oído bien. A continuación volvió a mirar a Nico.

—Tú…

—Sí —dijo Nico—. Eres una gran persona. Pero ya lo he superado. Me alegro por vosotros, chicos.

—Tú… Entonces ¿quieres decir…?

—Exacto.

Los ojos grises de Annabeth empezaron a chispear. Dedicó a Nico una sonrisa de soslayo.

—Un momento —dijo Percy—. Entonces ¿quieres decir…?

—Exacto —repitió Nico—. Pero tranqui, no pasa nada. O sea, ahora veo… que eres mono, pero no eres mi tipo.

—Que no soy tu tipo… Un momento. Entonces…

—Nos vemos, Percy —dijo Nico—. Annabeth.

Ella levantó la mano para chocarle los cinco.

Nico le dio una palmada. A continuación cruzó otra vez el césped, donde le esperaba Will Solace.

LVII

Piper

Ojalá Piper hubiera podido dormirse usando su capacidad de persuasión.

Puede que hubiera funcionado con Gaia, pero durante las últimas dos noches apenas había pegado ojo.

Durante el día no había problema. Le encantaba estar otra vez con sus amigas Lacy y Mitchell y con el resto de chicas de la cabaña de Afrodita. Hasta la malcriada de su segunda de a bordo, Drew Tanaka, parecía aliviada, probablemente porque Piper podía ocuparse de todo y dejaba a Drew más tiempo para cotillear y dedicarse a los tratamientos de belleza en la cabaña.

Piper se mantenía ocupada ayudando a Reyna y a Annabeth a coordinar a griegos y romanos. Para sorpresa de Piper, las chicas valoraban sus aptitudes como intermediaria para alisar cualquier aspereza. No había muchas, pero Piper consiguió devolver unos cascos romanos que misteriosamente habían llegado al almacén del campamento. También impidió que los hijos de Marte y los hijos de Ares se pelearan por la mejor forma de matar a una hidra.

La mañana que los romanos tenían previsto marcharse, Piper estaba sentada en el embarcadero del lago de las canoas, tratando de apaciguar a las náyades. A algunos espíritus del lago, los romanos les parecían tan atractivos que también querían marcharse al Campamento Júpiter. Exigían un gigantesco acuario portátil para el viaje al oeste. Piper acababa de concluir las negociaciones cuando Reyna la encontró.

La pretora se sentó a su lado en el muelle.

—¿Mucho trabajo?

Piper se apartó un mechón de pelo de los ojos soplando.

—Las náyades pueden ser duras de roer. Creo que hemos llegado a un acuerdo. Si al final del verano siguen queriendo irse, solucionaremos los detalles entonces. Pero las náyades acostumbran a olvidarse de las cosas a los cinco segundos.

Reyna deslizó la punta de sus dedos por el agua.

—A veces me gustaría poder olvidar las cosas tan fácilmente.

Piper observó la cara de la pretora. Reyna era una semidiosa que no parecía haber cambiado durante la guerra contra los gigantes... al menos por fuera. Seguía teniendo la misma mirada firme y arrolladora, la misma cara regia y hermosa. Llevaba la armadura y la capa morada con la naturalidad con la que la mayoría de la gente llevaba unos pantalones cortos y una camiseta.

Piper no entendía cómo alguien podía soportar tanto dolor, cargar con tanta responsabilidad, sin desmoronarse. Se preguntaba si alguna vez Reyna había tenido a alguien en quien confiar.

—Has hecho muchas cosas —dijo Piper—. Por los dos campamentos. Sin ti, nada de esto habría sido posible.

—Todos hemos puesto nuestro granito de arena.

—Desde luego. Pero tú... Ojalá te reconociesen más mérito.

Reyna se rió dulcemente.

—Gracias, Piper. Pero no busco atención. Tú sabes lo que es eso, ¿verdad?

Piper lo sabía. Eran muy distintas, pero entendía que alguien no quisiera llamar la atención. Piper lo había deseado toda su vida, con la fama de su padre, los fotógrafos, las fotos y los escándalos en la prensa. Conocía a muchas personas que decían: «¡Me gustaría ser famoso! ¡Sería genial!». Pero no tenían ni idea de lo que era vivir así. Ella había visto el efecto que había tenido en su padre. Piper no quería tener nada que ver con eso.

También podía entender el atractivo de la forma de vida romana: la idea de integrarse, de ser un miembro del equipo, de trabajar como una máquina bien engrasada. Aun así, Reyna había llegado a lo más alto. No podía mantenerse escondida.

—El poder de tu madre... —dijo Piper—. ¿Puedes prestarles fuerzas a otras personas?

Reyna frunció los labios.

—¿Te lo ha contado Nico?

—No. Simplemente lo he percibido viendo cómo diriges la legión. Debe de ser agotador. ¿Cómo... recuperas las fuerzas?

—Cuando recupere las fuerzas, te avisaré.

Lo dijo en broma, pero Piper detectó la tristeza que ocultaban esas palabras.

—Aquí siempre serás bien recibida —dijo Piper—. Si necesitas tomarte un respiro, escapar... Ahora tienes a Frank: él puede asumir tu responsabilidad durante una temporada. Te sentaría bien tomarte un tiempo para ti misma en el que nadie te mire como a una pretora.

Reyna la miró a los ojos, como si tratara de evaluar lo seria que era la oferta.

—¿Tendría que cantar esa canción tan rara sobre cómo la abuela se pone su armadura?

—No, a menos que quisieras. Pero puede que tuviéramos que excluirte de la caza de la bandera. Tengo la sensación de que podrías enfrentarte sola a todo el campamento y ganarnos.

Reyna sonrió satisfecha.

—Consideraré la oferta. Gracias.

Se ajustó la daga, y por un momento Piper pensó en su propia daga, *Katoptris*, que en ese momento estaba guardada en el baúl de la cabaña. Desde su estancia en Atenas, cuando la había usado para apuñalar al gigante Encélado, las visiones se habían interrumpido por completo.

—Me pregunto... —dijo Reyna—. Tú eres hija de Venus. Quiero decir, de Afrodita. Tal vez... tal vez podrías explicarme algo que tu madre dijo.

—Es un honor. Lo intentaré, pero tengo que avisarte: muchas veces yo tampoco entiendo a mi madre.

—En Charleston, Venus me dijo: «No encontrarás el amor donde deseas ni donde esperas. Ningún semidiós curará tu corazón». He… he pensado en eso durante…

Se le quebró la voz.

Piper sintió el fuerte deseo de buscar a su madre y darle un puñetazo. No soportaba que Afrodita pudiera arruinarle la vida a alguien con una breve conversación.

—Reyna —dijo—, no sé a qué se refería, pero sí que sé esto: eres una persona increíble. Ahí fuera te está esperando alguien. Tal vez no sea un semidiós. Tal vez sea un mortal o… No lo sé. Pero cuando tenga que ocurrir, ocurrirá. Hasta entonces, tienes amigos. Muchos amigos, tanto griegos como romanos. Lo malo de ser quien da fuerzas a todo el mundo es que a veces te olvidas de que tú necesitas sacar fuerzas de los demás. Puedes contar conmigo.

Reyna miró hacia el lago.

—Piper McLean, tienes un don con las palabras.

—No estoy utilizando la embrujahabla, te lo prometo.

—No hace falta. —Reyna le ofreció la mano—. Tengo la sensación de que volveremos a vernos.

Se estrecharon las manos y, cuando Reyna se fue, Piper supo que la chica estaba en lo cierto. Volverían a verse porque Reyna ya no era una rival ni una extraña o una posible enemiga. Era una amiga. Era de la familia.

Esa noche el campamento parecía vacío sin los romanos. Piper ya echaba de menos a Hazel. Echaba de menos las cuadernas crujientes del *Argo II* y las constelaciones que la lámpara proyectaba contra el techo de su camarote en el barco.

Tumbada en su litera de la cabaña diez, se sentía tan agitada que sabía que no podría dormir. No paraba de pensar en Leo. Revivía una y otra vez lo que había pasado en el combate contra Gaia, tratando de averiguar cómo había podido fallarle a su amigo.

En torno a las dos de la madrugada, renunció a intentar dormir. Se incorporó en la cama y miró por la ventana. La luz de la luna teñía el bosque de color plateado. Los olores del mar y de los fresales flotaban en la brisa. No podía creer que solo unos días antes la Madre Tierra se hubiera despertado y hubiera estado a punto de destruir todo lo que Piper apreciaba. Esa noche todo parecía tan tranquilo…, tan normal…

«Toc, toc, toc.»

Por poco se dio con la cabeza contra la parte superior de la litera. Jason estaba al otro lado de la ventana, dando golpecitos en el marco. Sonrió.

—Ven.

—¿Qué haces aquí? —susurró ella—. El toque de queda ya ha pasado. ¡Las arpías patrulleras te harán trizas!

—Tú ven.

Ella tomó su mano con el corazón palpitante y salió por la ventana. Jason la llevó a la cabaña uno y la metió dentro, donde la enorme estatua del Zeus hippy miraba con el entrecejo fruncido en la tenue luz de la estancia.

—Ejem, Jason… ¿qué es exactamente…?

—Mira. —Le mostró una de las columnas de mármol que rodeaban la sala circular. En la parte trasera, casi ocultos contra la pared, unos peldaños de hierro subían al techo: una escalera de mano—. No puedo creer que no me ha haya fijado antes. ¡Ya verás!

Jason empezó a subir. Piper no sabía por qué estaba tan nerviosa, pero le temblaban las manos. Subió detrás de él. Al llegar a lo alto, Jason abrió una pequeña trampilla.

Salieron al otro lado del tejado abovedado, a una cornisa lisa que miraba al norte. El estrecho de Long Island se extendía hasta el horizonte. Estaban a una altura y en un ángulo que nadie podía verlos desde abajo. Las arpías patrulleras nunca volaban tan alto.

—Mira.

Jason señaló las estrellas, que salpicaban el cielo de diamantes: unas joyas mejores que cualquiera de las que Hazel Levesque podría haber invocado.

443

—Es precioso. —Piper se acurrucó contra Jason, y él la rodeó con el brazo—. Pero ¿no irás a meterte en un lío?

—¿Qué más da? —dijo Jason.

Piper se rió suavemente.

—¿Quién eres tú?

Él se volvió, con sus gafas de color bronce claro a la luz de las estrellas.

—Jason Grace. Mucho gusto.

Le dio un beso y... Vale, ya se habían besado antes. Pero esa vez fue distinto. Piper se sintió como una tostadora. Todas sus bobinas se pusieron al rojo vivo. Si se hubiera calentado más, habría empezado a oler a tostada quemada.

Jason se apartó para mirarla a los ojos.

—La noche que nos besamos por primera vez bajo las estrellas en la Escuela del Monte...

—El recuerdo —dijo Piper—. El que nunca ocurrió.

—Pues... ahora es real. —Hizo el gesto de protección contra el mal, el mismo que había usado para ahuyentar el fantasma de su madre, y empujó hacia el cielo—. De ahora en adelante escribiremos nuestra propia historia y empezaremos de nuevo. Y acabamos de darnos nuestro primer beso.

—Siento decirte esto después de un solo beso —dijo Piper—. Pero, dioses del Olimpo, te quiero.

—Yo también te quiero, Pipes.

Ella no quería echar a perder el momento, pero no podía parar de pensar en Leo y en que él no podría empezar de nuevo.

Jason debió de intuir sus sentimientos.

—Oye —dijo—. Leo está bien.

—¿Cómo puedes creer eso? No se tomó la cura. Nico ha dicho que murió.

—Una vez tú despertaste a un dragón solo con tu voz —le recordó Jason—. Creías que el dragón debía vivir, ¿verdad?

—Sí, pero...

—Tenemos que creer en Leo. Es imposible que haya muerto tan fácilmente. Es un tío duro.

—Vale. —Piper trató de calmar su corazón—. Creeremos eso. Leo tiene que estar vivo.

—¿Te acuerdas de aquella vez en Detroit, cuando aplastó a Ma Gasket con el motor de un coche?

—O de los enanos de Bolonia. Leo los atacó con una granada de humo hecha con pasta de dientes.

—El comandante Cinturón Portaherramientas —dijo Jason.

—El chico malo donde los haya —dijo Piper.

—El chef Leo, experto en tacos de tofu.

Se rieron y contaron anécdotas sobre Leo Valdez, su mejor amigo. Se quedaron en el tejado hasta que amaneció, y Piper empezó a creer que podrían empezar de nuevo. Tal vez incluso fuera posible contar una nueva historia en la que Leo siguiera allí fuera. En alguna parte...

LVIII

Leo

Leo estaba muerto.

Lo sabía con absoluta certeza. Solo que no entendía por qué dolía tanto. Se sentía como si todas las células de su cuerpo hubieran explotado. Su conciencia estaba atrapada en el interior de la cáscara chamuscada y crujiente de un cadáver de semidiós. Las náuseas eran peores que cualquier mareo en coche que hubiera padecido en su vida. No podía moverse. No podía ver ni oír. Solo podía sentir dolor.

Empezó a dejarse llevar por el pánico, pensando que tal vez fuese su castigo eterno.

Entonces alguien le puso unos cables de batería en el cerebro y reinició su vida.

Jadeó y se incorporó.

Lo primero que notó fue el viento en la cara y luego el intenso dolor del brazo derecho. Seguía a lomos de Festo, en el aire. Los ojos empezaron a funcionarle otra vez, y reparó en la gran aguja hipodérmica que se estaba apartando de su antebrazo. El inyector vacío zumbó, chirrió y se recogió en un tablero en el pescuezo de Festo.

—Gracias, colega. —Leo gimió—. Estar muerto era un asco, tío. ¿Y la cura del médico? Es todavía peor.

Festo emitió chasquidos y ruidos en código Morse.

—No, es broma, tío —dijo Leo—. Me alegro de estar vivo. Y sí, yo también te quiero. Has estado increíble.

Un ronroneo metálico recorrió el cuerpo del dragón a lo largo.

Lo primero era lo primero: Leo examinó el dragón en busca de señales de daño. Las alas de Festo funcionaban bien, aunque su membrana central izquierda estaba llena de agujeros de disparos. El revestimiento de su pescuezo estaba parcialmente derretido, fundido a causa de la explosión, pero el dragón no parecía correr peligro de estrellarse de inmediato.

Leo trató de recordar lo que había pasado. Estaba totalmente seguro de que había vencido a Gaia, pero no tenía ni idea de cómo les iba a sus amigos en el Campamento Mestizo. Con suerte, Jason y Piper habían escapado de la explosión. Leo conservaba un extraño recuerdo de un misil dirigiéndose a él a toda velocidad y gritando como una niña… ¿Qué demonios había sido eso?

Cuando aterrizase, tendría que examinar el vientre de Festo. Probablemente los daños más graves estuvieran en esa zona, donde el dragón había peleado valientemente con Gaia mientras la dejaban seca a base de fuego. Tendría que aterrizar al cabo de poco.

Eso planteaba una pregunta: ¿dónde estaban?

Debajo de ellos había un manto de nubes de un blanco uniforme. El sol brillaba justo encima en un radiante cielo azul. De modo que era más o menos mediodía… pero ¿de qué día? ¿Cuánto tiempo había estado muerto Leo?

Abrió el tablero de acceso del pescuezo de Festo. El astrolabio zumbaba sin parar y el cristal palpitaba como un corazón de neón. Leo consultó la brújula y el GPS, y una sonrisa se dibujó en su rostro.

—¡Buenas noticias, Festo! —gritó—. ¡Nuestras lecturas de navegación son un cacao absoluto!

—¿Cric? —dijo Festo.

—¡Sí! ¡Desciende! Sitúanos debajo de esas nubes y a lo mejor…

El dragón bajó en picado tan rápido que Leo se quedó sin aire en los pulmones.

Atravesaron el manto blanco y allí, debajo de ellos, había una sola isla verde en un vasto mar azul.

Leo gritó tan fuerte que seguramente lo oyeron en China.

—¡SÍ! ¿QUIÉN LA HA PALMADO? ¿QUIÉN HA VUELTO? ¿QUIÉN ES AHORA TU SUPERCHORBO, NENA? ¡Uuuuuuuu!

Descendieron en espiral hacia Ogigia, con el viento cálido en el cabello de Leo. Se dio cuenta de que tenía la ropa hecha jirones, a pesar de la magia con la que había sido tejida. Sus brazos estaban cubiertos de una fina capa de hollín, como si acabara de morir en un enorme incendio... cosa que había ocurrido de verdad.

Pero nada de eso le preocupaba.

Ella estaba en la playa, vestida con unos vaqueros y una blusa blanca, con su cabello color ámbar recogido.

Festo desplegó las alas y aterrizó dando traspiés. Al parecer, una de sus patas estaba rota. El dragón se inclinó de lado y catapultó a Leo de bruces a la arena.

Menuda entrada heroica.

Leo escupió un trozo de alga. Festo se arrastró por la playa, emitiendo ruidos que significaban: «Ay, ay, ay».

Leo levantó la vista. Calipso se alzaba por encima de él, cruzada de brazos, con las cejas arqueadas.

—Llegas tarde —anunció.

Los ojos le brillaban.

—Lo siento, nena —dijo Leo—. Había un tráfico terrible.

—Estás manchado de hollín —observó ella—. Y has conseguido destrozar la ropa que te hice, y eso que era imposible de destrozar.

—Bueno, ya sabes. —Leo se encogió de hombros. Alguien había soltado cien bolas de *pinball* en su pecho—. Me gusta hacer lo imposible.

Ella le ofreció la mano y lo ayudó a levantarse. Se quedaron nariz contra nariz mientras ella examinaba su estado. Olía a canela. ¿Siempre había tenido esa diminuta peca al lado del ojo izquierdo? Leo estaba deseando tocarla.

Ella arrugó la nariz.

—Hueles…

—Lo sé. Como si hubiera estado muerto. Probablemente porque lo he estado. «Un juramento que mantener con un último aliento» y todo ese rollo, pero ya estoy mejor…

Ella lo interrumpió dándole un beso.

Las bolas de *pinball* se entrechocaron dentro de él. Se sentía tan feliz que tuvo que hacer un esfuerzo consciente por no estallar en llamas.

Cuando ella por fin lo soltó, tenía la cara manchada de hollín. No parecía que le importase. Pasó el pulgar por la mejilla de Leo.

—Leo Valdez —dijo.

Nada más, solo su nombre, como si fuera algo mágico.

—Ese soy yo —dijo él, con la voz quebrada—. Entonces, ejem… ¿quieres irte de esta isla?

Calipso dio un paso atrás. Levantó la mano y los vientos se arremolinaron. Sus sirvientes invisibles trajeron dos maletas y las dejaron a sus pies.

—¿Qué te ha hecho pensar eso?

Leo sonrió.

—Has hecho el equipaje para un viaje largo, ¿eh?

—No tengo pensado volver. —Calipso echó un vistazo por encima del hombro al sendero que llevaba a su jardín y a la caverna que era su hogar—. ¿Adónde me vas a llevar, Leo?

—Primero, a un sitio donde pueda arreglar mi dragón —decidió él—. Y luego…, a donde tú quieras. En serio, ¿cuánto tiempo he estado fuera?

—El tiempo es difícil de calcular en Ogigia —dijo Calipso—. Me ha parecido una eternidad.

Leo sintió una punzada de incertidumbre. Esperaba que sus amigos estuvieran bien. Esperaba que no hubieran pasado cien años mientras él volaba muerto y Festo buscaba Ogigia.

Tendría que averiguarlo. Necesitaba que Jason y Piper y los demás supieran que estaba bien. Pero en ese preciso instante tenía otras prioridades. Calipso era una prioridad.

—Entonces, cuando te marches de Ogigia, ¿seguirás siendo inmortal o qué? —dijo.

—No tengo ni idea.

—¿Y estás de acuerdo?

—Más que de acuerdo.

—¡Bien, pues! —Se volvió hacia su dragón—. ¿Te apetece otro viaje a ningún sitio en particular, colega?

Festo escupió fuego y se movió dando traspiés.

—Entonces despegaremos sin ningún plan —dijo Calipso—. No tenemos ni idea de adónde iremos ni de los problemas que nos esperan más allá de esta isla. Muchas preguntas y ninguna respuesta clara.

Leo giró las palmas hacia arriba.

—Así vuelo yo, nena. ¿Puedo cogerte las maletas?

—Desde luego.

Cinco minutos más tarde, con los brazos de Calipso alrededor de la cintura, Leo hizo que Festo alzara el vuelo. El dragón de bronce desplegó sus alas… y ascendieron a lo desconocido.

Glosario

ACRÓPOLIS: antigua ciudadela de Atenas que contiene los templos más antiguos dedicados a los dioses.

ACTEÓN: cazador que espió a Artemisa mientras se estaba bañando. A la diosa le enfureció tanto que un mortal la viera desnuda que lo convirtió en un ciervo.

AD ACIEM: «Adoptar posición de combate», en latín.

AFRODITA: diosa griega del amor y la belleza. Estaba casada con Hefesto, pero amaba a Ares, el dios de la guerra. Forma romana: Venus.

AFROS: profesor de música y poesía en un campamento submarino para héroes del mar. Es uno de los medio hermanos de Quirón.

ALCIONEO: el mayor de los gigantes de los que Gaia es madre, destinado a luchar contra Plutón.

ÁNFORA: cántaro de cerámica alto para el vino.

ANTÍNOO: cabecilla de los pretendientes de la esposa de Odiseo, la reina Penélope. Odiseo lo mató disparándole una flecha en el cuello.

APOLO: dios griego del sol, la profecía, la música y la curación; hijo de Zeus y gemelo de Artemisa. Forma romana: Apolo.

AQUILÓN: dios romano del viento del norte. Forma griega: Bóreas.

ARES: dios griego de la guerra; hijo de Zeus y Hera, y medio hermano de Atenea. Forma romana: Marte.

ARTEMISA: diosa griega de la naturaleza y la caza; hija de Zeus y Hera, y gemela de Apolo. Forma romana: Diana.

ASCLEPEION: hospital y escuela médica de la antigua Grecia.

ASCLEPIO: dios de la curación; hijo de Apolo; su templo era el centro de curación de la antigua Grecia.

ASDRÚBAL DE CARTAGO: rey de la antigua Cartago, actual Túnez, de 530 a 510 a. C.; fue elegido «rey» once veces y se le concedió el triunfo en cuatro ocasiones; único cartaginés en la historia en recibir ese honor.

ATENEA: diosa griega de la sabiduría. Forma romana: Minerva.

AUGUSTO: fundador del Imperio romano y su primer emperador; gobernó de 27 a. C. hasta su muerte en 14 d. C.

AUXILIA: «Ayudas», en latín; cuerpo permanente del ejército imperial romano compuesto por no ciudadanos.

AVE ROMAE: «Salve, romanos», en latín.

BACO: dios romano del vino y las fiestas. Forma griega: Dioniso.

BANASTRE TARLETON: comandante británico que combatió en la guerra de independencia de Estados Unidos y se ganó el deshonor por su participación en la masacre de las tropas del ejército continental que se habían rendido durante la batalla de Waxhaws.

BARRACHINA: restaurante de San Juan, Puerto Rico; lugar de origen de la piña colada.

BELONA: diosa romana de la guerra.

BIFURCUM: «partes íntimas», en latín.

BITOS: instructor de combate en un campamento submarino para héroes del mar; medio hermano de Quirón.

BÓREAS: dios del viento del norte. Forma romana: Aquilón.

BRIAREO: hermano mayor de los titanes y los cíclopes; hijo de Gaia y Urano. Último de los hecatónquiros.

CAFÉ EXPRÉS: café cargado elaborado introduciendo vapor a través de granos de café tostado molido.

CALIPSO: ninfa diosa de la isla mítica de Ogigia; hija del titán Atlas. Retuvo al héroe Odiseo durante muchos años.

Campo de Marte: parcela o zona de propiedad pública de la antigua Roma; también campo de prácticas del Campamento Júpiter.

Casa de Hades: lugar del inframundo donde Hades, el dios griego de la muerte, y su esposa, Perséfone, rigen las almas de los difuntos; templo antiguo situado en Epiro, Grecia.

Cayo Vitelio Retículo: miembro de la legión romana cuando se creó originalmente; médico durante la época de Julio César; actualmente lar (fantasma) del Campamento Júpiter.

Cécrope: líder de los *gemini*: mitad humanos, mitad serpientes. Fue el fundador de Atenas y resolvió la disputa entre Atenea y Poseidón. Eligió a Atenea como patrona de la ciudad y fue el primero en construirle un santuario.

Cercopes: pareja de enanos simiescos que roban objetos brillantes y siembran el caos.

Ceres: diosa romana de la agricultura. Forma griega: Deméter.

Ceto: antigua diosa marina y madre de la mayoría de los monstruos marinos; hija de Ponto y Gaia; hermana de Forcis.

Cíclope: miembro de una raza primigenia de gigantes que tenían un solo ojo en medio de la frente.

Cimopolia: diosa griega menor de las tempestades violentas; ninfa hija de Poseidón y esposa de Briareo, un hecatónquiro.

Cinocéfalos: monstruos con cabeza de perro.

Circe: hechicera griega que convirtió a los hombres de Odiseo en cerdos.

Clámide: prenda griega; capa de lana blanca enrollada holgadamente y sujeta en el hombro.

Clitio: gigante creado por Gaia para absorber y acabar con toda la magia de Hécate.

Coquí: nombre común de varias especies de ranas pequeñas autóctonas de Puerto Rico.

Cronos: el más joven de los doce titanes; hijo de Urano y Gaia; padre de Zeus. Mató a su padre cumpliendo las órdenes de su madre. Señor del destino, las cosechas, la justicia y el tiempo. Forma romana: Saturno.

CUEVA DE NÉSTOR: lugar donde Hermes escondió el rebaño que robó a Apolo.

CUNEUM FORMATE: maniobra militar romana en la que la infantería formaba una cuña para atacar y romper las líneas enemigas.

CUPIDO: dios romano del amor. Forma griega: Eros.

DAMASÉN: gigante hijo de Tártaro y Gaia; creado para enfrentarse a Ares; condenado al Tártaro por matar a un drakon que estaba asolando la tierra.

DEIMOS: miedo, gemelo de Fobos (pánico), hijo de Ares y de Afrodita.

DELOS: isla de nacimiento de Apolo y Artemisa en Grecia.

DEMÉTER: diosa griega de la agricultura, hija de los titanes Rea y Cronos. Forma romana: Ceres.

DIANA: diosa romana de la naturaleza y la caza. Forma griega: Artemisa.

DIES: diosa romana del día. Forma griega: Hemera.

DIOCLECIANO: último gran emperador pagano y primero en retirarse pacíficamente; semidiós (hijo de Júpiter). Según la leyenda, su cetro podía invocar un ejército de fantasmas.

DIONISO: dios griego del vino y las fiestas, hijo de Zeus. Forma romana: Baco.

DRACAENA (DRACANAE, pl.): humanoides reptiles femeninos con tronco de serpiente en lugar de piernas.

EFIALTES: gigante creado por Gaia específicamente para destruir al dios Dioniso/Baco; hermano gemelo de Oto.

EIACULARE FLAMMAS: «Lanzar flechas en llamas», en latín.

ENCÉLADO: gigante creado por Gaia específicamente para destruir a la diosa Atenea.

ENVIDIA: diosa romana de la venganza. Forma griega: Némesis.

EOLO: señor de todos los vientos.

EPIDAURO: ciudad costera griega donde estaba situado el santuario del dios de la medicina Asclepio.

EPIRO: región actualmente situada en el noroeste de Grecia, ubicación de la Casa de Hades.

ERECTEÓN: templo dedicado a Atenea y Poseidón en Atenas.

EROS: dios griego del amor. Forma romana: Cupido.

ESPARTANOS: ciudadanos de la ciudad griega de Esparta; soldados de la antigua Esparta; sobre todo, su famosa infantería.

ESTRECHO DE CORINTO: canal de navegación que conecta el golfo de Corinto con el golfo Sarónico en el mar Egeo.

EURÍMACO: uno de los pretendientes de la esposa de Odiseo, la reina Penélope.

ÉVORA: ciudad portuguesa parcialmente rodeada de murallas medievales con un gran número de monumentos históricos, incluido un templo romano.

FARTURA: pastelillo portugués.

FILIA ROMANA: chica de Roma.

FILIPO DE MACEDONIA: rey del reino griego de Macedonia del año 359 a. C. hasta su asesinato en 336 a. C. Fue el padre de Alejandro Magno y Filipo III.

FLEGETONTE: río de fuego que fluye del reino de Hades hasta el Tártaro; mantiene a los malvados vivos para que puedan soportar los tormentos de los Campos de Castigo.

FOBOS: pánico, gemelo de Deimos (miedo), hijo de Ares y Afrodita.

FORCIS: dios primordial de los peligros del mar; hijo de Gaia; esposo-hermano de Ceto.

FRIGIDARIUM: habitación de un baño romano con agua fría.

FURIAS: diosas romanas de la venganza; caracterizadas habitualmente como tres hermanas: Alecto, Tisífone y Megera; hijas de Gaia y Urano. Residen en el inframundo, donde atormentan a malhechores y pecadores. Forma griega: Erinias.

GAIA: diosa griega de la tierra; madre de titanes, gigantes, cíclopes y otros monstruos. Forma romana: Terra.

GEMINUS (*GEMINI*, pl.): mitad humano, mitad serpiente; los atenienses originales.

HADES: dios griego de la muerte y las riquezas. Forma romana: Plutón.

HEBE: diosa griega de la juventud; hija de Zeus y Hera. Forma romana: Juventas.

HÉCATE: diosa de la magia y las encrucijadas; controla la Niebla; hija de los titanes Perses y Asteria.

HECATÓNQUIROS: hijos de Gaia y Urano con cien manos y cincuenta cabezas; hermanos mayores de los cíclopes; dioses primigenios de las tormentas violentas.

HEFESTO: dios griego del fuego, los artesanos y los herreros; hijo de Zeus y Hera, casado con Afrodita. Forma romana: Vulcano.

HEMERA: diosa griega del día; hija de Érebo (oscuridad) y Nix (noche). Forma romana: Dies.

HIGEA: diosa de la salud, la limpieza y la higiene; hija del dios de la medicina, Asclepio.

HIPIAS: tirano de Atenas que, después de ser destituido, se puso de parte de los persas contra su propio pueblo.

HIPNOS: dios griego del sueño. Forma romana: Somnus.

HIPÓDROMO: estadio ovalado para carreras de caballos y carros en la antigua Grecia.

HIPÓLITO: gigante creado para ser el azote de Hermes.

IRIS: diosa del arcoíris y mensajera de los dioses.

IRO: anciano que hacía recados a los pretendientes de la esposa de Odiseo, la reina Penélope, a cambio de sobras de comida.

ÍTACA: isla griega y hogar del palacio de Odiseo, que el héroe griego tuvo que librar de los pretendientes de su reina después de la guerra de Troya.

JANO: dios romano de las puertas, los comienzos y las transiciones; representado con dos rostros, ya que mira al pasado y al futuro.

JUNO: diosa romana de las mujeres, el matrimonio y la fertilidad; hermana y esposa de Júpiter; madre de Marte. Forma griega: Hera.

JÚPITER: dios romano de los dioses; también llamado Júpiter Óptimo Máximo (el mejor y el más grande). Forma griega: Zeus.

JUVENTAS: diosa romana de la juventud; hija de Zeus y Hera. Forma griega: Hebe.

LICAÓN: rey de Arcadia que puso a prueba la omnisciencia de Zeus sirviéndole la carne asada de un invitado. Zeus lo castigó transformándolo en lobo.

LUPA: Loba romana sagrada que amamantó a los gemelos abandonados Rómulo y Remo.

MAKHAI: espíritus de la batalla y el combate.

MANIA: espíritu griego de la locura.

MANTÍCORA: criatura con cabeza humana, cuerpo de león y cola de escorpión.

MARTE: dios romano de la guerra; también llamado Marte Ultor. Patrón del imperio; padre divino de Rómulo y Remo. Forma griega: Ares.

MEDUSA: sacerdotisa a quien Atenea convirtió en gorgona cuando la atrapó con Poseidón en el templo de Atenea. Medusa tiene serpientes en lugar de pelo y puede convertir a la gente en piedra si la miran directamente a los ojos.

MERCURIO: mensajero romano de los dioses; dios de los negocios, las ganancias y el comercio. Forma romana: Hermes.

MÉROPE: una de las siete Pléyades, las ninfas de las estrellas hijas del titán Atlas.

MÍKONOS: isla griega, parte de las Cícladas, situada entre Tinos, Siros, Paros y Naxos.

MIMAS: gigante creado para ser el azote de Ares.

MINERVA: diosa romana de la sabiduría. Forma griega: Atenea.

MOFONGO: plato de Puerto Rico basado en el plátano frito.

MOIRAS: antes incluso de que existieran los dioses, existían las Moiras. Cloto, que teje el hilo de la vida; Láquesis, la medidora, que determina la duración de la vida; y Átropos, que corta el hilo de la vida con sus tijeras.

NACIDOS DE LA TIERRA: *gegenes*, en griego; monstruos de seis brazos con un taparrabos por toda vestimenta.

NÉMESIS: diosa griega de la venganza. Forma romana: Envidia.

NEPTUNO: dios romano del mar. Forma griega: Poseidón.

NEREIDAS: cincuenta espíritus marinos femeninos; patronas de los marineros y los pescadores, y vigilantes de las riquezas del mar.

NIKÉ: diosa griega de la fuerza, la velocidad y la victoria. Forma romana: Victoria.

NIX: diosa de la noche; una de los dioses elementales primigenios.

NUMINA MONTANUM: dios romano de las montañas. Forma griega: *ourae*.

ODISEO: legendario rey griego de Ítaca y héroe del poema épico de Homero *La Odisea*. Forma romana: Ulises.

OGRO LESTRIGÓN: caníbal gigantesco del extremo norte.

OLIMPIA: santuario más antiguo y probablemente más famoso de Grecia, y sede de los Juegos Olímpicos. Situada en la región occidental del Peloponeso.

ONAGRO: arma de asedio gigantesca.

ORÁCULO DE DELFOS: altavoz de las profecías de Apolo. El actual oráculo es Rachel Elizabeth Dare.

ORBEM FORMATE!: al oír esta orden, los legionarios romanos adoptaban una formación circular, con arqueros situados entre los legionarios y detrás de ellos para apoyarles disparando proyectiles.

ORCO: dios del inframundo del castigo eterno y las promesas rotas.

ORIÓN: gigante cazador que se convirtió en el más leal y apreciado de los ayudantes de Artemisa. En un arrebato de celos, Apolo volvió loco a Orión, que pasó a estar movido por su sed de sangre hasta que un escorpión mató al gigante. Desconsolada, Artemisa transformó a su querido compañero de caza en una constelación para honrar su memoria.

OTO: gigante creado por Gaia específicamente para acabar con el dios Dioniso/Baco; hermano gemelo de Efialtes.

OURAE: «dioses de las montañas», en griego. Forma romana: *numina montanum*.

PARTENÓN: templo de la Acrópolis de Atenas dedicado a la diosa Atenea. Su construcción se inició en 447 a.C., cuando el imperio ateniense estaba en su mejor momento.

PEGASO: caballo divino alado; hijo de Poseidón, en su encarnación de dios caballo, alumbrado por la gorgona Medusa; hermano de Crisaor.

PÉLOPE: Según el mito griego, hijo de Tántalo y nieto de Zeus. Cuando era niño, su padre lo cortó en pedazos, lo cocinó y se lo sirvió a los dioses como banquete. Los dioses detectaron la trampa y le devolvieron la vida.

PELOPION: monumento funerario dedicado a Pélope situado en Olimpia.

PELOPONESO: gran península y región geográfica en el sur de Grecia, separada de la parte norte del país por el golfo de Corinto.

PENÉLOPE: reina de Ítaca y esposa de Odiseo. Durante los veinte años de ausencia de su marido, se mantuvo fiel a él, rechazando a cien arrogantes pretendientes.

PEQUEÑO TÍBER: río que desemboca en el Campamento Júpiter. A pesar de que no es tan grande ni tan caudaloso como el río Tíber original de Roma, corre con la misma fuerza y puede quitar las bendiciones griegas.

PERIBEA: giganta; hija menor de Porfirio, el rey de los gigantes.

PILOS: ciudad de Mesenia, en el Peloponeso, Grecia.

PIRAGUA: dulce congelado elaborado con hielo picado y cubierto de jarabe con sabor a fruta, originario de Puerto Rico.

PITÓN: serpiente monstruosa que Gaia destinó a vigilar el oráculo de Delfos.

PLUTÓN: dios romano de la muerte y las riquezas. Forma griega: Hades.

POLIBOTES: gigante hijo de Gaia, la Madre Tierra; nacido para matar a Poseidón.

POMPEYA: en 79 d.C., esta ciudad romana situada cerca de la moderna Nápoles fue destruida cuando el volcán del monte Vesubio entró en erupción, la cubrió de ceniza y mató a miles de personas.

PONTIFEX MAXIMUS: sumo sacerdote romano para los dioses.

PORFIRIO: rey de los gigantes en la mitología griega y romana.

POSEIDÓN: dios griego del mar; hijo de los titanes Cronos y Rea, y hermano de Zeus y Hades. Forma romana: Neptuno.

PROPILEO: puerta monumental externa situada antes de la puerta principal (como la de un templo).

QUÍONE: diosa griega de la nieve; hija de Bóreas.

QUÍOS: quinta ínsula más grande de las islas griegas, situada en el mar Egeo, frente a la costa occidental de Turquía.

REPELLERE EQUITES: «Rechazar jinetes», en latín; formación cuadrada empleada por la infantería romana para oponer resistencia a la caballería.

RETIARIUS: gladiador que usa un tridente y una red con pesos.

RÓMULO Y REMO: hijos gemelos de Marte y la sacerdotisa Rea Silvia. Fueron lanzados al río Tíber por su padre humano, Amulio, y rescatados y criados por una loba. Cuando llegaron a la edad adulta fundaron Roma.

SOMNUS: dios romano del sueño. Forma griega: Hipnos.

SPES: diosa de la esperanza; la fiesta de Spes, el día de la Esperanza, cae en 1 de agosto.

TÁRTARO: esposo de Gaia; espíritu del abismo; padre de los gigantes; también, parte más baja del inframundo.

TÉRMINO: dios romano de las fronteras y los mojones.

TERRA: diosa romana de la Tierra. Forma griega: Gaia.

TITANES: raza de poderosas deidades griegas, descendientes de Gaia y Urano, que gobernaron durante la Edad Dorada y acabaron siendo derrocadas por una raza de dioses más jóvenes, los dioses del Olimpo.

TOANTE: gigante nacido para matar a las tres Moiras.

ULISES: forma romana de Odiseo.

URANO: padre de los titanes; dios del cielo. Los titanes lo vencieron haciéndole descender a la tierra. Lo separaron de su territorio, le tendieron una emboscada, lo inmovilizaron y lo mataron.

VENUS: diosa romana del amor y la belleza. Se casó con Vulcano, pero amaba a Marte, dios de la guerra. Forma griega: Afrodita.

VICTORIA: diosa romana de la fuerza, la velocidad y la victoria. Forma griega: Niké.

VULCANO: dios romano del fuego, los artesanos y los herreros; hijo de Júpiter y Juno, casado con Venus. Forma griega: Hefesto.

ZEUS: dios griego del cielo y rey de los dioses. Forma romana: Júpiter.

ZOË BELLADONA: hija de Atlas, que fue desterrada y más tarde se unió a las cazadoras de Artemisa, de la cual se convirtió en leal teniente.

RICK RIORDAN

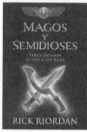

RICK RIORDAN

MAGNUS CHASE Y LOS DIOSES DE ASGARD

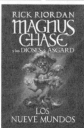

LAS PRUEBAS DE APOLO

www.rickriordanlibros.com
www.facebook.com/somosinfinitos
www.instagram.com/somosinfinitoslibros
www.twitter.com/somosinfinitos

Montena

RICK RIORDAN

NO TE PIERDAS ESTA AVENTURA
EN LAS PROFUNDIDADES DEL OCÉANO

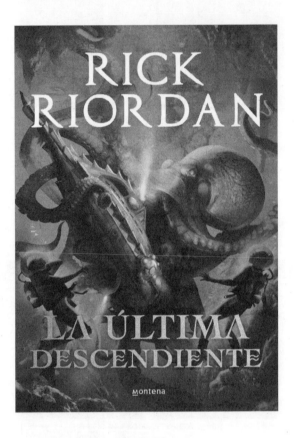

Montena